Edie mollet

Meinrad Inglin

Gesammelte Werke

In zehn Bänden
Herausgegeben von
Georg Schoeck
Band 6

Ammann Verlag

Meinrad Inglin

Werner Amberg

Die Geschichte seiner Jugend

Ammann Verlag

Der Text folgt der Erstausgabe von 1949

Herausgegeben mit Unterstützung der
Stiftung Landis & Gyr, Zug
Kulturstiftung Pro Helvetia, Zürich
Meinrad Inglin-Stiftung, Zürich
und des Regierungsrates des Kantons Schwyz

© 1990 by Ammann Verlag AG, Zürich
Alle Rechte vorbehalten
ISBN 3-250-10077-3

Meiner Frau gewidmet

Erster Teil

1.

Im Jünglingsalter versagte ich auf den gebahnten Wegen, ging wie ein ungeselliger Igel meine eigenen Pfade und sträubte abwehrend die Stacheln gegen alle Welt. Ich wollte nichts mehr wissen von der Verwandtschaft, die erstaunt und vorwurfsvoll nach mir ausblickte, nichts mehr von musterhaften oder erfolgreichen Großvätern und Großonkeln, die in Offiziersuniformen, mit Schnäuzen und strengen Blicken aus Bilderrahmen und Photobüchern den eigenrichtigen Enkel beschämten. Später, als ich von ruhigen Rastplätzen neugierig zurückschaute, begann ich meine Erbteile zu ahnen. Eigenschaften und Anlagen, die mich mitbestimmen sollten, reiften, blühten oder welkten schon rings um mich zu einer Zeit, da ich noch kindlich dahindämmerte, und eine Umwelt, deren Zeichen heimlich mit mir wuchsen wie Haut und Haar, war da in voller Wirksamkeit, eh ich sie auch nur wahrnehmen konnte. Ich forschte noch darüber hinaus und erfuhr, daß die Amberg schon in der Gründungszeit der Eidgenossenschaft hier gelebt hatten. Verschiedene Träger dieses Namens, die meine Vorfahren sein mochten, fand ich als Teilnehmer oder Gefallene berühmter Schlachten erwähnt. Es waren nur dürftige Funde im Vergleich mit den Ahnenreihen noch heute lebender Geschlechter des Tales, auf die das Licht der Geschichte fällt; in einem gewissen Abschnitt meines Lebens aber war mir die Bestätigung wichtig, daß die Amberg nicht von irgendeinem Winde zufällig hieher geweht worden, sondern von Anfang an, soweit man einen Anfang kannte, eingeboren und in der Gemeinschaft ihrer Talgenossen mitten in einer Welt der Unfreiheit hier frei gewesen waren.

Mein Urgroßvater Werner, der hundert Jahre vor mir geboren wurde, stand als Offizier noch in fremden Diensten und warb nach seiner Heimkehr Söldner an, die er jeweilen über die Landesgrenze begleitete, bis der Bundesrat dem Söldnerwesen ein Ende machte. Sein Reisläuferdrang wirkte in seinen Söhnen weiter; der erste verschwand im Krimkrieg, der zweite in Amerika. Sein dritter Sohn, Ulrich, mein Großvater, blieb dem Soldatentum treu, er führte 1870/71 während der Grenzbesetzung eine Schützenkompagnie und hatte nach dem Übertritt der Armee Bourbaki Franzosen zu bewachen, doch wurde er daheim immerhin bürgerlich seßhaft und gewann ein Ansehen, das man mir häufig genug unter die Nase rieb. Sein Bild zeigt ein Gesicht mit gestutztem Bart und vollem Schnauz, mit scharfblickenden, offenen Augen und einer breiten Stirn, das Gesicht eines selbstbewußten, von Natur gewichtigen Mannes, dem gleich zu werden ich niemals hoffen konnte. «Er war ein großer, schöner Mann», sagten meine Tanten, die ich über ihn ausfragte, mit einem Nachklang von Bewunderung. Was ich außerdem wissen wollte, verrieten mir seine jüngeren Kameraden, die ihn überlebten. «Der Hauptmann Ulrich Amberg?» fragten sie angeregt, nickten lachend und schilderten ihn als aufgeschlossenen, lebensfreudigen, ja schalkhaft lustigen Mann.

Meine Erinnerung bewahrt ihn als den Urheber eines meiner frühesten Erlebnisse. Ich hatte eine Trommel geschenkt bekommen und schlegelte drauflos, da nahm er mich auf seine Knie, zeigte mir, wie man trommelt, und lehrte mich geduldig die Anfänge eines Marsches. Überwältigt saß ich unter seinem geneigten bärtigen Haupte, im Kreis seiner Arme, meine Fäustchen mit den Schlegeln in seinen führenden Händen, und erlebte zum erstenmal, daß es Takt und Rhythmus gab, die wichtiger waren als der bloße geschlegelte Lärm. Ich konnte es noch nicht verstehen, aber in meinem erstaunten Kindergemüt erwachte eine Lust daran, die mich nie mehr verließ.

Auch an die Großmutter erinnere ich mich nur im Zusammenhang mit frühen Erlebnissen. Auf einem Spaziergang durch die hell besonnte grüne Umgebung des Dorfes führte mich diese freundliche Frau in eine offene kleine Kapelle und zeigte mir einen aus Holz geschnitzten, bemalten Engel, der in anmutiger Haltung betend auf dem schmalen Altartisch kniete. Sie lenkte meine unruhige Neugier so eindringlich auf diesen Engel und schien noch zuletzt so entzückt von ihm, daß ich nicht recht verstand, warum wir die Kapelle so bald wieder verließen. Einige Tage später, als die Großmutter zu einem Kirchenbesuch aufbrach, steckte ich ihr meine beiden Trommelschlegel hinten unter die Tournure ihres Kleides, was bei ihrer altmodischen Tracht noch möglich war. Mit diesen Schlegeln, die sichtbar hervorragten, ging sie in die Kirche. Wie man mir später häufig erzählte, kniete sie nun dort auf ein Bänklein, aber da wurde hinter ihr so gekichert, daß sie sich befremdet umwandte. Sie sah ein paar Töchter oder junge Frauen, die mit dem Taschentuch vor dem Munde das Lachen kaum mehr verbeißen konnten. Dabei fiel einer der Schlegel zu Boden, die Nachbarin zur Linken hob ihn auf und gab ihn der Großmutter, dann zog ihr jemand den zweiten Schlegel heraus, der ihr rechts von hinten überreicht wurde, so daß die gute Frau errötend in die größte Verlegenheit geriet. Sie brachte mir das Schlegelpaar schimpfend zurück und wies meine schüchternen Annäherungsversuche so ungnädig ab, daß ich sehr traurig wurde und nach einem wirksameren Mittel suchte, um sie zu versöhnen. Da fiel mir der Engel ein. Es gelang mir, unbemerkt aus dem Hause wegzulaufen, ich rannte in jene Kapelle und zog die Engelstatue an ihrem Sockel vom niederen Altartisch in meine Arme herunter. Sie war halb so groß wie ich und schwerer als ich vermutet hatte, doch umschloß ich sie fest mit beiden Armen und trug sie durch das Dorf nach Hause. Die Leute, die mir begegneten, blieben lächelnd stehen, woraus ich auf ihre freundliche Zustimmung schloß. Triumphierend und meiner Sache sicher trat ich mit dem Engel vor die Großmutter. Sie erschrak jedoch zu meiner Bestürzung über das seltene Geschenk und erklärte entschieden, daß man die Statue unverzüglich in die Kapelle zurückbringen müsse. So konnte ich es schon als unschuldiger Knirps den erwachsenen Leuten nicht recht machen.

Im selben Jahre befand ich mich einmal mit meinen Vettern Karl und Hans in einem fremdartigen Raum. Man hatte uns daheim das Sonntagsgewand mit dem weißen Matrosenkragen angezogen und uns verheißungsvoll die unverständliche Mitteilung gemacht, daß wir photographiert werden sollten. Ich stand mit meiner Trommel auf einem Schemel in der Mitte, rechts saß Karl auf seinem Schaukelpferd, links stand Hans mit seinem Stoßkarren. Wir waren alle dreijährig und wollten nun spielen, aber zu unserem Erstaunen sollten wir nur so tun, als ob wir spielten, und dabei ganz still sein. Dies beunruhigte uns um so mehr, als Herr Stoffel und sein Apparat sich in ein Fabeltier verwandelten; es hatte hinten kurze, dicke Beine, vorn aber ganz dünne und lange, es trug einen schwarzen Mantel um die hohen Schultern und ein gläsernes Auge an der Stirn, das uns bedrohlich anstarrte. Ich begegnete dieser Bedrohung, indem ich eifrig zu trommeln anfing, und sofort begann Karl zu schaukeln, Hans den Karren zu schieben. Man bestürmte uns von allen Seiten, nun doch die ruhige Pose wieder anzunehmen, was wir durchaus nicht begreifen konnten. Nach vieler Mühe gelang es aber doch; das Fabelwesen, das wir künftig Heustöffel nannten, da es einer riesigen Heuschrecke glich und überdies der Herr Stoffel gewesen war, blinzelte flüchtig, man lachte uns zu, und ich begann aus Leibeskräften die Schlegel zu rühren.

2.

Unser Haus, in dem ich im Sommer 1893 geboren wurde und, nach einem Tagebuch der Mutter, mit großen blauen Augen schon recht lebhaft in die Welt hineinschaute, stand an der Mündung einer Dorfstraße in den Hauptplatz. Auf diesem Platze, den wir von der Wohnung aus überblicken konnten, sah das widerstandslose, dem Bewußtsein noch so ferne Kind zwischen Kirche, Rathaus und bürgerlichen Giebelhäusern den menschlichen Alltag, aber unvergeßlich auch Himmel und Hölle erscheinen.

Die Vorbereitungen der Dorfbewohner zum Fronleichnamsfeste versprachen ein ungeheures Ereignis, und als der Tag heraufzog, unseres Herrgotts Tag, schaute ich zwischen Blumensträußen und brennenden Wachskerzen, die auf dem Fensterbrett standen, aufgeregt und staunend hinaus. Die Menschen, mehr als ich je gesehen, alle Menschen warteten da draußen unter goldenen Lichtern, wehenden Fahnen und Silberblitzen, eine Gestalt wie der schimmernde heilige Nikolaus rief durch Weihrauchwolken mit erhobenen Armen singend den Herrgott herab, und die Menschen bückten sich erschrocken zur Erde. Beim ersten Kanonenschuß fuhr ich zurück, weil ich vor dem Allmächtigen zu vergehen fürchtete; von dröhnendem Glockengeläute, Chorgesang, Musik und Donnerschlägen wie von seiner eigenen Stimme überwältigt, ertrug auch ich diesen furchtbaren und heiligen Augenblick nur, indem ich rasch auf den Boden kniete und die Hände faltete.

Meister Daniel, ein Schlosser, der in Amerika gewesen war und den Kindern als Zauberer galt, wollte an einem Fasnachtstage einen großen Luftballon fliegen lassen. Auf dem Hauptplatz wurde eine Bühne gebaut, und am festgesetzten Tage stand darauf wirklich ein birnenförmiges gelbes Ungetüm, ein Heißluftballon. In meiner Erinnerung ragt er über die Hausdächer hinaus. Die Ankündigung, daß er fliegen werde, versetzt mich in die aufgeregteste Erwartung, ich bin nicht mehr vom offenen Fenster wegzubringen und werde festgehalten, um nicht hinauszufallen. Aus den Fenstern aller andern Häuser schauen Leute, und vor der Bühne erwartet eine ungeduldige Zuschauermenge das Unwahrscheinliche ebenso erregt wie ich. Unter der aufrecht stehenden Riesenbirne, dort, wo der Stiel zu vermuten wäre, sind verschiedene Männer geheimnisvoll beschäftigt, und dort muß auch der Zauberer selbst am Werke sein. Wiederholt sieht man zwischen ihnen Feuer aufflammen und wieder erlöschen, es dauert lange, die Zuschauer fangen an zu rufen und zu lachen. Plötzlich leckt eine Feuerzunge an der Birne empor und verästelt sich wie ein Blitz, aus der Zuschauermasse steigt ein brausender Lärm, der ganze Luftballon steht in Flammen. Ich pralle vom Fenster zurück und schreie vor Entsetzen.

Das Ereignis beschäftigte mich noch lange wie ein großes Unglück und wirkte in meinen frühen Träumen beängstigend nach.

An einem andern Fasnachtstage lief ich ohne Erlaubnis unbemerkt auf die Straße und sah die Masken, die ich sonst nur vom sicheren Stubenfenster aus betrachtet hatte, zum erstenmal in der Nähe. In einer Verkleidung oder Verstellung konnte ich noch nichts anderes erfassen als das, was sie zu sein vorgab; der gabenspendende Sankt Nikolaus und seine Begleiter traten als überirdische Wesen ins Haus, und die närrischen bunten Leute, die wir Maskeraden nannten, waren, was sie darstellten. Unter diesen Maskeraden nun, die rottenweise durch die Straßen zogen und zur Trommel tanzten, gab es neben lustigen, schönen und häßlichen Gestalten einen wilden Mann, der ein unheimliches Gesicht hatte, eine düster bemalte alte Holzmaske, zähnefletschend, plattnasig, mit einem Ausdruck teuflischer Wut. Dieser rotbraune Dämon fiel mir sogleich auf, wie er dumpf brüllend dahertanzte, er war kein Menschenwesen, und am wenigsten ahnte ich in ihm einen vermummten Bekannten, der mir etwas schenken wollte. Er kam auf mich zu, und noch begriff ich nicht, daß er unter so vielen Leuten, die da gingen und standen, mich ausersehen hatte, bis er sich fürchterlich zu mir herab beugte. Mir graute, ich konnte kein Glied rühren, ja nicht einmal schreien, ich mußte ins Haus zurückgetragen werden und war noch lange nachher wie gelähmt, noch länger aber im Innern von dieser Begegnung gezeichnet.

3.

Die Großeltern Amberg hatten zwei Söhne, meinen Onkel Uli, meinen Vater Werner, und zwei Töchter, die beide mit Dorfbürgern verheiratet waren.

Im Uli brach ein Erbzug durch, der, gebändigt und geklärt, zu glücklichen Ergebnissen führen, ungebunden aber seinen Träger aus dem Gleis werfen konnte. Uli beherrschte ihn nicht, er wollte lieber lustig leben als arbeiten. Bei heiteren Anlässen, in Wirtschaften und auf Tanzböden wirkte seine oft ausgelassen fröhliche Laune ansteckend, und in den Häusern der Verwandtschaft war er bei jeder festlichen Gelegenheit ein begehrter Gast. Indes schlug er über die Stränge. Von seinen Streichen, an die man sich im Dorfe noch lange erinnerte, sei nur der folgende erwähnt. Er wollte dem Nachtwächter, der ihn wiederholt bei einem Unfug überrascht haben mochte, etwas heimzahlen und stieg zu diesem Zweck nach Mitternacht auf dem Hauptplatz in das volle Brunnenbecken, an dem der ahnungslose Mann gleich vorüberkommen mußte. Dabei trug er ein schwarzes, mit roten Flammenzeichen bemaltes Trikot, schwarze Handschuhe, eine schwarze Tuchmaske und eine Kappe mit Hörnern. Als er den Nachtwächter kommen sah, tauchte er unter, dann fuhr er nah vor ihm mit hoch gereckten Armen und gespreizten Fingern triefend aus dem Wasser empor und fauchte. Der sonst gewiß nicht unbeherzte nächtliche Rufer war diesem Schreck nicht gewachsen und lief davon, während Uli lachend seine Kameraden aufsuchte, die aus einem Hinterhalt zugesehen hatten. Dieser unbändige junge Mann bereitete meinem Vater manche Verlegenheit, und am Ende muß ihn die gefestigte bürgerliche Umwelt nicht mehr ertragen haben; er verschwand zu meinem Bedauern auf Nimmerwiedersehen nach Kalifornien.

Mein Vater Werner lebt mir in der Erinnerung unverlierbar als die beherrschende Gestalt meiner Kinderjahre. Jener Erbzug, der seinem Bruder gefährlich wurde, wirkte sich bei ihm gemeistert als lebensfreudige Heiterkeit aus und bewahrte ihn davor, in seinem bürgerlichen Handwerk unterzugehen. Er war Uhrmacher und Goldschmied, aber er war bei aller handwerklichen Tüchtigkeit auch Sänger und Musikant, Jäger, Bergsteiger, Schütze und Offizier. In der Jugend blies er die Flöte, später Posaune und Horn. Er besaß zarte und kräftige Züge, eine milde und eine herbe Art, doch ungeschieden in einem ausgeglichenen Wesen, das sich in seinem schönen, offenen Gesicht widerspiegelte. Als Werkstatt und Verkaufsladen diente ihm ein Raum zu ebener Erde im väterlichen Hause. Über dem einen Schaufenster stand in vergoldeten Buchstaben Horlogerie, über dem andern Bijouterie, über der Ladentür stand der Name. In diesem Laden, zwischen ticktackenden Uhren aller Größen und Schaukästen mit Gold- und Silberwaren, begann ich unermüdlich herumzustreifen, sobald ich richtig gehen konnte. Manchmal trug mich der Vater, mit seinem wohllautenden Bariton ein Marschlied singend, auf seiner Schulter um den runden Tisch, und es war mir eine Wonne.

Wenn er arbeitete, durfte ich ihn nicht stören, aber als ich größer geworden war, forderte er mich einmal auf, ihm zuzusehen, und ich tat es mit ausdauernder Anteilnahme. Er schnitt einen goldenen Draht gleichmäßig in viele kleine Stücke, bog jedes dieser Teilchen zu einem ovalen Ring und fügte lötend eins ins andere, dann klopfte er mit dem Hammer das beweglich verbundene Ringlein auf beiden Seiten flach, eines nach dem andern, und ritzte jedem feine Ornamente auf die Flächen. Das Monokelgehäuse, das ich Guggi nannte, vors rechte Auge geklemmt, arbeitete er Tag für Tag behutsam, still, geduldig, und hob am Ende vor meinem erwartungsvollen Blick eine funkelnde Kette vom Werktisch. «Siehst du jetzt, was aus dem Draht geworden ist?» fragte er. Ich sah es mit Bewunderung, bewahrte es in mir und wurde durch dieses Beispiel später in meiner Einsicht bestärkt, daß das Schöne, das dauern soll, nicht durch Zauberkunst und Flunkerei entsteht, sondern durch die unermüdliche Arbeit eines geschickten Mannes, dessen Beruf es ist.

Ein paar Tage nachdem die Kette fertig geworden war, stand die Frau, die sie bestellt hatte, im Laden, die Mutter eines Herrn, mit dem der Vater auf die Jagd ging, eine große, schwere Gestalt von vornehmer Haltung in knisternder schwarzer Seide. Der Vater hob die Kette mit beiden Händen empor, legte sie der Frau, die ihm den Kopf entgegenbeugte, sorgfältig um den Nacken und trat betrachtend zurück. Die Frau ordnete den Fluß der goldenen Glieder auf dem schwarzen Seidenglanz ihres Kleides und sammelte ihn von unten her in der rechten Handfläche, über die er hinausquoll, dann blickte sie bewundernd auf und nickte dem Vater zu. Der Vater lächelte.

4.

Was ist das für ein großer Nachtvogel, der mit seiner dunklen Schwinge das einsame Kind erschlagen will? Noch eh es schuldig geworden ist, ängstigt es sich in mancher Nacht fast zu Tode. Eine solche Nacht steigt vor mir auf, so oft ich auch nur flüchtig dort hinabblicke. Ich schlief nicht mehr bei den Eltern, ich hatte mein eigenes Zimmer. Von einer Fensterecke aus sah ich durch ein kurzes Gäßchen das graue Kirchengemäuer, aus dem der Turm aufwuchs, ich sah im Turm, hoch über den Hausdächern, das Geländer der Glockenstube, wo die größte Glocke beim Läuten immer wieder den dunklen Rachen öffnete, noch höher oben das rote Zifferblatt mit den goldenen Zeigern, darüber einen Fensterladen der geheimnisvollen kleinen Turmstube und zu oberst auf dem dünnen Spitz die goldene Kugel mit dem Kreuz. Oft vergaß ich den Turm, dann schlug er mit dem Hammer hart auf eine Glocke und rief schallend, daß er immer noch da sei. Mehrmals täglich läutete er eine seiner Glocken beharrlich zu mir hinab, die eine drohend, die andere warnend, die dritte befehlend, die kleineren spottend oder lachend; wenn er aber alle zusammen läutete, verwandelte er mein Zimmer in einen dröhnenden fremden Raum, der nicht mehr mir gehörte, und jagte mich hinaus. In der Abenddämmerung flog oft ein großer Vogel um den Turm, und ich durfte mich nicht am offenen Fenster zeigen.

In diesem Zimmer erlebte ich jene Nacht, und ich kann davon erzählen, als ob es gestern gewesen wäre. Ich liege schon eine Weile im Bett und sollte schlafen, aber ich bin allein und möchte lieber nicht allein sein. Es ist dunkel, und mir gegenüber an der Wand ist etwas noch dunkler, etwas Hohes, Schweres, ich starre es gedankenlos an und weiß nichts anderes, als daß dort der Kleiderschrank steht. Zuerst war noch jemand bei mir, ich mußte das Nachtgebet sagen, dann wurde ich zugedeckt und allein gelassen; später, als die Türe leise noch einmal aufging, war ich schon am Einschlafen. Jetzt bin ich wieder wach, horche lange und hoffe, eine Stimme zu hören, Schritte, das Schließen einer Türe, aber ich höre nichts, im ganzen Hause ist es still. Der Turm schlägt, doch anders als bei Tag; er beugt sich ein wenig vornüber und schlägt härter auf die Glocke, der Schall überschwemmt die Dächer, die Gasse, und versickert in der Nacht. Außer mir hat niemand es gehört, alles schläft, und jetzt ist die Stille noch stiller. Aber der Turm nickt mir mit seinem Spitzkopf zu, schlägt wieder und bückt sich bei jedem Schlage tiefer, er will, daß ich das Fenster aufmache, und das darf ich nicht, sonst stößt der schwarze Vogel zu mir herein. Ich halte mir die Ohren zu und starre zum Schrank hinüber – da bewegt sich der Schrank und wird größer und kommt lautlos näher; zu einer schwarzen Masse aufgebläht, wälzt er sich langsam, langsam auf mich zu. Zitternd und schreiend krieche ich über das Kopfkissen zurück, schiebe mich an der Wand empor und bleibe da mit abwehrend ausgestreckten Armen und aufgerissenen Augen kreischend stehen, bis jemand kommt und mich beruhigt.

5.

Ein geräumiger Holzbau mit Keller und Dachgeschoß, das «Scheiterhaus», wo man Unfug treiben, Spiele machen und sich verstecken konnte, war mit unserem Wohnhaus durch eine kurze Holzbrücke verbunden. Unter diesem Brüggli lag ein kleiner Hof, das Höfli, zu dem eine steinerne Treppe hinabführte. Durch das Scheiterhaus gelangte man in den leicht ansteigenden Garten hinaus, der von Häusern und andern Gärten umgeben war. Eines Dezembermorgens sah ich durch das Fenster der äußeren Küchentüre das Brüggli vom Schnee zugedeckt wie von einer weißen Bettfederdecke. Ich öffnete die Türe, brachte sie aber nur so weit auf, daß ich gerade durchschlüpfen konnte. Unternehmungslustig watete ich zum Scheiterhaus hinüber, in den eingeschneiten Garten hinaus, und wunderte mich über die tiefe Spur, die ich hinterließ. Plötzlich stand die Lisabeth unter der Scheiterhaustür, unsere Dienstmagd, und schrie, ich solle sofort hereinkommen. Ich machte mich auf den Weg, zog dabei meine Spur aber kreuz und quer noch weiter und rückte so langsam vor, daß der Lisabeth die Geduld ausging. Sie watete eilig auf mich zu, schlug mir mit der Hand auf den Hintern und zog mich schimpfend in die Küche zurück. Die Mutter war sehr unzufrieden mit mir, ich mußte Schuhe und Strümpfe wechseln und in der Stube bleiben.

Manchmal durften Waldi und ich die Lisabeth begleiten, wenn sie im Dorf Einkäufe machte. Waldi war der Jagdhund des Vaters, ein weiß und fuchsrot gefleckter junger Laufhund mit langen Hängeohren und freundlichen Augen. Er mußte an der Leine geführt werden, weil er sonst davonlief. Nachdem er beim Metzger hinter Lisabeths Rücken einmal etwas gestohlen hatte, durfte er nicht mehr in die Metzg hinein, und ich wartete draußen mit ihm. Plötzlich riß er mich fast um, ich ließ die Leine fahren, und er lief weg, aber ich rannte ihm nach und holte ihn an der nächsten Hausecke ein. Von nun an paßte ich auf, und wenn er anzog, behielt ich die Leine in der Hand, lief mit ihm zu einer Ecke und sah zu, was er da machte. Er beroch die Mauer eifrig von beiden Seiten und schien große Not zu haben, doch wußte er lange nicht, ob er den rechten oder den linken Hinterlauf lüpfen wollte, und wenn er sich endlich entschlossen hatte, spritzte er nur ein paar Tropfen hin.

Waldi hatte im Hausgang unter der Treppe ein Hundshusli. Eines Tages, als er daheim bleiben mußte und sehr betrübt aussah, schloff ich zu ihm ins Husli hinein und streichelte ihn. Er wollte fort und zeigte mir das lebhaft, aber ich hielt ihn am Halsband und sagte: «Ruhig, Waldeli, sonst geh ich wieder!» Nachdem er es begriffen hatte, lagen wir einen Augenblick still auf der Matratze. Da kam meine Mutter die Treppe hinab, ging in den Laden hinein, kam wieder zurück und rief nach mir. «Ich bin ja da!» antwortete ich, und sie fragte ungeduldig: «Wo denn auch?» Waldi und ich streckten beide nebeneinander den Kopf zum Husli hinaus.

Sie schaute uns verblüfft an, dann befahl sie mir entrüstet, sofort herauszukommen. Als ich draußen war, schimpfte sie mit mir, und ich wurde traurig.

6.

Die Mutter war vor ihrer Heirat an zwei Orten daheim gewesen, im Dorf und auf dem Freudenberg. Vom Dorfe führten Straßen hinauf und hinab durch grünes Wiesengelände, über Bäche, an Bauernhöfen, Obstbäumen und Hecken vorbei zu den Füßen der nahen Berge, die den Talkessel umschlossen. In meinen Kinderjahren führte die Straße der Verheißung nach Süden. Dort, in der Enge zwischen zwei Bergfüßen, schimmerte auf dem Hintergrund eines Höhenzuges ein See herauf. Über diesem See lag, unsichtbar vom Dorfe aus, der Ort, der das Jugendparadies meiner Mutter gewesen war und den ich von allen großen Leuten in einem so frohen oder zärtlichen Tone nennen hörte, daß er allgemach zum Paradies meiner eigenen Wünsche wurde.

Ich mochte etwa fünf Jahre alt sein, als mich die Eltern zum erstenmal auf den Freudenberg mitnahmen, wo sich in jedem Frühling ein Kreis von Verwandten zu einem Feste traf. Nach der für mich aufregenden kleinen Reise betraten wir dort oben eine Gartenterrasse, und staunend sah ich das Hotel. Es war ein wohlgestalteter, vom falschen Prunk der Jahrhundertwende noch unbeschwerter Bau, für meinen Begriff ein ungeheures Haus, in dem, wie ich gehört hatte, dreihundert Menschen wohnen konnten, das Grand Hotel Freudenberg. Auf meine vielen Fragen erklärte mir die Mutter in einer heiteren Stimmung, der Großvater Bartolome Bising habe es gegründet, das sei mein Urgroßvater gewesen, und jetzt gehöre es mit dem ganzen Park ringsum, mit einer Landwirtschaft, mit dem Chalet und der Villa dort hinten seinen Nachkommen, darum gehöre es auch mir ein wenig. «Heute und morgen sind nur unsere Verwandten da», schloß sie, «aber bald kommen die fremden Gäste aus England, Frankreich und Amerika, und dann geht es hier großartig zu.»

Den Namen des Gründers vernahm ich von nun an so häufig, daß sein Träger in meiner Vorstellung allmächtig wurde. Schon am folgenden Tage war wieder die Rede von ihm. Wir stiegen zum See hinab und fuhren im Dampfschiff hinaus; als wir am andern Ufer an einer hohen Klippe vorbeiglitten, die in der Form einer schlanken Pyramide im Wasser stand und ein goldene Inschrift trug, erklärte der Vater: «Das ist ein Denkmal für einen großen deutschen Dichter. Dein Urgroßvater Bartolome hat es vorgeschlagen und auch die Inschrift verfaßt.» Einige Tage darauf zeigte mir die Mutter im Dorfe das Haus, das sie und ihre jüngere Schwester Christine jeweilen im Winter, wenn der Freudenberg geschlossen war, bewohnt hatten; in diesem ihrem Elternhaus, erzählte sie, habe seinerzeit ihr Großvater Bartolome eine Buchdruckerei eingerichtet und die Zeitung gegründet, die noch heute erscheine. Er sei dann vom Volk in die Regierung und später in den Nationalrat gewählt worden. Von einer lustigen Gesellschaft, die einen ostasiatischen Hofstaat in farbigen Seidenkostümen zum Vorstand hatte und in der Fasnacht auf dem Dorfplatz Theater spielte, sagte mein Vater: «Dein Urgroßvater Bartolome hat sie gegründet und auch die ersten Spiele gedichtet.»

In unserer Stube hing das Ölporträt eines früh ergrauten, energischen Mannes mit eindrucksvollen Augen, den ich lange für diesen allmächtigen Stammvater hielt, bis ich belehrt wurde: «He nein, das ist doch der Hauptmann Dominik Bising vom Freudenberg, dein Großvater!» Und dann wurde ich vor ein anderes, vor das richtige Bild geführt, das ich nie besonders beachtet hatte. Es zeigte einen gebildeten älteren Mann, einen bedeutenden Kopf mit gepflegtem Knebelbart und denselben eindrucksvollen Augen, die mir am Großvater aufgefallen waren, den Nationalrat Bartholomäus Bising.

7.

Zwei bäuerliche Jäger behaupteten in allem Ernste, auf einem dicht bewaldeten nahen Bergrücken hause ein unheimlicher Wurm, vor dem schon die stärksten Hunde mit eingekniffenem Schwanze heulend geflohen seien. Meister Daniel, der Schlosser und Zauberer, brachte in der Fasnacht das Ungeheuer an die Öffentlichkeit. Auf zwei zusammengehängten Leiterwagen fuhr ein mächtiger giftgrüner Drache mit zackigem Rücken über den Dorfplatz. Er konnte seine glühenden Augen blinzelnd bis auf einen schmalen Spalt verengen und spie aus dem scharfgezahnten roten Rachen, den er abwechselnd aufriß und zuklappte, Orangen und Brötchen unter die Jugend, die ihm schreiend vorauseilte.

Meister Daniel hatte seinen Mißerfolg mit dem Luftballon dadurch wettgemacht, aber die Leute schüttelten trotzdem den Kopf über ihn. Ich lernte ihn jetzt selber kennen. Er stand im Nachbarhause vor mir und meiner sprachenkundigen Tante Klara, die ihm einen Brief an den englischen König schreiben mußte. Über die Hakennase hinweg, unter der ein buschiger Schnauz hing, blickte er uns mit eindringlichen grauen Augen forschend an und erklärte der Tante, was sie schreiben solle. Er hatte einen Ozeandampfer erfunden, der nicht sinken konnte, und machte sich außerdem anheischig, die britische Insel durch eine neuartige Brücke mit dem Festland zu verbinden. Tante Klara gab ihm schonend zu bedenken, daß er vielleicht sehr lange oder sogar umsonst auf eine Antwort warten müsse, weil ja nicht nur der König von England, sondern auch das Parlament und ein Heer von eifersüchtigen Fachleuten über so außerordentliche Pläne zu entscheiden hätten, aber er schien das alles schon bedacht zu haben. Sie schrieb den Brief zuerst deutsch und las ihn dem

Erfinder vor, dann übersetzte sie ihn und schickte ihn dem König von England.

Die Erwachsenen waren über Meister Daniel nicht einig; die einen bewunderten sein ungewöhnliches, mit einer ruhelosen Phantasie verbundenes technisches Geschick, die andern behaupteten, mit dem Finger an der Stirn, daß er spinne, die dritten hielten ihn zum Narren. Ich sah ihn noch häufig. Einmal ging er im Regen vor mir her, blieb mitten auf der Straße stehen und blickte zu Boden, dann bückte er sich, hob etwas auf und trug es an den Straßenrand hinüber. Ich merkte mir die Stelle und fand dort, als er weiterging, eine kleine Schnecke, die er vorsorglich in Sicherheit gebracht hatte. Mit der ihm eigenen Würde des vereinsamten, aber selbstbewußten Mannes, der das Urteil der stumpfen Menge verachtet, wandelte er in einem großen Hut mit geschwungener Krempe und in einer grünlich abgeschossenen, langen Pelerine gelassen durch das Dorf. Bewunderung und Mitleid ergriffen mich bei seinem Anblick. Er blieb mir auch später sympathisch, weil er das Unmögliche begehrte und unter dem Spott der Menschen litt.

8.

Eines späten Nachmittags im Frühling durfte ich die Eltern zum zweitenmal auf den Freudenberg begleiten, ein Jahr nach meinem ersten Besuch. Wir kamen abends dort oben an, und ich wurde im Chalethaus bald zu Bette gebracht. Um Mitternacht erwachte ich und spürte eine Weile befremdet die ungewohnte Umgebung, bis mir einfiel, daß ich auf dem Freudenberg sei. Ich rief Mutter und Vater an, bekam aber keine Antwort; sie waren fortgegangen. Da stand ich auf und trat im Hemd ans offene Fenster. Hinter dem greifbar nahen dunkelgrünen Föhrengeäst und den rotbraunen Stämmen schien der volle Mond durch die Parkbäume, und aus einiger Entfernung klangen Menschenstimmen und Töne einer sanften Musik. Ich ging in den Gang hinaus und folgte dort einer leise singenden Frau die Treppe hinab vor das Haus, doch die Frau begann zu springen wie ein junges Mädchen, und ich konnte sie nicht mehr erkennen. Die Sohlen schmerzten mich auf dem Gartenkies, ich war nicht gewohnt, barfuß zu gehen. Eilig kehrte ich ins Zimmer zurück und zog mich notdürftig an, dann verließ ich das Chalet und ging zum Hotel hinüber, das mit einer Schmalfront im Mondlicht vor mir aufstieg.

Ich ahnte aber, daß mir ein Spaziergang mitten in der Nacht wohl nicht erlaubt wäre, und bog nach links ab. Alsbald kam ich zu einer Kanzel, die eine weite Aussicht versprach, und legte mich bäuchlings auf ihre steinerne Balustrade. Der waldige Felshang fiel hier steil in die Tiefe zum Seeufer hinab. Der See kam wie ein ruhiger Strom unter dem feinen Silberstaub hervor, der die Enge zwischen den südlichen Bergen durchsichtig erfüllte, bog mit einem schwachen Goldglanz weit ausholend um eine dunkle Bergnase und lief mit Perlmutterschimmern breit nach Westen, wo er in der Ferne unter einer schwebenden Pyramide verschwand. Die dämmernden Wälder und hellen Felswände seiner steilen Ufer, die mir unzugänglich vorkamen, stiegen hoch hinauf und wurden zu Bergen, die mit ihren Schultern die unergründliche Kuppel der mondhellen Nachtbläue begrenzten. Im Süden hob einer dieser Berge eine fahl leuchtende Eiskrone in die Kuppel empor. Drehte ich mich nach links, so mußte ich den Kopf schon zurücklegen, um über den Parkbäumen die Felsenstirn des Berges zu erkennen, auf dessen vorgeschobenem Fuß ich selber stand.

Indessen hörte ich durch das Plätschern des nahen Springbrunnens lachende Stimmen und eine zärtliche Walzermusik. Ich verließ die Kanzel und ging auf Kieswegen zwischen Rasenplätzen, Blumenbeeten und Kübelpflanzen zum Springbrunnen, der zischend eine Wassersäule hoch emportrieb. Hier lag das Grand Hotel in seiner ganzen Breite vor mir, und staunend betrachtete ich es wieder. Da nirgends ein Mensch zu sehen war, stieg ich die breite steinerne Freitreppe hinauf und schaute durch eines der großen offenen Fenster, immerhin vorsichtig aus einer Ecke, in den beleuchteten Saal hinein. Vor meinen Augen drehten sich verschiedene Paare, die ich nicht sogleich erkennen konnte, und in einer Ecke spielten fünf Musikanten. Unter den Paaren fiel mir ein Tänzer auf, der sich besonders lebhaft bewegte, den Übrigen allerlei zurief und seine Partnerin so rasch zu drehen begann, daß ihr offenbar schwindelte; ihr fröhliches Gesicht wurde rot, sie wollte auf einmal nicht mehr und ging am Arm des Tänzers zu einem gedeckten Tisch, wo sie sich zwischen ältere Leute setzte und lachend den Kopf schüttelte. Ihr Tänzer, Onkel Beat, wie ich nachher hörte, drehte sich nach einer Verbeugung scharf herum, warf anfeuernd die Rechte hoch und knallte mit den Fingern, dann nahm er einem der Musikanten die Geige weg und spielte selber mitten unter den Tanzenden. Dies alles gefiel mir sehr, ich strampelte im Takte mit den Beinen und schaute den lustigen Onkel an; als er aber einmal hinter den Paaren verschwand, entdeckte ich plötzlich meine Eltern. Sie tanzten miteinander, und sie lachten.

Das Gesicht der Mutter hat in meiner Erinnerung einen Ausdruck von Sorge und strafender Zurechtweisung, aber jetzt, in dieser Nacht, sah ich es freudig glühen. Dies steigerte mein Vergnügen zur Aufregung, und schon wollte ich unbedacht durch das Fenster einsteigen, um an dieser Freude teilzunehmen, als die Musik aussetzte und die Paare den Platz verließen. Im nächsten Augenblick hörte ich vom Chalet her ein Kindermädchen, das meine Abwesenheit entdeckt hatte, ängstlich nach mir rufen. Ich verharrte an meiner Fensterecke und antwortete nicht.

Im Saal begann der lustige Onkel eine Rede, und ich konnte sein Gesicht nun genauer betrachten, ein rötlich sprühendes Gesicht mit einem in dünne Spitzen auslaufenden französischen Schnurrbart, einem winzigen, Fliege genannten Bärtchen am Kinn, und mit glänzenden Augen. Ohne seine Rede zu unterbrechen, löste er den Pfropfen einer Champagnerflasche, die ein Kellner ihm in einem Eiskübel hinhielt, dann nahm er die Flasche heraus und schlug eine weiße Serviette um ihren nassen Bauch; mit einem lauten Ruf die Linke emporwerfend, ließ er den Pfropfen knallen und den Wein in die Kelche schäumen, die ihm entgegengestreckt wurden. Gleich darauf zeigte sich die Gesellschaft ernstlich beunruhigt, meine Eltern erhoben sich und gingen mit Tante Christine eilig durch die hintere Türe hinaus; andere Tanten folgten ihnen. Onkel Beat aber wandte sich, einen lauten Ruf ausstoßend, zur vorderen, in die Halle führenden Türe; mit einem kleinen Gefolge erschien er vor dem Hotel, keine zehn Schritte von mir entfernt, und rief kräftig: «Werni, wo bist du?»

Eh ich mich von meiner halb freudigen, halb ängstlichen Überraschung erholen konnte, trat er auf die Freitreppe hinaus und deklamierte, das Gesicht zum Mond erhoben, etwas Gereimtes, in dem mein Name vorkam. Ich erfuhr später, daß

er schon vorher auf diese Art gesprochen hatte und jetzt, bekannte Verse mißbrauchend, ungefähr dies vortrug:
 «O sähst du, voller Mondenschein,
 Zum letztenmal auf unsere Pein
 Und zeigtest uns im nächtigen Hain
 Das ausgeflogene Wernerlein!»
Da überwand ich meine Verlegenheit, lief zu ihm hin und zog ihn am Frack. Er wich einen Schritt zurück und betrachtete mich mit heiterem Erstaunen, dann breitete er lachend die Arme aus, hob mich über seinen Kopf empor und setzte mich rittlings auf seinen Nacken. Während rings um mich gelacht und nach meinen Eltern gerufen wurde, trug er mich in den Saal hinein. «Musik!» befahl er. «Der verlorene Sohn ist gefunden.» Die Musikanten begannen zu spielen, die Gesellschaft sammelte sich wieder, und der Onkel marschierte triumphierend mit mir im Saal herum. So ritt ich auf dem Nacken eines Berauschten in diese lebenslustige Welt hinein, und schon meinte ich hochbeglückt, darin bleiben zu dürfen, als ein jäher Umschwung mich belehrte, daß sie mir nicht beschieden war.

Erst jetzt nämlich kehrte, vom Vater und der Tante Christine begleitet, meine Mutter zurück. Kaum hatte sie mich entdeckt, als sie mit einem zornigen Ausdruck rasch daherkam, um mich dem Onkel wegzunehmen. «Beat, gib mir den Buben herunter!» befahl sie so entrüstet, als ob der Onkel mich absichtlich aus ihrer sicheren mütterlichen Obhut in seine leichtsinnige Welt entführt hätte. Für ihr Gefühl traf dieser Anschein gewiß zu. Die Frauen und Mädchen vom Freudenberg waren zwar frohmütige Naturen und hatten hier eine unbeschwerte Jugend erlebt, aber sie waren von ihren Eltern zu sorgfältig erzogen und in katholischen Instituten zu streng auf eine ernste Lebensführung vorbereitet worden, um der Ansteckung durch eine sorglos genießende reiche Fremdenwelt zu erliegen; sie wußten, daß hier unter dem äußeren Schliff und Glanz Gefahren lauerten, die sich erst zu erkennen gaben, wenn es zu spät war, und sie hatten erfahren, daß die Männer ihnen nicht auswichen. Um so wachsamer waren sie, und aus dieser Wachsamkeit erklärt sich der Zorn meiner Mutter gegen den angeheiterten Onkel, auch wenn es diesmal nur ein argloses Büblein vor seiner lebenslustigen Welt zu bewahren galt.

Erschreckt durch ihren Ausdruck, wagte ich nicht zu widerstreben, was ich bei einem weniger kräftigen Einschreiten wohl bittend oder heulend getan hätte. Sie ließ mir auch gar keine Zeit dazu, sondern zog mich von der Schulter des Onkels, der den Vorfall nicht so ernst nahm, zu sich herunter, stellte mich auf die Beine und schob mich neben sich her aus dem Saal. Auf dem Weg zum Chalet schwemmte mich eine Welle mütterlicher Sorge und Unzufriedenheit erst recht von den Freuden der neuentdeckten Welt hinweg. Als ich ausgescholten wieder allein in meinem Bette lag, schluchzte ich wie ein endgültig Verstoßener unermüdlich in mich hinein.

9.

An einem der letzten Tage des Jahres wollte der Vater wissen, wo die Flagge versorgt sei. Die Mutter fragte verwundert, ob denn auf Neujahr beflaggt werde. Der Vater erklärte, öffentlich angeordnet sei es nicht, aber weil ein Jahreswechsel bevorstehe, wie er in hundert Jahren nur einmal vorkomme, habe er mit einigen Freunden zusammen beschlossen, die Flaggen auszuhängen, gleichgültig, ob man es in den übrigen Häusern dann nachmache oder nicht.

«Die Flagge ist in der obersten Kammer», sagte die Mutter. «Die Stange aber wird noch irgendwo auf dem Dachboden sein, du mußt schon selber nachsehen.»

Der Vater wollte das sogleich tun. Ich rannte ihm voraus die Treppen hinauf bis zur Falltüre, die ich heimlich schon oft zu öffnen versucht hatte, aber nur mit dem Rücken ein wenig heben konnte. Wir fanden auf dem Dachboden die Stange, kehrten damit durch die Falltüre zurück und traten in die oberste Kammer. Hier nahm der Vater zuerst die Flagge aus dem Kasten, dann einen Gewichtstein, um die Stange hinten zu beschweren, und eine starke Schnur, um sie auf dem Fenstersims festzubinden. Während dieser Vorbereitungen suchte er mir auf meine Frage, was denn das für ein Neujahr sei, den Begriff des Jahrhunderts begreiflich zu machen, und fuhr fort: «Ein Jahrhundert geht zu Ende, das neunzehnte, und ein neues fängt an, das zwanzigste. In Zukunft wird man von Kriegen, Erfindungen und vielen andern Ereignissen sagen, dies und das gehöre noch ins neunzehnte Jahrhundert, etwas anderes aber ins zwanzigste, und es habe in keinem andern Zeitraum so geschehen können. Von Menschen, gestorbenen und lebenden, sagt man es ähnlich. Du zum Beispiel wirst ein Mensch des zwanzigsten Jahrhunderts sein, obwohl du noch mit einem

Fuß im neunzehnten stehst. Im Frühling mußt du ja in die Schule, also im ersten Jahr des zwanzigsten Jahrhunderts. Viel hat sich geändert und vieles wird sich noch ändern, auch wenn man es kaum merkt; allmählich aber wird man es immer besser merken, und dann ist die Jahrhundertwende wie eine Türschwelle zwischen einem alten und einem neuen Zimmer. Eine solche Schwelle entsteht also nur einmal in hundert Jahren; du siehst schon daraus, wie wichtig sie ist.»

Ungefähr so belehrte er mich. Wir standen nun am offenen Fenster und spürten, daß es draußen wärmer war als in der Kammer. Zwischen den Dächern der beiden gegenüberliegenden Häuser hindurch sahen wir im Süden einen langgestreckten verschneiten Bergfuß, über dem im Gewölk eine breite blaue Lücke klaffte.

«Dort hinter dem Schnee ist der Freudenberg», sagte ich.

«Ja, aber siehst du die blaue Himmelslücke und darin die Wolke, die wie ein langer dünner Fisch aussieht? Das ist ein Zeichen, daß der Föhn weht. Es ist föhnig, du spürst es auch an der Wärme. Da weiß man nie, wie das Wetter wird, es kann aufhellen, es kann stürmen, regnen und nachher schneien.»

Er schloß das Fenster, und wir gingen in die Wohnung hinunter.

Beim Abendessen hörte ich noch von besondern Veranstaltungen, die für die Neujahrsnacht geplant waren, sodaß dieser Jahreswechsel mir immer bedeutsamer vorkam und mich nachher im Bette bis zum Einschlafen beschäftigte.

Gegen drei Uhr morgens weckten mich laute Rufe und Hornstöße. Leute mit genagelten Schuhen rannten über das Straßenpflaster, in unserer Wohnung ging jemand eilig von der Stube in die Küche, der Vater rief etwas. In der Meinung, die Feier der Jahrhundertwende habe begonnen, sprang ich aufgeregt aus dem Bette und lief in den Gang hinaus. Ich sah noch, wie der Vater in schweren Schuhen hastig die Treppe hinunter ging, während die Mutter mich an den Schultern in mein Zimmer zurückschob.

«So, ins Bett mit dir!» befahl sie matt, ohne den üblichen Nachdruck. «Was fällt dir ein, mitten in der Nacht im Hemd herumzulaufen!»

Ich mußte ins Bett zurück, aber ich wollte wissen, was vorging, und ließ mich nicht beruhigen. Da sagte sie mit erzwungenem Gleichmut: «Ein Haus brennt. Du hast das Feuerhorn gehört, und jemand hat Fürio gerufen.» Mit dieser Auskunft gab ich mich nun erst recht nicht zufrieden, ich fragte, warum der Vater fortgegangen sei, ob man die Feuersbrunst von der Stube aus sehen könne, wem das Haus gehöre, und dergleichen.

Die Mutter antwortete ausweichend, aber ich merkte wohl, daß sie bedrückt war und mir etwas verbarg, ihre Stimme hatte keinen Klang, ihr Blick lag nicht gesammelt auf mir wie sonst, und als ich im Eifer des Fragens wieder aufstand, fand sie nicht einmal mehr die Kraft, mich unter die Decke zu befehlen. Sie zog mich an sich und sagte in einem leisen, schrecklichen Ton: «Ach Werni ... der Freudenberg brennt, das Hotel.»

Ich erschrak und konnte nichts mehr sagen. Nun aber ließ sie mich nicht allein, ich hätte es kaum ausgehalten, und sie brauchte mich wohl auch. Sie zog mich notdürftig an, hing mir mein Mäntelchen um und nahm mich in die Stube, dann in ihr Schlafzimmer hinüber, wo friedlich und ahnungslos mein zweijähriges Brüderchen schlief. Von hier aus sah man über den Dächern den stürmisch bewölkten südlichen Himmel leicht gerötet. Wir blickten schweigend und voller Unruhe dorthin, stiegen aber bald in die oberste Kammer hinauf. Die Mutter öffnete das Fenster und schaute gegen Süden.

«Jesus, Maria!» rief sie leise.

Auf dem verschneiten Bergfuß, der sich undeutlich mit einem fahlen Schimmer vom föhnig schwarzgefegten steilen Tannenhang nach rechts in den dunklen Talboden hinausschob, stand eine mächtige Brandröte. Der Westwind hatte die blaue Lücke vom gestrigen Nachmittag mit schwerem Gewölk verschlossen, aber der Föhn war noch nicht verdrängt und drückte das schwarzgraue Gewölk gegen den Feuerschein hinab, so daß dort ein wildes Durcheinander von düster geröteten Rauch- und Wolkenschwaden entstand. Über dem unsichtbaren Brandherd selber war diese weitherum schwankende Röte zu glühender Lohe verdichtet, die ein unbezwingbares Feuer verriet und jede Hoffnung erstickte.

Ich stand auf einem Stuhl und schaute offenen Mundes fassungslos dorthin. Die Mutter hielt mich in ihrem Arme fest. Sie schluchzte und starrte durch Tränen in die Brandröte hinein. Eine schwere Bangnis lähmte mich, und ich konnte nicht einmal mehr weinen.

Das Grand Hotel Freudenberg, das in jedem Sommer von reichen Gästen aus aller Welt bis zum letzten Bette besetzt gewesen war, brannte in dieser Nacht nieder. In den ersten Tagen des neuen Jahrhunderts bekam ich die Ruine in Bildern zu sehen. Beim Jahreswechsel war im ganzen Dorf keine Flagge ausgehängt worden. Die Jahrhundertwende aber blieb mir als düsteres Unheil eingeprägt und tauchte immer wieder brandrot in mein Gedächtnis empor.

10.

Zwischen dem Dorfe und dem dicht bewaldeten östlichen Berghang, in der Altrüti, stand, von saftig grünen Wiesen, üppigen Hecken und mächtigen Birnbäumen umgeben, ein zweihundertfünfzig Jahre altes, hohes Giebelhaus. Hier wohnte die jüngere Schwester meiner Mutter, Tante Christine, mit der mein und meines Bruders Schicksal eng verknüpft ist. Wir sahen sie oft vor ihrem Tagebuch sitzen und wußten, daß wir auch darin vorkamen. Sie schrieb unbefangen, ohne Eitelkeit, mit keinem Gedanken an Veröffentlichung, und bevorzugte das Stimmungsmäßige, das im Ganzen die Sachfülle des Buches überwiegt. Mit fremden Gedichten, die ihre jeweilige Lage und den Sinn der Stunde trafen, ging sie naiv um wie das Volk, sie übernahm, was ihr paßte, änderte sogar und vergaß den Verfasser zu nennen. Was sich ihrer einfachen Prosa zu versagen schien, drückte sie auch selber in Versen aus, womit sie meistens im Konventionellen blieb; manchmal aber entstand dabei doch eine Strophe, die aus ihrem echten Gefühl heraus geglückt, gedichtet war. In ihrer klaren deutschen Schrift begann sie als sechzehnjähriges Mädchen harmlos aufzuschreiben, was sie eben bewegte, führte das Unternehmen mit seltener Ausdauer fort und hinterließ nach dem letzten Federzug ein mehrbändiges Werk, das ein getreuer Ausdruck ihres Wesens und Schicksals ist.

Ihr Lebenslauf glich einem klaren Bergbach, der quellfrisch über Alpweiden läuft, unvermutet in die Tiefe stürzt, schroffe Klippen umschäumt und zuletzt ruhig durch das Tal hinausfließt. Das Paradies auch ihrer Kindheit war der Freudenberg. In einem welschen Pensionat wurde sie von katholischen Schwestern mühelos zur frommen Tochter erzogen und mit dem ersten Preis im Betragen ausgezeichnet. Ihren Frohmut, der ihr ganzes grundlauteres Wesen durchdrang, verlor sie deswegen nicht. Aufatmend kehrte sie mit ihren Freundinnen aus der strengen Hut des Internats in die Welt zurück. «Arme Kinder!» rief ihnen eine Ordensschwester nach. Bei fröhlichen Familienanlässen, auf Bällen, Hochzeiten und Ausfahrten mit dem Freudenberger Zweispänner, aber auch bei der spielerisch bewältigten Alltagsarbeit verbrachte sie nun drei unbeschwerte Jahre. Wer mit ihr zu tun hatte, war ihr wohlgesinnt; wer sich freute, fand bei ihr den hellsten Widerhall.

Mit zwanzig Jahren heiratete sie völlig sicheren Herzens den wohlhabenden jungen Landwirt von der Altrüti. Sie wurde von ihm geliebt, gehörte ihm mit jeder Regung innig an und dankte Gott für die glückliche Fügung. Ihr Jubel wurde grenzenlos, als sie sich Mutter fühlte. Fünf Monate nach der Hochzeit erkrankte ihr Mann an Lungenentzündung. Sie berief sich in ihrer Angst auf das Wort: «Um was ihr immer den Vater in meinem Namen bitten werdet, das wird er euch geben», und flehte vertrauensvoll den Herrgott um Hilfe an. Der Mann aber starb ihr unter den pflegenden Händen hinweg.

Ihre Verzweiflung fand vorerst kein Wort, das Tagebuch blieb geschlossen. Erst nach drei Monaten begann sie erschüttert zu klagen und um den Trost des Himmels zu beten. Ein gesundes Knäblein wurde ihr geschenkt, das in der Taufe den Namen des Vaters, Karl, erhielt. Voller Dankbarkeit klammerte sie sich mit ihrem ganzen wunden Herzen an das Kind, doch fuhr sie fort, den verlorenen Mann zu beklagen, und besuchte jahrelang täglich sein Grab. Im anhaltenden ernsten Bestreben, aus ihrem Knaben einen rechten Menschen zu machen, erzog sie ihn mit mäßiger Strenge, aber sie war vernarrt in ihn wie nur je eine Mutter.

Karl und ich, sein gleichaltriger Vetter, spielten nun, wie das Tagebuch meldet, in der Altrüti häufig miteinander und zankten als Dreijährige auch zum erstenmal, wobei sich der Sohn des Landwirts als der Stärkere erwies. Er warf mich hin, ich lag schreiend am Boden und rief um Hilfe. Da wir bald darauf wieder Arm in Arm singend über die Wiese spazierten, war der Zwischenfall wohl rasch erledigt, doch mußte die neue Erfahrung auf mich gewirkt haben wie auf einen empfindsamen jungen Hund, der nach seiner ersten Niederlage dem Streite künftig lieber ausweicht. Ein Jahr später bekamen wir beide eine Soldatenuniform mit der zugehörigen Ausrüstung geschenkt und wurden darin zusammen photographiert, diesmal nicht vom Herrn Stoffel, sondern von einem Onkel, der weniger bedrohlich aussah. Als Soldaten gingen wir bald mit den Gewehren aufeinander los und mußten getrennt werden, doch dürfte ich kaum der Angreifer gewesen sein.

Tante Christine, die mich wie einen eigenen Sohn behandelte, war zu dieser Zeit eine ernste, mütterliche Frau, die recht energisch auftreten konnte. Aus ihren Augen aber strahlte eine Herzensgüte ohnegleichen. Sie hatte ein gewisses Gleichgewicht gefunden, ihre frühere Fröhlichkeit jedoch nicht, sie trauerte weiterhin um den Mann und besuchte keine öffentlichen Anlässe mehr. Um die Jahrhundertwende schreckte der Brand des Hotelpalastes im Märchenland ihrer Jugend auch sie aus ihrem notdürftigen Frieden auf. Sieben Monate später wurde ihr Karl krank, an dem sie mit allen Fasern hing. Voll tiefster Herzensangst flehte sie wieder Gott um Hilfe an, und wieder wurde die Hilfe versagt. Sie verlor ihren achtjährigen einzigen Sohn.

Kurz vorher sah ich ihn noch. Die Mutter spazierte mit mir und meinem dreijährigen Bruder Heinrich in die Altrüti, wo wir ernster empfangen wurden als sonst. Bei Tante Christine wohnte unsere Großmutter, die Witwe jenes Hauptmanns Dominik Bising, den ich mit dem allmächtigen Stammvater Bartholomäus verwechselt hatte, eine stille, gütige Frau. Auch Karls Großvater lebte noch in diesem Haushalt, Christines Schwiegervater, der vor acht Jahren seinen einzigen Sohn verloren hatte und jetzt um den Enkel und Stammhalter bangte.

Am Bette meines kranken Vetters und Spielgefährten ging es darauf so gedämpft zu, daß ich lieber ins Freie gelaufen wäre.

Indes ließ man uns Kinder allein im Zimmer, aber wir durften nicht spielen und sollten brav sein. Dies alles mißfiel mir, ich konnte die Sorge der Erwachsenen nicht begreifen und wünschte etwas dagegen zu unternehmen. Karl hatte ja nur unreife Stachelbeeren gegessen, deswegen brauchte doch niemand Angst zu haben. Er gestand auch, es sei langweilig im Bett, und die Mutter habe gesagt, es gehe ihm heute besser, er könne bald wieder aufstehen. Auf meinen Vorschlag, er solle doch jetzt gleich aufstehen, erwiderte er unzufrieden, er dürfe ja nicht, sonst würde er schon. Um diesem Zustand ein Ende zu machen, beschloß ich, daß wir alle drei lachend und lärmend in die Wohnstube hinüber stürmen sollten, damit man dort sähe, wie uns zumute sei. Karl lächelte dazu und schien einverstanden. Ich schrie auf wie ein Wilder, stürmte los und erreichte, von meinem lustig kreischenden Brüderchen gefolgt, die Stube, aber schon packte mich meine Mutter erzürnt am Arm, die Tante eilte zu ihrem Kinde hinein, das brav im Bette geblieben war, und der ganze Aufstand wider die großen Leute scheiterte kläglich.

Wenige Tage darauf eröffnete mir die Mutter mit dem traurig bedeutsamen Nachdruck, der auf ein Kind stärker wirkt als die noch kaum faßbare Tatsache selbst, daß Karl gestorben sei und daß ich beim Leichenzug das Kreuz tragen müsse. Am Morgen der Beerdigung fand ich mich zwischen ernsten, schwarzgekleideten Menschen in eine drückend stille Geschäftigkeit einbezogen, die damit endete, daß ich langsam hinter dem dicht bekränzten blumenduftenden Leichenwagen herging und das hölzerne Grabkreuz trug. Am offenen Grabe sah ich, daß alle Leute weinten. Meine Mutter schob immer wieder den Schleier hinauf und trocknete sich mit einem weißen Tüchlein die Augen. Tante Christine, deren Gesicht man unter dem schwarzen Schleier nur undeutlich erkennen konnte, hing vornüber gebeugt mit zuckenden Schultern am Arm meiner Mutter und schluchzte hörbar wie ein Kind in leisen, furchtbaren Tönen. Da brach ich erschüttert auch in Tränen aus.

Dieses neue Erlebnis bestätigte und bereicherte meine Erfahrung, daß alles, auch wenn es noch so schön und lustig war, mit Trauer, Angst und Schrecken ende. Ich kann nicht sagen, daß «ich» diese Erfahrung gemacht hatte, da ich noch nicht zum Selbstbewußtsein erwacht war, aber mein Inneres hatte sie gemacht und begann sich danach zu richten; ich besaß keine Einsicht in diesen Vorgang. Die Erfahrung wurde immer wieder von neuen, aber auch von untergetauchten Erlebnissen genährt, die ich damals schon verdrängt und vergessen haben mochte: Freudig gespannt hatte ich darauf gewartet, daß Meister Daniels großartiger Luftballon fliegen werde; statt dessen war er in Flammen aufgegangen. Meine erste Begegnung mit den fröhlichen Maskeraden hatte mit einem lähmenden Schrecken geendet. In meinem neuen Schlafzimmer war ich von einem Traumgespenst fast bis zur Ohnmacht geängstigt worden. Von meinem verheißungsvollen nächtlichen Ausflug auf Freudenberg hatte die Mutter mich schimpfend ins Bett zurückverbannt. Unser Grand Hotel hatte nicht länger wie ein erreichbares Märchenschloß auf uns gewartet, sondern uns alle mit der Brandröte seines Unterganges erschreckt. Dieses düstere Zeichen stand für mich auch über der Jahrhundertwende. Außerdem war bei uns im Laufe der Zeit noch zweimal etwas Trauriges geschehen; der Großvater, der mich trommeln gelehrt, und meine freundliche Großmutter waren verschwunden, und beidemal hatten meine Eltern geweint. Jetzt überwältigte mich der Schmerz meiner Angehörigen, der den Verlust meines Spielkameraden und das Ende meiner Freuden in der Altrüti bedeutete.

Die Erlebnisse, die das Kind erschüttern, ragen in weiten Abständen wie düstere Inseln aus dem Flusse des täglichen

Lebens. Der Fluß bäumt sich in ihrer Nähe, fährt schäumend hastiger dahin und sieht bald wieder harmlos aus. Die Inseln scheinen zurückzubleiben und werden vergessen, doch hat die Strömung sie mitgerissen; sie schwimmen als gefährliche Brocken unter der Oberfläche, verleihen dem Wasser unmerklich eine besondere Färbung, schleifen am Grunde hin und schürfen das Flußbett tiefer aus, sie wirken zwischen engeren Ufern hemmend, stauend, und heben von Zeit zu Zeit erkennbar ihre dunklen Rücken ans Licht. Eine dauernde bange Erwartung stellt sich ein, die mit einem dumpfen Schuldgefühl verbunden ist. Dem aufwachsenden Menschen wohnt ein Gesetz inne, nach dem er werden soll; verstößt er als Kind auch noch so ahnungslos dagegen, dann fühlt er sich schuldig, ohne im moralischen Sinne schuldig zu sein. Immerhin wird er nicht preisgegeben, das Gesetz steht mit den heilenden Kräften des Wachstums im Bunde, die dem verletzten Kind zu Hilfe kommen.

Zweiter Teil

1.

Geordnete Verhältnisse und günstige Umstände bewahrten mich vom achten bis zum dreizehnten Jahre vor allzu heftigen Schlägen. Die gesunde, unbefangene Art meiner Eltern und Großeltern schien jetzt als Erbteil in mir wirksam zu werden, und die heitere Sicherheit meines Vaters umgab mich nach der wechselvollen Morgendämmerung meiner Kinderjahre wie das klare Tageslicht.

Zum Glück wurde ich durch die Schule nun auch von mir abgelenkt und mit etwa zwanzig gleichaltrigen Knaben auf denselben vorgezeichneten und eingeteilten Weg gestellt, den alle zu gehen hatten. Ich lernte leicht und brachte ordentliche Zeugnisse nach Hause, doch war ich im Betragen kein Musterknabe. In einem erhalten gebliebenen, vom Lehrer angeregten Neujahrsbrief versprach ich als Zehnjähriger meinen Eltern jedenfalls: «Ich will in der Schule fleißig lernen und im Betragen mich bessern, damit ich Euch das nächstemal mit einem guten Zeugnis erfreuen kann.» Die meisten Lehrer waren mir wohlgesinnt, doch gab es darunter zwei, die uns allen durch harte Strafen Furcht einflößten. Der eine, ein großer rauher Mann, schlug die üblichen «Tatzen» dem Schuldigen nicht schonend mit einem Lineal auf die Handfläche, sondern mit einem Ellenstecken kräftig auf die gestreckten Finger, die nachher wie von Brandwunden schmerzten. Der andere Erzieher hatte bei allem pädagogischen Geschick eine perfide Art, den Schüler an den Schläfenhärchen zu reißen, wo die Haut besonders empfindlich ist.

Bei jedem Klassenwechsel bekamen wir einen andern Lehrer, aber während der ganzen Schulzeit hatten wir denselben Musiklehrer, einen großen, dicken Mann mit einem Schnauz, der ihm wie einem Walroß über den Mund hinabhing, und einem umfangreichen, beim Singen eindrucksvoll geblähten Hals. Sein Baß, den er auch bei Prozessionen, Beerdigungen und in der Kirche erschallen ließ, wo er Organist war, besaß eine erstaunliche Tiefe, doch einen dumpfen, heiseren Klang, der nach meiner ersten kindlichen Meinung davon herrührte, daß die Stimme sich im überhängenden Schnauz verfing und zu «tschädern» begann. Sein gewaltiger Bauch trug ihm verschiedene Spottnamen ein, war aber nicht einzigartig, da es unter den wohlgenährten Bürgern des Dorfes damals noch mehr Dickbäuche gab als heute. Als einzigartig dagegen galt die Kraft dieses Mannes, der es in seiner Jugend mit den stärksten Bauern aufgenommen und übrigens, wie man uns warnend erzählte, noch als Musiklehrer einen großen Lümmel der siebenten Klasse durch eine gelinde Ohrfeige auf fünf Meter hin an die Wand gefegt habe.

Bei diesem Musiklehrer ging ich mit andern Schülern zusammen wöchentlich zweimal in die Geigenstunde. Das schnitt mir manchen freien Nachmittag entzwei, aber ich wollte geigen lernen, und meine Eltern ermunterten mich dazu. Der gemeinsame Unterricht konnte nur mangelhafte Ergebnisse haben; später erteilte mir der Lehrer in seiner Wohnung aber private Stunden, er förderte mich, so gut er konnte, und gab sich mir auf begeisternde Art als Freund der Musik zu erkennen, für die er trotz allem eine entschiedene Begabung besaß. Wenn er selber die Geige zur Hand nahm, konnte man für das zarte Instrument in seine Pratzen Mitleid empfinden, doch spielte er nicht übel und täuschte mir im übrigen nie etwas vor, das sein bescheidenes Können überstiegen hätte. Auf der Kirchenempore aber, wo ich als Geiger später Orchestermessen mitspielte, erschien seine mächtige Gestalt den Klangstürmen angemessen, die er orgelnd entfesselte.

In der gemeinsamen Geigenstunde besuchte uns manchmal ein Pfarrhelfer, der bei etwas geringerem Umfang eine ebenso wuchtige Persönlichkeit war und mit der tiefen, heiseren Fülle seines Basses den Musiklehrer noch übertraf. Auf der Kanzel rollte und grollte seine rafelnde Stimme vom Anfang bis zum Schlusse seiner Predigten hochpathetisch, niemand verstand, was er sagte, doch deuteten einzelne erfaßbare Worte wie Gottvater, Firmament und Sterne den Inhalt an, auch kannte man ihn als gelehrten, der Astronomie kundigen Herrn und zweifelte keinen Augenblick an der Bedeutsamkeit seines Kanzelwortes. Dieser geistliche Herr plauderte mit uns kleinen Geigern, nachdem er uns wohlwollend eine Weile zugeschaut hatte, nahm beiläufig eine der Geigen zur Hand, betrachtete sie, stimmte sie, erbat sich auch den Bogen dazu, den er nachdenklich straffer spannte, und schien sich einen Augenblick zu sammeln wie vor einem großen Absprung; plötzlich warf er den Kopf mit der krausen schwarzen Mähne empor, hieb sich die Geige unter das Kinn und hob, finster auf die Saiten hinabblickend, die Rechte mit dem Bogen so hoch, als ob er ein Orchester dirigieren wollte, dann schlug er zu und riß Akkord um Akkord aus den vier Saiten, schaltete wilde Läufe ein, spielte mit Horntönen eine Arie auf der G-Saite und schloß wieder mit Akkorden. Wir staunten ihn gebührend an. Der Musiklehrer lächelte.

Einer der Lehrer, ein flinker, kleiner Mann, steht mir noch deshalb vor Augen, weil er mich einmal nicht bestrafte, als ich ihm Anlaß dazu gab. Ich schnitt daheim in Flaschenkorke mit dem Taschenmesser eine Höhlung, so daß Boden, Decke und Rückwand erhalten blieben, vergitterte die Öffnung von oben nach unten eng mit Nadeln und sperrte Fliegen hinein. Meine sprachenkundige Tante Klara, die einen dieser Käfige sah, nannte ihn pavillon des mouches, ermahnte mich aber, Tiere nicht zu quälen, was ich gern versprach. Solche Fliegenkäfige nahm ich an einem heißen Tag in die Schule mit und stellte sie während des Unterrichts vor mich hin. Meine Mitschüler, die ihren Spaß daran hatten, beeilten sich, auf ihren Plätzen heimlich Fliegen zu fangen und sie mir abzuliefern, so daß rings um mich eine beträchtliche Unruhe entstand. Eine große, lebhafte Schnurrfliege und einige Stubenfliegen hatte ich schon mitgebracht, jetzt kamen neue Häftlinge dazu, in den Korkzellen kribbelte und surrte es, und meine Nachbarn kicherten. Plötzlich kam der Lehrer auf mich zu. Ich faßte mit jeder Hand zwei meiner Käfige und wollte sie in die Hosensäcke stecken, aber es war schon zu spät, ich mußte sie zeigen. Der Lehrer betrachtete sie, den Kopf schüttelnd, mit Verwunderung, und auf einmal mußte er auch lachen. «Kindskopf!» sagte er und nahm mir mit einem Verweis die ganze Fliegenschau weg, um sie mir nach der Schule zurückzugeben.

In einigen Klassen wurde mit einer elastischen Schleuder ein anderer Unfug getrieben, den wir bei uns auch einführten. Wir schlauften das «Elast», das einem kurzen Schuhnestel glich, mit dem einen Ende um den Daumen, mit dem andern um den Zeigfinger und verwendeten als Geschoß ein fingerlanges, schmales, vielfach gefälteltes Papier, das in der Mitte geknickt wurde, so daß es einen harten Kopf und zwei Flügel bekam; dieses Pfeilchen schossen wir zwischen den gespreizten Fingern hindurch mit dem Elast ab wie den gefiederten Pfeil mit der Sehne des Bogens, es flitzte durch die ganze Schulstube, traf aber aus der Hand eines geschickten Schützen leicht einen Rücken oder Kopf in den vorderen Bänken. Der Spaß dauerte so lange, bis einer der Schützen den Nacken des an der Wandtafel schreibenden Herrn Lehrers traf. Später machte ich aus einem zäheren Elast, das ich statt an zwei Fingern an einer hölzernen Griggel befestigte, eine Schleuder, mit der ich Steine schießen konnte.

Auf dem Heimweg von der Schule trafen sich die Knaben, die «Chlefeli» besaßen, und marschierten gemeinsam chlefelnd ins Dorf hinein. Kenner der frühneuhochdeutschen Sprache wissen, was eine Rafel ist, was Klefel sind und was ein paar Waschweiber tun, wenn sie klefeln oder rätschen. Klapper und klappern sind zu allgemeine Bezeichnungen dafür und treffen die Sache nur ungefähr. In diesem Teil meiner Jugendgeschichte muß ich Wörter brauchen, die man zwischen dem fünfzehnten und siebzehnten Jahrhundert auch in Deutschland noch schrieb und verstand, inzwischen aber vergessen und durch allgemeinere, blassere ersetzt hat, während sie in unserer Mundart lebendig geblieben sind und uns Schulbuben geläufig waren. Chlefeli oder Klefel sind zwei Brettchen, die wir aus hartem Holze selber schnitzten, unten leicht anbrannten und oben so einkerbten, daß wir sie zu beiden Seiten des Mittelfingers einhängen und durch das Schütteln der Hand zum Klefeln bringen konnten, wobei das lose linke gegen das mit dem Ringfinger festgehaltene rechte schlug und die hohle Hand den Schall verstärkte. Es galt dabei, mit geschmeidigem Handgelenk einen richtigen Marsch zu klefeln, statt mit einem unrhythmischen Geschlenker nur Lärm zu machen. Ich brachte es gut fertig, da ich auch trommeln konnte, und bestand bald darauf, aus unserer Klefelergruppe alle bloßen Klapperer auszuscheiden. Die damals auf dem Markt erscheinenden Klefel einer Spielwarenfabrik lehnten wir als verfälschende Nachahmung verächtlich ab, da sie den vollen Klang unserer selbstgemachten echten Klefel nicht erreichten.

Geklefelt wurde nur zur Fastenzeit, woraus sich eine Beziehung zum kirchlichen Brauch des «Rafelns» ergeben mag. In der Karwoche nämlich stand in der Glockenstube des Turms eine Rafel, ein Ding, das als Klapper wiederum nur ungenau bezeichnet würde. Sie rafelte, was sonst die nun verstummten Glocken läutend zu verkünden hatten, und nach der österlichen Auferstehung verschwanden mit der Rafel auch unsere Klefel wieder für ein Jahr.

Ich laufe mit diesen Erinnerungen aus der Schule, bevor ich den Unterricht selber auch nur zu kennzeichnen versucht habe. Das menschliche Gedächtnis ist undankbar, es bewahrt, was unserer Eitelkeit schmeichelt, unser Selbstgefühl verletzt oder unsere Lebenslust erhöht, aber die stillen Wohltaten, die wir mit einer gewissen Regelmäßigkeit empfangen, vergißt es so leicht, als ob wir darauf einen Anspruch hätten wie auf Licht und Luft. Ich wurde durch die Primarschule von mir abgelenkt auf erstrebenswerte Ziele und in die Gemeinsamkeit mit gleichaltrigen Kameraden; wie ich lesen, schreiben, rechnen und anderes lernte, weiß ich jedoch kaum mehr. Die freie Zeit und die Ferien schienen uns das Wichtigste, und durch den Schulzwang, aber auch dank dem Schulzwang, machten wir die große Erfahrung, daß die Freiheit, soviel wir eben davon verstehen konnten, zu den kostbarsten Gütern des Lebens gehört. In der Freiheit erlebte ich, was mir während dieser sechs Jahre die stärksten Eindrücke hinterließ.

2.

Als Achtjähriger ritt ich mitten in unserem Dorfe auf einem Kamel. Ein schwarzhaariger fremder Mann führte es herum und wiederholte mit eintönig singender Stimme einen Bericht, der so begann: «Dieses ist das große Dromedar aus der Wüste Afrikas.» Ein anderer Fremder ließ indes zwei Affen Glöcklein schütteln, Geige kratzen und Drehörgelchen spielen, eine Frau ging mit einem Hut herum und sammelte ein. Scharen von Kindern schauten zu; die Buben aber, die reiten wollten, blieben in einem wilden Gedränge dem Kamel auf den Fersen. Ich hatte Glück gehabt und saß nun oben, mit Armen und Beinen an den Höcker des ungesattelten Tieres geklammert, die Nase voll eines abenteuerlichen Geruches. Als ich darauf triumphierend nach Hause kam, wußte man da schon alles; die Mutter war unzufrieden mit mir und sprach von Läusen, Flöhen und Gestank, aber der Vater lachte.

Wenn fahrende Truppen unser Dorf besuchten, verfolgten wir das Ereignis mit unstillbarer Neugier. An der Kirchweih waren wir beharrliche Gäste der Budenstadt und halfen, berauscht vom Glanzgeflitter und Musikgetöse, das Karussell drehen. Eines Tages aber beschlossen wir, mein gleichaltriger Vetter Hans, der etwas ältere Dominik und ich, eine eigene Kilbi oder Kirchweih zu veranstalten. Wir gewannen noch einige Freunde für den Plan und begannen in unserem Scheiterhaus mit den Vorbereitungen, die uns Wochen lang beschäftigen sollten. Zunächst bauten wir in der freien Zeit aus Brettern, Latten, Kisten, Tannzweigen und Dachpappe eine Budenstadt an das Scheiterhaus, mit der Front zum Garten. Vor der Scheiterhaustür, dem Zugang für die Spieler, erstand eine kleine Bühne mit ziehbarem Vorhang, daran schloß sich rechts und links je eine offene Bude. Vom leicht ansteigenden

Garten aus, wo wir Stühle und Bänke für die Zuschauer aufstellten, machte der fertige Bau mit jedem Tag einen festlicheren Eindruck, da wir an Fahnen, bunten Papieren, Stoffen und Flitterzeug alles Erreichbare zu seinem Schmuck herbeischleppten. Ein Programm, das Ergebnis eines langen Kampfes zwischen mir und Dominik, wurde in Abschriften unter Verwandten und Bekannten verbreitet; es verhieß eine «Gartenkilbi mit großer Budenstadt in Ambergs Garten. Eintritt 20 Rappen. Kinder die Hälfte.»

Dominik, ein frischer, lauter Bursche, der als «Plagör» galt, hatte sich von Anfang an zum Leiter des Unternehmens aufgeschwungen und immer wieder beteuert, es müsse eine großartige, eine «ganz bäumige Sache» werden. Wir nannten ihn Domintsch, da er auch seinerseits auf Gassenbubenart einen Karl Kartsch nannte, einen Heinrich Heirtsch; nur meinen etwa fünfjährigen Bruder nannte er onkelhaft gütig Heireli. Ich wollte das Programm mit Flötenspiel eröffnen, er hingegen mit einem «Bombenklapf», wozu er bereits einen dicken Pulverfrosch hergestellt hatte. «Flöten!» rief er mitleidig. «Da gähnen die Leute, bevor wir überhaupt recht angefangen haben. Werntsch, wenn du mir den Bombenklapf streichst, mach ich gar nicht mit.» Da ich mit allem Spaß auch selber schon Pulverfrösche abgebrannt hatte, gab ich nach, und der Bombenklapf wurde aufs Programm gesetzt, aber im letzten Augenblick auf die entschiedene Einsprache meiner Eltern hin gestrichen.

An einem sonnigen, schulfreien Nachmittag, Ende Mai oder anfangs Juni, wurde im offenen Tor, durch das man von der Gasse in unser Höfli gelangte, um zwei Uhr die Kasse eröffnet. An der Kasse saß Otto, ein schwer durchsichtiger, unheimlicher Knabe, von dem ich später noch erzählen muß; mit altkluger Miene und freundlicher Sachlichkeit zog er das Geld ein und wies die Schaulustigen leise dem Scheiterhaus entlang in den Garten, wo nach einer Viertelstunde etwa fünfzehn

Plätze von neugierigen Müttern, Tanten, Bäschen und Kindern besetzt waren. Otto erschien nun im Scheiterhaus und betrachtete ruhig das laute, scheinbar alles gefährdende Durcheinander, dann ging er schweigend in eine Ecke der Bühne, wo er sich mit der Glocke und dem Vorhang zu befassen hatte.

«Die fünf musikalischen Waldmännchen», die das Programm als erste Nummer verhieß, waren endlich bereit, Otto schwang die Glocke und zog den Vorhang auseinander. Ich stand mit Heireli und drei andern Knaben auf der Bühne. Wir waren barfuß, trugen bunte Blümchen zwischen den Zehen, eine Kette aus Tannzapfen um den Hals und einen Kranz aus Bärlappranken auf dem Kopf; überdies hatten wir große grüne Blätter, die wir Schnuderblacken nannten, in der Mitte leicht aufgeschlitzt und durch den Schlitz über die Ohrmuscheln gestülpt, mit der Blattspitze nach oben, sodaß wir aussehen mochten wie Faune. Nachdem das Gelächter des verblüfften Publikums verklungen war, begann ich als erster eine Kerbelflöte zu blasen; sie bestand aus dem hohlen Stengel des eben blühenden Wiesenkerbels und gab nur einen einzigen, aber sehr angenehmen, sanften Ton. Jedes der fünf Waldmännchen fiel auf mein Zeichen mit einem etwas andern Ton aus einer Kerbelflöte von größerem oder geringerem Umfang ein, bis alle fünf zusammen einen wohllautenden Akkord bliesen, der zuletzt, nachdem wir gleichzeitig tief Atem geholt hatten, so lang wie möglich ausgehalten wurde; wir bekamen dabei rote Köpfe, und Heireli, der den Atem zuerst verlor, begann zu pfuttern, aber schon übertönte der einsetzende Beifall unsere zarte Blasmusik, und wir setzten ab.

Nun zog jeder von uns eine Maienpfeife hervor, eine Weidenflöte, ich begann wieder als erster die meine zu blasen und ließ dann einen nach dem andern einfallen. Ich hatte vom Vater gelernt, wie man sie macht, und es meinen Kameraden gezeigt. Wir schnitten im Mai aus einem geraden Zweig der im Safte stehenden Salweide ein etwa dreißig Zentimeter langes, fingerdickes, glattes Stück heraus, schälten ein zehn Zentimeter langes Ende davon, schrägten das ungeschälte oberste Ende einseitig ab, so daß ein Schnabel entstand, und machten vorn unter dem Schnabel eine Querkerbe. Damit war die Form der Pfeife schon da, aber nun kam das Schwierigste; wir klopften mit dem Heft eines Taschenmessers die grünlich graue Rinde sorgfältig ab, bis sie sich im Innern vom Holze löste, dann drehten wir das saftige Holz mit einem behutsamen Ruck und zogen es heraus, ohne die Rindenröhre zu verletzen. Der Schnabel des Holzstäbchens, das Zäpfchen, wurde vorn glatt gemacht, abgeschnitten und in den Schnabel der Röhre gefügt, wo es mit der Glätte genau bis zur Kerbe reichen und jenen Hohlraum bilden mußte, in dem das Rohrblatt der Klarinette sitzt. Das saftschimmernde nackte Holzstäbchen wurde unten in die Röhre gesteckt, und man konnte pfeifen. Wir hatten mit wechselndem Erfolg lange an diesen Weidenflöten gearbeitet und die gelungenen endlich ins Wasser gelegt, um das Austrocknen, Schrumpfen und Reißen der Rinde zu verhüten. Sie waren frisch geblieben. Jetzt bliesen wir also gemeinsam ein paar Akkorde und veränderten sie auch, indem wir das Holzstäbchen mehr oder weniger tief in die Röhre schoben.

Drei Bläser griffen darauf noch einmal zur Kerbelflöte, zwei behielten die Maienpfeife, und wir bliesen kurz abwechselnd unsere Töne, um die verschiedene Klangfarbe der beiden Instrumente deutlich zu machen. Die Maienpfeife tönte ähnlich wie eine Blockflöte, das Kerbelflötchen eher wie eine Geige mit den Flageoletten der tieferen Saiten. Zuletzt bliesen die Maienpfeifer und Kerbelflötisten zusammen anmutig durcheinander wie verschiedene Amseln an warmen Frühlingsabenden, und endlich schritten wir, Blümchen aus den Zehen verlierend, einer hinter dem andern blasend im Kreis herum, bis Otto den Vorhang zog und lauter Beifall einsetzte.

Domintsch, der das Verbot seines Bombenklapfs nicht verschmerzen konnte und uns «die fünf klagenden Waldesel» genannt hatte, schrieb den Erfolg dieser Nummer unserem Aussehen zu. Er trat erst jetzt in seiner Rolle als Ansager auf, um die zweite Nummer anzukündigen, die er zwar nicht hoch einschätzte, aber doch als ernsthafte Produktion gelten ließ. In einem enganliegenden weißen Trikotleibchen, das seine kräftige Brust zur Geltung brachte, mit primitiv tätowierten nackten Armen und glatt auseinander gescheitelten blonden Haaren, die er mit Butter eingeschmiert hatte, trat er zwischen die Vorhänge und rief: «Hochverehrtes Publikum! Sie hören jetzt die zwei berühmtesten Violinkünstler von ganz Europa. Sie sind in allen großen Städten aufgetreten. Sie sind in Berlin gewesen. Der deutsche Kaiser hat geweint, als er sie hörte ...» Auf diese von mir nicht vorgesehene Art schwafelte er weiter, und da die Leute sowohl über ihn wie über sein Geschwafel lachten, ließ sich wenig dagegen einwenden. Als er fertig war, spielten Hans und ich aus unserer Violinschule zwei einfache Duos, die den Zuhörern kaum gefallen konnten, aber achtungsvoll beklatscht wurden.

In einem schwarzen Mantel trat nun Otto als Zauberkünstler auf und machte längere Zeit irgend etwas mit Stäben, Kügelchen und Karten, dann kam ich mit einem Trommelsolo an die Reihe.

Gleich darauf betrat wieder Domintsch mit heftig geschüttelter Glocke die Bühne, verkündete die Eröffnung der beiden Buden, wo die Vorhänge jetzt weggenommen wurden, und forderte das Publikum auf, näher heranzukommen. Im blau und rot tapezierten Hintergrund der Bude rechts, der Schießbude, baumelten an Schnüren sechs Puppen, die den kleinen Schwestern unserer Mitspieler gehörten; beim Versuch, sie in Abständen nebeneinander auf ein Brett zu setzen, waren nicht alle aufrecht sitzengeblieben, darum hatten wir sie aufgehängt. An den beiden Seitenwänden war je ein dreistufiges Gestell mit jenen Preis beladen, die man ohne übermäßige Ausgaben an Geld und Zeit bei uns so wenig gewinnen konnte wie in richtigen Schießbuden; es prangten daher auch hier viel unveräußerliche Dinge, entliehene Blumenvasen, Bierhumpen und bronzierte Gipsfiguren, eine schimmernde Zinnkanne, ein glänzender Eiskübel, gerahmte Bilder und dergleichen. Auf die Puppen wurde mit einem Gewehrchen und mit Holderbüchsen geschossen. Das Gewehrchen, das mir gehörte, aber mich schon nicht mehr befriedigte, schoß Pfeile, die statt einer Spitze einen Gumminapf trugen, derart auf eine nahe Scheibe, daß sie kleben blieben; an den Puppen fielen sie ab. Aus kurzen Aststücken des Holunders hatten wir das Mark herausgebohrt und die beiden Öffnungen durch Korkzäpfchen verschlossen; stieß man mit einem Stöpsel das eine Zäpfchen in die Röhre hinein, so jagte der Luftdruck das andere hinaus. Das waren die Holderbüchsen; sie knallten ordentlich, doch flogen die Korkgeschosse nicht weit und trafen schlecht.

Während ich hier das Schießen leitete, gab Domintsch auf der Bühne bekannt, daß drei Schüsse nur fünf Rappen kosteten, und wies marktschreierisch auf die ausgestellten fabelhaften Preise hin. Indes wollte sich niemand ernstlich um diese schwer erreichbaren Dinge bewerben. Wer schoß, bekam aber als Auszeichnung den silbernen Stern, der aus Karton und Silberpapier gemacht war.

In der Bude links konnte man sich zur gleichen Zeit mit einem Spielzeug vergnügen, das wir auch selber gemacht hatten. Domintsch rief es als neuestes technisches Weltwunder aus, als das endlich von uns erfundene Perpetuum mobile, das er hartnäckig Pepetum nobile nannte. Ein Holznagel in der Größe eines Bleistifts lief so, daß er mit dem Köpfchen aufsaß, von oben nach unten durch eine ausgehöhlte Nuß und trug am unteren Ende eine Kartoffel; aus einem seitlichen Löchlein der Nuß hing eine Schnur, die im Innern des Gehäuses am Nagel befestigt war. Drehte man nun den Nagel, bis ein Stück Schnur aufgewickelt war, und zog dann an der Schnur, so wurde durch den Schwung der rotierenden Kartoffel die abgelaufene Schnur sogleich wieder aufgewickelt; man konnte die Schnur beliebig oft herausziehen, immer verschwand sie schleunigst wieder im Gehäuse. Das war die Nußtrülle. Eine Minute lang trüllen kostete fünf Rappen. Für drei Personen war je eine Nußtrülle da, Hans stand mit der Uhr in der Bude, und unsere Kilbibesucher trüllten wirklich zu dreien nebeneinander mit sichtlichem Vergnügen.

Den zweiten Teil des Programms eröffnete die Nummer «Aufstieg und Beschießen eines Riesendrachens. Nur bei günstigem Wind». Wir zogen von der Bühne in den Garten hinaus, ich mit der Trommel voran, dann Josef, ein geschickter, stiller Knabe aus meiner Klasse, mit dem von ihm gebauten gelben Drachen, darauf vier Knaben, die feierlich den langen buntfarbigen Drachenschweif trugen. Jedem von uns baumelte hinten ein ähnlicher kurzer Schweif auf die Waden hinab. Das Publikum folgte uns lachend. In der Mitte des Gartens, wo wir uns aufstellten, erklärte Domintsch, daß leider kein Wind wehe und der Drache daher nicht steigen könne. «Die Pfeile aber», fuhr er fort, «mit denen wir den Drachen in jeder beliebigen Höhe unfehlbar durchbohrt hätten, werden nun trotzdem verschossen; wir bitten, ihnen wegen der Augen nicht zu lange nachzuschauen, wir zielen auf die Sonne.»

Die Pfeilschleuder, die wir zu diesem von uns häufig betriebenen Spiele benutzten, bestand wie eine kleine Peitsche aus einem biegsamen Haselrütchen und einer armlangen Schnur. Die leichten, flachen Pfeile hatten wir aus Dachschindeln geschnitzt, rot bemalt und in der Mitte eingekerbt. Der Schleuderer legte das einfach geknotete äußerste Schnurende in diese Kerbe, ergriff mit der Linken das breite Blatt des Pfeils, mit der Rechten das Rütchen, und setzte, beide Arme auf- und abwiegend, mit gestraffter Schnur und gebogenem Rütchen ein paarmal verheißungsvoll zum Schuß an, um endlich den Pfeil in einem letzten Aufschwung loszulassen und abzuschleudern. Ein roter Pfeil nach dem andern flog nun hoch gegen den blauen Himmel und fiel weit außerhalb des Gartens hinab, wo wir ihn später suchen wollten.

Nachdem wir etwa zwanzig Pfeile verschossen hatten, zogen wir uns mit dem Drachen über die Bühne zurück, und die Zuschauer nahmen ihre Plätze wieder ein. Jetzt trat Domintsch in einer eigenen Nummer auf, die er im Programm nach dem «Todessprung» des Zirkusakrobaten als «Todeskopfstand» bezeichnete und zwischen den Vorhängen auch selber ankündigte. In einer Mischung von Unsinn, Witz und Prahlerei stellte er sich als Inhaber des «Junioren-Weltrekords im Kopfstand» vor. Er war im Grunde ein gutmütiger, gesunder Bursche, der es nicht nötig hatte, sich aufzuspielen, aber das war nun seine Art oder Unart, die jedoch lustig wirkte, sobald sie sich als scherzhafte Übertreibung zu erkennen gab. Während ich auf seinen Wunsch einen Trommelwirbel schlug, wurde der Vorhang geöffnet und ein Kissen auf die Bühne gelegt, dann trat Domintsch auf, athletenhaft, rieb sich wichtig die flachen Hände, paßte umständlich den geschmierten Scheitel ins Kissen und stellte sich, mit den Händen stützend, langsam auf den Kopf. Bis zu diesem Augenblick hatte ich gewirbelt, jetzt brach ich ab; eine atemlose Stille hätte nun eintreten sollen, doch es zeigte sich, daß Domintsch auch seine Waden tätowiert hatte, und die Zuschauer lachten. Die Dauer des Kopfstandes hatte dann das erwartete gespannte Schweigen dennoch zur Folge, aber die Mütter und Tanten klatschten schon bald und riefen besorgt: «Genug! Genug!» Der Rekordinhaber stellte sich wieder auf die Füße, während ich mit den Schlegeln Beifall wirbelte, doch brachte er es nicht über sich, mit einer Verbeugung die Bühne zu verlassen, sondern erklärte, den Kopf noch voller Blut: «Ich hätte selbstverständlich beliebig lang auf dem Kopf stehen können. Aus Rücksicht auf die Nerven der verehrten Damen muß ich Sie aber bitten, mit dieser bescheidenen Probe vorlieb zu nehmen.» Er verbeugte sich knapp und trat ab.

Von den folgenden Nummern hatte die «Vorführung neu entdeckter Raubtiere aus dem afrikanischen Urwald» noch einigen Erfolg. Als der Vorhang auseinanderging, machte das eine unserer beiden Tiere auf der Bühne eben einen Versuch, sich aus dem zugeschnürten Sack zu befreien, in den wir es gesteckt hatten. Domintsch, der als Tierbändiger auftrat, gab bekannt, daß dieses Tier wegen seiner unberechenbaren Wildheit und außerordentlichen Sprungkraft leider nicht anders vorgeführt werden könne. Nachdem der Sack sich ein paarmal eindrucksvoll überrollt und herumgewälzt hatte, begann das gefangene Tier zur Erheiterung des Publikums kläglich zu miauen. Vom zweiten, größeren Raubtier war wenigstens der Schwanz zu sehen, ein knallroter Schwanz mit einem grünen Büschel; das übrige steckte in einem, beim Schwanzansatz fest zugebundenen Kartoffelsack. Auch dieses Tier suchte sich zu befreien, ließ aber leider den bunten Schweif hängen, stellte auf einmal jede Bewegung ein und begann zu bellen. Domintsch gab unverzüglich bekannt, es sei ein wilder Wüstenhund aus dem inneren Afrika. Wir hatten den uns wohlbekannten, raßenmässig unbestimmbaren Belo aus der Nachbarschaft dafür gewonnen, seinen Schwanz mit dem Rest der roten Pfeilfarbe bemalt und seine Schwanzspitze mit einer grünen Vorhangzottel geschmückt. Obwohl er seine Rolle schlecht spielte, bekam er gleich darauf eine Wurst.

Ein großes Konzert mit allen Instrumenten, das meiner Führung leider entglitt und in einen wilden Lärm ausartete, beschloß unsere Gartenkilbi. Das Publikum ging sehr vergnügt auseinander, und bald kannte das ganze Dorf unsere Leistungen.

3.

Im ersten Schuljahr besuchte ich mit meiner Mutter Verwandte, die ich Tante und Onkel nannte. Der Onkel führte uns in seinem großen Garten herum, der unter einer warmen Nachmittagssonne mit Gemüsen, Obst und Blumen in herbstlicher Fülle das Haus umgab. Gern wäre ich hier allein auf Entdeckungen ausgegangen, und ich versuchte denn auch, zwischen bunten Ziersträuchern zu verschwinden, aber die Mutter rief mich immer wieder, und ich mußte folgen. Wir kamen vor ein schmales, dem Gartenweg zugeneigtes Kürbisbeet, und der Onkel wies auf die mir noch unbekannten Früchte hin, besonders auf einen Kürbiskopf von mächtigem Umfang, der gelblich aus dem wuchernden Blätter- und Stengelgeranke leuchtete. Die Riesenfrucht erregte meine Neugier, ich blieb zurück, betrachtete sie mit Erstaunen und wollte noch wissen, wie schwer sie sei. Es gelang mir, die strotzende Kugel vom Boden zu heben, aber sie entglitt meinen Händen, brach ab und rollte auf den Gartenweg. Ich erschrak unsäglich. Die Strafe brach in mir selber aus, sie erschütterte mich, jetzt wie immer in späteren Fällen, und sie hätte zur Sühne wohl genügt. Aber es war durch viele Jahre hin mein Schicksal, erwischt zu werden und mir auch die Strafe menschlicher Richter noch aufzuladen. Der Onkel kam zurück und ließ in einem lauten, zornigen Ton seine ganze Entrüstung an mir aus. Da war kein Zweifel möglich, daß ich etwas Schreckliches getan hatte. Ich stand da und zitterte.

Später suchte ich diesen Onkel zu begreifen. Die Beschäftigung im Garten war seine Liebhaberei, ein reicher Ertrag seine höchste Genugtuung. Mit aller Sorgfalt hatte er diesen Kürbis aufgezogen und anteilnehmend seine volle Reife erwartet, so daß dies vorzeitige Abbrechen durch einen unbedachten

Schulbuben ihn erzürnen mußte. Er konnte nicht wissen, wie tief er mich traf.

Ich verließ den schönen Garten, von der Mutter geführt, die meine Schuld tröstend auf ihr bescheidenes Maß herabzusetzen suchte, aber ich kam mir als endgültig Ausgestoßener vor und wagte mich viele Jahre lang nicht mehr da hinein.

Dafür lockten mich schon bald die verbotenen Wege, die ein paar geweckte Schulkameraden gingen. So besuchten wir im Herbst mit Holzknebeln öffentliche und private Nußbäume, und unsere einzige Sorge war, nicht ertappt zu werden. Eines sonnigen Tages nach der Schule schlenderten wir zu dritt zwischen mannshohen Mauern durch ein trockenes Bachbett unter einen mächtigen Nußbaum. Eh wir hinauskletterten, blickten wir vorsichtig über die Mauer. Am Fuße des altersgrauen, zerfurchten Stammes stand ein lotteriges Bänklein. Ein Fußweg führte daran vorbei über die schmale hölzerne Bachbrücke. Neben dem Wege lief eine üppige Grünhecke, ein Lebhag, bis zum Baum. Das schattige stille Plätzchen unter dem weitausgreifenden Laubgebirge war äußerst anziehend. Wir stiegen aus dem Bachbett, blickten rundum über die hellgrünen Schnittflächen und das dunklere dichte Emdgras der Wiesen, spähten besonders aufmerksam nach dem nächsten, hinter Obstbäumen halb versteckten Bauernhof aus und gingen dann beruhigt ans Werk. Unsere armlangen Knebel wirbelten kräftig ins Geäst hinauf, viele Früchte saßen schon locker und fielen leise in den Rasen oder mit einem hellen, freundlichen Laut auf den Fußweg und ins Bachgeröll. Manchmal lag eine Nuß noch hellbraun, feucht und faserig in ihrer klaffenden grünen Schale da. Im herben Geruch zertretener Ästchen und Blätter bengelten wir also drauflos und füllten unsere Hosensäcke, während das Verhängnis schon unterwegs war.

Der Bauer, der in diesen Dingen keinen Spaß verstand, mußte uns vom Hofe aus entdeckt haben und schlich mit einem

Haselstecken hinter dem Lebhag heran, ohne daß wir ihn gewahrten. Plötzlich war er da und schlug seine Hand wie einen Raubvogelfang zupackend auf den nächsten Übeltäter. Das war ich, ich mußte es sein. Die zwei andern verschwanden vor meinen Augen im Bachbett. «Ier verfluemerte Lushünd, ich will üch scho lehre Nuß abbeschla», donnerte der empörte Mann und prügelte mich mit dem Haselstecken so durch, als ob ich die Strafe für alle drei entgegenzunehmen hätte. Diese Züchtigung traf mich hart und blieb mir haften wie der Anblick des unbarmherzigen Bauern selber, aber ich fand, daß sie zu meiner harmlosen Schuld in keinem Verhältnis stehe, und konnte auch die mir aufgezwungene Stellvertretung nicht anerkennen. Um so tiefer schmerzte mich die Ungerechtigkeit, die nach meinem Gefühl an mir begangen wurde.

Eine neue, bestürzende Erfahrung stand mir bevor, als ich mit meiner Steinschleuder einen Fehlschuß tat. Ich war allein in der Wohnung und entdeckte durch das offene Fenster eine schußnahe Taube, eine der vielen Kirchentauben, die von etlichen, auf Reinlichkeit bedachten Hausbesitzern verwünscht wurden, womit sie zu ihrer Jagd einen annehmbaren Vorwand lieferten. Die Taube stand auf einem zurückgeschlagenen Fensterladen des gegenüberliegenden Hauses, einem sogenannten Jalousieladen. Ich fügte einen auserlesenen Gartenkiesel ins Schleuderlederchen, spannte zielend und schoß. Die Taube flog ab, aber die Fensterscheibe daneben zersplitterte mit einem Ton, der mir in die Seele schnitt. Erschrocken zog ich mich zurück und wußte darauf eine Stunde lang nicht, wo ich gehen und stehen sollte.

Indessen sah ich den geschädigten Hausbewohner, einen freundlichen Mann, zu meinen Eltern unten in den Uhrenladen treten. Ich verbarg mich, wurde aber bald darauf einvernommen und der Übeltat dringend verdächtigt. Ich wäre schon damals, wie auch später, nicht fähig gewesen, eine Schuld abzuleugnen, ohne sie durch mein heftiges Erröten dennoch zu verraten. Kleinlaut gestand ich und versuchte stammelnd, das Unglück zu erklären. Mein Vater, der zur Milde neigte, nahm mir die Schleuder weg. «Ein Bursche, der nicht besser trifft, braucht keine Schleuder», entschied er. (Zwei Wochen später hatte ich eine neue.) Die Mutter, die um mich immer besorgter war als der zuversichtliche Vater, schalt mich einen leichtsinnigen Tropf, und am Ende verlangten beide Eltern, daß ich hinübergehen und den Herrn Nachbar um Verzeihung bitten müsse.

Das war mir neu und schrecklich. Ich drückte mich erst ein paarmal an der Tür des Nachbarhauses vorbei, brachte es nicht über mich, die Glocke zu ziehen und kehrte wieder heim. «Hast du dich jetzt entschuldigt?» fragte die Mutter, und als ich niedergeschlagen verneinte, befahl sie unwidersprechlich: «Dann gehst du jetzt sofort und tust es!» Ich ging abermals hinüber und zog an der Hausglocke, plötzlich, ohne Besinnung, wie man etwas Widerwärtiges jäh und blindlings anpackt, weil man es nicht mit Bedacht zu ergreifen wagt. Genau so ging ich in die Wohnung hinauf, klöpfelte und trat ein.

Der Hausherr, der wissen mußte, warum ich kam, unterbrach irgendeine Beschäftigung, zog die Augenbrauen empor und fragte in einem halb ironisch heiteren, halb unheilverkündenden Ton: «Aha, was kommt da für ein Besuch?» Leider konnte ich ihm nur eine schwache Genugtuung verschaffen. «Ich müsse mich entschuldigen», stieß ich finster und flüchtig hervor, kein Wort mehr, und kehrte wieder um. Ohne seine Haltrufe zu beachten, lief ich die Treppe hinab ins Freie. Es war getan. Ich vergaß auch diesen Mann nicht mehr, obwohl er sich am Ende mit der ungebräuchlichen Form meiner Entschuldigung zufrieden gab. –

Eines Tages sah ich Otto vor dem Schaufenster der Konditorei Grüter stehen. Ich trat zu ihm, und wir betrachteten gemeinsam die Süßigkeiten, besonders die auf verschiedenen Platten ausgelegten Törtchen, die wir Chräpfli nannten.

Rechts lagen die besseren, die einen Batzen kosteten, zehn Rappen, links die billigeren zu fünf Rappen, die halbbatzigen. Wir machten einander auf dies und jenes aufmerksam, und Otto verriet auch hier, wie in den meisten andern Dingen, eine Sachkenntnis, die ich nur bestaunen konnte.

«Wenn man Geld genug hätte», sagte ich, «könnte man in einen solchen Laden hineinsitzen und stundenlang ganz langsam alles aufessen.»

«Da bekämst du nur Bauchweh. Man hat mehr davon, wenn man jede Woche etwa vier, fünf gute batzige Chräpfli ißt.»

«Jaha! Woher nehmen? Ich kann nicht einmal jede Woche einen Batzen verkrämeln.»

«Das ist wenig, ja. Aber ... man kann mit einem Batzen mehr anfangen als man meint.» Er rückte dicht an mich heran, nahm vertraulich meinen Arm und fuhr fort: «Werner, ich will dir zeigen, wie man das macht. Sagst aber keinem Menschen ein Wort davon! Versprichst mir das auf Ehr und Seligkeit?»

Obwohl ich ahnte, daß er etwas Unrechtes im Sinn hatte, versprach ich rasch und leichthin: «Jaja!»

«Gut! Dann kannst du grad mitmachen. Hast du Geld bei dir?»

«Einen Halbbatzen, ja. Aber ... grad so mitmachen...»

«Getraust dich etwa nicht?»

«Ich? Ha! Ich meine nur...»

«Du mußt nicht, wenn du nicht willst. Übrigens ist es besser, wenn du zuerst nur zuschaust. Aber den Halbbatzen mußt du dabei ausgeben und ein Chräpfli kaufen, sonst könnte es auffallen.»

«Also gut, ja!»

«Wir gehen jetzt dann beide hinein, sobald die Lina fort ist. Sie macht noch etwas, siehst du dort, hinter dem Ladentisch... Es ist die Schwester vom Grüter. Wenn im Laden nichts läuft, geht sie meistens hinaus, vielleicht hat sie in der Haushaltung zu tun, dem Grüter ist letztes Jahr die Frau gestorben. Es ist dann niemand im Laden, und es dauert ungefähr eine halbe Minute, bis jemand... Da, jetzt geht sie, siehst du? Jetzt warten wir noch ein paar Minuten, sie könnte noch einmal zurückkommen... Und dann heißt es rasch und kaltblütig handeln. Es ist aber ganz einfach, siehst es dann schon. Nur darf man es nicht zu oft tun. Du mußt mir jedesmal sagen, wenn du es nachher auch tun willst. Sie dürfen nichts merken, sonst wäre es bald aus. Du kommst also mit hinein und wartest einfach, dann kaufst du ein halbbatziges Chräpfli.»

Er gab mir in seinem leisen, beruhigenden Tone ein paar weitere Anweisungen, spähte dabei immerfort durch das Schaufenster und warf zuletzt noch einen raschen, schielenden Blick auf die schwach belebte Straße. «So, komm!» sagte er endlich, und ich folge ihm klopfenden Herzens bang in den Laden hinein.

Er ging sofort dicht an den Auslagetisch heran, nahm ohne das geringste Zögern ein batziges Chräpfli und schob es links unter seine weite, über den Hüften durch ein Gummiband angeschlossene Bluse, nahm ebenso unbedenklich ein zweites, eine Linzer Schnitte, von einer andern Platte und schob es rechts unter die Bluse, dann trat er ein paar Schritte zurück. Es hatte nur wenige Sekunden gedauert. Jetzt stand er neben mir und schaute mit einem unschuldigen Kinderblick auf die hintere Türe, durch die nun Lina hereinkommen mußte.

Lina, eine gutmütige, feste Jungfer, kam gemächlich herein und fragte wohlwollend: «So, Buebe, was hend 'r welle?»

Ich streckte ihr sogleich beflissen meinen Fünfer entgegen und sagte errötend: «Es halbbatzigs Chräpfli.»

Sie wies mit einer Kopfbewegung auf das Gewünschte hin, ich trat hinzu und nahm das erstbeste von der Platte, ein ganz anderes, als ich mir gemerkt hatte.

«Und du?» fragte sie Otto, der schweigend hinter mir stehengeblieben war.

Otto schaute wie ein Vertrauen suchendes Kind treuherzig zur Jungfer auf und schien vor Schüchternheit noch nicht recht zu wissen, was er wollte. Zögernd trat er zum Tische, betrachtete die Chräpfli unschlüssig und fragte am Ende, auf ein halbbatziges deutend, was das koste. Behutsam nahm er es von der Platte, legte seinen Halbbatzen in die Hand der Jungfer und wandte sich zur Türe.

Draußen entfernten wir uns, das gekaufte Chräpfli essend, ohne Hast und gingen unter die Bäume einer kleinen Anlage. Hier nahm Otto die Linzer Schnitte unter der Bluse hervor und teilte sie mit mir. Wir aßen sie sehr langsam, und ich beteuerte, daß sie ausgezeichnet sei. Von diesem Augenblick an fühlte ich mich als Mitschuldigen, und statt Otto zu sagen was ich dachte, nämlich daß er gestohlen habe, äußerte ich vielmehr eine Schelmenfreude über den gelungenen Streich und kündigte prahlend an: «Das mach ich nächstens auch.»

In den folgenden Tagen beschloß und verwarf ich mein Vorhaben aufgeregt wohl dutzendmal. Das Gelüste nach den süßen Dingen, die verblüffend einfache Art, sie mir zu verschaffen, und der eitle Wunsch, vor Otto bestehen zu können, bestärkten mich in der schlimmen Absicht; der Widerwille gegen eine verwerfliche Handlung und die Angst, erwischt zu werden, machten mich schwankend. Ich spähte nun häufig durch das Schaufenster der Konditorei und ging jedesmal aufatmend weg, wenn die Lina im Laden war oder die Lage mir sonst nicht günstig schien.

Als ich aber einmal vor dem Schaufenster stand, trat Otto neben mich, nickte mir zu und schaute auch hinein. «Es ist niemand drin», sagte er. «Hast du einen Halbbatzen?»

Ich nickte und verschwieg, daß ich einen Batzen bereithielt, und ich bekam einen heißen Kopf, weil ich jetzt nicht mehr ausweichen konnte, ohne mich vor Otto zu blamieren.

«Hast du gesehen, daß die Lina hinausgegangen ist?» fragte er.

«Nein, aber ich glaube, es ist niemand drin, ich steh schon eine Zeitlang da.»

«Ja ... man sieht natürlich nicht in alle Ecken hinein, und immer steht sie nicht hinter dem Ladentisch. Aber das siehst du dann schon, mußt halt noch rasch herumschauen.»

«Oder willst etwa du hinein, Otto? Ich kann schon noch ein paar Tage warten, mir pressierts nicht.»

«Nein nein, geh du! Ich habe jetzt grad keinen Rappen bei mir. Ich warte dir hier. Geh du nur!»

«So, ja dann...» Mir wurde schwül, und ich ging. Es war an einem trüben Donnerstag gegen das Ende der Ferien, nachmittags, gleich nachdem es fünf Uhr geschlagen hatte; die Straße war noch feucht vom Regen, ein beladenes Fuhrwerk knarrte über das Pflaster, und ein struppiger brauner Hund, der die nahe Hausecke beschnüffelt hatte, trabte in diesem Augenblick weg. Ich ging mit einem leichten Schwindelgefühl in den Laden hinein und vergaß, mich darin umzusehen, ich lief, die hintere Türe anstarrend, auf den Fußspitzen zum Auslagetisch, nahm ein batziges Chräpfli von der Platte und schob es hastig unter die Bluse. Als ich zurücktrat, kam die Lina auf mich zu, sie kam mit einem Strumpf, an dem sie geflickt hatte, langsam aus einer Ecke, ein höhnisch verwundertes Lächeln im gutmütigen Gesicht, und sagte in einem unvergeßlichen Tone: «Soso?» Ich ließ ihr keine Zeit, noch mehr zu sagen, ich streckte ihr flehentlich meinen Batzen hin und stammelte, rot bis unter die Haare hinauf, daß ich ein batziges Chräpfli habe kaufen wollen, dann stürzte ich hinaus.

Betäubt von meiner Schande und gleichgültig gegen Otto, der in der Nähe auf mich warten mochte, ging ich eilig und immer eiliger irgendwohin, bis ich keinen Menschen mehr sah, blieb endlich auf einem schmalen Fußweg stehen und wäre am liebsten hier gestorben. Ich blickte über feuchte Wiesen hinweg auf das Dorf zurück, und es war ein schrecklich verwandeltes Dorf, in das ich nicht mehr hineingehörte. Trotzdem kehrte ich um, weil mir nichts anderes übrigblieb, und stieg kurz vor dem Nachtessen mit schwachen Knien in unsere Wohnung hinauf. Die Mutter fragte unwillig, wo ich solange geblieben sei, jedoch ohne eine bestimmte Antwort zu verlangen, woraus ich schloß, daß die Eltern noch nichts wußten. Ich setzte mich zu Tisch, aber das Essen widerstand mir. Jeden Augenblick konnte die Lina oder der Herr Grüter selber kommen, um die Eltern zu benachrichtigen. Nachdem ich erklärt hatte, daß ich nicht essen möge, blickte mich die Mutter ein paarmal forschend an, und die Scham brannte mir heiß auf der Stirne.

Ich wurde ins Bett geschickt, und als die Mutter nach mir sah, täuschte ich einen festen Schlaf vor. Ich quälte mich aber schlaflos weit über Mitternacht hinaus, stöhnte und schrie dann im Traum und blieb am Morgen im Bette liegen, bis mir die Mutter durch ihre besorgte Anteilnahme verriet, daß sie noch immer nichts wußte. Da stand ich gegen ihren Ratschlag auf, ging sobald wie möglich ins Freie und trieb mich ziellos herum. Kurz vor dem Mittagessen kehrte ich in der Erwartung heim, den entsetzten Eltern meine Schuld bestätigen zu müssen, und ich war entschlossen, krank zu werden.

Die Mutter hörte mich die Treppe heraufkommen und rief: «Werner, geh noch geschwind zu Grüters den Käskuchen holen!» Es war Freitag, es gab Käskuchen, und bei Grüters wurde er jeweilen vorausbestellt. Ich blieb wie gelähmt auf der Treppe stehen. «Hast du gehört?» rief die Mutter, und als ich nicht antwortete, blickte sie zu mir hinab. «Was ist mit dir?» fragte sie halb unwillig, halb besorgt. «Mir ist schlecht», sagte ich schwach. «Dann geh ins Bett!» befahl sie. «Hab dir ja am Morgen schon gesagt, sollst im Bette bleiben; das wäre gescheiter gewesen als draußen herumvagieren.»

Ich ging ins Bett, und die Lisabeth mußte den Käskuchen holen. Die Mutter maß mir das Fieber, aber ich hatte kein Fieber, doch war mir wirklich schlecht, und während ich auf die

Rückkehr der Köchin wartete, wurde mir noch schlechter. Als die Lisabeth mit dem Käskuchen kam, begann ich zu frösteln und Brechreiz zu spüren.

Nach dem Mittagessen trat der Vater zu mir herein, und ich sah ihm sogleich an, daß er auch jetzt noch nichts wußte. Heiter fragte er mich, was mit mir los sei. Ich war gewohnt, mich vor ihm nicht wehleidig zu zeigen, weil ihm das mißfiel, und so antwortete ich meinerseits in einem unbesorgten Ton, mir sei nur etwas «chalt und chötzerlig». In meinem Innern aber war mir vor seinem offenen, lauteren Blick elend zumute. Ich blieb mit einer Wärmflasche im Bette liegen, aß gegen Abend ein Hafermus und stand am nächsten Morgen wieder auf. Ein Tag nach dem andern verging, die Schule begann, und nichts geschah.

Am ersten Schultag aber sah ich auf dem Heimweg Otto, der auf mich wartete. Ich hatte kaum mehr an ihn gedacht, war aber froh, ihn jetzt zu treffen und endlich von alldem reden zu können, was mich quälte. Während wir zusammen heimgingen, erzählte ich ihm den Vorgang in der Konditorei wie ein spannendes Abenteuer, schilderte meine Bestürzung, meine Verzweiflung, und gestand ihm auch, daß mir aus Angst vor den Folgen der Missetat noch immer ganz elend sei.

«Du mußt gar keine Angst haben», erwiderte er, «das ist dumm von dir! Du hast ja das Chräpfli bezahlt, das du genommen hast, und ein anderes hast du nicht genommen; du hast es also gekauft, und man kann nichts gegen dich machen. Du würdest freigesprochen, wenn du angeklagt wärest. Das wissen Grüters wahrscheinlich auch, darum haben sie nichts gesagt. Jetzt werden sie übrigens nichts mehr sagen, sonst hätten sie es schon getan; du kannst ganz ruhig sein. Und ihr seid ja auch Kunden dort, da haben sie schon gar kein Interesse daran, dich wegen einer solchen Kleinigkeit zu verklagen. Ich bin sicher, daß alles erledigt ist und niemand etwas davon erfährt.»

Ich klammerte mich an diese Worte wie ein Schiffbrüchiger

an die ersten Uferklippen, ohne zu merken, wie ahnungslos er über meinen wunden Punkt hinwegging. Gleich darauf aber begann ich zu stutzen.

«Mir würde es nichts ausmachen, wenn mir das passiert wäre», fuhr er fort. «Mit solchen Zufällen muß man rechnen, alles kann nicht immer geraten. Ärgerlich ist nur, daß wir es bei Grüters vorläufig nicht mehr wagen dürfen. Wir müssen Wochen lang warten oder es in einer andern Konditorei probieren, wo es schwieriger ist.»

Darauf war ich nun nicht gefaßt, und als er mich gleich darauf verließ, blickte ich ihm befremdet nach. Da ging er in seiner dunkelblauen Schelmenbluse, ein Jahr älter, aber etwas kleiner als ich, die dünnen Kinderbeine in schwarzen Strümpfen und in einer engen Pumphose, mit geschorenem, unkindlich großem Kopf und leicht vorstehender Stirne, unter der er dunkeläugig wie unter einem Versteck hervorblicken konnte, bald fromm, vertrauensselig, bald sachlich abwägend, bald unauffällig lauernd. Ich spürte, daß wir jetzt endgültig auseinandergegangen waren, doch verurteilte ich ihn nicht, ich fand eher, daß ich im Nachteil sei. Wie konnte mich etwas so schwer treffen, über das er nur die Achsel zuckte? War ich verwundbarer als andere? Fehlte mir etwas, das ihn und seinesgleichen, ja vielleicht auch die Erwachsenen, lebenstüchtiger machte, die dicke Haut, der unbekümmerte Sinn, ein geheimer Schild, hinter dem sie ungestraft sündigen konnten?

Otto behielt recht, ich wurde von Grüters nicht verraten, und der Vorfall tauchte allmählich unter. Die Schuld aber blieb in meinem Bewußtsein hängen, und die Jungfer Lina trat als neue Gestalt zu jener Gruppe von Leuten, vor denen ich schuldig geworden war. Überlebensgroß stand sie mit ihrem gutmütigen Gesicht und ihrem höhnisch verwunderten «Soso?» von nun an beim Onkel, dem ich den Kürbis abgerissen, beim Bauern, dem ich Nüsse gestohlen, und beim Herrn Nachbar, dem ich die Scheibe eingeschlagen hatte. Diese Zeugen meiner Fehltritte konnte ich nie mehr vergessen, und viele Jahre lang konnte ich sie nicht ansehen, ohne zu erröten, sie wandelten in meinem Innern und draußen hartnäckig als Richter herum, die mich rechtmäßig verurteilt hatten. Das verletzliche Kind gerät im fragwürdigen Paradies der frühesten Jugend unter düstere Wolken, es ängstigt sich, als ob es daran schuld wäre, und kennt doch seine eigenen Schritte nicht. Zum Knaben aber tritt der Engel mit dem Schwert und sagt: «Du hast dies und jenes getan, du bist schuldig. Hinaus mit dir!» Der Knabe erkennt das bescheidene Maß seiner Schuld nicht und kann über die Härte dieser Strafe verzweifeln. Wohl ihm, wenn ein Erwachsener ihn versteht und freundlich beschwichtigt oder sein eigener Lebenswille ihn aufrichtet!

4.

Beim Spiel «Landjäger und Schelme» jagten wir einander abwechselnd durch die abendliche Dämmerung des Dorfes. Wir waren nur mit halber Erlaubnis oder gar verbotenerweise auf der Straße und nutzten die erschlichene Frist noch gierig aus. Die Berge hoben, von schattenhaften Türmen und Giebeldächern unterbrochen, den gelockerten Umriß ihrer kaum mehr sichtbaren Masse in die letzte zarte Helle, während da unten bei uns die Schaufenster mit den tausend Dingen, die man untertags übersah, anlockend im eigenen Licht erstrahlten. Wir schwirrten wie Nachtfalter zu diesen goldenen Scheiben, standen mit fliegendem Atem davor und schwenkten gejagt in dunkel gähnende Hintergassen, um aus Gartentoren oder Winkeln spähend wieder aufzutauchen.

Die anbrechende Nacht erregte uns bis zum Übermut, und eh wir sie widerwillig den Erwachsenen überließen, erhoben wir vor der unvermeidlichen Heimkehr unseren Anspruch oft noch durch das «Glockenspiel». Wir gingen paarweise durch die Straßen, zogen da und dort unauffällig an der Hausglocke und verschwanden; ergötzlich war es aber, aus einem nahen Versteck zu beobachten, wie im angeläuteten Hause jemand zum Fenster hinaussah und fragte, wer unten sei, oder wie jemand die Türe von innen öffnete, über die Schwelle trat, verblüfft stehen blieb und nachdenklich wieder hineinging. Einmal verschwand ich nicht rechtzeitig; aus einer unbeleuchteten Ladentüre, unter dem schon halb herabgezogenen Rolladen hervor, lief eine dunkle Gestalt auf mich zu. Ich rannte in die nächste Seitengasse und floh, als ich den Verfolger hinter mir hörte, auf Umwegen zur Gartenmauer unseres Nachbarhauses, über die hinweg ich atemlos unseren eigenen Garten erreichte. In der Nacht darauf war der Verfolger abermals hinter mir her, aber mit dem wütenden Gesichte des Dämons, der mich als Kind geschreckt hatte, und ich mühte mich hilflos mit lahmen Beinen weiter, bis die Angst mich wachwürgte.

Kennzeichnend für die Art meiner Mißgeschicke verlief ein anderes, harmloseres Abenderlebnis, mein erster Gang mit dem Sankt Nikolaus, unserem Samichlaus. Ich begleitete den Klaus eines frühen Dezemberabends als Engel zur Rechten; zu seiner Linken ging als Engel mein Schulkamerad Josef, der den Drachen gemacht hatte. Der Klaus, Josefs großer Bruder, trug ein Meßgewand, einen weißen Bart, den goldenen Krummstab und auf dem Haupt die hohe Mitra, die Inful, die durch farbige Transparente ein geheimnisvolles mildes Himmelslicht im Dunkel leuchten ließ. Hinter uns ging der finstere Schmutzli, den wir Rölli nannten, in einem schwarzen Kapuzenmantel, mit der Reisigrute für die unfolgsamen Kinder. Wir Engel trugen in je einem Armkorb die Gaben, die der Klaus den braven Kindern spenden wollte. Ein Rudel unruhiger Schulbuben und halbwüchsiger Burschen umgab uns.

In meinem weißen Chorhemd, das mir bis auf die Füße hinabfiel, mit meinen goldenen Flügeln und dem Krönchen auf meiner blonden Lockenperücke wandelte ich, ganz meiner Rolle hingegeben, engelhaft entrückt dahin und sah auf einem unbeleuchteten Platz die Deichsel nicht, die ein niederer Fuhrschlitten knapp über dem Erdboden vor meine Füße hinstreckte. Ich stolperte darüber und flog, den Gabenkorb ausschüttend, der Länge nach aus meiner Entrückung jämmerlich in den nassen Schneedreck. Die Burschen und Buben stießen ein Hohngeheul aus und stürzten sich auf die Äpfel, Nüsse und Lebkuchen, der Klaus wehrte sie mit Fußtritten davon ab und schlug mit dem Krummstab drein, die Inful schwankte mit flackerndem Licht auf seinem Kopf, und der Schmutzli fuhr mit der Rute unter die Schelmenbande, indes ich mich aufrichtete und, dem Weinen nahe, mit dem andern Engel den Rest der Gaben zusammenraffte.

Die beherrschende Mitte des Dorfes war auch für uns Schulbuben die Kirche, die wir nicht nur als Gotteshaus erlebten. Zwar mußten wir darin jeden Morgen vor dem Schulanfang die Messe hören, doch die Gewohnheit stumpfte uns gegen die heilige Handlung ab. Der mächtige Barockbau, vor dem unser Haus und die Nachbarhäuser sich so bescheiden duckten und dessen dröhnende Turmstimmen täglich mein Zimmer erfüllten, besaß für uns noch andere Geheimnisse. Es waren denn auch nicht die Priester, sondern die Sigristen, die uns daran teilnehmen ließen. Den Sigristen durften wir beim Läuten helfen, und in ihrem Auftrag traten wir dem Organisten den Blasbalg. Meistens spielte unser imposanter Musiklehrer selber die Orgel, doch nachmittags bei Taufen, wenn es nicht so drauf ankam, überließ er es oft einem gewissen andern Lehrer, der auch ein wenig orgeln konnte. Bei einer solchen Gelegenheit meldete ich mich mit meinem Vetter Hans zum Treten. Der Lehrer, jener große rauhe Mann, den wir alle nicht leiden mochten, weil er uns zur Strafe mit dem Ellenstecken auf die Finger geschlagen hatte, stieg mit uns aus der Vorhalle der Kirche in die Gebläsekammer hinauf. Der Blasbalg lag noch zusammengefaltet im Viereck da. Der Lehrer blähte ihn tretend mannshoch auf, dann ließ er uns beide treten und ging auf die Orgelbühne hinab, wo er alsbald zu präludieren begann, während ein Pfarrhelfer in der Vorhalle das von Paten und Ehrengästen begleitete Kind empfing.

Keiner von uns beiden war dem Balg auf die Dauer allein gewachsen, wir traten ihn gemeinsam, die Füße auf zwei kurzen Tretbalken, die Hände an zwei beweglichen aufrechten Stangen. Ich stand dicht hinter Hans und hielt mich zur Abwechslung auch an seinen Schultern. Das aufgeblähte, oben durch einen Gewichtstein beschwerte staubgraue Ungetüm atmete wie eine Lunge; immer wollte es sinken und schrumpfen, und unablässig mußten wir es aufpumpen. Wir sahen dabei aus, als ob wir beide dicht hintereinander im Gleichschritt langsam und mühevoll durch tiefen Schnee wateten, und hatten in den Beinen das alptraumhafte Gefühl, unerbittlich gehen zu müssen und doch nicht weiterzukommen.

Indessen machte der Lehrer da unten mit unserer Luft Musik, aber gar nicht schön. Der rechte Organist, mein Geigenlehrer, spielte, entwickelte und steigerte auf der Orgel eine Melodie allmählich, dieser Zufallsorgeler jedoch säuselte bald in den hohen Stimmen herum, bald platzte er plump heraus oder wurstelte allerlei durcheinander. Gegen das Ende der Taufzeremonie machte er jeweilen einen gewaltigen Lärm. Als nach meiner Berechnung dies Gestürm auch jetzt bevorstand, stieg ich ab und sagte zu Hans: «Du, ich bekomme das Seitenstechen.» Hans erklärte, ohne abzusteigen, in schlaffer Haltung: «Und ich muß ein wenig aussetzen, sonst bekomme ich es auch.»

Der Blasbalg sank und sank, der Atem ging ihm aus, und der Lehrer da unten, der schon alle Register gezogen hatte, zappelte umsonst auf den Manualen und Pedalen herum, während sein Getöse im dümmsten Augenblick wie weggeblasen verhallte. Wir hielten den Atem auch an. Schon polterte es die Treppe herauf, und eine rauhe Stimme rief: «Seid ihr eingeschlafen, ihr Esel?» Als der Lehrer mit zornfunkelnden Blicken in die Kammer einbrach, preßte ich, schmerzlich gebeugt, beide Hände in die Seite und klagte ihm wimmernd, was mir fehle. Hans keuchte und trat verzweifelt von einem Fuß auf den andern, aber ohne sichtbaren Erfolg. Der Lehrer fegte ihn mit einer einzigen Handbewegung hinunter, sprang selber auf und stampfte den Blasblag wütend in die Höhe. Barsch befahl er uns auf die Tretbalken und lief wieder hinab. Er entfesselte das Schlußgetöse noch einmal, doch zu spät, die Taufgesellschaft hatte die Kirche bereits verlassen.

Der Vorfall schadete uns bei den Sigristen weniger als wir befürchtet hatten. Wir traten, wie sonst, zum Läuten an und wurden nicht abgewiesen. Die Seile liefen aus der Glockenstube durch den ganzen unteren Turm in eine dunkle, neben dem Chor gelegene Kammer hinab. Hier zogen wir zur gegebenen Stunde bald diese, bald jene Glocke, wir kannten ihre Größe, ihre Stimme, ihre Tücken, und wir achteten sehr darauf, daß sie gleichmäßig anschlug und am Schluß nicht zu lange nachklenkte, weil der Sigrist das Seil sonst selber ergriff. Um eine schwingende große Glocke anzuhalten, was schwierig, aber besonders vergnüglich war, ließ man sich am Seil in die Höhe reißen und sprang dann ab, zwei-dreimal, bis man das Seil stehend meisterte und die Stimme droben verstummte. Feierlich war uns am Samstagabend zumute, wenn der Sigrist je zweien von uns, die sich ablösen sollten, ein Seil zuwies, die erregten Schwätzer zur Ruhe mahnte und, mit der Uhr im Gedränge stehend, das Zeichen gab. Da schwiegen wir und zogen. Die schlenkernden Seile klatschten leise in den Führungen der Holzdecke, ein Ächzen drang durch den Turm zu uns herab, dann begann droben die eifervolle schwesterliche Zwiesprache der zwei kleinsten Glocken, an der ein größerer Bruder sogleich kräftig teilnahm. Eine Glocke nach der andern fiel ein, nicht mehr mit der Stimme, die ich als verängstigtes Kind von ihr vernommen hatte, aber auch nicht so, wie sie einzeln mit ihrem besonderen Klang das Leben und Sterben der Menschen begleitete, sondern festlich auf den Zusammenklang eingestimmt. Als letzte hob mit hallendem Baß die größte, die eine unverwechselbare Große Glocke an, und erst jetzt dröhnte das volle Geläute vom Turm. Es erfüllte die ganze Talschaft, drang zu allen Bewohnern und brandete ringsum hoch an den Bergen empor, von uns scheinbar so nichtigen Buben in dieser düsteren Kammer da bewegt und ausgehalten wie von heimlich mächtigen Zwergen, die unter dem ahnungslosen Menschenvolk manchmal die Erde erbeben lassen.

Die Große Glocke wurde nicht gezogen, sondern droben in der Glockenstube getreten. Mein Freund Dominik bekam neben andern starken Burschen den ersehnten Auftrag häufig und nahm mich manchmal mit. Als ich hinter ihm zum erstenmal im halbdunklen Innern des Turmes auf hölzernen Stiegen dem rohen Gemäuer entlang hinaufpolterte, schreckte mich ein gespensterhaftes Kettengerassel; es war die Turmuhr, die einen Stundenschlag auslöste, und gleich darauf schlug über uns der Hammer an. Wir kamen zu einer schmalen Tür und öffneten sie, wenn wir mit Dominik, der den Schlüsselbund für den Turm besaß, früh genug aufgestiegen waren. Oft traten wir auch erst beim Abstieg hier ein. Hinter dieser Türe lag ein Raum, den außer uns fast niemand kannte, die «Himmleze», der Estrich zwischen der Kirchendecke und dem riesigen Giebeldach. Von verheißungsvollen Dämmerungen angelockt, den Staub eines Jahrhunderts unter den Füßen, strichen wir wie durch eine unerforschte Höhle in der weiten, düsteren Halle herum. An herbstlich kühlen Tagen konnten wir hier Fledermäuse wie Birnen pflücken und in der Hand erwärmen; wenn sie dann blinzelten und die zarten Flügel regten, ließen wir sie fliegen; wenn sie nicht erwachten, hängten wir sie mit dem Kopf nach unten, wie sie es selber machten, an ihrem Balken wieder auf. Oft erstiegen wir einen sonderbaren grauen Hügel, der sich halbkugelförmig über den Bretterboden erhob und auf seinem Scheitel über einem runden Loch einen Deckel trug. Wir lüpften den Deckel ein wenig und schauten aus schwindelnder Höhe, mitten aus der Gewölbekuppel, in die Tiefe der Kirche hinab. Das war aufregender, als umgekehrt da hinaufzuschauen, obwohl man aus der Tiefe das Kuppelgemälde sah, die heiligen drei Könige vor der Krippe, darüber die Engel und auf dem geschlossenen Deckel den Weihnachtsstern. Als Kinder freilich hatten wir am Himmelfahrtstage staunend zugesehen, wie der schwebend dargestellte Christus auf gesegneten frischen Blumenkränzen zum Himmel aufgefahren und hier durch dieses Loch verschwunden war. Und wo war er also in Wahrheit hingekommen? In die Himmleze, wo die fromme Täuschung aufhörte. Diese Kehrseite der

Pracht dort unten, unheimliche Dämmerung, Staub und kahles Gebälk, zog uns zur Zeit stärker an als der helle heilige Raum mit dem schönen Schein der Stukkatur und Malerei. Wenn uns der Teufel plagte, ließen wir durch das Himmelfahrtsloch auch wache Fledermäuse in die prächtige Tiefe hinabfliegen.

Beim Aufstieg durch den Turm gingen wir indes häufiger an der Tür zur Himmleze vorbei. Die Dämmerung lockte mich wohl, aber freudig tauchte ich jedesmal durch die Luke in die offene hohe Glockenstube auf, wo mit dem flüsternden, singenden oder fauchenden Wind das reine Himmelslicht einbrach und dem Gedränge von Erz und Balken das Geheimnisvolle doch nicht nahm. Da hing nun, siebenundsiebzig Zentner schwer, die Große Glocke dicht vor mir; ich konnte mich gegen sie stemmen, sie bewegte sich nicht. Um sie zu läuten, erstiegen zwei kräftige Burschen ihre Schulterhöhe und stellten sich auf etwa drei Schritte Entfernung einander gegenüber, den einen Fuß auf dem Ende des beweglichen Hebelbalkens, den andern auf einem festen Balken, die Hände rechts und links an eisernen Griffhaken. Mühsam begannen sie zu treten, der Balken bewegte sich um Fingersbreite, um Handbreite, beim einen hinauf, beim andern hinab, und mit dem Balken bewegte sich die Glocke; die Burschen warfen ihr ganzes Gewicht in den zunehmenden Schwung, bis ihr tretendes Bein knietief hinabstieß, dann hoch zurückwich, und die Glocke endlich so schwang, daß man vom Dorfe aus ihren gähnenden Rachen über dem Gitter auftauchen sah. Erst jetzt durfte sie erdröhnen. Ihre keulenförmige eherne Zunge, der Schwengel, Klöppel oder Kalen, hatte in der Schlinge eines hoch an den Glockenhelm hinaufgebundenen Lederriemens der Schwingung gefesselt folgen müssen; jetzt fiel der Riemen, durch den rechtsfüssig tretenden Burschen mit geschicktem Griff gelöst, und die Glocke erbebte unter den mächtigen Keulenschlägen in herrlich schallenden tiefen Tönen. Erst jetzt durfte auch ich meine bescheidene Kraft einsetzen und den rechtsfüßig Tretenden ablösen. Gestärkt und erhoben von der mir verliehenen Gewalt und Wichtigkeit, stieg ich, an den Griffhaken hängend, mit dem rechten Fuß auf den hochgefahrenen Balken und trat ihn mit begeisterter Anstrengung hinab, so lang man mich gewähren ließ.

Am Ende wurde die Glocke wieder zum Schweigen gebracht, indem man den Klöppel auffing und dadurch ihrem schwingenden Erzrachen die Stimme auf einmal entriß. «De Chale faa», hieß das und galt als schwierig, ja gefährlich. Man wollte es mir nie erlauben, aber bei der ersten günstigen Gelegenheit versuchte ich es doch. Ich hatte genau zugesehen und bückte mich unter dem knapp über meinen Kopf emporschwingenden Glockenrand mit vorgestreckten Händen dem Kalen entgegen, um ihn vor dem Anprall zu fangen und so zurückzustoßen, daß er nicht mehr anschlagen konnte. Er flog mir, manchen Zentner schwer, hart und kühl mit voller Wucht in die Hände und schleuderte mich ans Gitter zurück, wo ich mich immerhin hastig aufraffte, um ihm den Gegenstoß zu geben. Aber schon drängte mich Dominik mit einem Fluch beiseite und führte es selber zu Ende. Mitleidig schweigend trat er nachher vor mich hin, ließ an seinem Oberarm den Muskel schwellen und hielt ihn mir unter die Nase. Damit konnte ich meinerseits nicht aufwarten.

Dominik war mir zu gewissen Zeiten ein willkommener Kamerad, er stand mitten in der Wärme und Fülle des dörflichen Lebens, kannte jeden Winkel und jeden Bewohner, war mit Spielen und Bräuchen vertraut und besaß trotz seiner Prahlsucht einen unternehmungslustigen, scharfen Sinn für das Wirkliche, aber in seiner lauten, groben Sicherheit war er mir manchmal fremd. Wenn er zum Läuten der Großen Glocke seine gleichaltrigen Kameraden mitbrachte und mich als unebenbürtigen Zuschauer behandelte, zog ich mich aus der Glockenstube in die oberste Turmkammer zurück. Dort öffnete ich die vier Holztürchen, schaute wie aus dem Korb eines Luftballons nach allen Himmelsrichtungen und ließ mich durch das Ächzen des Gebälks und den Lärm der Burschen, die unter mir die Große Glocke zu treten begannen, nicht ablenken. Ich war allein und wollte es sein. Im Herbste fuhr zu dieser Abendstunde das Sonnenlicht mit dunstigen Strahlen über den westlichen Bergrücken hinweg noch auf das Dorf und die Talebene, aber vom Fuß des Berges her wuchs die Schattenflut rasch in die Ebene hinaus, löschte die Silberschimmer auf dem weiten Bogen des Flusses und erreichte das Dorf; die weißen Mauern wurden fahl, die dunklen Ziegeldächer fast schwarz. Das Geläute aller Glocken brach los, ein wogender, dröhnender Schleier legte sich auf die Welt da unten, und in meiner zitternden Kammer schwamm ich darauf wie in einer winzigen Arche. Die Schatten stiegen rasch die nördlichen und östlichen Berghänge hinauf, das Licht wich immer weiter zurück und verließ auch mich, ein kühler Hauch durchzog meine Arche. Die Sonne war untergegangen, die Glocken verstummten; der Nachklang verhallte und erstarb. Da stand ich nun einst so allein in diesem entrückten stillen Turmgemach, und die Welt war rings um mich versunken. Eine Weile noch rief niemand nach mir, vielleicht hatte man mich vergessen; halb wünschte ich es, halb fürchtete ich es, und zum erstenmal überfiel mich das wehe, wohlige, mit der Angst des alleingelassenen Kindes nicht mehr vergleichbare, bittersüße Gefühl der Einsamkeit.

5.

Draußen kam jemand mit genagelten Bergschuhen die steinerne Freitreppe herauf, die Mutter in der Wohnstube hob lauschend den Kopf, legte die Arbeit beiseite und sagte so, wie man aufatmend etwas längst Erwartetes ankündigt: «Der Vater kommt heim.» Ich rannte in den Gang hinaus, die Mutter folgte mir langsam.

Der Vater, der früh im Morgendunkel fortgegangen und den ganzen Tag auf der Jagd gewesen war, schloß hinter sich die Haustür und stieg die kurze Treppe herauf. Ihm voran kam unser Laufhund Waldi, der mit gewohnter Eile die paar Stufen übertraben wollte, aber plötzlich ermattete und in schlaffer Haltung oben ankam; ich begrüßte ihn laut mit seinem Namen, doch er ließ den Schwanz hängen, wedelte nur ganz leise und stellte sich mit gesenktem Kopf vor die geschlossene Küchentür. Wir wandten uns dem Vater zu. Er trug den nußbraunen Rock mit den unergründlichen Taschen, den rotbraunen Rucksack, die Doppelflinte, einen Fuchs an der Seite und ein Haselhähnchen am Rucksack, er hatte dreckige Schuhe und Hosenstöße, einen müden, schweren Schritt und unter dem braungrün verfärbten Hut ein verschwitztes Gesicht, aber dieses offene, von Luft und Sonne gerötete Gesicht strahlte so vor Wohlbehagen und Heiterkeit, als ob Dreck und Schweiß und Müdigkeit das reinste Vergnügen wären.

Vater und Mutter begrüßten sich auf eine sehr verhaltene Art, indem sie lächelnd ein paar Worte tauschten, während ich mich fragend mit brennender Anteilnahme von allen Seiten an den Vater herandrängte. Er roch nach Hunden, Tannenharz, erlegtem Wild und feuchter Walderde, nach der Wildnis, aus der er kam. Dieser herbe Geruch, die erbeuteten Tiere, seine Flinte, seine ganze Erscheinung als Jäger versetzten mich in eine abenteuerliche Aufregung. Er bemerkte es und schien sich darüber zu freuen. Als ich bittend nach dem Fuchse griff, den er an den zusammengeschnürten Hinterläufen im Hausgang aufhängen wollte, überließ er ihn mir und sah vergnügt zu, wie ich ihn mit beiden Armen an mich preßte und wegtrug, seinen buschigen Schwanz am Boden nachschleifend, wie ich ihm begierig in die halboffenen listigen Augen schaute und mein Gesicht in seine dichte Halskrause wühlte, bis die Mutter ihn mir kopfschüttelnd wegnahm. Während der Vater Flinte und Rucksack versorgte, umarmte ich rasch den Waldi, der immer noch wartend vor der Küchentür stand und mit dem trübe schielenden Blick seiner schönen Augen zu fragen schien, warum man ihm denn nicht aufmache. «Er ist müde und hat Hunger», sagte der Vater. Ich machte ihm die Tür auf und rief, daß er sogleich fressen könne, es sei gerüstet. «Jaja, wart nur, ich muß es zuerst wärmen», entgegnete die Mutter und ging in die Küche. Ich wandte mich wieder dem Vater zu, ließ mir das Haselhähnchen zeigen, fragte ihn unermüdlich aus und wich nicht von seiner Seite.

Die Heimkehr des Vaters von der Jagd, die sich in jedem Herbste häufig wiederholte, übte immer dieselbe erregende Wirkung auf mich aus. Ich fand aber auch sonst Anlässe genug, den Jäger auszufragen; bald kam ein gebratener Hase auf den Tisch, eine gefüllte Wildente, Gemspfeffer, bald richtete der Vater ein Gehörn her und schraubte es auf ein hölzernes Schildchen, oder der Ausstopfer schickte einen Vogel zurück.

Diesmal ließ der Vater das Haselhähnchen ausstopfen und stellte es zu den andern Vögeln, die als Zeugen des reichen einheimischen Vogellebens von ihm gesammelt und sorgfältig bestimmt wurden. Er begnügte sich immer mit einem Vertreter und erlegte keinen zweiten, wenn er nicht zu den häufigeren jagdbaren Vögeln gehörte. Die Sammlung stand denn auch nicht prunkend oder schmückend in der Wohnung herum, sondern in einem der hohen Glasschränke des Ladens, wo sie mich mehr anzog als das ganze Lager an Uhren, Gold- und Silberwaren. Hier betrachtete und bestaunte ich den Alpenmauerläufer, die Ringeltaube, den Habicht, die große Rohrdommel, das grünfüßige Teichhuhn, den Zwerglappentaucher, den Goldregenpfeifer und andere Bewohner der Seeufer, Wälder und Berge unseres Landes. Sie standen nun zwar leblos da, aber sie waren nach Farben und Formen noch wunderbar genug, um mir von ihrem wirklichen Dasein märchenhafte Ahnungen zu erwecken; wie die Füchse, Hasen und andern Tiere, die der Vater von der Jagd heimbrachte, stellte ich mir diese Vögel lebend in ihrer Umwelt vor, und ich hoffte leidenschaftlich, sie einmal dort zu entdecken und an ihren Geheimnissen teilzunehmen.

Früh begann ich in unserem Garten, auf Streifzügen durch die Umgebung des Dorfes und als Gast der Tante Christine in der Altrüti nach Vögeln Ausschau zu halten. In der Altrüti fand ich unter dem Urväterhausrat der Gerümpelkammer einen Vogelschlag und brannte darauf, im Winter damit Meisen zu fangen.

Sobald nun daheim die Vorfenster eingehängt waren, baute ich in einem Südfenster den Raum zwischen den äußeren und inneren Scheiben zu einer Meisenwohnung aus. Ich bedeckte den Boden mit Moos, befestigte Querstäbe in verschiedener Höhe und stellte Wasserschalen, Futternäpfe und ein lichtes Geäst hinein. Onkel Karl, Tante Christines Schwiegervater, zeigte mir, wie man den Vogelschlag «richtet», und eines schulfreien Dezembernachmittags richtete ich ihn draußen in der verschneiten Wiese auf einem Birnbaum. Ich überwachte ihn aus der gebotenen Entfernung, und mein Herz klopfte schon, wenn eine Meise im kahlen Geäst des Baumes herumturnte. Eine Kohlmeise, bei uns Spiegelmeise genannt, flog plötzlich auf den Rand des aufgeklappten Deckels, beugte das Köpfchen vor und blickte in das Gehäuse hinab, dann schwang sie sich mit einer flinken Wendung auf den Kastenrand, musterte den Deckel von unten und hüpfte auf das Stäbchen zur geöffneten Nuß hinein. Ich verlor den Atem vor Spannung, denn jetzt mußte der Deckel doch zufallen. Und er fiel; kaum hatte die Meise den Nußkern angepickt, da klappte der Deckel mit einem mir unvergeßlichen, knappen, trockenen Geräusch zu. «Es hed eine, es hed eine!» schrie ich in meiner Aufregung, obwohl mich niemand hören konnte. Ich schleppte die Leiter zum Baum, stieg zitternd hinauf und sah durch die Latten des Kastens den mir so wohlbekannten Vogel mit dem schwarzweißen Köpfchen, dem olivgrünen Frack und dem schwarzen Latz auf der gelben Brust verschüchtert in einer Ecke stehen. Voller Freude und Zärtlichkeit schaute ich ihn an, dann stieg ich mit dem Kasten sorgfältig hinab, trug ihn ins Altrütihaus und heim ins Dorf.

Der Vater nahm den Vogel heraus; er zog ein Taschentuch unter den Deckel, den er dann aufklappte, erfaßte mit dem Tuch die Meise behutsam, schob sie durch das knapp geöffnete Fensterflügelchen in die vorbereitete Wohnung und ließ sie los. Sie fand sich zu meinem Leidwesen mit ihrer neuen Lage nicht sogleich ab, sondern flatterte verwirrt gegen die Scheiben, stieß den Schnabel an und begann sich erst zu beruhigen, nachdem wir uns eine Weile entfernt hatten.

Bald darauf fing ich eine zweite Spiegelmeise. Die beiden Vögel vertrugen sich, und während draußen das Land vor Kälte erstarrte oder der Schneesturm an den Scheiben rüttelte, schienen sie sich ihrer Geborgenheit zu freuen. Sie turnten unermüdlich im Geäst herum, trugen Nußkerne oder Hanfsamen auf die Stäbe und pickten kräftig hinein, sie tranken Wasser, badeten, schliefen hoch oben in einer Ecke und fingen früh am Morgen ihr munteres Treiben wieder an. Oft tauchte draußen am unteren Fensterrahmen das Köpfchen einer freilebenden Meise auf, die neugierig und verwundert zu meinen Gästen hineinschaute. Ende Februar ließ ich sie auf den Rat des Vaters wieder frei, aber ich glaubte sie noch bis in den März hinein unter den Vögeln zu erkennen, die am Fenster nebenan mein Futterhäuschen besuchten.

In den folgenden Wintern gelang es nicht immer so glücklich, ich machte neue und manchmal traurige Erfahrungen. Unter den Spiegelmeisen gab es neben den rasch vertrauten auch etwa eine scheue, die immer wieder blindlings gegen die Scheiben stieß, halb betäubt sich mit den Flügeln im Geäst verfing und zu meinem herzlichen Bedauern den Tag nicht überlebte. Es kam auch vor, daß am Morgen eine Meise aus unerkennbaren Gründen mit rührend ausgestreckten dünnen Beinchen tot im Moose lag. Eines Nachmittags erkannte ich im Vogelschlag eine Blaumeise, die ich hocherfreut im Fenster unterbrachte, wo zwei Spiegelmeisen sich schon eingelebt hatten. Am nächsten Morgen lag eine der Spiegelmeisen leblos in einer Ecke, das zierliche Blauköpfchen hatte ihr mit Schnabelhieben den Schädel zertrümmert; es verfolgte den Tag über auch die andere Meise so bedrohlich, dass ich ihm die Freiheit zurückgab und den Versuch nicht wiederholte. Manchmal kauerte eine Spechtmeise im Vogelschlag, ein Kleiber, der von meiner Mutter leider nicht lange unter meinen Gästen geduldet wurde, da er mit seinem starken Schnabel den bröckelnden alten Fensterkitt aufhämmerte. Einmal fand ich zu meinem Erstaunen in der Kastenfalle ein Rotkehlchen, das damals noch selten bei uns überwinterte. Der Vater riet mir, es wieder freizulassen, da es in der Gefangenschaft zwar wohl zahm werde und schön singe, aber ohne Mehlwürmer, Ameisenpuppen und dergleichen nicht leicht zu füttern sei. Ich trug es in die Altrüti zurück, öffnete den Kasten unter dem Baum, auf dem ich es gefangen hatte, und sah betrübt zu, wie es nach einem kurzen erschrockenen Zögern auf den Kastenrand hüpfte und sogleich zur nahen Hecke hinüber flog, wie es dort im schneeweiß überpulverten Dorngeäst noch einmal sein rostrotes Brüstchen zeigte, mit den großen dunklen Augen nach mir zurückschaute und in der Hecke verschwand.

Bei alledem ging es mir im Grunde weniger um die Pflege der Vögel als darum, sie zu fangen. Diese Lust am Vogelfang überwog meine Freude an den winterlichen Fenstergästen und wurde durch mein Mitleid mit den zarten Geschöpfen, die etwa den Frühling nicht mehr erlebten, nur dunkler getönt, aber kaum beeinträchtigt. Solange mein Vogelschlag gerichtet war, dachte ich nicht ernstlich an etwas anderes, auch wenn ich unterdessen in der Schule saß; bei jeder Gelegenheit suchte ich voll hochgespannter Erwartung den Fangplatz auf, und wenn ich den Kasten mit zugeklapptem Deckel in der Astgabel stehen sah, klopfte mir das Herz in einer rätselhaft freudigen Aufregung.

6.

Der Schritt vom Meisenfang zur halb verbotenen, halb geduldeten Vogeljagd mit der Schußwaffe war kurz; ich erlag der Versuchung rasch. Mit der Schleuder hatte ich auf Tauben geschossen, jetzt begann ich in unserem Garten mit einem Luftgewehr auf Spatzen und zur Übung auf Scheiben zu schießen.

Das Schießen war im ganzen Lande längst zur unanfechtbaren Überlieferung geworden und stand bei uns in üppiger Blüte. Auch die Jugend lernte beizeiten zielen und treffen, und mein Wunsch, dem Verein der «Kleinen Schützen» beizutreten, die mit der Armbrust schossen, wurde sofort gutgeheißen. Im Rahmen eines Waldfestes gab es einen für große und kleine Schützen offenen Wettkampf mit der Armbrust. Ich brannte darauf, mich hier zu bewähren, und opferte mein ganzes Taschengeld für den Einsatz, doch schoß ich ohne Wissen meines Vaters, um mich nicht vor ihm zu blamieren, wenn es fehlschlagen sollte. Beim Absenden, als man der großen, fröhlichen Festgemeinde, die unter Tannen an rohen Holztischen saß, die Gewinner bekanntgab, wurde auch mein Vater aufgerufen. «Ich habe ja gar nicht geschossen», rief der Vater. «Aber ich!» sagte ich auffahrend, errötete unter dem Beifall der belustigten Tischgesellschaft und ging zum Podium, um meinen Preis zu holen.

Während eines Kantonalschützenfestes saß ich als «Warner» am Pult, stempelte das Resultat ins Büchlein und lernte aus den fluchenden oder beifälligen Begleitworten der Schützen die Freuden und Tücken des Gewehrschießens kennen, bevor ich sie selber erlebte. Dieses monatelang vorbereitete zehntägige Fest beschäftigte das ganze Dorf dermaßen, daß ich im Kantonalschützenfest einen Höhepunkt des Lebens überhaupt zu vermuten begann.

Einer der beiden Dorfbürger, die meine Tanten Anna und Walpurga geheiratet hatten, die Schwestern meines Vaters, war Büchsenmacher, ein stiller, freundlicher Mann mit einem struppigen Schnauz und gütigen Augen, Onkel Kaspar. Wenn ich seine dämmerige Werkstatt betrat, stand er etwa, mit einer Schußwaffe beschäftigt, in einem grauen Überhemd am Fenster, nickte mir lächelnd zu und gab auf meine neugierigen Fragen über seine Arbeit bereitwillig Auskunft. Er gehörte nicht zu jenen Männern, die durch scherzhafte, ironische oder betont leutselige Herablassung dem Schulbuben zu fühlen geben, daß er noch nicht mitzählt. Onkel Kaspar nahm mich ernst, er ging mit einer heiteren Sachlichkeit auf meine Anliegen ein, erklärte mir die Eigenart der verschiedenen Gewehre und ihrer Ladungen, gab mir Flinten in die Hand und ließ mich zusehen, wie er Jagdpatronen abfüllte. Die kleinkalibrigen Gewehre fesselten mich vorerst mehr als die schweren Männerwaffen, die ich noch nicht zu meistern vermochte, und heimlich hoffte ich, der Onkel werde mir ein Flobert leihen. Die Zeit der Holunderbüchsen und Schleudern war für mich vorbei, aber auch die zur Jagd untaugliche Armbrust und mein Luftgewehrchen genügten mir nicht mehr. Ich mußte ein Flobert haben. Als Onkel Kaspar das endlich merkte, sprach er jedoch mit meinen Eltern darüber, und die Beratung ergab, daß ich vorläufig noch kein Flobert haben müsse. Ich setzte meine Hoffnung auf seinen Sohn, der auch Kaspar hieß, auf meinen Vetter also, der, ein paar Jahre älter als ich, mir freundschaftlich zugetan war; als ein früher Liebhaber des Photographierens ließ er mich aber nur an den Geheimnissen der Dunkelkammer teilnehmen und zeigte zu meinem Bedauern keinerlei Neigung für Schußwaffen und Büchserkunst.

Nun schloß ich mich zwei Brüdern an, die ein Flobert besaßen, und unternahm mit ihnen während eines Winters Jagden auf Krähen, Elstern und Häher. Dabei kam ich nur selten zum Schuß, immer wollten die Brüder schießen, aber diese Streifzüge durch verschneite Wiesen, die schwierige Annäherung an die mißtrauischen Vögel, die man im kahlen Geäst der Obstbäume schon von weitem sah, und das Pirschen in den dichten Gehölzen der Bachtobel fachten meine Jagdlust zu einer Leidenschaft an, der ich nie mehr freiwillig widerstand.

Die Brüder wohnten in einem Hause, das von einem baumreichen alten Garten umgeben war, und eine sonderbar endende Vogeljagd in diesem Garten gehört zu meinen genauesten Erinnerungen. Wir entdeckten auf dem Gipfel einer hohen Tanne einen Vogel, der gegen das helle Licht nicht sicher zu erkennen war, aber der Form nach ein Spatz oder Fink sein konnte. Die Brüder beschossen und fehlten ihn zweimal; der Vogel flog zu unserem Erstaunen nicht weg, und nun durfte ich es versuchen. Ich traf ihn, er fiel herunter, mitten durch die Brust geschossen, ein schöner rötlicher Vogel mit gekreuzten Schnabelspitzen. Ich suchte ihn später zu Hause in den illustrierten Bänden über die Vögel aus Brehms «Tierleben» und fand ihn als Fichtenkreuzschnabel beschrieben und abgebildet. Hier unter der Tanne erkannten wir ihn aber nicht, wir betrachteten ihn nur neugierig. Mir tat er herzlich leid, mein Triumph bekam einen bitteren Beigeschmack, und schon wollte ich den Schuß offen bedauern, als einer der Brüder erklärte: «Es ist unverschämt von dir, in unserem Garten einen solchen Vogel zu töten.» Ich blickte ihn verwundert an. «Jawohl, bitte, du kannst gehen!» sagte er, und sein Bruder fügte bei: «Hier brauchst du nicht mehr zu schießen.» Ich schwieg entwaffnet und ging.

7.

Der Vater nahm meine zu früh erwachende Jagdleidenschaft noch nicht ernst und ahnte kaum, wie sehr sein eigenes Beispiel sie anfeuerte. Mit einer Zurückhaltung, die durch das Ungesagte, aber Spürbare, meine Ahnungen reicher befrachtete als durch das Eingestandene, erzählte er auf mein unersättliches Fragen von seinen Erlebnissen in den Bergwäldern und ließ mich auch an gewissen jagdlichen Vorfreuden teilnehmen. Wenn er im Spätsommer auf die Gemsjagd hin ein Gewehr einschoß oder es mit einer neuen Patrone versuchte, wartete ich als Zeiger hinter einer dicken Tanne am bewaldeten Abhang. Die Scheibe stand, zwischen zwei Stecken gespannt, in einer nahen Hangmulde am Waldrand. Der Vater lag drunten in der Wiese und blies zu meiner Warnung vor jedem Schusse dreimal kurz ins Jagdhörnchen, das er auf meine Bitte mitgenommen hatte, obwohl wir uns auch durch Rufe verständigen konnten. Nach dem Schusse, der an meinem Standort wie ein naher, scharfer Peitschenknall anzuhören war, rannte ich auf ein längeres Hornzeichen zur Scheibe hinüber, zeigte mit der Kelle den Einschlag, verklebte das Loch und rannte zurück. Da meine dunkelblaue Matrosenkappe rot gefüttert war, fiel mir ein, mich damit auf ähnliche Art kenntlich zu machen wie die Zeiger im Scheibenstand, die rote Mützen trugen. Ich kehrte hinter meiner Tanne das rote Futter nach außen, trieb die Kappe hoch, um sie recht sichtbar zu machen, und setzte sie auf. Nach dem langen Hornstoß wandelte ich, statt zu rennen, gravitätisch zur Scheibe hinüber und dachte mir, daß meine rote Kappe im Grünen schön und lustig wirke. Der Vater lachte, ich hörte ihn deutlich lachen.

Als wir zusammen heimgingen, fand ich ihn besonders gut gelaunt und brachte wieder einmal meinen dringenden

Wunsch vor, ihn auf die Jagd begleiten zu dürfen. Er äußerte Bedenken und erklärte, daß man nicht nur auf der Hochwildjagd, sondern bei uns in den Bergen auch auf der Niederjagd kräftig, gewandt und schwindelfrei sein müsse. «Ich bin schwindelfrei!» rief ich nachdrücklich. «Kann sein», erwiderte er lächelnd. «Aber es ist ein Unterschied, ob du am sicheren Geländer vom Kirchturm hinabsiehst, oder ohne Halt vom schmalen Grat auf zwei Seiten in die Tiefe.»

Die Antwort darauf gab ich wenige Tage später. Auf einem meiner Ausflüge in die nahen Bergwälder, wo man Felsbänder und mächtige Blöcke erklettern konnte, begleitete mich mein Vetter Kaspar mit dem Photoapparat, und ihm gelang eine Aufnahme, die mich im steilen Gefels als scheinbar waghalsigen Kletterer zeigte. Meine Mutter war entsetzt, als sie das Bildchen sah, aber der Vater, der weitherum jeden Stock und Stein kannte, wollte genau wissen, wo Kaspar mich aufgenommen habe, und als er es erfuhr, nannte er mich lachend einen Schwindelmeier.

In der Folge waren die Eltern selber auf meine körperliche Ertüchtigung bedacht, wenn auch nicht geradezu, um aus ihrem Söhnchen einen Jäger zu machen. Der Vater brachte mich jeweilen am Anfang der Sommerferien in irgendein einsames Berggasthaus hinauf und vertraute mich den ihm wohlbekannten Wirtsleuten an, die mir dann Milch zu trinken gaben wie einem Mastkalb, aber mich wohl oder übel halbe Tage lang aus den Augen verloren. Einer dieser Bergwirte, der ursprünglich aus den benachbarten Bayrischen Alpen stammte und unsere Mundart mit seiner eigenen ergötzlich mischte und verfärbte, gehörte zu den Jagdkameraden meines Vaters, ein untersetzter, krummbeiniger, äußerst zäher Mann mit einem Hängeschnauz und buschigen Brauen im sonnegebräunten Gesicht. Er hatte einen Sohn in meinem Alter, Franz, den er zu einem naturkundigen, wetterfesten und unerschrockenen Burschen erzog. Diese Erziehung kam nun auch mir zugute, ich durfte mitgehen, wenn Franz den Vater auf einem seiner häufigen Gänge begleitete, und bestand eines Tages eine unerwartete, mir sehr willkommene Prüfung.

Das Gasthaus war von mannigfach gestaffelten Alpweiden umgeben. Einige dieser Weiden stiegen zu der Bergkette hinan, die unser Alpgebiet in einem weitgeschwungenen Bogen gegen Süden und Osten abschloß. Auf einer Wanderung dort oben ging ich zwischen Franz und seinem Vater unter einem blauen Sommerhimmel bald über den Grat, bald hinter einem First herum, und sah staunend, daß diese scheinbar ungefährliche grüne Kette auf beiden Seiten steil abfiel, gegen Norden mit Grashängen, auf denen kein Mäher mehr stehen konnte, gegen Süden mit einem noch steileren, von Klippen und Riegeln durchsetzten morschen Steingehäng, das für unseren Blick in der Leere eines Abgrunds endete. Erst jetzt sah ich über diesen Abgrund hinweg zum erstenmal auch eine gleichlaufende südlichere Bergkette, die noch höher und felsiger war als unsere.

«Franz, langsamer gehen!» befahl sein Vater, der uns beiden dicht aufgeschlossen folgte. «Und du, Werner, schau nit so viel herum, acht' lieber wo d' abstehst! Und wann's di schwindelt, dann sagst es, verstanden!»

Ich hatte kein Schwindelgefühl, mir war im Gegenteil wunderbar frei und leicht zumute.

Indes wurde der Grat sehr schmal man mußte Fuß vor Fuß setzen, und ich wunderte mich ein wenig, daß Franz noch weiterging; um hier das Gleichgewicht zu bewahren, warf man besser keinen Blick mehr rechts oder links in den Abgrund, das spürte ich nun immerhin auch. Vor dem Kamm einer senkrecht abfallenden Felswand meinte ich, daß wir umkehren würden, aber Franz ging zu meinem Erstaunen auf einem Sims, der nicht breiter war als das Grätchen vorher, dieser Wand entlang, und ich folgte ihm. Als wir nach wenigen Schritten wieder auf einen breiteren, grünen Grasrücken kamen, ließ der Mann hinter mir ein rauhes, zufriedenes Lachen hören, schlug mir die Hand auf die Schulter und sagte: «Jetzt hammers gschafft. Kannst di meinen! Hier kommt nicht a jeder aufrecht herüber, hab schon manchen auf allen Vieren über den Grat und nachher oben übers Mäuerle kraxeln sehen.»

Ich hatte nie daran gezweifelt, daß ich auch ohne sicheres Geländer von Kirchturms- und Bergeshöhen in die Tiefe blicken konnte, aber nun war ich doch recht stolz auf meine Bewährung vor so unbestechlichen Zeugen. Hochgemut und zu jeder weiteren Probe bereit, begann ich mit ihnen den Abstieg.

In den Sommerferien der folgenden Jahre, auf andern Höhen, beherrschte mich neben dem Gedanken an die Jagd noch etwas Stärkeres, Rätselhafteres, das ich mit keinem Worte zu nennen wußte.

Ich schaute aus der leeren Stube eines Bergwirtshauses verstimmt und gelangweilt in den strömenden Regen hinaus, der mich zwang, den Morgen hier unter Dach zu verbringen. Endlich ließ der Regen nach, ich ging hinaus, nur wenige Schritte hinaus zum nächsten Weidehang, und meine Verstimmung wich, meine Langeweile verflog. Dichte feuchte Nebelschwaden hüllten mich ein, und ich wandelte darin herum wie in einem zarten grauen Zaubermantel, der mich unsichtbar machte. Langsam, nicht schneller als ein weidendes Tier, stieg ich den Hang hinan und wandte mich so innig angelockt dem Boden zu, als ob ich nicht in Bett und Stube, sondern hier geboren und aufgewachsen wäre. Da gab es verschieden grüne, kurze Gräser, mannigfaltig geformte Kräuter, die in ihren Blattgründen die Nässe zu einem ruhenden Tropfen gesammelt hatten oder sie auf pelzig behaarten Blättchen in silberschimmernden winzigen Perlen festhielten, viele kleine Blumen, weiße und goldene Sterne, rote und violette Kelche, blaue Glocken, einen feuchtglänzenden schwarzen Molch, der mit ungeschickt ausgreifenden Füßen durch das Pflanzendickicht ruderte und manchmal verweilend mit leicht erhobenem Kopf auf meine leisen Schritte horchte. Was war es, das mich da so urvertraut ansprach? Ich wußte es nicht, ich war zu einem stillen kleinen Wesen verzaubert, das dazu gehörte.

In einer tieferen Verstimmung, die mit dem alten dumpfen Schuldgefühl und der ebenso alten Erwartung eines immer drohenden Unheils zusammenfiel, wanderte ich nach dem sommerlichen Ende eines andern Schuljahres durch ein langes, enges Tal hinauf zum hintersten und obersten Gasthaus, wo ich die Ferien verbringen durfte. Dem lauten, hohes Geröll überschäumenden Bergbach entlang, zwischen steilen, dichten Wäldern, über denen grüne Weiden und silbergraue Flühe aus dem blauen Himmel leuchteten, begann sich das trübe Gespinst in meinem Innern schon zu lösen. Am ersten frühen Morgen nach meiner Ankunft sah ich neben andern Verheißungen eine von groben Schuttblöcken und niederem Nadelgehölz bedeckte, mächtige Halde und drang begierig in diese weglose Wildnis ein. Die Kalksteintrümmer lagen hier so durcheinander wie nach einem Bergsturz, aber nur wenige noch halbnackt, die meisten von Moos, Farnen, Beerenkräutern, Krüppeltannen und Legföhren dicht überwachsen. Ich ging, kroch und kletterte leise wie durch die Ruinenstadt eines ausgestorbenen Zwergenvolkes durch halb zerfallene Kammern, Gänge, Keller, ruhte auf erhabenen Thronen und Kanzeln, stieg über dunkle Spalten und zwängte mich gebückt durch ein Nadeldickicht, ich fand seltsame Pflänzchen, entdeckte geheimnisvolle Losungen und spürte die Nähe wildlebender Tiere.

Am Rande der Wildnis blieb ich in einer moosgrün gepolsterten Nische endlich sitzen, Kopf und Schultern zwischen den Ästen einer harzig duftenden Bergkiefer, und schaute auf die einsamen Geröll- und Weidehänge hinaus oder zu den Felsbergen hinüber, die den hintersten Talkessel umschlossen. Da draußen auf den nahen Hängen brannte die Sonne schon heiß, aber hier überrieselte sie mich und meinen nächsten Umkreis durch die dunkelgrünen Kiefernadeln mit einem feinen, goldenen Tarngeflecht. Ich saß in der Stille ruhig da, von allen Nöten erlöst, und gab mich lange dem traumhaften Gefühl hin, daß ich jetzt kein richtiger Mensch mehr sei, sondern ein Wesen, das hier daheim ist und nur hier ganz glücklich sein kann.

8.

Im Religionsunterricht hörte jedes Jahr eine neue Klasse mit bangem Erstaunen von den Sünden wider das sechste Gebot Gottes, von der Scheußlichkeit unkeuscher Gedanken, Begierden, Worte, Blicke und Taten. Dem geistlichen Lehrer blieb trotz seiner persönlichen Verständigkeit keine Wahl, anders zu reden als der Katechismus. Eine der großen Mächte des Lebens wurde so, wenn auch aus ehrwürdigsten Gründen, den Knaben nur von der trüben Kehrseite gezeigt, der Unkeuschheit, die als ekelerregende Schlange den Verführten auf den Weg zur Hölle dränge. Die Knaben vergaßen dieses Bild nicht mehr. Eines Tages nun begann sich diese Macht in ihnen zu regen, aber nicht wie eine abstoßende Schlange, sondern wie eine schöne junge Raubkatze, die lautlos auftaucht und gestreichelt sein möchte, die manchmal schläft oder verschwindet und unversehens wieder da ist. Die Knaben empfanden eine natürliche Scheu, sich mir ihr einzulassen, die Scheu, die später zur Ehrfurcht führen könnte, wenn sie lange genug erhalten bliebe. Man hatte ihnen aber befohlen, die Schmeichlerin mit Abscheu fortzujagen. Das taten sie wohl immer wieder, aber der Abscheu, den sie dabei empfinden sollten und nicht empfanden, weckte nur ihre Neugier. In einer schrecklichen Neugier, die stärker wurde als die Angst vor den angedrohten Höllenstrafen, versuchten manche von ihnen, hinter das Geheimnis zu kommen, das sie bedrängte.

Solchen Knaben, die älter waren als ich, schloß ich mich an, ahnungslos, nur mit der Unternehmungslust, die mich aus dem harmloseren Kreis meiner Klassenkameraden dorthin trieb, wo etwas zu erfahren, zu wagen, zu erleben war. Sie duldeten mich, meine Einfälle gefielen ihnen, und am Ende nahm ich in ihrer Gesellschaft an einem fragwürdigen Abenteuer teil, das, wie zu befürchten war, vor allen andern mich in eine ebenso lächerliche wie bedenkliche Lage brachte.

Eines freien Nachmittags, Ende Februar, führte uns ein Schüler der sechsten Klasse, Fränzl, in die Wohnung seines Onkels, eines Witwers, dessen zwei Töchterchen, das zehnjährige Marieli und das zwölfjährige Berteli, nur mangelhaft beaufsichtigt wurden. Außer Fränzl und mir, dem Jüngsten, Schüler der fünften Klasse, waren noch Fränzls Kamerad Jakob, Köbl genannt, und Marzell, ein findiger Bursche der siebenten Klasse dabei. Ich kannte ihre Absicht und spürte die erregte Spannung, die sie sowohl voreinander wie vor Fränzls Cousinen zu verbergen suchten. Sie wollten, wenn die Gelegenheit günstig wäre, hier endlich erkunden, wie ein Mädchen unter dem Rock aussah. Mir war wunderlich zumute; im Umgang mit meinen eigenen Cousinen hatte ich noch nie an dergleichen gedacht und wollte auch künftig nicht daran denken, aber was hier geplant wurde, beunruhigte mich im höchsten Grade.

Wir waren mit den Mädchen allein und machten in der überheizten Stube zunächst harmlose Kinderspiele. Ich spielte bald mit, bald hielt ich mich abseits und sah zum Fenster hinaus. Ein vorfrühlingshafter stürmischer Westwind fegte draußen körniges Schneegeriesel durch die Straßen, schloß eine klaffende blaue Himmelslücke mit Gewölk und riß eine andere hastig noch weiter auf.

«Und jetzt machen wir ein ganz neues Spiel, aufgepaßt!» rief Marzell mit unsicher lauernden Blicken.

Die Möbel wurden beiseite geschoben, wir legten uns alle hintereinander der Länge nach auf den Boden und krochen als Eisenbahnzug in der Stube herum, zuerst auf dem Bauch, dann, was schwieriger war, auf dem Rücken. Nun ordnete Marzell an, daß Fränzl und ich uns mit gepreizten Beinen hinstellen und einen Tunnel bilden sollten. Wir taten das, und der Eisenbahnzug, der aus den übrigen Knaben und den beiden Mädchen bestand, fuhr uns zwischen den Beinen hindurch. «Und jetzt, Berteli und Marieli, macht ihr den Tunnel!» befahl Marzell. Die beiden Mädchen stellten sich kichernd hin, und die Knaben bewegten sich, auf dem Rücken liegend, als Eisenbahnzug auf sie zu. Marzell, der ausdrücklich erklärte, es sei kein Schnellzug, sondern ein Güterzug, war die Lokomotive, er machte tsch, tsch, tsch und fuhr an der Spitze schneckenhaft langsam durch den Tunnel; ein Wagen nach dem andern folgte, und zuletzt kam ich als hinterster Anhänger. Ich sah, wie die Übrigen auch, die Tunnelwölbung nur als verschwommenes Helldunkel, die Mädchen trugen ja ihre winterlichen Unterkleider; ich wußte aber, daß es nicht darauf ankam, was ich mit Augen sah, sondern was ich tat, und schon fühlte ich mich schuldig. Dies hätte für mich genügt, aber zu meiner ungeheuren Beschämung mußte ich auch diesmal noch vor einem irdischen Zeugen und Richter erröten. Unerwartet trat der Vater herein, im Augenblick, als ich noch unter einem der Mädchen lag und zwischen seine gespreizten Beine hinaufspähte.

Gespannt fragte er, was hier vorgehe, und musterte unsere erschrocken auseinanderfahrende Gesellschaft drohend, ein fester Mann mit einem runden, unvergeßlich rechtschaffenen Gesichte. Fränzl erklärte seinem Onkel rasch mit betonter Harmlosigkeit, daß wir ja nur das Eisenbahnspiel gemacht hätten, und die Mädchen bestätigten es eifrig. Der Mann wurde in seinem Verdacht einen Augenblick unsicher, aber dann ruhte sein Blick forschend auf mir, und ich errötete vor Scham. Dies schien ihm zu genügen, er befahl den Mädchen und seinem Neffen, dazubleiben, und wies mich mit den übrigen barsch zum Hause hinaus.

Seine Untersuchung ergab, wie wir bald erfuhren, keinen Beweis für unsere schlimme Absicht, aber mir half das wenig, ich war vor ihm wie vor mir selber schuldig geworden, und er trat zu jenen Gestalten, die als Zeugen meiner Fehltritte im Dorf herumwandelten und in meinem Innern über mich zu Gericht saßen.

9.

Einer der beteiligten Knaben, Köbl, kam hänselnd immer wieder auf mein Mißgeschick zurück. Ich lernte ihn erst jetzt näher kennen. Er war ein unordentlicher Bursche, der sich die Nase mit dem Rockärmel putzte, an die Hauswände spuckte und auf seinem blaßroten groben Gesichte unter dem verwilderten, rötlich blonden Haarschopf an Eiterpusteln kratzte. Da er jedoch als der schnellste Läufer seiner Klasse und wegen seiner Bereitschaft zu gewagten Streichen ein gewisses Ansehen besaß, hätte ich seine Unsauberkeit, an der ja vielleicht eine schlechte häusliche Erziehung schuld war, gerne übersehen. Die hämische Gewohnheit aber, mich und andere zu hänseln, zu sticheln, ertrug ich in meiner Verletzlichkeit nicht ohne Ärger.

Indessen begann ich mit meinem Vetter Hans zwei Mädchen zu beachten, Freundinnen, die wir auf dem Weg zur Schule oder auf dem Heimweg manchmal sahen. Wir redeten nie über sie, aber wir fanden es angenehm, daß sie nicht, wie andere Mädchen, schnippisch oder gar feindselig blickten, wenn wir zufällig in ihre Nähe kamen, sondern im Gegenteil uns freundlich anschauten. Eines Nachmittags, als wir aus dem Schulhaus traten, brachen Schülerinnen der oberen Mädchenklassen eben ein stürmisches Fangspiel ab und machten sich auf den Heimweg; nur die zwei Freundinnen blieben suchend auf dem Platze zurück.

Wir kamen in ihrer Nähe vorbei, und Hans fragte: «Was händ 'r verlore?»

Eines der Mädchen wandte uns sein schmales, vom Fangspiel noch gerötetes Gesicht zu und antwortete flüchtig: «Nur es Züpfebändeli.» Es hatte zwei lange blonde Zöpfe, der eine hing ihm über den Rücken hinab, den andern hielt es am aufgegangenen Ende vorn in der Hand. Seine Freundin, die suchend von uns wegging, hatte etwas kürzere, braune Zöpfe mit roten Bändeln.

Wir halfen ihnen arglos suchen, und ich fand das Bändelchen rasch, ein kurzes, leicht zerknittertes blaues Seidenband. Im Augenblick, als ich es der Eigentümerin zurückgab, trat Köbl aus einer Gruppe von Knaben, beide Hände in den Hosensäcken, und rief uns «Meitlischmöcker» zu. Die Knaben lachten, die beiden Mädchen stoben davon.

Hans gab dem Spötter eine bissige Antwort, doch der Übername blieb an uns hängen. Köbl begann, uns die beiden Mädchen höhnisch vorzuhalten, und bei einer solchen Gelegenheit erfuhren wir, daß sie Dorli und Agetli hießen. Von andern Knaben hörten wir bald, daß Dorli mein, Agetli meines Vetters Schatz sei. Die Mädchen selber kamen nicht besser weg, Köbl rief ihnen anzüglich unsere Namen nach, und so erfuhren auch sie, daß jede ihren Schatz habe. Was zwischen den beiden Freundinnen und uns Vettern ohne Absicht kindlich begonnen und als mögliches zartes Verhältnis unser Bewußtsein gar nicht erreicht hatte, gewann auf diese Weise in unseren eigenen Augen eine zunehmende Wirklichkeit. Ich begann selber zu glauben, Dorli sei mein Schatz, Hans hielt Agetli für den seinen, und die Mädchen schienen es endlich auch ihrerseits anzunehmen.

Ich errötete nun, wenn ich Dorli sah. Hans, ein gepflegter, hübscher Knabe mit dunklen, bereits gescheitelten Haaren, war unbefangener, aber ihm ging es ähnlich. Wir wagten nicht mehr, die Mädchen anzureden oder gar mit ihnen zu gehen, die Unbefangenheit unserer ersten Begegnung war in ihr Gegenteil verkehrt; aber erst jetzt wünschten wir auch, sie wieder zu treffen, was wir sonst dem Zufall überlassen hätten. Eines Abends vor dem Nachtessen sahen wir sie spazieren und folgten ihnen klopfenden Herzens, aber statt sie einzuholen, überholten wir sie, durch Seitengassen rennend, und stellten uns betrachtend vor ein Schaufenster. Sie kamen, und wir sahen in der spiegelnden Fensterscheibe, wie sie beide auf einmal die bezopften Köpfchen senkten und Arm in Arm mit beschleunigten Schritten hinter uns vorbeigingen. Wir schauten ihnen vorsichtig nach und bemerkten, daß sie kurz nach uns ausblickten, bevor sie in eine andere Straße abbogen.

Ähnliche Begegnungen wiederholten sich, wobei kein Wort gewechselt wurde. Hans und ich aber suchten nun doch, den Mädchen unsere Gesinnung deutlicher zu beweisen, und sparten Sackgeld, um kleine Geschenke zu kaufen. Mit je einem Täfelchen Schokolade erwarteten wir sie auf ihrem bevorzugten Spazierweg am Dorfrand, einem alten Hohlweg zwischen Mauern, Gärten, Höfen und Wiesen. Auf diesem Wege kamen sie mit beschwingten Schritten singend daher, während wir noch ungesehen in einer Krümmung die Köpfe reckten und über die Mauer hinweg einen goldhell besonnten blonden und einen schimmernden braunen Scheitel sahen. Kaum tauchten sie zwanzig Schritte vor uns auf, Dorli in einem blaugrünen, Agetli in einem dunkelroten Röcklein, da hielten sie auch schon, mitten im Liede verstummend, wie an den Zöpfen gehalten an, wandten sich zur Mauer und begannen die Blüten der Storchschnäbel abzurupfen, die dort aus Ritzen und Löchern wuchsen.

Atemlos hatten wir sie erwartet, die Schokolade im Hosensack mit der Hand umklammernd, aber aus derselben unüberwindlichen Scheu, die sie zurückhielt, wagten auch wir jetzt nicht, ihnen entgegenzugehen. Wir gingen vielmehr weiter, damit sie nur ja nicht umkehrten, freilich langsam und langsamer in der Hoffnung, sie würden uns einholen, doch folgten sie uns ebenso langsam und blieben stehen, wenn wir auch nur einen Augenblick verweilten. Da legten wir unsere Geschenke auf die oberste der drei steinernen Stufen, die am Ende des Hohlweges zu einem schattigen Wiesenpfad hinaufführten, und entfernten uns, eifrig zurückspähend, durch eine Allee von mächtigen Mostbirnbäumen. Die Mädchen hielten an der kurzen Treppe an, steckten die Köpfe zusammen und hoben die Schokolade auf, wir bemerkten es und rannten glücklich wieder ins Dorf hinein.

Wenige Tage darauf sahen wir uns abermals, doch kamen die Mädchen von der andern Seite durch den Hohlweg und kehrten bei unserem Anblick um, so daß sie diesmal vor uns hergingen. Wir folgten ihnen und suchten sie unmerklich einzuholen, aber sie wahrten den Abstand und begannen auf dem Wiesenpfad sogar zu rennen. Wir kamen vor die drei Stufen und hielten mit großen Augen an. Auf der alten grauen Steinplatte der mittleren Stufe prangten, in dunkelgrünes Moos gebettet, zwei große Blutorangen. Innig erregt hoben wir sie auf und schauten den Mädchen nach, aber wir sahen nur noch ein grünes und ein rotes Röcklein zwischen fernen Baumschatten flüchtig aufleuchten und verschwinden.

10.

Ein drittes Wiedersehen mit Dorli und Agetli wurde uns vereitelt. Als Hans und ich schon durch den Hohlweg gingen, entdeckten wir auf einer Gartenmauer einen Burschen, der wie ein Affe auf allen Vieren in das dicht auf die Mauer hängende Geäst einer alten Linde kroch. Er spähte aber aus dem Laube, und kurz bevor das Gesicht verschwand, erkannten wir es. Köbl lauerte uns auf. Da kehrten wir ins Dorf zurück. Köbl war für mich der hämische Mitwisser des Eisenbahnspiels, für Hans ein widerwärtiger Dreckfink. Aus Scheu, das schwebende reine Verhältnis einem so rohen Zeugen und seinem Gespötte preiszugeben, suchten wir die Mädchen nicht mehr abseits und begnügten uns künftig damit, ihnen unsere noch fast namenlose Zuneigung wieder auf dem Schulweg anzudeuten.

Jetzt begann ich Köbl zu hassen und wich ihm aus. Er merkte das, und es entsprach seiner Art, daß er sich nun erst recht einen boshaften Spaß daraus machte, mich zu plagen. Dies hatte eines der sonderbarsten Erlebnisse meiner Knabenzeit zur Folge. Auf dem Heimweg von der Schule versäumte ich mich mit Kameraden nachmittags am großen Platzbrunnen. Wir stritten scherzhaft um einen Gummiball, der im Becken schwamm, machten Wellen, spritzten einander an und ließen die Wasserstrahlen aus den Röhren zischen. Die ordentlichen großen Leute, besonders die Eltern, nannten das «sudle und fledere» und sahen es nicht gern; ich blickte jedenfalls ein paarmal vorsichtig zu den Fenstern unserer nahen Wohnung hinüber. Als ich nun auf dem Rand des Brunnenbeckens stand, mit den Daumen die beiden Röhren verschloß und durch ein leichtes Nachgeben die kräftig herauszischenden dünnen Strahlen des gestauten Wassers dahin und dorthin lenkte, packte mich plötzlich jemand von hinten mit beiden Händen an den Fußgelenken. Es war Köbl, er grinste und hielt mich fest. «Laß mich los!» rief ich und versuchte mit dem rechten Fuße auszuschlagen, aber er ließ auch diesen Fuß nicht los, und ich mußte mich an die Röhre klammern, um nicht in den Brunnen zu fallen.

«Wenn du mir sagst, was ihr mit dem Agetli und dem Dorli gemacht habt, laß ich dich los», erwiderte er.

«Nichts haben wir gemacht, laß mich los!» schrie ich, und eine ohnmächtige Wut trieb mir Tränen in die Augen.

Als meine Kameraden mich endlich von dem Plaggeist befreiten, wußte ich nichts Besseres zu tun als schnurstracks heimzulaufen.

Unter der Ladentüre erwartete mich aber mein Vater, der durch ein Schaufenster zugesehen hatte, und fragte ungewohnt kühl, was da losgewesen sei. Ich trat mit ihm in den Laden und klagte ausführlich über Köbl, der mich grundlos immer wieder plage.

Er hörte schweigend zu, dann fragte er unwillig: «Warum wehrst du dich nicht? Warum bist du vorhin einfach so davongelaufen?» Da ich schwieg, schüttelte er den Kopf und fuhr fort: «Du darfst dir nicht alles gefallen lassen. Wenn ein Erwachsener dir etwas antut, dann kannst du zu mir kommen, und ich werde dir helfen. Mit den Schulbuben aber mußt du selber fertig werden. Dieser Köbl da ist ja nicht größer und wahrscheinlich auch nicht viel stärker als du, er ist nur frecher. Wenn er dich plagt, so plage ihn auch! Wenn er dann wirklich Streit anfängt, so wehr dich, aber rasch und tüchtig, damit er gleich erfährt, mit wem er es zu tun hat. Nachher wirst du sehen, daß er dich in Ruhe läßt.»

Dieser väterliche Rat ermutigte mich dermaßen, daß ich meinem Widersacher schon bei der nächsten Gelegenheit zeigte, mit wem er es zu tun habe. Ich wartete, an eine hohe graue Klostermauer gelehnt, nach der Schule gleichgültig auf irgendeinen Klassenkameraden. Es war ein trüber Nachmittag, mit dem ich wenig mehr anzufangen wußte. Da trat Köbl auf mich zu, lehnte sich neben mir auch an die Mauer, die Hände in den Hosensäcken, spuckte aus und fragte, ob Dorli schon vorbeigekommen sei. Ich schwieg gespannt und atmete hastiger. Er stellte weitere anzügliche Fragen, die ich in meiner wachsenden Erregung kaum mehr recht verstand, und stieß mich wiederholt mit der Schulter an. Ich wich nicht aus, aber als er, durch meinen stummen Widerstand gereizt, mich beiseite drängte, schlug ich zu. Mit einer Kraft, die meine gewohnte eigene Kraft überstieg, schlug ich ihm die Faust ins Gesicht.

Wie in einem schweren Fieber hörte ich ein kurzes Jammergeheul und Wutgeschrei und sah den Geschlagenen mit verzerrtem, blutverschmiertem Munde wegtaumeln. Ich zitterte vor Erregung, als ob ich selber der Geschlagene wäre. Unfähig, das verblüffende Ergebnis meiner Tat schon richtig zu erfassen, setzte ich meinen Heimweg fort und erfuhr erst aus den Worten der Knaben, die sich mir anschlossen, wie das Geschehene zu beurteilen war. «Ich hau dr uf d' Schnorre ine», wurde unter Gassenbuben häufig gedroht, aber nur von Rohlingen wirklich getan. Jetzt konnte ich hören, wie einer dem andern zurief: «Dr Werntsch hed em Köbl d' Schnorre verschlage.» Die Anerkennung, ja Bewunderung, mit der diese unwahrscheinliche Neuigkeit herumgeboten wurde, berührte mich nur oberflächlich.

Meinem Vater sagte ich kein Wort davon. Was er mir als Folge angekündigt hatte, traf indes zu, Köbl wagte sich nicht mehr an mich heran, obwohl er mörderische Drohungen ausstieß. Der Vorfall beschäftigte mich aber noch lange. Immer wieder dachte ich, daß Köbl ja nichts anderes verdient habe, auch ließ ich mir die erhöhte Achtung gern gefallen, die ich unter den Schulknaben seither genoß, und blieb mir bewußt, daß ich mich im Notfall also zu wehren verstände. Ich wollte ja unter keinen Umständen ein Waschlappen werden, an dem jeder seine Dreckfinger abreiben konnte, sondern im Gegenteil ein wehrhafter Mann, ein Soldat und Schütze mindestens, der seine Feinde treffen würde. In meinem Innersten aber fühlte ich, daß ich auf eine mir unangemessene, meinem Wesen zuwiderlaufende Art eine Grenze überschritten hatte. Ich vergaß es nie mehr.

11.

Um das zwölfte Jahr herum lebt man wie bei wechselndem Wetter im raschen Anstieg auf ein fremdes Gebirge, wo man immer wieder zum erstenmal eine andere Gegend sieht, in eine neue Gefahr gerät, vor einer ungewohnten Bewährung steht. Noch hatte ich Dorli nicht aus den Augen verloren, als mich ein neues Erlebnis bestürzte, das weder jener zarten Neigung noch dem bedenklichen Eisenbahnspiel glich. In unserem Schulhaus war mitten im Winter ein fremdes Mädchen aufgetaucht, das die sechste Klasse besuchte. Bevor ich es sah, hörte ich aus Gerüchten, die durch die oberen Knabenklassen liefen, von seiner städtischen Herkunft, seiner Schönheit und Eleganz, aber auch von heimlicheren Dingen, die unmöglich schon bekannt sein konnten; außerdem hieß es Antoinette, wie hier niemand hieß. Bald sah ich es selber auf dem Schulweg, ein kurz und eilig schreitendes, schlankes Mädchen in goldgelber Wolljacke und blauem Rock, dem kürzesten aller uns bekannten Röcke. Es ging in einem Schwarm von Mitschülerinnen, und wir merkten wohl, daß sie alle um seine Freundschaft warben, während wir Knaben, brennend vor Neugier, die Gleichgültigen spielten.

Im Laufe der Wochen verlor das Ereignis nichts an Spannung. Die Gerüchte wucherten. Wir hörten, daß unter den Schülerinnen Feindschaften ausgebrochen seien, daß einige Antoinette eine falsche Hexe nannten, andere sie noch immer umwarben oder ihr blindlings anhingen. Auch bei uns begannen sich die gärenden Gefühle zu scheiden; die Knaben, die nicht daran denken durften, sich Antoinette zu nähern, und jene, die es erfolglos versucht hatten, nannten sie eine blöde Hochmutsnärrin, während andere die lockende Erscheinung erregt verfolgten. Zu meiner Verwunderung war mit mir auch

Bernhard unter den Ergriffenen, ein scheuer, verletzlicher Knabe, der Klavierstunden nahm, Märchenbücher las und die kräftigere Dorfjugend mied.

In der winterlich kalten Frühe eines schulfreien Fasnachtstages, als schon viele Kinder auf der Straße warteten, obwohl das Maskentreiben erst gegen Mittag einsetzte, ging Antoinette, einen Schlitten hinter sich herziehend, mit zwei Mädchen ihrer Klasse durch das Dorf und schlug die rasch ansteigende Straße zu den bewaldeten östlichen Berghängen ein. Zehn Minuten später war ich mit Schlitten und Schlittschuhen auch dorthin unterwegs, von jenem Josef begleitet, der an der Gartenkilbi den gelben Drachen gemacht hatte, und von Bernhard, der unser Unternehmen abenteuerlich fand und alle möglichen Vorbehalte erhob. Eh wir die Mädchen entdeckten, gerieten wir auf der langen Waldstrecke in den Nebel hinein, der als geschlossene dichte Decke wie an Novembertagen über dem Tale hing. Im Nebel tauchten hinter uns andere Knaben mit einem Schlitten auf, Schüler der siebenten Klasse, die uns hastig überholten. Wir folgten ihnen und bemerkten, wie sie an der oberen Nebelgrenze, wo der blaue Himmel durchschien, plötzlich langsamer gingen. Kurz darauf sahen wir vor ihnen Antoinette mit ihren Begleiterinnen zwischen blitzend bereiften Tannen in der Morgensonne gelassen bergwärts ziehen.

In einer Straßenkehre hielten die Mädchen an und schauten auf das langsam absinkende Nebelmeer hinaus. Die Burschen schlenderten in ihre Nähe, und einer blieb dicht hinter Antoinette stehen. Wir beeilten uns und ließen sie nicht aus den Augen, gespannt, was jetzt geschehen würde. Antoinette in ihrer goldgelben Wolljacke, eine weiße Pelzmütze auf dem dunklen Haargekräusel, wandte sich um und blickte den Burschen befremdet, mit einer kühlen, hochmütigen Strenge, von oben bis unten an, blies verächtlich ein wenig Luft durch die geschürzten Lippen und drehte ihm langsam den Rücken zu.

Bernhard ergriff meinen Arm und flüsterte entzückt: «Hast du das gesehen?»
Im Straßenrank gingen wir rasch an den beiden Gruppen vorbei. Die Siebenklässler warfen uns Schneebälle nach und folgten uns langsam, blieben aber bald wieder stehen und blickten nach den Mädchen zurück. Wir hielten auch, und ich schnallte mir die Schlittschuhe an die Sohlen; kaum war ich damit fertig, als die drei Mädchen sich auf den Schlitten setzten und abfuhren. Die Burschen fuhren sogleich hinter ihnen her.
«Aufsitzen!» rief ich erregt. «Wir müssen sie überholen.» Wir stießen auch ab, und da ich mit den Schlittschuhen lenkte, statt mit den hemmenden Absätzen, näherten wir uns auf der glatten Bahn in rascher Fahrt den beiden Schlitten. Unbegreiflich schlug mir das Herz im Drange, mich vor dem fremden Mädchen auszuzeichnen. Die Rauhreifzone war breiter geworden; an ihrem oberen Saum, der die nächtliche Nebelgrenze nur noch undeutlich bezeichnete, wirkte die Sonne durch das Tanngeäst und schmolz oder löste das kristallische Geflimmer, das uns kühl wie Silberstaub in federleichten Flügen ins Gesicht stob. Etwas weiter unten leuchteten zauberhaft zwischen hohen, dicht übersilberten Tannen schneeweiße Berge aus dem tiefen Blau des Morgenhimmels. Ich sah es nur flüchtig, ich zielte jetzt auf die Lücke zwischen dem eingeholten Schlitten, der dicht hinter den Mädchen her fuhr, und dem linken Straßenbord. Als wir neben den Burschen auftauchten, suchten sie uns aber im letzten Augenblick die Durchfahrt zu verwehren; wir streiften sie hart, gerieten ins Schleudern und stießen, umwerfend, in den Schlitten der Mädchen hinein.
Die Mädchen sprangen auf. Antoinette rief etwas, riß ihren Schlitten zornig aus dem Durcheinander und wandte sich mit ihren Begleiterinnen wieder bergwärts, ohne uns weiter zu beachten. Die Siebenkläßler drohten über uns herzufallen, folgten dann aber den Mädchen.

Josef fragte verwirrt: «Was hat sie gerufen?»
Bernhard setzte sich schmerzlich enttäuscht auf den Schlitten und schlug vor, abzufahren.
Ich wollte noch nicht fahren, der klägliche Mißerfolg erhitzte mich, statt mich zu ernüchtern. Als meine Kameraden sich aber zu Fuß auf den Heimweg machten, blieb ich ratlos stehen. Antoinette hatte gerufen: «Paßt doch auf, ihr Esel!» Ich hätte sie dafür schlagen können und suchte sie dennoch zu entschuldigen. Sie kannte mich ja nicht, sonst hätte sie vielleicht geschwiegen. Ich mußte mich ihr zu erkennen geben, aber wenn möglich allein, und gewiß würde sich noch eine günstigere Gelegenheit finden als heute. Ich holte Josef und Bernhard mit dem Schlitten rasch ein, und ziemlich traurig fuhren wir durch den Nebel ins Dorf hinab, wo die Trommler schon hinter der ersten Maskenrotte den Narrentanz schlugen.

12.

Vierzehn Tage nach dem Aschermittwoch begann ich mit Knaben aus dem inneren Dorfkreis das Fastenfeuer vorzubereiten, das wir nach altem Brauch am Sonntag Mittefasten in der Dunkelheit anzünden wollten. Wir zogen mit einem Handwagen im Dorfe herum, sammelten Holzabfälle, alte Kisten und Körbe, geschnittene Gartenstauden, alles was man verbrennen konnte, und riefen vor den Häusern laut den überlieferten Spruch:

«Stür, stür, stür
Zumene Mittifastefür
Holz, Stude, Strau,
Alti Jumpfere nemmer au.»

Aus der Umgebung des Dorfes holten wir mit dem Einverständnis der Bauern die ergiebigen Abfälle geschorener Hecken, doch kamen wir da und dort zu spät; aus den äußeren Vierteln des Dorfes oder ihrer ländlichen Nachbarschaft hatten andere Gruppen von Knaben und halbwüchsigen Burschen, die alle das größte Feuer machen wollten, die Abfälle schon weggeführt. Auf dem geräumigen Platz einer Wegkreuzung, vor dem westlichen Dorfrand, häuften wir den gesammelten Brennstoff um eine eingerammte Stange.

Der Schnee war im Talboden weggeschmolzen, an den Hängen lag er strich- und fleckenweise, auf den Höhen noch geschlossen. Das Wetter machte uns Sorge, schweres Gewölk zog während des Mittefastensonntags über das Tal hin, und am Abend näßte ein leichter Regen das Dorfpflaster, doch hatten wir zu dieser Zeit die Elternhäuser und besorgten Mütter schon verlassen. Wir trafen uns alle auf dem Feuerplatz und schwärmten, mit den letzten Zurüstungen beschäftigt, um den mächtigen Haufen, der die Höhe und fast den doppelten Umfang einer Streuetriste besaß. Als die Dunkelheit anbrach, regnete es nicht mehr, wir gossen Petroleum in den Haufen, nahmen die Zündholzschachteln aus den Hosensäcken und konnten vor Ungeduld und Spannung nicht mehr reden, nur noch schreien. Die einen wollten jetzt anzünden, die andern wollten warten, bis es noch dunkler würde. «Die Oberdörfler haben angezündet!» schrie einer auf, und wir bemerkten am verdämmernden Hang über dem Dorfe ein düster rauchendes rotes Feuer. Da beherrschten wir uns nicht länger, wir kauerten mit den Zündhölzern atemlos vor die ausgesuchten Stellen, wir zündeten an, und in der unerwarteten Stille begann es ringsum bläulich aufzuflammen, begann goldrot zu flackern, zu knistern, zu brennen.

Was feucht geworden war, rauchte eine Weile und trocknete rasch, das Feuer fraß sich bei der Windstille auf allen Seiten in den Haufen hinein, packte die nachrutschenden oberen Schichten und schwang sich flammend darüber hinaus. Gebannt standen wir da und schauten mit heißen Gesichtern zu, bis die steigende Hitze uns Schritt für Schritt zurückzwang. Erst jetzt bemerkten wir, daß sich ringsum Zuschauer angesammelt hatten und daß in einem weiten Umkreis noch andere Feuer brannten, nicht festliche Höhenfeuer wie im August, sondern aus der dunklen Tiefe des Tales flackernde, rauchende, lohende Brände, die einen älteren, geheimnisvolleren Sinn hatten und uns stärker erregten. Wir begannen im Hitzekreis zwischen den rötlich angeleuchteten Zuschauern und dem Brandhaufen wieder herumzuschwärmen, mit der Gabel eine mottende Stelle zu lockern, herabgefallenes Holz in die Flammen zu schleudern und endlich Brandfackeln zu schwingen, glühend verbunden mit diesem Feuer, das unser Werk war, unser rätselhafter Wille, unser großes Wort an die laue Vorfrühlingsnacht.

Plötzlich sah ich Antoinette unter den Zuschauern. Ich sah ihren fremdartig reizenden Kopf, ihr knappes Profil mit der geraden Nase und den aufgeworfenen Lippen, eine krause Welle ihres dunklen Haares. Sie blickte unruhig auf zwei Knaben, die etwas Brennendes schwangen. Mir stockte der Atem, ich lief in die Richtung ihrer Blicke, riß einen flammenden Knebel aus dem Feuer und wirbelte ihn im Kreise herum. Sie schaute mir flüchtig zu und wandte sich ab. Ein paar Zuschauer spannten Schirme auf, andere gingen fort, es mußte also regnen, aber ich merkte es nicht. Ich behielt Antoinette im Auge, sah wieder zwei Kameraden vor ihr herumfackeln und lief auch hin.

Dieses Mädchen hätte durch einen anteilnehmenden Blick, ein freundliches Nicken, ein Lächeln, ungefährdet eine ganze erwachende Knabenschar für sich gewinnen können, aber sie stand noch unter einem andern Gesetz. Als sie, uns alle drei mißachtend, ihren Platz abermals wechselte, folgte ich ihr unbedacht hinter den gelichteten Zuschauerkreis und trat mit meiner erlöschenden Fackel vor sie hin. Sie ließ mich stehen und ging; vom abweisend ausgespannten Schirm gedeckt, ging sie hochmütig weg, den Fahrweg hinunter. Da lief ich ihr nach und stieß ihr auf dem schmalen, vom Schein des Feuers rötlich dämmernden Weg in höchster Erregung die verglühende Fackel durch den Regenschirm.

Sie schrie, und ich wich abseits in die Dämmerung aus. Hochatmend und schmerzlich verwirrt kehrte ich durch die Wiesen hinauf zurück. Ich umging aber das Feuer und kam oben zu einer Dornhecke, hinter der ein Weg bergan führte. Ich wollte durch die Hecke auf diesen Weg und ging ihr entlang noch ein paar Schritte hinauf zu einer Lücke. Als ich die Lücke betrat, sah ich vor mir auf dem kniehohen Wegbord ein Wesen, das mich erstarren ließ. Eine Armlänge vor meiner Brust war da ein mächtiger Kopf auf ungeschlachten Schultern, ein breitflächiges, dunkles Gesicht mit schwarzen Brauen, das regungslos dem Feuer zugewandt war, das Gesicht eines Riesen, nicht eines Menschen, und dieser Riese – saß er denn da vor mir auf dem Boden? Aber er stand ja, er stand auf ganz kurzen Beinen und hatte einen breiten, kurzen Leib und war ein Zwerg. Er beachtete mich nicht, aber er mußte mich sehen, und ich starrte ihn an. Schwer behindert wie in einem Angsttraum begann ich langsam rücklings auszuweichen. Da legte sich eine große, spinnenförmige Hand auf meinen Rücken, ich warf mich, halb von Sinnen, herum und erkannte eben noch, daß ich an die Hecke gestoßen war, dann sprang ich auf den Weg und rannte zum Feuer hinab.

Meine Kameraden glaubten nicht, was ich ihnen ins Gesicht keuchte, aber ich bestand darauf, bis der älteste sich selber davon überzeugte. Er kam zurück und sagte: «Es ist der Uhrmacher Fäßler.» Er sagte es, wie mir schien, tonlos, mit verschleierter Stimme. Ich hatte den zwerghaften Mann, der so hieß, nie gesehen, aber doch von ihm reden gehört, ich wußte, daß er in der Werkstatt eines abgelegenen Hauses arbeitete, bei Tageslicht das Dorf und die Menschen mied und nur in der Dunkelheit einsame Gänge unternahm. Warum sollte er nicht hier dem Feuer zusehen? Ich wollte glauben, daß er es war und daß er nur aus Zufall genau dort stand, wo ich ihm nach dem Unbegreiflichen, das ich dem Mädchen angetan, fassungslos begegnen mußte.

Der Regen vertrieb die letzten Zuschauer, das Feuer sank zusammen und begann wieder zu rauchen, die Glut zischte. Mit schmutzigen, durchnäßten, brandig riechenden Kleidern kam ich, wie von Fieberträumen verfolgt, endlich nach Hause und ging auf das Geheiß der Mutter sogleich zu Bett. Ich wollte glauben, daß alles auf die natürlichste Art zu erklären und nur zufällig so zusammengetroffen war, aber ich empfand dies Zufällige und Natürliche als Schein, hinter dem das Feuer, das Mädchen, meine Untat, der Zwerg in einem unheimlichen Zusammenhang standen, aus dem ich mit meinem schwachen Verstand mich selber nicht lösen konnte.

13.

Im Schulknabenalter wurde ich nach Übeltaten, für die mich mein Gewissen strafte, daheim noch von der Mutter gestraft. Mit einer dunkel zürnenden Miene, die den herzlichen Kummer über den leichtsinnigen Sohn kaum mehr verriet, stellte sie mich zur Rede und schickte mich in den Abtritt hinaus. Gleich darauf folgte sie mit der Rute, einem armlangen, rund gebündelten Besen aus festen, schwärzlich braunen Rütchen, und befahl mir: «D' Hosen abbe!» In einer Erschütterung, die mir leider nicht anzusehen war, ließ ich die Hose hintergleiten, empfing schluchzend eine Reihe kräftiger Rutenstreiche auf den bloßen Hintern und blieb im Abtritt eingesperrt. Verzweifelt stand ich in dem kahlen, engen Gelaß, starrte durch ein hoch angebrachtes schmales Fensterchen zur Mauer des Kirchturms hinüber und hätte mich am liebsten dort vom Turm gestürzt. Ich war tief unglücklich, daß mich die Mutter geschlagen hatte, und lieber wollte ich sterben, als noch einmal so von ihr gestraft zu werden. Wenn sie mir endlich die Türe öffnete und ich starren Blickes an ihr vorbeiging, hörte ich aus ihren milderen Worten wohl den mütterlichen Ton heraus, aber ich blieb geschlagen.

Ein empfindliches, schon vor seiner Schulzeit erschüttertes Kind, das nur noch mißtrauisch mit düsteren Erwartungen weiterlebt, nimmt zu seinem Schutz eine immer sprödere Haltung an, die sich verhärtet wie die Rinde über den Wunden eines lebenswilligen jungen Baumes. Um nicht sterben zu müssen, wenn mir die Strafe abermals bevorstand, begann ich mich der Mutter gegenüber so zu panzern und mochte ihr nun bald als Trotzkopf, bald als gleichgültiger Lausbub erscheinen. Da sie mich ohnehin für gefährdet hielt, mußte sie in ihrer Sorge um meine künftige Rechtschaffenheit notgedrungen annehmen, daß ich nur noch durch die Rute auf den rechten Weg zu bringen sei. Mit diesen Rutenstreichen aber, die körperlich leicht zu ertragen waren, traf sie nicht den Lausbuben, sie durchschlug den Schutzpanzer und traf darunter das verletzliche Kind, dem die Züchtigung gar nicht galt.

Meine Haltung versteifte sich, mein Panzer wurde härter, und eines Tages konnte ihn die Mutter nicht mehr durchschlagen. Nach jenem aufregenden Mittefastenfeuer verklagte mich Antoinette bei den Eltern. Die Mutter stellte mich zur Rede, und als ich das mir selber kaum Faßbare gestand, schickte sie mich in den Abtritt hinaus. Ich blieb trotzig stehen.

«Willst du folgen oder nicht?» rief sie mit einem mir neuen Ausdruck zürnenden Erstaunens, denn ich hatte mich ja noch nie so offen gegen sie aufgelehnt.

Da ging ich denn hinaus, und sie folgte mir mit der Rute. Ich ließ die Hose hinuntergleiten und empfing die Schläge, aber endlich nicht mehr mit schmerzlich aufgelöster, sondern mit hart abwehrender Miene, und zum erstenmal kam dabei keine Träne aus meinen Augen, kein Laut über meine Lippen. Die Mutter blickte mich an, bevor sie mich einschloß, und aus diesem Blick, der an mir hängen blieb, glaubte ich später noch alles zu lesen, was sie empfand, die wehe Verwunderung über meinen ungebrochenen Trotz, die Angst, mich nicht mehr meistern zu können, und eine tiefe Ratlosigkeit. Denselben Blick fühlte ich auf mir, als ich hinausgelassen wurde und verschlossen an ihr vorbeiging; sie blickte mich nur an und sagte kein Wort.

Von dieser bitteren Stunde an schlug sie mich nie mehr.

14.

Die Mutter hatte ihre angeborene Art über die Freudenberger Jugend hinaus erhalten und teilte sie mit meinem Vater, die naturhaft herbe Wesensart unseres Berg- und Talvolkes, die sie bei aller persönlichen Herzenswärme nur in der äußersten Not überwand. Dieses Volk kann ausgelassen lustig sein, aber es scheut sich bis zur unüberwindlichen Scham, Gefühle zu verraten, die das gewohnte karge Maß übersteigen. Liebende erfinden hier verschämte Umwege, um nicht sagen zu müssen, daß sie sich lieb haben, Ehepaare verschweigen, was sie für einander empfinden, Eltern, Söhne und Töchter bringen kein Wort über die Lippen, um sich ihre Zuneigung auszudrücken.

Meine Eltern fielen nicht aus dieser Art, ihr gemüthaftes Wesen barg sich darin wie in einem dichten Mantel, der es schützte und unverfälscht bewahrte. Sie war der Grund eines äußerlich kühlen, aber wahrhaften und lauteren Familienlebens, das allen Stürmen gewachsen schien, meinem jüngeren Bruder wohl anschlug und auch mir zuletzt doch immer eine sichere Zuflucht bot. Nur einmal lag ein Schatten darüber, der an die Unterwelt meiner düsteren Erfahrungen rührte.

Ein hagerer Mensch mit einem lauernden bleichen Gesicht arbeitete in der väterlichen Werkstatt als Uhrmachergeselle. Die Mutter fand ihn unheimlich, und mir gefiel er auch nicht. Der Vater schätzte sein berufliches Geschick, aber eines Tages entließ er ihn plötzlich. Bald darauf arbeitete dieser Geselle bei einem andern Uhrmacher, und nach einiger Zeit erfuhren wir, daß er seinen Meister ermordet habe. Die Polizei suchte ihn und verständigte uns davon, er war flüchtig und konnte als Dieb oder Rächer hier an seinem früheren Arbeitsplatz auftauchen. Dies erschreckte mich wie die Mutter unsäglich, und wochenlang bangten wir gemeinsam um den Vater. Ich war überzeugt, daß der Mordgeselle es zuerst auf ihn abgesehen und nur die Gelegenheit nicht gefunden hatte, ich zitterte vor dem immer noch drohenden Verhängnis und begegnete in mancher Nacht dem schwärzesten Unheil. Endlich erlöste uns aber die Nachricht, der Mörder sei gefaßt worden.

Unter einem freundlicheren Stern fand ich mich mit unserer Familie im Frühling meines dreizehnten Jahres. Wir wanderten in heiterer Eintracht durch blühende Wiesen zum Landsgemeindeplatz. Von der Straße her klangen abwechselnd Märsche der Trommler und der Musik, die Ratsherren schritten dort einem lockeren Zuge stimmfähigen Volkes voran, und manchmal leuchtete der Weibel im roten Mantel aus dem Grünen. Der Vater antwortete auf meine Frage, ob er an der Landsgemeinde reden werde, das hänge vom Lauf der Verhandlungen ab; ein gewisses Geschäft habe das Volk in zwei unversöhnliche Parteien gespalten, und wenn da nun keine Einigung zustande komme, werde er vielleicht auch ein Wort dazu sagen. Nachdem er mir das Geschäft erklärt hatte, fragte ich ihn, für welche Partei er dann sprechen würde, und er antwortete: «Für keine von beiden. Man kann, wie so oft, auch in diesem Fall beide Parteien begreifen und beide Meinungen mehr oder weniger rechtfertigen. Nun sagt aber jede Partei zur andern: 'Wir haben recht und ihr habt unrecht, es muß nach unseren und nicht nach euren Köpfen gehen.' Es wird dann darüber abgestimmt, und wer mehr Stimmen hat, gewinnt. Die Minderheit, die auch ihre guten Gründe hatte, bekäme damit nicht unrecht, wohl aber geschähe ihr unrecht. Sie würde sich zwar nach unserem alten demokratischen Brauch der Mehrheit fügen, aber trotzdem mit bösen Gesichtern nach Hause gehen und bei einer andern Gelegenheit vielleicht sogar Vergeltung üben. Das strittige Geschäft ist aber nicht so wichtig, daß man deswegen Gerechtigkeit und Frieden aufs Spiel setzen dürfte. Der Bezirksrat selber wird übrigens auch einen Antrag stellen, aber die Parteien wollen auf ihrem Standpunkt beharren. Es ist ja nicht immer so, verstehst du; meistens kann man gegen die Ansprüche einer Gruppe mit gutem Gewissen das verfechten, was dem Staate, der Allgemeinheit, dem Ganzen dient, und sehr oft kann man von zwei gegensätzlichen Standpunkten den einen doch als den etwas besseren, etwas weitsichtigeren oder auch anständigeren erkennen. Aber diesmal haben beide Meinungen ungefähr gleichviel für sich, es ist also sehr schwer, sich für eine zu entscheiden, wenn man, wie ich, kein persönliches Interesse daran hat.»

So oder ähnlich, wenn auch einfacher, jedenfalls auf eine mir faßbare Art, belehrte mich der Vater, während die Mutter mit Heinrich, der den Wiesenrand nach Blumen absuchte, auf dem schmalen Weg etwas zurückgeblieben war. Wir erreichten den Landsgemeindeplatz, als auch der Zug einmarschierte. Der Vater verließ uns, und wir gingen mit andern Zuschauern auf den Flußdamm, von dem aus die uralte, ringförmige Beratungsstätte im Kranz der mächtigen Kastanienbäume bequem zu überblicken war. Die Kastanien standen in voller Blüte. Nachdem der Bezirksammann und sein Gefolge auf der kleinen Bühne Platz genommen und die stimmfähigen Männer sich im Ring versammelt hatten, wurde dort entblößten Hauptes stehend gebetet und im Namen Gottes die Tagung eröffnet. «Seht ihr den Vater?» fragte uns die Mutter, und ich sah ihn schon eine Weile, seine hohe, kahle Stirne leuchtete zwischen den vielen dunkleren Köpfen freundlich zu uns herauf.

Vor der Streitfrage wurden ein paar friedliche Geschäfte behandelt, die Reden tönten ruhig, und einmal hoben die Männer abstimmend die Hand empor, aber dann schlugen die Redner einen schärferen Ton an. Ein krausköpfiger, großer Bauer schien sich in einen wahren Zorn hineinzureden und schüttelte wiederholt die erhobenen Hände, ein Mann von der andern Seite antwortete auf diese Rede mit vorwurfsvoller Härte, dann stand neben dem Krausköpfigen ein kleiner alter Bauer auf und sprach so bissig und witzig, daß auf seiner Seite laut gelacht, auf der andern drohend gemurrt wurde. Ein Regierungsrat oder Nationalrat, der hier als bloßer stimmfähiger Bezirksbürger mitten unter dem Volke saß, mahnte die Parteien mit schallender Stimme zur Versöhnung, darauf folgte wieder eine heftige Streitrede, und zugleich wurde von verschiedenen Seiten gerufen: «Abstimmen! Abstimmen!» In diesem Augenblick sah ich, daß der Vater das Wort verlangte, indem er mit erhobenem Arm den Bezirksammann anblickte, ich machte die Mutter gespannt darauf aufmerksam, und schon hörten wir den Ammann rufen: «Der Herr Gemeinderat Amberg hat das Wort.»

Der Vater begann zu reden, nicht sehr laut, ohne Anstrengung, mit kaum merklich gehobener Stimme, die aber klar und deutlich zu vernehmen war, sobald die Unruhe sich legte. Er brauchte die Hände nicht dazu, sprach auf keine Partei ein und schien keinem Andersgesinnten seine Meinung aufdrängen zu wollen. Kurz und sachlich suchte er beiden Standpunkten gerecht zu werden, stellte mit heiterer Miene die Folgen eines einseitigen Entscheides dar, bedauernswerte Folgen, vor denen allem Anschein nach weder diese noch jene Partei sicher sei, und empfahl als vernünftige, ziemlich gerechte Lösung den Vermittlungsvorschlag des Bezirksrates.

Ich hörte dies alles, ohne viel von der Sache selber zu verstehen, und erfuhr damit zum erstenmal etwas von der Haltung des Vaters im öffentlichen Leben. Er gehörte zur liberalen Partei, dachte skeptisch über den unbedingten Anspruch politischer Meinungen und verabscheute Unduldsamkeit und Rechthaberei. Diese Sinnesart bezeugte er freimütig auch dann, wenn sie ihm schadete, sie entsprang nicht der Schwäche, sondern der Einsicht in das Bedingte, Fragwürdige menschlichen Denkens und Treibens, und war mit jener gesunden Urteilsfähigkeit verbunden, die in einem demokratischen Gemeinwesen zwischen schwungvollen Hitzköpfen und eigensüchtigen Nutznießern immer wieder entscheidend ins Gewicht fallen muß. Die Vereine, in denen er mit Rat und Tat voranzugehen, mit überlegener Hand zu schlichten, zu vermitteln wußte, brachten ihm ein seltenes Maß an Achtung und Sympathie entgegen, das sie denn auch bald gemeinsam auf eine seltene Art beweisen sollten. Er versuchte nie, sich beliebt zu machen, und war doch beliebt, er trachtete nach keinem Ansehen und war doch angesehen.

Nachdem er an der Landsgemeinde nun also gesprochen hatte, wurde über die drei Anträge abgestimmt, und dreimal fuhren ungefähr gleichviel Hände hoch; eine sichere Mehrheit war nicht zu erkennen, die Stimmenden mußten durch drei verschiedene Ausgänge den Ring verlassen und gezählt werden. Der vermittelnde Antrag des Bezirksrates bekam die meisten Stimmen und war damit zum Beschluß erhoben.

Der Vater stand, von vielen Bürgern umringt, noch an einem der Ausgänge, als im Ring schon ein neues Geschäft behandelt wurde, und dann kam er zu uns auf den Flußdamm. Die Mutter blickte ihm mit verhaltener Freude entgegen, er wechselte lächelnd ein paar Worte mit ihr, griff dem Heinrich, der immer noch seinen Blumenstrauß in der Hand hielt, scherzhaft ans Genick und fragte mich, ob ich gemerkt habe, wie bei den Verhandlungen der Hase gelaufen sei. Er war sehr vergnügt, unterhielt sich mit uns und strich seinen weichen Schnurrbart, indem er ihn auf beiden Seiten von hinten faßte und die Spitzen zwischen Daumen und Zeigefinger mit einer leichten Drehung losließ. Ich befand mich in so gehobener Stimmung, als ob da ein festlicher Augenblick angebrochen wäre; vor uns saßen und standen die vielen Männer im Sonntagsgewand beratend unter den riesigen Blütensträußen der Kastanien, im Umkreis leuchteten spätblühende Apfelbäume und frühlingshaft helle Kleider spazierender Frauen oder Mädchen aus dem Grünen, vom Fuß der nahen dunklen Bergwände her, wo die Schlucht sich öffnete, zog rauschend der Fluß an uns vorbei, und wir selber standen unter der zarten Maibläue des wolkenlosen Himmels im warmen, goldenen Sonnenschein.

Gewiß waren wir jetzt eine glückliche Familie, und ich hätte mich in diesem Augenblick kaum davon ausnehmen können. Nichts mehr schien meine Unheilserwartung zu rechtfertigen, nichts Unwiderrufliches mein Schuldgefühl zu nähren. In den sechs Schuljahren, die hinter mir lagen, war mein Lebensdrang immer wieder durchgebrochen, meine Haut über dem verwundbaren Innern härter geworden. Sorgsame Eltern und geordnete Verhältnisse konnten mich auf sicheren Geleisen einer rechtschaffenen Zukunft entgegenführen. So schien es.

15.

Zehn Wochen später stieg ich mit dem Vater gegen die nordöstlichen Felsberge hinauf. Als wir, etwas links haltend, aus dem Wald heraus die Weidenhänge betreten hatten, sahen wir oben neben der Bergflanke den grünen Sattel mit dem Gasthaus, wo ich meine Sommerferien verbringen sollte. In einer gemächlich zurückgelegten Stunde erreichten wir das Gasthaus, einen zweistöckigen Holzbau mit Giebeldach.

Die Wirtsleute begrüßten uns lebhaft mit so ungeheuchelter Freude, daß ich gleich merkte, wie wohlbekannt und geachtet der Vater auch hier war. Wir legten in der Stube unsere Rucksäcke ab, ich wurde als Feriengast willkommen geheißen und von der Wirtin, einer großen, robusten Frau, auf eine gerade, offene Art schon ein wenig bemuttert, dann gingen wir wieder hinaus an die Morgensonne. Der Mann, mehr Bauer als Wirt, folgte uns und beschrieb dem Vater die Stelle, wo da drüben im Gefels manchmal ein Gemsbock stehe; er deutete mit dem gebogenen Rohr seiner Pfeife, die er am bildgeschmückten Porzellankopf gefaßt hielt, zu den nahen Felsen hinüber, aber sein dunkelrotbraunes, fältchenreiches Gesicht mit den vortretenden Backenknochen, das Gesicht eines schlauen alten Indianers, wandte er dabei dem Vater zu und lächelte blitzend aus schmalen Augenspalten. «En alte Bock, Herr Oberlütenant, garantiere, daß 's en alte Bock isch!» versicherte er. Der Vater versprach seinen Besuch auf Mitte September und wünschte scherzhaft dem Bock bis dahin friedliche Nachbarn, worauf der Bauer, mit der Pfeife abwinkend und die Brauen hochziehend, beteuerte, von seiner Seite sei nichts zu befürchten. Der Vater bestätigte lachend, daß er es gar nicht anders erwarte.

Wir gingen zur nahen Paßhöhe hinauf und schauten die Gegend an, dann kehrten wir ins Haus zurück, wo die gastfreundliche Frau ein «Znüni» bereitgestellt hatte, Brot, Butter, Käse und geräucherten Schinken. Der Vater wehrte ab, aber da er mit der Frau noch dies und jenes vereinbaren mußte, setzte er sich doch zu dem Imbiß hin, während mir die Wirtstochter Josefine mein Zimmer zeigte. Sie ging voran über zwei kurze dunkle Treppen empor in eine geräumige Kammer, die mich sofort vertraut anmutete. Schmucklose Wände aus altersbraunen Brettern, über die niedere Decke hin ein Tragbalken mit gehobelten Kanten, darunter ein großes Bett mit rot gewürfelten Überzügen, ein Schrank, ein Kruzifix, ein Weihwasserschälchen, Duft von gedörrten Birnschnitzen, frischer Wäsche und sonnewarmem Tannenholz, geöffnete Fenster und eine unerschöpfliche Aussicht auf einsame Wälder und Berge – solche Kammern hatte ich in meinen Ferien immer bewohnt und mich darin wohl gefühlt. Josefine, ein achtzehnjähriges, schlankes, braunes Bauernmädchen, half mir den Inhalt der Rucksäcke auspacken und versorgen; sie war sehr freundlich, und ich faßte rasch Vertrauen zu ihr, doch schien sie nicht ganz sicher, ob ich als Herrensöhnchen oder noch als Schulbub zu behandeln sei, und ich tat meinerseits nichts, um die Frage zu entscheiden.

Als ich mit dem geleerten größeren Rucksack wieder unten in die Stube trat, versuchte der Vater gegen den entschiedenen lauten Widerspruch der Wirtin eben ohne Erfolg, den Imbiß zu bezahlen, dann fügte er sich mit einem Scherzwort und nahm Abschied. Die Leute schüttelten ihm herzlich die Hand, trugen ihm Grüße an meine Mutter auf und folgten ihm hinaus. Ich wollte ihn noch ein Stück begleiten, doch er sagte, ich solle nur dableiben, er müsse pressieren. Mit einem «Leb wohl!» gab er mir, väterlich und kameradschaftlich zugleich, einen leichten Schlag auf den Rücken, drückte mir die Hand, nickte und ging. Wir sahen zu, wie er auf dem holperigen Weg mit starken Schritten bergab stieg, und riefen und winkten noch einmal, dann kehrten die Leute ins Haus zurück. Ich blieb stehen und blickte dem Vater nach, bis ich ihn aus den Augen verlor.

Nachmittags bestieg ich die nächste Kuppe und gab mich einer mir schon vertrauten Empfindung hin, dem Höhengefühl, das man nur einmal erlebt haben muß, um immer wieder danach zu verlangen. Jeder Bergsteiger kennt es. Die bewohnte Welt, in der er täglich durch ein Netz von Verpflichtungen stolpert und so viel Trübes sieht, Übles riecht, Lärmiges hört, liegt tief unten, er steht darüber in der reinen, frischen Luft, in lautloser Stille, von andern Bergen still umgeben und vom Himmel gewaltiger überwölbt als in Tälern und Ebenen; er ist über seine Sorgen emporgestiegen und hat sie überwunden wie die Beschwerden des Aufstiegs, er ist für diesmal befreit davon, und so fühlt er sich in der Tat auch frei und ist höher gestimmt als je im Alltag. Dieses Höhengefühl, ein Hochgefühl eigener Art, teilt das Schicksal aller Hochgefühle, es geht vorüber, der Emporgestiegene steigt wieder ab und muß, gestärkt zwar, mit dem heimlichen Schimmer im Auge, geduldig warten, bis er wieder aufsteigen kann. Ich brauchte nicht abzusteigen, ich durfte wochenlang da oben auf dem Rand des weiten, hoch und wild umschlossenen Talkessels wohnen und nach Belieben auf unser Dorf hinabblicken, das tausend Meter tief dort unten im Südwesten auf dem Grunde des Kessels lag.

Diese Tiefe zog den Blick immer wieder an, ob sie abends unter ihren rosig glühenden höchsten Rändern zwischen finsteren Wänden verdämmerte, in der Morgensonne frisch aufleuchtete oder bei trübem Wetter sich mit Nebelschwaden grau verschleierte, aber ich wandte mich auch den Wundern zu, die mir näher lagen. Tag für Tag ging ich auf Entdeckungen aus, beflügelt, begierig, doch in der Wahl so bedacht wie ein erfahrener Genießer, der Zeit hat und sich nicht gleich auf das Verlockendste stürzt.

Von unserer Paßhöhe, die im Volksmund kurzweg Egg

hieß, wanderte ich gegen Osten über magere Weiden hinab und sah überall große dunkle Tannenwälder. Ich drang über federnden, sumpfigen Moorboden in den Wald ein und folgte einem Rinnsal, das sein Bett immer tiefer ausschürfte und zum Bach wurde; auf seinem hohen brüchigen Ufer kam ich unversehens zu einer schmalen Nase und sah über ihren steilen Abbruch hinab, daß der Bach sich da unten mit einem in gleicher Richtung fließenden Nachbarbach vereinigte, den ich nicht bemerkt hatte. Im Augenblick, als ich hier stehenblieb, stob über mir mit knatterndem Flügelschlag ein Urhahn aus den Tannen. Die beiden Bäche verschwanden miteinander in einer Waldschlucht und mündeten tiefer unten in einen Bergbach, der bald zum Flüßchen erstarken mochte; er floß nordwärts durch ein spärlich besiedeltes Hochtal hinaus, von einer Fahrstraße begleitet, die auch unseren Paßweg aufnahm und in zwei Stunden einen berühmten Wallfahrtsort erreichte. Dies wußte ich nur, den Verlauf des Tales konnte ich nicht überblicken. Ich blieb hier auf dieser kanzelartig vorspringenden Nase lange regungslos sitzen, horchte und schaute in den Wald hinein und war so froh wie seit Monaten nicht mehr.

Oft ging ich in der Morgenfrühe von der Paßhöhe aus nach Norden, wo es auf Kämmen und Kuppen, in Sätteln und Mulden nur Tannenwälder, moosige Raine und spärliche magere Weiden, aber keine Wege und Wohnhäuser gab. Ich kam dann bald zu einer Stelle, wo dieses mannigfaltige Bergland in zwei Höhenzüge auseinandertrat, die durch eine talartige, von dichtem Wald überwachsene und von wilden Tobeln durchfurchte Senke getrennt waren. An dieser Bergscheide bildeten niedere buschige Tanngrotzen, einzelne größere Tannen und Föhren, Riedgrasplätzchen, Heidekrautbuckel und üppige Mooshügel einen labyrinthischen Hain, in dem ich still beglückt herumschlich oder liegenblieb.

Von hier aus folgte ich manchmal dem linken Höhenzug, der weite Ausblicke bot, aber häufiger dem rechten, der sich mit waldigen Höckern, Rücken und Hängen stundenlang über einsame Weiden und Wäldertiefen hinzog. In dieser Wildnis bemerkte ich eines frühen Morgens, als ich in einem Randgehölz nach meiner Gewohnheit spähend stehenblieb, draußen am Hang ein rötlich gelbes Tier und meinte auf den ersten Blick einen verlaufenen Hund zu sehen, der da herumstrolchte; er kam aus der ähnlich gefärbten, taunassen Riedstreue herauf und war aber, wie ich mit einem jähen, freudigen Schreck erkannte, ein Fuchs. Er schnürte fünfzig Schritte vor mir hangauf, spähte auf der Kammhöhe mit seinem spitzen Gesicht noch einmal zurück und verschwand. Ich merkte erst jetzt, daß mir der Atem flog, das Herz klopfte und das Gesicht zu einem lautlosen Lachen angespannt war. Still und freudig lachend wanderte ich leise weiter.

Ebenso begierig wie nach Norden wandte ich mich von der Egg aus südwärts, wo nach einigen hundert Schritten der äußerste graue Kalkturm der Felsberge steil und zackig vor mir stand. Der Wald tastete sich an seinen Füßen empor, aber die größeren Tannen blieben zurück, die jüngeren verkrüppelten; ein paar anspruchslose Bergkiefern krochen durch das Alpenrosengestäud noch ein wenig höher, dann gebot der nackte Fels allem Wachstum Halt und zerschlug es auch manchmal mit einem Hagel von Steinen, die von seinen zerklüfteten obersten Zinken herabsausten und neben früher abgestürzten größeren Blöcken überall zwischen den dunkelgrünen, zäh um ihr Leben kämpfenden Gewächsen liegenblieben. Hier kletterte ich mit einer nie nachlassenden lustvollen Spannung herum, zerriß mir Hose und Strümpfe, verstieg mich auch etwa und erfuhr, daß in dieser Lage nur ruhige Überlegung, ängstliche Hast aber gar nichts hilft. Ich hoffte hier auch dem alten Gemsbock zu begegnen und lag bald da, bald dort auf der Lauer; ich bekam ihn nie zu sehen, doch hörte ich Tiere flüchtig werden und Steine anrollen. Manchmal sah ich einen Bussard über die Tannenwipfel hinauskreisen und Alpenmauerläufer wie große Schmetterlinge an senkrechten Flühen hin taumeln oder auf Spechtmeisenart daran kleben und klettern.

Hier sprach mich alles so zauberhaft an wie dort drüben, wo ich den Fuchs gesehen hatte, und wenn ich in der Morgenfrühe auf der Paßhöhe stand, schwankte ich oft genug, ob ich mich dahin oder dorthin wenden wollte. Ich wechselte ab, streifte heute im südlichen, morgen im nördlichen Bergland herum und geriet immer wieder vor neue Wunder. Das war die Wildnis, aus der mein Vater im Herbst von der Jagd heimkehrte, so hatte ich sie vorausgeschaut, und ich wandelte oder verweilte darin mit dem entzückten Staunen eines Menschen, der Schritt für Schritt seine Traumlandschaft erkennt.

16.

Die Wirtsleute auf der Egg bekamen mich nur beim Essen zu sehen und schüttelten den Kopf über meine einsamen Streifzüge, aber sie fanden, ich sei groß genug, um selber aufzupassen, sie waren als Bergbewohner an ihre rauhe Welt gewöhnt und darin ja von Kindsbeinen auf bei jedem Wetter unterwegs gewesen. Ich verlief und verspätete mich wohl im Nebel oder kam aus einem unerwarteten Regen flatschnaß nach Hause, sie machten sich wenig daraus. Ich aß mit der Familie in der Küche. Hier saßen noch zwei Söhne am Tisch, braungebrannte, heitere, starke Burschen, die ich auch etwa drüben im Stalle melken oder misten und auf der Weide heuen oder Vieh eintreiben sah.

Die Tochter Josefine, die in der Wirtschaft wie im Haushalt flink und tüchtig zugriff, hatte sich indessen entschlossen, mich als großen Schulbuben zu behandeln, den sie regieren und bemuttern, aber schulmädelhaft oder schwesterlich auch zu einem Spaß herausfordern konnte. Sie war noch das unverdorbene, im abgelegenen Heimwesen unter guter Obhut aufgewachsene Bergbauernmädchen, das man etwa einmal im Dorfe sieht, wie es halb neugierig, halb abweisend eine Schaufensterauslage mustert, in seinem unkleidsamen, aber währschaften Rock mit weich ausgreifenden Schritten scheu über den Hauptplatz geht, den Blicken der jungen Herren verschlossen ausweicht und erst daheim wieder sein unbefangenes Wesen annimmt. Hier war sie lebhaft, heiter, ja fröhlich, und bei all ihrer blühenden Reife von kindlicher Lauterkeit. Sie hatte nußbraune, fest um den Hinterkopf geflochtene Zöpfe, ein längliches, frisches, rotbraunes Gesicht und einen Blick, der die ihr gewohnte Welt vertrauensselig und warm umfaßte, beim Lachen aber dunkelblau aus schmalen Augenspalten blitzte. Ich sagte Fini und du zu ihr.

Sie putzte meine Kleider und Schuhe, machte das Bett, stellte frisches Wasser ins Zimmer und befahl mir eine Stunde nach dem Nachtessen: «Undere mit dr! Gang go schlafe!» Ich war abends oft müde genug, um nicht zu widerstreben, aber wenn es mir paßte, blieb ich in der Wirtsstube sitzen. Da packte sie mich alsbald an den Schultern und schob mich zur Türe, ich ließ es geschehen, ging aber mit einer plötzlichen Wendung, auf die sie gefaßt war, zum Gegenangriff über und rang mit ihr, bis sie mich abschüttelte. Ihr Vater nahm die Pfeife aus dem Mund und lachte vor Vergnügen, und er lachte weiter, wenn ich, einen neuen Angriff erwartend, mit fliegendem Atem wieder am Wirtstisch saß. Ich konnte mich meines zweifelhaften Sieges aber meistens nicht lange freuen, da bald eine höhere Autorität eingriff; wenn mir nämlich die gewichtige Mutter mit ernstem Nachdruck «den Zapfenstreich blies», wie der Wirt und alte Soldat das nannte, fügte ich mich.

Nachher kam Fini in mein Schlafzimmer, um festzustellen, ob ich auch wirklich im Bette und alles in Ordnung sei. Sie kehrte dabei den mütterlichen Zug hervor. Leise und ernsthaft deckte sie mich zu, ob das nun nötig war oder nicht, wie eben ein kleines Mädchen seine Puppe und die Mutter ihr Kind zudeckt oder, wenn das Kind ein Schulbub geworden ist und sich die Decke längst schon selber an die Ohren heraufziehen kann, das Zudecken wie eine unerläßliche Handlung wenigstens andeutet. Sie deckte mich zu, machte mir das Zeichen des Kreuzes auf die Stirne, löschte die Kerze und ging mit einem leisen, herzlichen «Schlafwohl!» still hinaus. Dies alles belustigte und erwärmte mich zugleich, ich empfand es wie eine Liebkosung, verlangte von Tag zu Tag inniger danach und antwortete mit einer wortlosen zärtlichen Neigung darauf, die über meine Rolle als folgsames Kind unmerklich hinauswuchs.

Wenn wir miteinander gerungen hatten und ich noch hellwach dalag, zuckte es ihr beim Eintreten lustig um die Mundwinkel, und dann fragte sie wohl, wo ich mich heute wieder herumgetrieben habe. Ich beschrieb es genau, und wenn die ihr bekannte Gegend einen Namen hatte, so nannte sie ihn und sagte etwa: «Dann bist im Bärfang gewesen. Hast den Bär gesehen?»

«Ja, ich hab ihn gesehen», antwortete ich und fabulierte auch gleich etwas zusammen. Der Bär habe eben eine Pratze voll Honigwaben wilder Bienen aus einem hohlen Baumstamm herausgezogen und sie seinem Jungen hingestreckt. Er habe mich weggejagt, aber unterdessen sei das Bärlein jämmerlich kreischend in den hohlen Stamm hinab gefallen. Nach meiner Darstellung konnte er es nicht selber befreien, ich kam ihm mit einem langen Tannast zu Hilfe und zog es heraus; es war voller Honig, der Bär schleckte es ab und schleckte dankbar auch mein Gesicht. «Da, schau nur», schloß ich, «meine Backen sind noch ganz klebrig!»

Fini stand lachend neben mir, ich zog ihre Hand an mich, schmiegte meine Backe hinein und wäre nun am liebsten so eingeschlafen.

Sie fragte mich fast jedesmal, was ich heute wieder erlebt habe, und ich erfand eine neue Geschichte oder erzählte eine, die ich schon untertags zusammengesponnen hatte. Sie hörte immer gespannt und kindlich verwundert zu, und ich begann listig, auch ihr einen Platz in meinem täglichen Abenteuer anzuweisen. So erzählte ich einmal, ich sei einer gewissen auffälligen Füchsin nachgelaufen, hinter ihr her in ihren Bau geschloffen, in eine dämmerige, dann immer hellere, hochgewölbte lange Höhle gekommen und in große Gefahren geraten. Zuerst vertrat mir, wie ich nun schilderte, ein plattnasiger, zähnefletschender Wildmann den Weg, dann ein grüner Drache mit feurigen Augen, zuletzt ein böser alter Zwerg; sie erschreckten mich furchtbar, konnten mir aber nichts antun, weil ich mit einem geheimen Zeichen versehen war. «Ich drang immer weiter hinein», fuhr ich fort, «und kam in eine warme, strahlende Halle, mitten darin stand ein Thron aus Bergkristall, und auf dem Throne saßest du, Fini, als schöne junge Bergfee. Ich kniete vor dir nieder, du beugtest dich zu mir herab, und ich umarmte dich. Schau, so!»

Ich zog sie an ihrem warmen, braunen Arm, bis sie über mich gebeugt war, legte beide Arme um ihren Nacken und zog auch ihren Kopf noch ein wenig herab, so daß wir uns mit Wange und Schläfe berührten. Sie duldete es ein paar Herzschläge lang, dann löste sie meine Arme und sagte lachend: «So, schlaf du jetzt, du Spinnbruder!»

Wenn ihr die Zeit fehlte, meine Geschichte anzuhören, hielt ich wenigstens ihre Hand fest, mit der sie mir das Kreuzzeichen gemacht hatte, und schmiegte meinen Kopf daran hin. Da sie mich im Bette nicht mehr zum Scherzen herausfordern wollte, kam es hier nie zu einem bloßen fröhlichen Spaß wie in der Wirtsstube; immer ging es in der halbdunklen Kammer leise und ein wenig träumerisch zu. Manchmal streckte ich beide Arme nach ihr aus, und dann berührte sie etwa beim Zudecken wie einem Kinde mit den Lippen flüchtig meine Stirn oder Schläfe. Ich konnte nicht einschlafen, bevor sie dagewesen war; sehnlich wartete ich, bis die Türe aufging und ihre schlanke Gestalt aus dem dunklen Gang in das Dämmerlicht trat, das von der Kerze oder von einer hellen Sommernacht durch das offene Fenster kam, mit heißen Augen blickte ich in das liebe Gesicht, das sich über mich beugte, und halb aufgerichtet schaute ich ihr nach, bis die Türe sich langsam hinter ihr schloß.

Nach dem Abendessen setzte sich der ältere Sohn, Wendel, manchmal mit der Handorgel auf die Ofenbank, und wenn ein paar Burschen in der Wirtschaft waren, mußte Fini mit ihnen tanzen. An solchen Abenden ließ ich mich nicht leicht ins Bett befehlen, ich wollte auch mit Fini tanzen. Sie tat mir den Gefallen und führte mich, so gut es ging, und da ich für Musik empfänglich war, ging es nicht eben schlecht. Nun benützte ich jede Gelegenheit, tanzen zu lernen, Fini machte willig die Lehrmeisterin, und Wendel war gutmütig genug, auch uns allein aufzuspielen. Mazurka und Schottisch begriff ich rasch, Walzer, Polka, Ländler allmählich und so, daß ich die Schritte zwar genau erlernte, aber sie erst beim selbstvergessenen hitzigen Tanzen nicht mehr als angelernte Bewegungen empfand.

Das Wirtshaus wurde über das Wochenende von Ausflüglern besucht, die oft schon nachmittags tanzen wollten. Gegen Abend kamen dann Hirten oder Bauernburschen mit Mädchen aus den Bergheimen herauf, und wenn es draußen zu dämmern begann, dröhnte das ganze Haus von dem Jauchzen und rhythmischen Stampfen der Tänzer. Ein so ausgelassen fröhliches Treiben hatte ich noch nie erlebt, es drang mit der Frische einer unerwarteten neuen Erfahrung auf mich ein und fuhr mir ansteckend in alle Glieder. Wenn sich dann Fini in einem ihrer seltenen freien Augenblicke noch zu einem Tanz mit mir herbeiließ, glühte ich berauscht. Mitten in diesem Freudenfieber aber bemerkte ich auch, daß Fini den erwachsenen Burschen viel häufiger entgegenkam als mir, ja daß sie im eng umschließenden Arm eines übermütigen hübschen Tänzers besonders schön aufblühte, und da empfand ich, wie von Wespen gestochen, eine bitter schmerzende Unruhe. Auch das war eine neue Erfahrung, aber ich kannte ihren Namen noch nicht.

Nach einem solchen Abend lag ich, auf den Ellbogen gestützt, in meinem Bette, hörte dem lustigen Treiben zu, das unten in der Wirtsstube auch ohne mich weiterging, und konnte nicht einschlafen. Die Wirtin hatte mir wiederholt den Zapfenstreich geblasen, und dann war Fini an meinem Bette gewesen, aber nur flüchtig und zerstreut. Ich schaute mit großen Augen in die Dunkelheit, und als nach einer Pause Wendel sein Örgeli in vorbereitenden Akkorden ein paarmal kräftig ein- und ausatmen ließ, durchfuhr mich dies kurze Präludium schon wie ein unwiderstehlicher Weckruf; der Ländler aber, den er nun orgelte, drang mir mit seiner aufreizenden Heiterkeit und herben Süße wohl und weh durch alle Fasern. Ich sah Fini im Arm ihres Tänzers lachend dahinfliegen und hielt es nicht länger aus. Trotzig zog ich mich an und ging wieder hinunter.

Fini wollte eben mit einem halben Liter Rotwein in die Wirtsstube, als sie mich die Treppe herabkommen hörte; sprachlos blickte sie mir entgegen.

«Ich kann doch nicht schlafen!» rief ich.

«Aber Werner!» sagte sie vorwurfsvoll und schüttelte den Kopf, dann ging sie in die Stube und stellte den Wein auf.

Ich folgte ihr, und wie sie sich umwandte, legte ich den Arm um ihre Mitte und verlangte dringend: «Fini, du mußt mit mir tanzen!»

Die Burschen lachten, und einer rief: «Der kann noch recht werden!» Wendel schmunzelte im Schein eines Zündholzflämmchens, das er auf dem frischgestopften Pfeifenkopf hin und her bewegte, dann schlenkerte er das zurückgebrannte Hölzchen beiseite, griff zur Orgel und begann zu spielen.

Ich tanzte hitzig und hingegeben, aber Fini sprach mahnend auf mich ein und fügte sich meinem Schwunge nicht so leicht wie sonst. «Werni, sei doch vernünftig, geh nachher ins Bett! Wir möchten es dir ja gern gönnen, aber deine Eltern wollen nicht, daß du so lange aufbleibst, das weißt du doch! Ich hab gar keine Freude an dir, wenn du dableibst. Gelt, du gehst? Tu's mir zulieb!»

«Wenn du nachher noch einmal zu mir heraufkommst, dann geh ich», erwiderte ich.

Sie versprach es, und ich kehrte in mein Schlafzimmer zurück. Ich blieb aufrecht im Bette sitzen, bis sie kam, blickte ihr mit einem zehrenden Hunger nach Zärtlichkeiten entgegen und flüsterte, ihren Arm ergreifend: «Fini!»

Sie schien erhitzt und immer noch ein wenig betrübt, aber

sie bat mich ruhig mit dem gewohnten, mütterlich herzlichen Unterton, ich solle nun schön abliegen und schlafen. Folgsam legte ich mich hin, ohne den bedürftigen Blick von ihr zu wenden, und während sie mich zudeckte, schlang ich beide Arme um ihren Nacken. «Fini, bleib noch ein wenig da!» bat ich leise. Sie schaute mich ernsthaft an, das glühende Gesicht nah vor meinen Augen, und sagte raunend: «Aber ich bin ja immer für dich daheim, du dummer Bub du! Die da unten wollen jetzt halt tanzen, die kommen einmal in der Woche, aber du siehst mich jeden Tag, und jeden Abend sag ich dir hier noch Gutnacht. Solltest doch zufrieden sein! Also, schlaf wohl!» Sie küßte mich herzhaft auf den Mund, machte sich los und ging eilig hinaus.

Ich schaute, wundersam durchwärmt, mit weitoffenen, freudigen Augen in die Dunkelheit, hörte die Tanzmusik und den Lärm unter mir immer ferner und schlief beseligt ein.

Am folgenden Morgen blieb ich länger als sonst in der Küche sitzen und schaute in einer träumerischen Anwandlung Fini zu, die eine Pfanne mit Wasser auf den Herd stellte, das Feuer anblies, ein Scheit hineinschob und den Tisch abwischte, an dem ich meine Milch getrunken und mein dick mit Butter bestrichenes Brot gegessen hatte. «So, fort mit dir, flieg aus!» rief sie plötzlich, packte mich und schob mich zur Türe. Ich packte sie auch, aber statt zu ringen, legte ich nur rasch den Kopf an ihre Schulter, dann lief ich weg.

Mit derselben Lust und Spannung wie jeden Tag verschwand ich in meine Wildnis und ließ mich auch an den nächsten Tagen durch die Versuchung, in Finis Nähe zu bleiben, nicht von meinen Streifzügen abhalten. Ich kletterte in den südlichen Felsklippen herum, lag bäuchlings im Alpenrosengestäud auf der Lauer, drang still in die geheimnisvollen nördlichen Wälder ein und wanderte über Kuppen und Kämme. Vom Bergwind durchblasen, von der Sonne gebräunt, kehrte ich aus dieser Einsamkeit zu den freundlichen Menschen zurück und beschloß den Tag in der mütterlich zärtlichen Nähe des lieben großen Mädchens. Ein gesteigertes Wohlgefühl beherrschte mich von früh bis spät wie eine anhaltende leise Trunkenheit, ich hatte meine düsteren Erfahrungen vergessen, meinen Panzer durchschmolzen und lebte unverstellt und ungeschützt im paradiesischen Frieden dieser Bergwelt.

Da trieb mich eines Nachmittags ein heftiges Gewitter früher als sonst ins Haus zurück. In der Stube saßen Ausflügler, den Wirtsleuten bekannte Burschen und Mädchen aus dem nördlichen Hochtal, die hier Schutz vor dem Regen gesucht und Wendel gebeten hatten, ein bißchen aufzuspielen. Froh, daß sie rechtzeitig auf die Höhe und unter Dach gekommen waren, jodelten, tranken und tanzten sie, auch dann noch, als der Regen nachließ und die Sonne durch den Gewitterdunst brach. Ich saß in der Stube, vom zunehmenden Übermut angesteckt, und tanzte mit Fini, so oft ich sie erwischen konnte. Da trat die Wirtsfrau unter die Türe, ihre Augen suchten mich, und einen Atemzug lang blieb sie bei meinem Anblick wie bestürzt auf der Schwelle stehen, als ob ich mich auf eine unfaßbare Art verändert hätte. Sie kam auf mich zu und sagte hastig, eindringlich: «Werner, du sollst herauskommen, es ist jemand da.» Noch nie hatte ich ihr verständiges, gutes, ruhiges Gesicht so erschrocken gesehen. Ich schaute sie an, ich stand langsam auf – und schon umschwankte das alte Vorgefühl einer plötzlichen, furchtbaren Wende meine übermütige Stimmung.

Draußen stand mein Vetter Kaspar, ich begrüßte ihn überrascht und rief in einem etwas zu lauten, zu unbekümmerten Tone: «Du, das ist aber fein, daß du mich da oben besuchst. Wie lang kannst du bleiben? Hast du den Photoapparat bei dir? Hier könnte man wunderbare Aufnahmen machen, ich werde es dir zeigen...»

Er ließ mich reden, bis ich vor dem ungewohnten Ernst seiner sonst so heiteren Miene verstummte. «Ich kann nicht dableiben», sagte er dann leise. «Ich bin nur gekommen, um dich zu holen. Du mußt zusammenpacken.»

«Mach keinen Spaß!» widersprach ich heftig. «Die Ferien sind noch lang nicht zu Ende, zwei, drei Wochen bleib ich noch hier.»

«Ja, schon recht, aber du mußt noch heute mit mir heimkommen!»

«Ach was! Komm du zuerst einmal herein und sitz ab, da geht's lustig zu!»

Ich zog ihn hinter mir her in die Wirtsstube, wo zwei Pärchen tanzten, stürzte mich auf Fini und schwang sie tanzend gewaltsam herum. Sie leistete Widerstand, Tränen brachen ihr aus den Augen, und auf einmal drückte sie mich fest an sich und sagte, stehenbleibend: «Ach, Werni!»

Im nächsten Augenblick stand ich allein da, der Tanz war aus, die Pärchen gingen an ihren Tisch. Fini flüsterte Wendel etwas zu, und Wendel blickte mich betroffen an; die Wirtin sprach mit ihrem Mann, und der Mann bewegte langsam den Kopf hin und her, die schmerzlich verkniffenen Augen immerfort auf mich gerichtet. Durch ein würgendes Schweigen abgesondert, sah ich dies alles. «Musik!» schrie ich und stampfte verzweifelt ein paar Tanztakte auf den Boden, aber da legte die Wirtsfrau den Arm auf meine Schultern und drängte mich hinaus, die Treppe hinauf, in meine Kammer.

«Zieh jetzt das bessere Gewand an!» sagte sie und begann meine Habseligkeiten in den Rucksack zu packen. «Was du nicht mitnehmen kannst, das bringt dir dann morgen jemand hinab. Mußt dich in Gottes Namen drein schicken, daß ein Unglück geschehen ist...»

Ich hörte nicht weiter auf die Frau, ich wußte genug, mehr wollte ich nicht wissen. Ich wußte, daß auch jetzt, wie früher, alles Schöne und Freudige wieder mit Schrecken, Angst und Trauer endete. Ich zog mich um, verstockt und taub gegen außen, aber im Innern bebend vor dem Unheimlichen, das grauenhaft auf mich eindrang. Ich hing mir den Rucksack an und stieg so rasch die Treppe hinab, daß die Frau nicht folgen konnte, ich ging hinaus, ohne mich um die Leute zu kümmern, und schlug den Weg ins Tal ein. Hinter mir wurden Fenster geöffnet, jemand kam eilig vor das Haus, man rief mich zurück, man bat, ich solle doch einen Augenblick warten. Ich wandte mich nicht mehr um, ich wagte nicht, mich ihren Worten und Blicken noch einmal auszusetzen; grußlos, undankbar, scheu und trotzig wie ein Gezeichneter, dem nichts mehr helfen kann, ging ich von ihnen fort.

Kaspar holte mich ein und blieb an meiner Seite. Nach ein paar Worten, die ich nicht erwiderte, schwieg er, und wir gingen stumm über die Weiden in den Wald hinab. Als wir aber auf dem steinigen Weg zum Wald hinauskamen und das Dorf unter uns liegen sahen, sagte er: «Werner, mußt dich halt jetzt auf etwas Trauriges gefaßt machen. Dein Vater ist mit ein paar Freunden auf einer Bergtour gewesen ... im Hochgebirge, weißt du, wo man Glück oder Unglück haben kann...»

Ich ging schneller und schneller, um es nicht hören zu müssen. Er machte noch ein paar verlegene Andeutungen, dann verstummte er wieder. Wir kamen ins Dorf, die Leute blieben stehen und sahen mich an. Ich blickte starr vor mich hin und drängte weiter, um den Leuten aus den Augen zu kommen, und da trat zwischen den gewohnten andern Häusern unvertraut und beängstigend unser eigenes Haus hervor. Auf der steinernen Freitreppe hielt ich mich am Geländer, an der Haustreppe wollten mir die Knie versagen, ich stieg langsam hinauf und schlich verzweifelt in die Wohnstube.

Die Mutter verlor bei meinem Anblick jede Fassung, sie stürzte mit einem schrecklichen Gesicht auf mich zu, riß mich an sich und schrie schluchzend: «Werner, du hast keinen Vater mehr.»

Dritter Teil

1.

Die Mutter saß mit verschatteten Augen müde in einer Ecke des Sofas, mein achtjähriger Bruder Heinrich saß in der andern Ecke, mit derselben erschrockenen, ratlosen Kindermiene wie am traurigsten der vergangenen Tage, und ich stand gepeinigt am Büffet neber der Türe. Wir sahen und hörten dem Onkel Robert zu, dem Bruder der Mutter, der unser Vormund geworden war und hier alles in Ordnung bringen sollte. Er war ein mittelgroßer, ziemlich schwerer Mann von entschiedenem Wesen, aber lässiger Haltung, ein Geschäftsmann und Landwehrmajor. Während er jetzt die Ergebnisse einer längeren Beratung kurz wiederholte, ging er, eine dicke Zigarre rauchend, in der Wohnstube herum oder stand breit da, die Hände in den Hosensäcken, und hob mit seiner starken Stimme dies und jenes nachdrücklich hervor.

«Mit der Lebensversicherung», sagte er zur Mutter, «steht es also leider so, daß du keinen rechtlichen Anspruch machen kannst. Das Unglück hat sich auf Gletschergebiet ereignet und gehört damit zu den Fällen, die laut Vertrag die Gesellschaft nicht zur Auszahlung verpflichten. Das ist natürlich eine Schweinerei, wenn solche Vorbehalte praktisch wirksam werden; ich habe im Sinn, mit den Herren noch einmal zu reden, und hoffe, daß sie dir freiwillig wenigstens die Beträge zurückvergüten, die ihr einbezahlt habt. Aber die Hauptsache ist jetzt, daß du das Geschäft weiterführst. Der Arbeiter macht mir einen guten Eindruck. Und der Werner kommt also ins Kollegium, in die Realschule, da lernt er brav, und in zwei Jahren wollen wir sehen, was aus ihm wird.» Während er das sagte, blickte er mich wohlwollend an, kam langsam auf mich zu und fuhr mir mit seiner rundlichen Rechten kräftig auf dem Haar herum. «Vielleicht Uhrmacher und Bijoutier wie der

Vater, oder Kaufmann, jedenfalls etwas Rechtes und Tüchtiges, gelt?» Er bog meinen Kopf zurück und lachte mir aufmunternd ins Gesicht, aber ich war weit weg und schwieg.

Er nahm es leicht, daß ich nicht zustimmte, und sagte, von mir weggehend, zuversichtlich voraus, daß ich an den Realschulfächern Freude bekommen werde. «Für einen soliden bürgerlichen Beruf ist das die beste Vorbereitung», erklärte er. «Und was wolltest du sonst! Studieren? Sieben Jahre lang durch das Gymnasium rutschen, dann drei, vier Jahre auf Universitäten herumhocken und nachher noch jahrelang warten, bis du wirklich etwas wirst und bist und ordentlich verdienst?» Er schüttelte den Kopf. «Das Studium ist schon recht, wenn man sehr viel Zeit und Geld hat, aber ... es ist auch dann immer noch ein Risiko und führt nicht in jedem Fall zum Erfolg. Handwerk und Gewerbe verlangen dagegen keine allzu lange Vorbereitung und auch keine Hexerei, nur Tüchtigkeit, und dann haben sie einen goldenen Boden. Man kann auf diese Art ebenso gut ein gebildeter und angesehener Mann werden. Mußt nur an den Vater denken! Wenn du ihm nacheiferst, kann's nicht fehlen.»

Er fuhr fort, die bewährte, fleißige, solide Welt des Erwerbs zu preisen, diese mir wohlbekannte bürgerliche Welt, die also ohne meinen Vater und mich ringsum im Dorfe weiterdauerte und auch mir bevorstehen sollte, während ich heimlich schon mit ihr zerfallen war.

Zuletzt versuchte der Onkel, durch unser bedrücktes Schweigen vielleicht dazu herausgefordert, uns wachzurufen, zu ermuntern, ja er verriet mit offenbarer Absicht seine heitere, lebensfreudige Grundstimmung, jenen anerkannten, von den Frauen nicht ohne Mißtrauen hingenommenen Erbzug der Freudenberger Abkömmlinge, den auch sein älterer, dem Hotelgewerbe treu gebliebener Bruder Beat noch immer ausgiebig bezeugte. «Vorwärts blicken!» rief er laut und äußerst entschieden. «Ein Unglück muß man überwinden und nicht daran hängen bleiben, die Zeit heilt alle Wunden, und das Leben hat für jeden Verlust Entschädigungen bereit. Du bist noch eine junge Frau, du hast zwei gesunde Buben und ein gutes Geschäft, da wird alles schon recht werden.»

Er brauchte, mit lebhaften Gebärden herumgehend, die ganze Wohnstube dazu, und er meinte es gut mit uns, während wir, durch so viel laute Zuversicht verschüchtert, noch immer stumm zuhörten.

2.

Ich war nicht mehr derselbe wie auf der Egg, mein Schutzpanzer hatte versagt. Mir lag wenig daran, weiterzuleben. Ich fand mich, zum Selbstbewußtsein erwachend, von dunklen Mächten verfolgt, die mir schon immer aufgelauert hatten, die mich schlugen und zeichneten, und ich konnte es endlich vor der Welt nicht mehr verbergen.

Wenn ich ausgehen mußte, vermied ich die belebten Straßen und drückte mich durch Hintergassen, und wenn ich dennoch Bekannte traf, wehrte ich mich gegen ihr peinlich eindringendes Mitleid durch einen Trotz, der sie befremdete. Ich lief davon, wenn jemand verwundert und bedauernd von der merkwürdigen Art des Bergunglücks zu reden begann, ich fand alles unzulänglich, was man darüber sagte. Sechs befreundete, in zwei Gruppen angeseilte tüchtige Bergsteiger waren mit ihrem Führer an derselben Stelle auf einer steilen Schneerunse ausgerutscht und in den offenen Gletscherschrund hinabgestürzt, aber nur einer von ihnen hatte dabei sein Leben verloren. Ich hätte selber fragen und mit dem Schicksal hadern können, warum es mein Vater sein mußte, aber ich fragte schon nicht mehr, ich wußte in meiner düster gärenden Tiefe, daß es kein anderer sein konnte.

In diesem Zustand machte ich mich eines Tages auf den Weg zur nahen, kurzweg Kollegium genannten katholischen Lehranstalt, wo ein neues Schuljahr begann. Sie lag mit dem Mittelbau der Kirche und zwei mächtigen Flügeln breit und eindrücklich zwischen Wiesen und Obstbäumen am Nordhang über dem Dorfe. Rund dreihundert Schüler aus aller Welt besuchten hier entweder das Gymnasium oder die Realschule; die meisten bewohnten als Interne das Kollegium selber, während etwa fünfzig einheimische aus Dorf und Tal als Externe das Vorrecht genossen, im Elternhaus zu schlafen und zu essen. Ich trat als Externer in die unterste Realschulklasse ein, wo man mich angemeldet hatte, ich trug eine dunkelblaue Mütze und wurde nun Student genannt.

Am ersten Unterrichtstag traf ich auf dem mittäglichen Heimweg Bernhard, den ich seit unserem Abgang von der Primarschule nicht mehr gesehen hatte. Er bemerkte mich zuerst, grüßte lächelnd und schloß sich mir an. «Jaso, du gehst in die Realschule», sagte er verwundert. «Darum! Ich habe dich in unserer Klasse gesucht.»

Ich nickte nur und schwieg, ich hatte ja sogleich bemerkt, daß er eine andere Mütze trug als ich, die weiß und rot galonierte, hellblaue Mütze der Lateiner, unter der sein zartes, blasses Gesicht zum erstenmal ein gewisses Selbstbewußtsein, etwas wie Form und Ausdruck zeigte, während sein schüchternes, bleiches Schulbubengesicht immer sehr unbestimmt gewirkt hatte.

«Komische Mütze!» sagte er mit einem Blick auf meine Kopfbedeckung, die in der Tat weniger flott wirkte als die seine. Er begann von seinen ersten Eindrücken zu reden, von einem Professor, den er ebenfalls komisch fand, vom beginnenden Lateinunterricht, auf den er gespannt sei, und von seinen Mitschülern. «Es sind ein paar nette darunter, soviel ich gesehen habe, nicht von hier natürlich, keine Dorfbengel, weißt du; ich werde gut mit ihnen auskommen, glaub ich...» Er war so heiter, so angeregt, so beteiligt an den äußeren Umständen seines neuen Lebens, wie ich ihn früher, in der Zeit meiner unbefangenen Spiele und Streiche, nie gesehen hatte, und er bemerkte mein bedrücktes Schweigen erst, als wir ins Dorf einzogen. Plötzlich schob er seine Hand unter meinen Arm und fing an, von mir zu reden, aber ich sah deutlich genug, daß unsere Wege sich getrennt hatten.

Ich ahnte schon jetzt, daß ich den unrichtigen Weg einschlug, aber das war nun gleichgültig. Willenlos folgte ich dem

Rate des Vormunds und der Mutter, die ja nur mein Bestes wollten. Ich hörte jeden Morgen mit allen dreihundert Studenten gehorsam die heilige Messe an, saß geduldig auf der Schulbank, erledigte im Studium, in einem gemeinsamen Saal der Externen, meine Aufgaben und bereitete mich auf den nächsten Tag vor. Der Unterricht zog sich ereignislos und regelmäßig bis in den Sommmer des folgenden Jahres hinein, und ich meinte meine Sache so schlecht und recht zu machen wie die meisten übrigen. Gegen das Ende des ersten Schuljahres aber war nur der Musiklehrer mit mir zufrieden, unser Präfekt und Hauptlehrer dagegen fand, ich sei zerstreut, unaufmerksam und leiste weniger, als meine Begabung erwarten lasse. Erstaunt und niedergeschlagen erfuhr ich, daß meine paar Kameraden von der Primarschule, einfache, nach keiner höheren Bildung schielende Dorfbürgersöhne, mit ihrem bescheidenen Fleiße mich gerade in jenen Fächern übertrafen, auf die es hier ankam. Ich konnte es nicht ändern. Ich war auf dem Rückzug in mich selber und schon einsam wie am Abend in einem entrückten Turmgemach, wenn Stück für Stück der sichtbaren Welt im wachsenden Schatten verdämmert.

3.

Während der Sommerferien durfte ich nicht in die Berge, aber für zwei Wochen in ein Dorf am See, wo ein anderer Bruder der Mutter, Onkel Beat, ein Hotel gekauft hatte. Wenn es darauf angekommen wäre, mir im letzten Augenblick den Rückzug zu verlegen und mich aus meiner Schattenwelt herauszulocken, so hätte man keinen geeigneteren Aufenthalt finden können. Schon als ich mit der Mutter nach der Fahrt im Dampfboot die Schifflände des Dorfes betrat, kam uns unter der hellen Nachmittagssonne lachend, strahlend, in einer schimmernden weißen Seidenbluse, mit kurzen, eiligen Schritten eine blühende Frauengestalt entgegen, Tante Flora, und empfing uns so herzlich, als ob ihr aus dem ganzen Lande keine Gäste erwünschter sein könnten. Sie küßte meine schwarz gekleidete, verhärmte Mutter auf beide Wangen, gab im Handumdrehen, eh ich darauf gefaßt war, auch mir einen Kuß und zog mich, als sie meine peinliche Verlegenheit bemerkte, ganz einfach an sich. Sie galt für die schönste, eleganteste und liebenswürdigste Frau weit und breit, aber zugleich war sie die lebenskräftigste und heiterste. Als Frau des Onkels Beat und junge Herrin im Grand Hotel Freudenberg hatte sie die Angestellten mit freundlicher Festigkeit spielend im Zaum gehalten und die verwöhntesten Gäste bezaubert. Sie überstand in der Folge siegreich alle Ungewitter eines langen Lebens, und ich lernte sie später bewundern, aber zur Zeit blieb ich vor ihr wie eine Schnecke vor der heißen Sommersonne spröd und ängstlich in meinem Gehäuse.

Als wir den Weg zum Hotel einschlugen, schaute sie befremdet nach ihrem Hans aus, der hier irgendwo am Ufer fischte und zu unserem Empfang auch hätte da sein sollen. Ich löste mich sogleich aus ihrem Arm und wollte den Vetter suchen.

Er kam aber schon selber, mit hochgekrempelter Hose, nackten Beinen, nassen Händen, und wurde von seiner Mutter angefahren: «Aber Hans, wie kommst du daher, ist das eine Art!» Nach der Begrüßung wollte ich mit ihm ans Ufer zurück, aber meine Mutter erklärte, im Sonntagsgewand werde ich doch nicht fischen wollen, und überhaupt müsse ich hier zuerst einmal recht und ordentlich ankommen. Wir setzten den Weg fort, und Tante Flora schimpfte noch einmal mit Hans, aber kaum hatte er uns den Rücken gedreht, da sprach sie schon mit völlig aufgeheiterter Miene sprühend lebendig über etwas anderes.

Das Hotel, eher ein Landgasthof als ein Fremdenhaus, stand mitten im Dorfe. Onkel Beat empfing uns lebhaft und lustig, nannte einem Portier beiläufig unsere Zimmernummern und widersprach meiner Mutter, seiner Schwester also, die abends wieder heimfahren wollte, so entschieden, als ob er zu befehlen und nicht zu wünschen hätte. «Du bleibst hier, fertig, mach keine Sprüche!» rief er, und seine Frau unterstützte ihn eindringlich. Die Mutter aber blieb mit stiller, trüber Beharrlichkeit bei ihrem Entschluß und reiste abends wieder heim.

Während der nächsten Ferientage waren Hans und ich häufig unterwegs, wir ruderten, badeten und angelten Barsche oder kleine Weißfische, die der Hotelkoch uns bereitwillig briet. Manchmal nahm Hans sein Velo und lehrte mich fahren.

Eines späten Abends kehrten die Dorfmusik, der Schützenverein und eine bunte Gruppe historischer Gestalten der Lokalgeschichte von einem städtischen Schützenfest zurück, wo sie am Umzug teilgenommen hatten. Auf dem Platz vor dem Hotel hielt die Musik an und machte, einen Marsch zu Ende blasend, Front zu der nachfolgenden kostümierten Gruppe, die im Lichtschein der Bogenlampe locker geordnet unserem Eingang zumarschierte, wo Tante Flora mit Hans und mir auf der Plattform stand. Onkel Beat kam als Anführer eines Söldnertrupps voraus. Als er uns sah, zog er den Degen und blieb zehn Schritte vor seiner Frau stehen, worauf die ganze Gruppe hinter ihm anhielt; er hob den Degen zum Gruß, schwenkte mit der Linken den breitrandigen, federgeschmückten Hut weit ausholend zur Seite, senkte den Degen und verharrte so einen Augenblick erhobenen Hauptes, dann rief er, da die Musik aussetzte, mit schallender Stimme, ohne seine Haltung zu ändern:

«Frau Wirtin, öffne dein Haus,
Die Schlacht ist siegreich geschlagen.
Wir wollen in Saus und Braus
Die letzten Sorgen verjagen.»

Seine Frau rief, beide Hände emporhebend: «Willkommen!» und lachte fröhlich, er aber stieg zu ihr hinauf und küßte sie vor allem Volk.

Das war mein Onkel Beat, der mich als vorwitzigen kleinen Buben nachts auf seinem Nacken in die lebenslustige Welt des Grand Hotels Freudenberg hineingetragen hatte, ich erinnerte mich daran, doch wie an etwas Verbotenes, für das ich gestraft worden war.

Die kostümierte Gruppe, die nachfolgenden Schützen und die Blasmusik zogen ein, Speisesaal, Restaurant und Gartenwirtschaft füllten sich rasch, Reden wurden gehalten, die Musik blies Märsche und Tänze, und gegen Mitternacht gab es nicht nur in den Wirtschaftsräumen, sondern auch draußen auf dem Platze sehenswerte Auftritte. Hans und ich wurden ins Bett geschickt, doch erwirkten wir mit der Begründung, daß wir bei diesem Lärm nicht schlafen könnten, einen Aufschub. Wir sahen draußen dem dicken kleinen Baßbläser zu, der ganz allein über den Platz ging und auf seinem gewaltigen Instrumente, das ihn wie eine goldene Schlange mit aufgesperrtem Rachen umgab, so etwas wie die Baßstimme eines Trauermarsches blies. Das Mundstück verschwand in seinem überhängenden Schnauz, seine Backen waren gebläht, sein

Bauch ragte aus der geöffneten Uniformbluse hervor, der Schirm seiner zurückgeschobenen Mütze zeigte steil in die Höhe; unbeirrt vom Rufen und Lachen der Zuschauer marschierte er feierlich zwischen den alten Giebelhäusern herum und stieß schaurige Töne aus. In einiger Entfernung hörten wir lautes Quieken, wir rannten hin und sahen in der Dämmerung einer Seitengasse einen jüngeren, schlanken Musikanten, der den Kopf zurückbog und mit erhobener Klarinette ein gefühlvolles Stück zu einem Fenster hinauf dudelte.

Als wir vor das Hotel zurückkehrten, war auf dem Platz ein lautes Durcheinander von Leuten, die heimgehen wollten, sich aber nicht trennen konnten. Rotgekleidete Söldner scherzten mit Trachtenmädchen, ein Uniformierter schlug auf der kleinen Trommel den Zapfenstreich, ein anderer begleitete ihn mit dumpfen Schlägen auf der Pauke. Onkel Beat trat heraus, und als er uns sah, zog er die Brauen hoch, drohte mit dem Zeigfinger und rief: «Ihr Schlingel gehört in die Federn!» Plötzlich aber nahm er mich an der Schulter und fragte: «Werner, trommelst du immer noch? Kannst du den Narrentanz?» Kaum hatte ich das verlegen bejaht, da nahm er dem uniformierten Mann die Trommel ab, hing sie mir um, gab mir die Schlegel, strich mir noch rasch mit der Hand über die Haare, wie es sein Bruder, Onkel Robert, getan hatte, und befahl: «Vorwärts!»

Ich trommelte, und die verkleideten Männer, die unseren berühmten alten Fasnachtstanz kannten, obwohl er in diesem Dorfe nicht gebräuchlich war, begannen alsbald zu tanzen oder vielmehr willkürlich zu springen und zu hüpfen. Der Onkel stand neben mir und rief ihnen höhnisch lachend zu: «Kein einziger kann ihn. Frösche und Heustöffel seid ihr! Das ist gar nichts! Macht Platz da, paßt auf!» Und der Onkel sprang mitten unter sie, legte beide Hände auf den Rücken und tanzte mit federnden Sprüngen und genauen, straffen Ausschlägen der Füße den Narrentanz, so wie ihn bei uns daheim nur die besten Tänzer zustande brachten. Er trug ein gelbes Wams mit roten Ärmeln, eine grüne Schärpe um den Leib, Schulterkragen und Manschetten aus Spitzen, rote Hosen und hochschäftige braune Stiefel aus weichem Leder. Hut und Degen hatte er abgelegt. Sein Gesicht sprühte. Schützen, Musikanten und Söldner lärmten beifällig und versuchten, ihm den Tanz nachzumachen. Ich stand auf der Plattform, finster vor Verlegenheit, und das Haar, das mir der Onkel in Unordnung gebracht hatte, hing mir noch in die Stirn, doch rührte ich die Schlegel mit aller Kraft. Statt diesem närrischen nächtlichen Spuk den Rücken zu drehen, niedergeschlagen und trostlos, wie mir zumute war, machte ich wunderlicherweise den Vortrommler, mit der mir selber nicht geheuren Empfindung, dies alles spiele sich in einem unheimlichen Zwielicht ab, in dem Schmerz und Narrengelächter, Tod und Leben nahe beisammen wohnten.

4.

Bevor mein Aufenthalt hier zu Ende ging, wollte Hans mit mir noch eine Velofahrt unternehmen, aber wegen des regnerischen Wetters mußten wir warten bis zum letzten Tag, an dem es ein wenig aufheiterte. Ich hatte Bedenken, weil ich mit meinem Sackgeld kein Velo mieten konnte und mich für eine längere Fahrt auch nicht sattelfest genug fühlte, aber Hans ging auf seine unbekümmerte Art darüber hinweg und führte mich zur Werkstatt eines ihm bekannten Mechanikers, der mir ein älteres Velo vermietete, ohne nach meiner Zahlungsfähigkeit zu fragen. Gleich nach dem Mittagessen fuhren wir auf der noch schmutzigen Landstraße zwischen Wiesenhängen und Hügeln bis zum Fuß einer Anhöhe, auf der ein paar Häuser und eine Kirche standen. Ich war zwei- oder dreimal gestürzt und hatte mir ein Knie zerschunden, aber ich machte mir nicht viel daraus, und während wir unsere Räder auf einem etwas schmäleren Fahrweg zu dem Dörfchen hinaufschoben, erklärte Hans: «Siehst du, es ist ja ganz gut gegangen. Zuletzt war es ein bißchen streng. Aber auf der Heimfahrt können wir es da hinunter dann laufen lassen, da geht's wie geflogen, das ist am schönsten.»

Wir sahen droben das Dörfchen an und tranken im Wirtshaus eine Limonade, dann saßen wir wieder auf und fuhren den ziemlich steilen Weg hinunter. Hans ließ es laufen, und da ich nicht weit hinter ihm zurückbleiben wollte, machte ich es auch so. Was nun geschah, suchte ich mir nachher umsonst zu erklären; entweder versagten die Bremsen, oder ich verlor die Herrschaft über sie. Mein Velo fuhr schneller als ich wollte, und zu meinem Erstaunen konnte ich es nicht mehr zurückhalten. Ich überholte Hans, schweigend noch und froh, daß ich ohne Unglück an ihm vorbeigekommen war, aber dann ging es immer noch schneller. «Paß auf, du!» rief er hinter meinem Rücken, dann bald darauf aus einer größeren Entfernung: «Du bist ja verrückt!» Zuletzt schrie er, schon weit hinter mir, so laut er konnte: «Bremsen, Werni, bremsen, bremsen!» Ich versuchte es noch einmal, doch ohne Erfolg, dann richtete ich meine ganze Aufmerksamkeit auf das Bevorstehende. Der Weg bog etwa hundert Meter vor mir nach links ab, ich raste auf diese Krümmung zu und wußte, daß ich sie unmöglich bewältigen konnte. Zu meiner Rechten war ein paar Sekunden lang noch eine mannshohe Mauer, zu meiner Linken der Abhang. Die Wegschleife grenzte an eine grüne, im Hintergrund ansteigende Wiesenmulde, die in meiner Richtung lag, ich faßte sie entschlossen ins Auge und sah den Graben davor erst in der letzten Sekunde, einen gewöhnlichen Straßengraben, dessen Wiesenrand höher war als der Wegrand. Als ich darüber hinsauste, wurde die Lenkstange mit Blitzesschnelle und brutaler Gewalt aus meinen Händen gedreht und das Velo unter mir weggerissen, ich flog allein in die Wiese hinaus, überschlug mich ein paarmal und blieb empört einen Augenblick liegen.

Langsam stand ich dann auf und trat zum Velo; ich schaute es an, nicht genau, nur so obenhin, und versuchte es aufzustellen, aber die Lenkstange war verkehrt, und das vordere Rad schien mir nicht mehr rund. Während ich noch damit beschäftigt war, kam Hans angefahren und stieg in der Wegschleife ab. Verwundert blickte er abwechselnd mich und mein Velo an, und auf einmal lachte er. «Warum lachst du?» fragte ich. Da lachte er noch lauter und zeigte auf mein vorderes Rad, das, wie ich nun selber sah, wirklich eine lächerliche Form hatte und verschiedene Speichen von sich streckte. Ich fand darin keinen Grund zur Heiterkeit und sagte gereizt: «Du bist jedenfalls noch nie so schnell gefahren!» «Nein!» gestand er und schüttelte sich jetzt geradezu vor Lachen, worauf ich eine Weile beleidigt schwieg.

Nachdem wir mit vereinten Kräften am vorderen Rad herumgedrückt hatten, stellten wir fest, daß man das Velo nur noch notdürftig stoßen, aber nicht mehr darauf fahren konnte. So schob ich es denn, und Hans ging bald neben mir her, bald fuhr er voraus und kehrte wieder um. Belustigt aber fragte er mich immer wieder nach allen möglichen Einzelheiten oder schilderte seine eigenen Eindrücke von dem Augenblick an, als ich ihn überholt hatte. Ich erklärte wortkarg nur das Nötigste und blieb auf dem ganzen Heimweg tiefer bedrückt als er verstehen konnte.

Wir kamen viel zu spät ins Dorf zurück und fanden den Mechaniker nicht mehr in seiner Werkstatt. Ich stellte das verunglückte Fahrzeug neben die Türe, zog meinen Geldbeutel hervor und zeigte Hans in meiner Ratlosigkeit, daß ich nur noch fünfundachtzig Rappen und meine Fahrkarte zur Heimreise hatte. Er zuckte die Achseln, blickte das Velo noch einmal an und sagte leichthin: «Wir lassen es einfach hier stehen.» Damit gingen wir nach Hause. Tante Flora schimpfte ein wenig über unsere Verspätung und stellte uns rasch noch etwas vom Abendessen auf, aber sie hatte keine Zeit, uns nach dem Verlauf der Fahrt zu fragen, und so kam ich an diesem Abend gar nicht dazu, mein Unheil zu erwähnen. Am nächsten Morgen, als ich Abschied nahm, begann ich davon zu reden, aber die Tante ging lächelnd darüber hinweg, eh ich alles gesagt hatte, und entließ mich dann so lebhaft, warm und herzlich, daß ich nicht wagte, im letzten Augenblick noch mit der ganzen Wahrheit herauszurücken.

Ich fuhr mit der Bahn nach Hause, und quälende Vorstellungen begleiteten mich. Ich sah ein verstümmeltes Velo an der Mauer lehnen, sah den Mechaniker, wie er es fluchend betrachtete und wie er gleich darauf wütend ins Hotel eindrang, zur Tante, zum Onkel, und ich hörte ihn sagen: «Was ist das für ein Lumpenhund, der mit eurem Hans gestern bei mir ein Velo gemietet hat? Zahlt die Miete nicht, stellt mir das Velo nachts kaputt vor die Bude und zeigt sich nicht mehr! Ein Lumpenhund, so einer! Das gibt eine gesalzene Rechnung.» Und ich sah, wie Tante und Onkel einander bestürzt anblickten, ich hörte, wie sie ihre gute Meinung über mich änderten und mich einen undankbaren Burschen nannten.

Daheim fragte mich die Mutter, ob ich mich ordentlich aufgeführt habe; um mir ihre Vorwürfe zu ersparen, aber doch auch, um sie nicht zu betrüben, verschwieg ich alles. Dafür lebte ich nun in der Angst, sie werde es doch erfahren, und verlor bald jedes Gefühl für das wirkliche Maß meiner Schuld; ich sah, wie der Mechaniker am Velo fortwährend neue Schäden entdeckte und es am Ende tobend zum alten Eisen warf, wie er eine hohe Summe als Schadenersatz verlangte und den Fall vor Gericht anhängig machte.

Dies alles spielte sich vor mir ab, ich sah es, hörte es, fühlte es, wie ich mir auch den Hergang des Unglücks jederzeit vergegenwärtigen konnte, und ich wunderte mich darüber. Warum nur blieb mir jede Freude, die ich erlebte, jedes Leid und Unrecht, das ich erlitt oder verschuldete, so unverwischbar eingeprägt? Warum wurde ich so schwer damit fertig? Ich fragte wohl, aber ich wußte noch keine Antwort. Ich litt weiter unter meiner Schuld und erwartete, daß sie wie ein lange verhehltes schleichendes Übel plötzlich zutage treten und nie wieder gutzumachen sein werde. Onkel und Tante besuchten uns ja manchmal, und gewiß würden sie mich, noch eh dies Jahr ablief, zur Rechenschaft ziehen.

Da geschah, noch eh das Jahr ablief, zwei Tage vor Weihnacht, etwas weit Schlimmeres, das dem verstümmelten Velo jede Bedeutung nahm. Meine Mutter, mein Bruder Heinrich und ich waren auf Besuch im Altrütihaus. Tante Christine kündigte verheißungsvoll an, wir alle seien zur Weihnachtsbescherung hier eingeladen. Onkel Karl und die Großmutter verrieten, daß wahrscheinlich ein reichgeschmückter Tannenbaum unterwegs sei und das Christkind an Geschenken ziemlich schwer zu tragen haben werde. Heinrich hörte strahlend zu, und mir schien, daß auch die Erwachsenen, diese vier schwer heimgesuchten, herzensguten Menschen, sich fast wie Kinder auf die bescheidene festliche Fröhlichkeit im Familienkreise freuten.

Ich ließ diese Stimmung gar nicht in mir aufkommen und ging, sobald ich durfte, hinaus. Nach meiner Erfahrung war nichts unvorsichtiger als sich einer Freude hinzugeben oder gar ein Fest zu feiern, und mochte es das Weihnachtsfest sein. Ein Schicksalsungewitter nach dem andern zog sich ja zusammen, und wenn die Schläge fielen, stürzte man aus gefaßter Erwartung doch weniger schrecklich ab als aus freudiger Gehobenheit. Ich schaute hinter dem Hause nach Meisen aus, untersuchte auf der leicht verschneiten Wiese verschiedene Spuren und entdeckte, daß ein Iltis nachts dem Lebhag entlang bis vor den Hühnerstall gekommen war. Der Biswind hatte ein feines, trockenes Gekörn über den Schnee hin gestreut, ohne die Spuren zu verwischen. Der Himmel war grau verhängt, der Wind blies immer noch kalt aus Norden. Jemand in einem dunklen Mantel kam eilig auf das Haus zu.

Bald darauf wurde ich hineingerufen und fand meine eben noch so erwartungsfrohen Angehörigen in einer furchtbaren Bestürzung. Die Mutter kam mit verstörter Miene aus der Wohnstube in den Gang, hinter ihr trat Onkel Karl mit ausgestreckter, zitternder Hand unter die offene Tür und versuchte etwas zu sagen, ohne es sagen zu können, und aus einem hinteren Zimmer trat Tante Christine mit nassen Augen auf meine Mutter zu. Die beiden Frauen wechselten schluchzend ein paar Worte, dann ging Tante Christine hastig am Onkel vorbei in die Stube, und der Onkel folgte ihr. Ich wußte sofort, daß die finstere Macht hier schon wieder unerwartet zugeschlagen hatte, ein kalter Schauer durchfuhr mich, ich biß auf die Zähne und machte mein Herz starr. Als ich die Stube betrat, wollte die Großmutter sich eben aus ihrem Lehnstuhl erheben, sie stützte beide Hände auf die Lehnen, ihre Lippen bewegten sich fassungslos, und ihre Augen blickten in tiefer Angst fragend ihre Tochter Christine an, die sie am Aufstehen hinderte. Ich sah, daß die Großmutter noch nicht wußte, was geschehen war, aber es sogleich erfahren würde. Einen Augenblick verharrte ich wie gewürgt, doch konnte ich nicht zusehen, wie die schuldlose alte Frau getroffen wurde, ich stürzte mit brennenden Augen hinaus und zeigte mich nicht mehr in der Wohnung.

Am Weihnachtsabend strahlte kein Christbaum durch die Fenster, sondern da stand im schneefahlen letzten Tageslicht ein schwarzer Leichenwagen vor dem Altrütihaus, zwei fremde Männer trugen einen Sarg die Treppe hinauf, und in dem Sarge lag ein Bruder der Mutter und Tante, ein Sohn der Großmutter, mein Onkel Beat. Am folgenden Morgen wurde er auf den Friedhof geführt, und seine Angehörigen zogen hinter ihm her durch die kalte Morgenfrühe, in einem mir schrecklich vertrauten, jammervollen Zuge, der mir und jedem, der es zu sehen wagte, auch diesmal wieder den Schein und Trug dieser Welt enthüllte und die wahre Richtung des Lebens verriet. Im Gefolge schritt eine schwarzgekleidete Frau, die den Kopf noch unter dem Trauerschleier hoch zu tragen schien, aber ich wußte, daß ihr die Tränen aus den Augen flossen, ich hatte ihr verweintes Gesicht gesehen, das vor kurzem noch heiter sprühende schöne Gesicht meiner Tante Flora, und ich sah am Grabe ihre Schultern zucken. Über dem versinkenden Sarg aber sah ich den Toten als lebenslustigen Edelmann vor mir tanzen, und ich schlug düster die Trommel dazu; im selben unheimlichen Zwielicht wie damals fuhr der vierzigjährige Tänzer, nach wenigen Monaten jäh vom Herzschlag gefällt, hier vor meinen Augen ins Grab, und mir war, als ob ich auch dazu grimmig trommeln müßte.

5.

Wir besuchten nachmittags das Grab des Onkels Beat noch einmal und gingen auch vor andere Gräber, um da für die Toten zu beten. Ich aber konnte schon nicht mehr unbefangen beten, vielmehr begann ich darüber nachzugrübeln, welchen Sinn das haben sollte. Mir erschien der Tod als ein ungeheures Ereignis, an das wir mit unseren Gebeten wie mit schwachen Kinderhänden an eine zugemauerte Pforte pochten, und das Los der Hinübergegangenen hielt ich für so unwiderruflich entschieden, daß auch das innigste Gebet daran nichts ändern konnte. Es mochte für die Zurückgebliebenen tröstlich sein, am Grabe zu trauern und zu beten, sie halfen sich damit vielleicht über ihr eigenes Leid hinweg und beweinten zu ihrer Erleichterung weniger den Toten, der keiner Tränen mehr bedurfte, als den Verlust, den sie selber erlitten hatten. Auch fühlten sie sich hier dem Verlorenen offenbar näher als anderswo, und es war ja wichtig, das Andenken an ihn wachzuhalten. Dieses Andenken konnte ich jedoch nur auf das beziehen, was der Gestorbene gewesen war, und es ging nur die Zurückgebliebenen an, ihn selber als Abgeschiedenen aber nicht mehr. Die Grabsteine mit ihren Inschriften waren Erinnerungsmale für die Lebenden. Wie und warum sollten wir uns den Onkel Beat im Himmel oder im Fegfeuer denken, wo er uns unerreichbar und unvorstellbar entrückt war! Den lebenden Onkel Beat dagegen mußten wir in Erinnerung behalten, um ihn nicht ganz und gar zu verlieren.

Ungefähr so überlegte ich es mir, wenn auch weniger deutlich, und rechtfertigte damit vor allem meine eigene Haltung. Ich konnte durch Gebete weder mir noch dem Toten helfen, und ich wollte die schmerzliche Trauer nicht durch den Gräberbesuch immer wieder auffrischen und wie eine schwarze

Schleppe hinter mir herziehen. Dagegen konnte ich mir jeden Verstorbenen, den ich gekannt hatte, vorstellen, als ob er lebte; ich sah dann seine Gestalt, seine Bewegungen, sein Gesicht, jeden Zug in diesem Gesichte und die leiseste Veränderung seiner Miene, ich hörte ihn reden und lachen, ich konnte ihm zusehen, wie er ging und stand, wie er vor mich hintrat und mich anblickte, mich mit lebendigen Augen so anblickte, daß ich ihm erschrocken auswich, weil er ja ein Gestorbener war.

Dieses Vorstellungsvermögen wandte ich da und dort vor einem Grabe an, wo ich hätte beten sollen, und hier begann ich mir dessen bewußt zu werden. Zugleich ahnte ich, daß dieses doch gewiß allgemein menschliche Vermögen, das immerhin etwas anderes sein mußte als ein bloßes gutes Gedächtnis, bei mir aus irgendeinem trüben Grunde das übliche Maß überstieg.

Wir besuchten an diesem Nachmittag auch das Grab meines Vaters und blieben lange davor stehen. Die Mutter weinte, die Verwandten beteten, und ich unterdrückte krampfhaft, was aus den Tagen der tiefsten Verzweiflung gegen meinen Willen lähmend in mir aufsteigen wollte. Zu Häupten des Grabes stand jetzt das Denkmal, ein übermannshoch aus der Erde ragender mächtiger Granitblock mit dem wohlgelungenen, in eine Kupfertafel getriebenen Brustbild des Vaters und mit den Abzeichen der Leute vom Handwerk und Gewerbe, der Musikanten, Sänger, Offiziere, Schützen, Jäger und Bergsteiger. Dieses Denkmal hatten die Vereine gestiftet, und ich konnte hören, daß eine derart hochherzige gemeinsame Tat hier noch nie vorgekommen sei und auch nicht bald wieder vorkommen dürfte, weil ein einfacher Dorfbürger sich nur ausnahmsweise ein so ungewöhnliches Ansehen, so viel Achtung und Sympathie erwerben könne wie der Verstorbene. Ich erinnerte mich auch, daß die Zeitungen in ihren Nachrufen geschrieben hatten, der allgemein bekannte, an seinem Unglückstag erst zweiundvierzigjährige Herr Werner Amberg sei ein ruhiger, besonnener Bergsteiger gewesen, ein Friedensstifter im gesellschaftlichen Leben, ein nobler Charakter, ein Mann von geradezu naiver Bescheidenheit, der die undankbarste Aufgabe immer sich selber aufgebürdet habe; am Tage der Beerdigung sei das ganze Dorf auf den Beinen gewesen, um ihm die letzte Ehre zu erweisen.

Dieser Mann, den man so gerühmt und eines solchen Denkmals würdig befunden hatte, war der Vater, dem ich nacheifern und an dem ich wohl später einmal gemessen werden sollte. Ich verzweifelte schon jetzt daran. Da er selber mich nicht mehr führen und zu sich emporheben konnte, würde ich niemals an ihn heranreichen, sondern auf dem halben Wege steckenbleiben, wenn ich diesen Weg überhaupt einzuschlagen vermochte und nicht, was wahrscheinlicher war, auf die mir bekannte brutale Art frühzeitig umkommen sollte. Tief in meinem Herzen aber lebte statt des Verewigten jener Vater in mir weiter, der sich nicht zu meinem Vorbild erhoben, sondern mich wie ein gütiger, verständiger und heiterer Freund begleitet hatte.

6.

Im Kollegium hatte indessen ein neues Schuljahr begonnen. Ich besuchte die zweite Realklasse und fühlte mich von verschiedenen Fächern, Deutsch, Naturkunde, Geographie, Geschichte, stark angesprochen, während ich meine Abneigung gegen andere nicht überwinden konnte.

Einmal in der Woche, um fünf Uhr abends, wenn in den Sälen das stille Studium begann, nahm ich den Geigenkasten unter den Arm, klöpfelte im Gang, wo verschiedene Professorenzimmer lagen, an eine gewisse Türe und wurde durch ein melodiös gedehntes, klangvoll schwingendes «Herein!» zum Eintritt aufgefordert. Wenn niemand antwortete, trat ich in die gegenüberliegende Fensternische, wo man den Blicken der hier verkehrenden geistlichen Herren weniger ausgesetzt war. Nach einer Weile kam dann mit raschen Schritten, doch ohne Hast, erhobenen Hauptes ein großer, schlanker Mann durch den Gang, ein weltlicher Mann im Cutaway, in einem schwarzen Rock, dessen Schöße ihm über die graugestreifte dunkle Hose bis zu den Kniekehlen hinabfielen, mit fingerbreit heraustretenden steifen Manschetten, hohem Stehkragen und fertig geknüpfter schwarzer Krawatte, Herr Professor Ölmann, der Musiklehrer. Schwarz war auch sein zugestutzter Bart, und schwarz waren seine langsträhnig zurückgekämmten Haare. Seine Augen blickten wie aus einem Versteck undeutlich durch die zu kleinen Gläser einer altmodischen Brille, die er nie durch eine bessere ersetzte. Hoch aufgerichtet kam er also dahergeschritten, verbeugte sich, ohne anzuhalten, vor einem geistlichen Herrn, der an ihm vorbeiging, und hielt schon auf sein Zimmer zu, als er angerufen wurde; augenblicklich kehrte er um und blieb, leicht vorgebeugt, die Hände ineinandergelegt, aufmerksam vor dem Geistlichen stehen. Während ich an der Türe wartete, unterhielten sich die beiden Herren, dann richtete Professor Ölmann einen langen, zerstreuten Blick auf mich und rief endlich: «Geh nur hinein!»

Ich betrat das Zimmer, das an der Türseite von einem Bett, an der Fensterseite von einem umfangreichen, mit Musikalien beladenen Flügel zur Hälfte ausgefüllt wurde, nahm meine Geige zur Hand, stimmte und begann aus einem mitgebrachten Hefte Fingerübungen zu spielen, bis der Musiklehrer eintrat. «Mach nur weiter!» sagte er, und während ich weiterspielte, schlug er ein Album auf, nahm einen Brief aus der Rocktasche und betrachtete durch eine Lupe die Marke. Er war ein eifriger Sammler, und die Studenten, die ihm fremde Briefmarken brachten, standen in seiner Gunst.

«Soo, das geht ja vortrefflich», sagte er nach einer Weile und trat neben mich ans Pult. «Und jetzt kämen also Fingerübungen in der zweiten Lage, die haben wir letztes Jahr übersprungen und müßten sie nun eigentlich nachholen, aber... ich will dich nicht damit plagen, und du beherrschest die dritte Lage schon so gut, daß du auch ohne die zweite durchkommen wirst. Ich möchte dich möglichst rasch vorwärtsbringen. Und jetzt... ja, zur Etüde langt's heute nicht mehr, aber wir nehmen das Stück noch rasch durch.»

Er setzte sich mit einer Sammlung von Salonstücken und Opernmelodien an den Flügel, und während er in der Klavierstimme blätterte, sah ich unter seinen gelichteten schwarzen Haarsträhnen die braune Glatze und stellte an seinen Kinnbacken das zur Zeit wieder sichtbare, silbergrau nachwachsende Haargekräusel fest, das die dauernde Rabenschwärze seines Bartes fragwürdig machte. Die meisten seiner Schüler achteten darauf, ich teilte ihre respektlose Neugier und kam bei meinem leidgeschärften Blick für das Allzumenschliche leicht auf meine Rechnung. In diesem Fall wurde ich noch mit der Nase oder vielmehr dem Kinn darauf gestoßen; der Herr Professor zog mir einmal eine neue Saite auf und ließ mich indes seine eigene Geige spielen, was ich wegen der dünnen schwarzen Fettkruste auf ihrem Kinnhalter nur widerwillig tat. Wir nahmen jetzt also zusammen rasch das Stück durch, ein Stück aus der Lucia di Lammermoor von Donizetti, ich zeigte was ich konnte, er begleitete mich auf dem Flügel und lehnte sich am Ende hochbefriedigt zurück. «Vorzüglich!» sagte er entschieden und lächelte mich undeutlich an. «Werner, wir werden etwas machen aus dir. Ich gebe dir nächstens den Mazas, hervorragende Etüden, und im Orchester mußt du mir zur ersten Geige hinüberwechseln. Du hast eine Begabung, die zu den schönsten Hoffnungen berechtigt, und du hast sie nicht von der Straße aufgelesen. Dein Herr Vater war ein eminent musikalischer Mann. Jammerschade um ihn! Jammerschade! So, pack zusammen, es ist sechs Uhr, geh, geh!»

Das war die Geigenstunde. Sie gefiel mir nicht übel, doch gab ich wenig auf das üppige Lob, ich traute weder mir noch dem Lehrer recht. Ich lernte, gewisse Schwierigkeiten, die man nur durch hartnäckiges Üben aus dem Wege räumt, mit fliegendem Bogen überspringen und erfuhr erst später, daß man sie damit nicht überwunden hat.

In einer andern Geigenstunde dieses neuen Schuljahres stellte sich Professor Ölmann mit gekreuzten Armen vor mich hin, blickte mich wohlwollend an und sagte: «Jetzt möchte ich von dir einmal die ersten paar Töne der A-dur Tonleiter hören, aber nicht gestrichen, sondern – gesungen.»

Ich sah verblüfft zu ihm auf und schwieg, bis er seinen Wunsch ermunternd wiederholte, dann wandte ich mich ein wenig ab, zupfte an der A-Saite und krähte die Töne mit der Bruststimme beherzt an ihm vorbei. Er neigte den Kopf zur Seite, blickte mich mitleidig gerührt an und sagte kein Wort. Ich errötete und schaute mit gerunzelter Stirn zu Boden.

«Werner», begann er endlich sanft, ohne seine Haltung zu ändern, «also auch du gehörst zu den unschuldigen Opfern meines ehrenwerten Kollegen von der Primarschule, ich konnte es mir denken. Jedes Jahr wiederholt sich das; statt daß ich ein paar brauchbare Sänger bekäme, kommen sie aus diesem barbarischen Musikunterricht mit Stimmen daher, die für ein Indianergeheul, aber nicht für den Gesang ausgebildet sind. Nun, wir wollen sehen, ob noch etwas zu machen ist.» Er erklärte mir die Unterschiede zwischen Brust- und Kopfstimme, zwischen Männer- und Frauenstimmen, zwischen der weiblichen Sopran- oder Altstimme und der leider so rasch vergänglichen eines Knaben, die unbedingt vorzuziehen sei, und verlangte dann, daß ich die Tonleiter mit der Kopfstimme singe.

Ich hatte in der Kollegiumskirche den vierstimmigen Studentenchor gehört, ohne mir über Sopran und Alt Gedanken zu machen, und ich kannte auch meine eigene Kopfstimme, mit der ich gejodelt hatte, als mir auf der Egg noch ums Jodeln gewesen war, aber in der Schule hatten halt nur die Mädchen hühnerhaft mit der Kopfstimme gegackert, wir Buben dagegen männlich aus voller Brust gesungen. Nun begann ich also die Tonleiter mit meiner Jodelstimme, und kaum hatte ich angefangen, als sich der Herr Professor eilig an den Flügel setzte und mich mit leisen Akkorden begleitete, bis die Oktave glücklich erklettert war.

«Ein Wunder!» rief er, lehnte sich zurück und schaute mich an. «Eine wahre Entdeckung! Ich will dich mit deiner Stimme auf jede Bühne stellen, wenn man mir Zeit gibt, dich auszubilden. Schade, daß das bei uns nicht geht! Aber singen wirst du hier, wir werden damit keine Woche länger warten. Es ist unverzeihlich von mir, daß ich dich nicht schon früher geprüft habe. Nun, also du kommst sofort in den Kirchenchor! Jeden Dienstag, abends von fünf bis sechs ist Probe. Melde es deinem Herrn Präfekten!»

Der Präfekt, ein aus unserer Gegend stammender, uns Externen wohlgesinnter geistlicher Herr, Lehrer der französischen Sprache an den unteren Realklassen, ein ruhiger, vernünftiger Mann, saß breit vor mir auf dem Katheder des Studiensaales, als ich meine Meldung vorbrachte. «So, das auch noch?» sagte er unwillig. «Du bist doch schon im Orchester und hast Geigenstunde? Wann willst du dann eigentlich studieren? Jaja... geigen, singen, träumen, das kann gut werden! Es wäre gescheiter, du würdest die Zeit nützlich anwenden. In der französischen Grammatik bist du jedenfalls kein Licht. Ich werde mit dem Herrn Professor Ölmann noch darüber reden.»

Es blieb bei der Entscheidung des Musiklehrers, ich wurde Sopransänger im Kirchenchor und war sehr einverstanden damit. Gegen das Französische hegte ich keine Abneigung, ich wollte es erlernen und blieb in diesem Fache kaum hinter den Klassenkameraden zurück, aber wenn es darauf angekommen wäre, mich entweder für Grammatik oder für Gesang zu entscheiden, würde ich mich ohne Zögern für das Singen entschlossen und dem Nützlichen das Schöne vorgezogen haben.

7.

Eines Winterabends, als draußen die frühe Dämmerung anbrach, saß ich unter vierzig einheimischen Studenten, die sich mehr oder weniger beschäftigt über ihre Pulte beugten, an meinem Platz im hell beleuchteten Studiensaal. Die befohlene Stille, die durch das Rascheln von Papieren, das behutsame Zuklappen eines Pultdeckels, den leisen Schritt eines Hinausgehenden nicht gestört wurde, umgab mich wie ein schützender Mantel. Der Präfekt saß, bald unmerklich überwachend, bald lesend, ruhig vor uns auf dem Katheder. Gesammelt und zur Arbeit gestimmt wandte ich mich meiner Aufgabe zu, einer mathematischen Aufgabe, die ich lösen und morgen abgeben sollte. Ich war in diesem Fach am schwächsten, aber ich hatte im Unterricht den Lehrer zu verstehen gemeint und wollte die Lösung jetzt selber finden, statt sie von einem Kameraden abzuschreiben. Ich fand sie nicht; die Zahlen und Formeln widerstrebten meinem grübelnden Bemühen, verhehlten ihren Sinn und erstarrten unter meinem Blick zu leblosen Zeichen, die nichts bezeichneten, sie begannen mich anzuwidern, bis ich entmutigt davon abließ. Was sollte ich aber tun, wenn hier kein guter Wille half? Mir fehlte nicht nur jede Freude an der Mathematik, sondern offenbar auch die Fähigkeit dazu, ich würde also früher oder später daran scheitern und meinem alten Verhängnis auch in dieser harmlos getarnten neuen Gestalt erliegen.

Ich stützte den Kopf in die Hände und versank in ein willenloses Brüten, das bald eine sonderbare Wendung nahm. Das dunkle Strömen und irrlichtende Flimmern, das nach einem Blick ins Helle unter den festgeschlossenen Lidern einen Raum schafft, wie man ihn aus Träumen kennt, beruhigte sich vor meinen Augen zum grünen Gewoge eines unabsehbaren

Waldes, über dem die Nebel einen blaßblauen Abendhimmel enthüllten. Aus der Dämmerung des nahen Waldinnern stieg hinter Bäumen ein schloßähnlicher Bau empor, von dem nur noch eine geräumige offene Terrasse deutlich zu erkennen war. Über die Terrasse schritt zögernd ein sehr schönes Mädchen in einem einfachen, bis zu den Füßen fallenden, über den Hüften gegürteten Kleid von der unbestimmten rötlichen Farbe eines Föhrenstammes; das offene, im Nacken locker zusammengefaßte Haar floß ihr tiefbraun über den Rücken hinab. Sie trat an die steinerne Balustrade, beugte sich errötend vor und schaute in den Wald hinein; ihr Kleid schimmerte dabei von gedämpftem Gold wie ein eben noch unscheinbarer Nachtfalterflügel, und auf ihrem edlen Gesichte lag ein Ausdruck scheuer Erwartung. Im Dunkel hinter den Stämmen tauchte eine große, goldgrün schillernde Schlange auf; sie glitt vor die Terrasse, richtete sich hoch empor und schaute das Mädchen rätselhaft an.

So geschah es vor meinen Augen, und ähnliches geschah mir nicht zum erstenmal, ich hatte schon früher im wachen Zustand traumhafte Bilder gesehen und auf der Egg auch erfunden, um sie Fini zu erzählen; aber zum erstenmal begann ich jetzt aufzuschreiben, was ich sah, und zugleich mit dem Drang und Zug der eilenden Feder entstand aus dem absichtslosen Anfang wie von selber eine märchenhafte kurze Geschichte. Ich vergaß dabei, was ich eben noch versucht und verzweifelt beiseite geschoben hatte, vergaß meine Umgebung, meine Lage, mich selber, und zog, in einem freudigen Fieber schreibend, das träumerische Gewebe rasch ans Licht. Ich war nie glücklicher gewesen als in diesem Augenblick.

Der Präfekt wandelte jetzt lesend zwischen den Bankreihen auf und ab, tauchte breit und schwarz vor mir auf und fragte, stehenbleibend, leise: «Was hast du zu lachen?»

Ich schob meine Blätter errötend in das Arithmetikheft und schwieg.

Mit einem verweisenden Kopfschütteln ging der geistliche Herr weiter.

Am folgenden Tage saß ich in peinlicher Verlegenheit vor dem Mathematiklehrer, der mein Aufgabenheft verlangte. Ich half mir ohne Erfolg mit einer faulen Ausrede und bekam eine Strafaufgabe, die mich zuerst vor dieselbe undurchdringliche Hecke, aber dann zu einem hilfreichen Kameraden führte, worauf ich sie mit schlechtem Gewissen ablieferte.

Nun nahm ich meine Geschichte wieder vor und fand das flüchtige Traumgebilde anschaulich gebannt. Ich konnte also eine erfundene oder wirkliche Begebenheit, einen Menschen, eine Landschaft mir nicht nur lebendig vorstellen, sondern mit Worten auch festhalten, und es war eine Wonne, das zu tun. Mir wurde gewiß, daß ich schreiben müsse, um glücklich zu werden. Ich wollte es zu meiner Aufgabe machen und begehrte nichts anderes mehr, ahnungslos, was für Folgen das haben mußte. Ich wußte aber, daß ich jetzt in einer lebenswichtigen Entscheidung nicht jenen Weg einschlug, den mir die Realschule wies und meine Angehörigen von mir erwarteten, den Weg, auf dem man im Sinne des Präfekten seine Zeit nützlich anwandte, das Brauchbare lernte und einem soliden Beruf im bürgerlichen Erwerbsleben zustrebte. Ich schlug eine andere Richtung ein, und ich konnte schon bald genug hören, daß man dahin überhaupt keinen rechten Weg finde, nur Luftschlösser vor sich sähe, seine Zeit vergeude und sein Leben verpfusche. Ich glaubte es nicht.

8.

Eines Tages im Januar blickten zweitausend Zuschauer von einer Tribüne auf dem Hauptplatz des Dorfes gespannt zur Spielbühne hinüber, wo vier buntfarbige Herolde mit Fanfaren den Kaiser aus dem märchenhaften alten Reich der Sonne herbeiriefen. Der Gerufene, unser Fasnachtskaiser, der Fünfzigste, zog durch den schneeweiß blitzenden Wintertag mit einem hoffärtigen, von Gold und gelber Seide leuchtenden Gefolge herbei und begab sich, stürmisch bejubelt, in die für ihn hergerichtete Bühnenloge, um gnädigst dem großen Volksschauspiele beizuwohnen, mit dem das Jubiläum unserer Fasnachtsgesellschaft gefeiert wurde, jener ruhmreichen Gesellschaft, die der Urgroßvater Bartholomäus Bising vor fünfzig Jahren gegründet hatte. Ich saß im Raum hinter der Bühne bei den Geigern des Dorforchesters, das unter Professor Ölmann die Begleitmusik spielte, aber ich hielt es da hinten nicht mehr aus und lief dem Professor im nächsten unbewachten Augenblick davon. Fiebernd vor Schaulust stahl ich mich unter die Zuschauer.

Auf der Bühne kämpften die zwei Edlen des Volkes aus Mitternacht, das nach der Sage einst in unser Tal gezogen war, mit der Streitaxt gegeneinander um die Führerschaft. Der Sieger nahm Besitz vom Lande, und der größere Teil des Volkes huldigte ihm. Ich kannte diese hochgewachsene Gestalt mit der schallenden Stimme, es war mein Onkel, der Arzt, der Mann einer Bising vom Freudenberg, und ich staunte, wie dieser angesehene ernste Bürger, in Felle gekleidet, hier öffentlich als Held der heidnischen Vorzeit kämpfte und Verse sprach. In den folgenden Bildern, die das eingewanderte Volk im Besitz der neuen Heimat zeigte, trat ein anderer Onkel von der Freudenberger Seite auf, der den stärksten Einfluß auf mich gewinnen sollte, Dr. Kern, Professor der Physik am Kollegium, von mir kurzweg Onkel Kern genannt, ein stattlicher, schwerer Mann mit ungebärdig emporloderndem blondem Haar und einem Angesicht, das durch den Ausdruck überlegener Intelligenz und persönlicher Wucht seine Gestalt beherrschte und ihrer leiblichen Fülle den Schein des Unangemessenen nahm. Er galt als hervorragender Lehrer und besaß trotz der heiteren Lässigkeit seines Schulbetriebes unbedingte Autorität. Jetzt sah ich, wie er, vom Ältesten gerufen, aus der Schar der Krieger gelassen vortrat und das Schwert mit der Harfe vertauschte. «Es war ein Land zu Mitternacht», begann er und besang den Zug des Volkes in die neue Heimat, nicht singend, sondern sprechend, in einem feierlich gehobenen Tone, aber so mühelos, klar und kräftig, in einem so reinen Deutsch, wie ich es noch nie vernommen hatte. Atemlos hörte ich zu, von Strophe zu Strophe höher entflammt und am Ende überwältigt, als er mit einer leichten Hebung, verhaltener, gespannter, an das kündende Wort der Weisen Frau erinnerte:

«Ich sah's im nächtigen Goldgewölk,
Ich sah's im weißen Sonnenstrahl,
Vom blauen See zum Felsengrund
Ein wundersames Erdental.»

Ich konnte den Wert oder Unwert solcher Verse noch nicht beurteilen, aber so wie sie gesprochen und mit allem beladen wurden, was sie zu tragen vermochten, drangen sie auf mich ein wie eine zauberhafte Musik, für die ich ahnungsvoll bereit war.

Das Spiel ging weiter, das Gründervolk ließ sich zum Auszug in ein neues, lockendes Land verführen, kehrte geschlagen zurück und nahm, erfahrener, gereifter, von der alten Heimat wieder Besitz. In den Pausen hechelten zwei volkstümliche Gestalten das sagenhafte Geschehen so durch, wie ihnen der Schnabel gewachsen war, und brachten mit witzigen Anspielungen auf die Gegenwart das Publikum zum Lachen. Zuerst

war ich darüber befremdet, dann fühlte ich ungefähr, daß auf diese Art der bedenkliche Gegensatz zwischen dem Bühnenpathos und der ironischen Nüchternheit unseres Zuschauervolkes entspannt und in eine heitere Distanz verwandelt wurde, die den Zuschauern wieder zu unbefangener Anteilnahme, dem Spiel zu seiner ernsten Wirkung verhalf. Diese Zwischenspiele und die nun folgende Schlußapotheose waren, wie ich nachher erfuhr, unfreiwillige Zugeständnisse des Dichters an den herrschenden Geschmack und die lokale Überlieferung. Ein mächtiger Berggeist enthüllte dem zurückgekehrten Volke in wechselnden Bildern die Zukunft des Landes, bis auf der im Hintergrund erhöhten Bühne etwa fünfhundert Darsteller farbenprächtig zur Schau standen; in den offenen Fenstern der nahen Häuser und auf der Tribüne klatschten die Zuschauer Beifall, hinter den verschneiten Hausgiebeln ragten blendend weiße Berge empor, und der Himmel spannte sein blauseidenes Zelt über die barocke Fülle dieses festlichen Augenblicks.
Ich erlebte, halb berauscht und halb verwirrt, einen solchen Augenblick zum erstenmal, fühlte ihn aber schon entschwinden und versuchte eben noch ängstlich, ihm alles mir Mögliche abzugewinnen, als ein unerwarteter, vielstimmiger Ruf mich in die höchste Spannung versetzte. Das Volk rief den Mann auf die Bühne, der das Spiel gedichtet und geleitet hatte. Der Dichter war nicht gleich bereit, aber endlich kam er doch an die Rampe, widerwillig, wie es schien, gezogen, gedrängt, ein junger geistlicher Herr im halblangen schwarzen Rock, mit einem gelockten Priesterkopf und einem freundlichen, klugen Gesichte. Er nahm mit beiden Händen einen Blumenstrauß entgegen und nickte, vom Beifall umprasselt, dankend nach allen Seiten. Mir schossen Tränen in die Augen, ich klatschte wild in die Hände, tief erregt von dieser Huldigung, mit der das Volk den unvergleichlichen Augenblick krönte.
Am folgenden Tage fragte mich Professor Ölmann, warum ich im Orchester auf einmal gefehlt habe, und als ich die

Wahrheit gestand, sagte er, mit einem stechenden Blick durch die schmalen Gläser, heftiger als ich erwartete: «Das ist unerhört!» Er war tief beleidigt. Das wurmte mich nun doch, aber ich konnte meine Eigenmächtigkeit nicht bedauern, ich hatte zuviel dabei gewonnen. Das Schauspiel unter dem strahlenden Winterhimmel, das sagenhafte Geschehen auf der Bühne, die gewaltige Sprache des Onkels Kern und die Huldigung des Volkes an den Dichter, das klang und schwang noch in mir, als ich längst wieder auf dem Weg zum soliden Berufe weiterstolperte.

9.

Der Lehrplan der zweiten Realklasse zielte weniger auf ein bevorstehendes Fachstudium als auf eine allgemeine Schulung, die meinen Neigungen einen gewissen Raum bot. Am wohlsten war mir im Musikunterricht, der neben den Geigenstunden und Orchesterproben für mich nun neuerdings noch den Chorgesang umschloß. Es zeigte sich, daß der Musiklehrer mich nicht nur aus Wohlwollen zum Sänger ernannt hatte, ich besaß einen hellen, kräftigen Sopran und sang auf der Orgelempore die Messe bald rein und sicher mit.

Während der Fastenzeit übte unser Chor die vorgeschriebenen gregorianischen Karwochengesänge ein, und Professor Ölmann übertrug mir die Solostellen für den Karfreitag. Ich war stolz auf diesen unerwarteten Vorzug und hoffte mich zu bewähren, aber als die Karwoche begonnen hatte, machte mich ein harmloses Vorkommnis unsicher. Am Mittwoch nämlich, als der Priester am Altar nach dem Kyrie die Aufforderung Oremus gesungen hatte, dröhnte das Flectamus genua des Diakons, der uns wegen seines ungewöhnlichen Basses und leiblichen Umfangs wohl bekannt war, schaurig wie aus einem Grabgewölbe, worauf das dünn, hoch und weinerlich tönende Levate des musikalisch unbegabten Subdiakons dazu in einen solchen Gegensatz trat, daß man bei uns auf der Orgelempore zu grinsen begann. Sogar Professor Ölmann konnte ein nachsichtiges Lächeln nicht verbergen. Von nun an wartete man gespannt auf jede Wiederholung, und wenn sie eintrat, packte den Chor eine Lachlust, die dem geweihten Orte schlecht angemessen war, aber durch dies aufreizend Ungereimte noch gesteigert wurde. Ich erinnerte mich an ähnliche Vorkommnisse aus dem Schulknabenalter; was man unter gewöhnlichen Umständen kaum belächelte, etwa ein unverhofftes Niesen, ein zum Hosensack heraushängendes Schnupftuch, eine zweimal verjagte Fliege, die sich zum drittenmal kitzelnd auf denselben Nacken setzte, brachte in der Kirche Mädchen und Knaben reihenweise zu einem Pfuttern und Kichern, das nicht mehr enden wollte und über den Anlaß weit hinausging. In der letzten Chorprobe, kurz bevor der Professor eintrat, sang nun zudem noch einer unserer Bassisten durch den Trichter eines zusammengerollten Notenblattes schartig aus tiefster Kehle «Flectamus genua», und ein Spitzbube im Sopran krähte darauf zum allgemeinen Gaudium mit der Bruststimme «Levate». Da am bevorstehenden Karfreitag diese Aufforderung wiederholt zu erwarten war, sah ich dem hohen Anlaß und meinem Solo nicht eben zuversichtlich entgegen.

Im Gottesdienst am Karfreitag nun verdichtete sich die Karwochenstimmung zu einer düsteren Feierlichkeit, die Priester standen in schwarzen Meßgewändern am Altar, das Kreuz war verhüllt. Wir harrten auf der Empore vor der hochragenden Gestalt des Dirigenten mit gefaßtem Ernst unserer Aufgabe und konnten doch ein Schmunzeln nicht verhalten, als vom Altare her schon nach der ersten Lesung ein Oremus klang. Zur Überraschung des Chores aber wurden Flectamus genua und Levate diesmal würdig gesungen, zwei andere geistliche Herren hatten das Amt des Diakons und des Subdiakons übernommen. Der kraftvolle, großartig monotone Vortrag der Leidensgeschichte nach Johannes und der strophisch gegliederten Fürbitten mit ihrem regelmäßig wiederkehrenden Oremus beschwor darauf auch in leichtfertigen Seelen die Gefahr einer unschicklichen Anwandlung.

Der Priester enthüllte nun in drei sich steigernden Handlungen das heilige Kreuz, «an dem das Heil der Welt gehangen», und sang jedesmal in einem höheren Tone «Ecce lignum Crucis, in quo salus mundi pependit», worauf wir mit dem Venite adoremus jeweilen mächtig einfielen. In einem Wechselgesange von höchster Eindringlichkeit folgten die vorwurfsvollen

Klagen Jesu, das «Popule meus, quid feci tibi?» und die Gebetsrufe des Trisagion, deren Solostellen mir übertragen waren.

«Agios o Theos», sang ich mit frommer Inbrunst in die feierlich lastende Stille hinein, und der Chor wiederholte es lateinisch: «Sanctus Deus».

«Agios ischyros», sang ich, und der Chor wiederholte: «Sanctus fortis».

«Agios athanatos, eleison», sang ich, und der Chor wiederholte: «Sanctus immortalis, miserere nobis».

Dreimal geschah das, bevor wir mit dem Hymnus Vexilla regis prodeunt von der Anbetung des Kreuzes zur Messe hinüberleiteten.

Die geheimnisreiche Liturgie dieses Tages verstand ich freilich noch nicht genügend, aber ihre sinnfällige tiefe Trauer über den Opfertod Christi, zu der ich mit meinem Gesange beizutragen hatte, ergriff mich unvergeßlich im Innersten.

10.

Die nächsten Sommerferien verbrachte ich wie ein ungeselliger Sonderling lesend und schreibend in stillen Winkeln. Den Robinson, Jules Verne und ein paar harmlose Jugendschriftsteller hatte ich hinter mir, jetzt war ich beim Karl May und verschlang Band um Band. Ich war aus der ehedem so verlockenden äußeren Welt in meine innere geflohen, die zwar zu dieser Zeit von Indianern, Beduinen und Abenteuern in fremden Ländern glühte, aber unbegrenzt und voller Verheißungen war.

Indes entdeckte ich im Bücherschrank unserer Nachbarin, der Tante Klara, einen Band Gedichte vom Verfasser des fasnächtlichen Schauspiels. Ich nahm ihn mit, las ihn begierig und fand mich unmittelbar angesprochen. Hier sang der Dichter, was er an Frühlingsmorgen und Abenden, in Stürmen und einsamen Nächten empfand und träumte, hier schlug ein männlich heißes Herz in Nöten, Zweifeln und Freuden. Während ich alldem leidenschaftlich nachhing, liefen sonderbare Gerüchte im Dorf herum, die den Dichter vor der bürgerlichen Öffentlichkeit bloßstellten. Tante Klara, der ich den Band zurückbrachte, deutete ziemlich verlegen an, der Dichter habe sich leider um sein Ansehen und seine Stellung gebracht. Ich war von seiner Unschuld überzeugt und fragte erstaunt, ob das Volk denn dulde, daß ein Mann, den es als seinen Dichter öffentlich bejubelt habe, sein Ansehen und seine Stellung verliere. Die Tante wollte nicht mit mir darüber rechten.

Unterdessen rückte das Ende der Ferien näher, und eines Nachmittags wurde ich durch Onkel Robert vor die Entscheidung gestellt, der ich schon längst entgegengesehen hatte, bald hoffnungslos, bald dennoch leise hoffend, meistens aber mit einem trotzigen Gleichmut. Wer als Realschüler am Kollegium nach der zweiten Klasse noch weiterstudieren wollte, stieg entweder in die technische Abteilung oder in die Handelsschule auf und wählte damit die Richtung, in der er seinen Beruf zu finden hoffte. Da ich nun schon zwei Jahre lang falsch gegangen war, schien mir zunächst wenig darauf anzukommen, ob ich bei dieser Wegscheide recht oder links weiterirrte. Onkel Robert, unser Vormund, spazierte heiter und zuversichtlich in der Wohnstube herum, rauchte seine Zigarre und suchte mich zwanglos für seinen Plan zu gewinnen. Einer seiner Freunde in der Stadt, Herr Baumgartner, Uhrmacher und Bijoutier, hatte sich bereit erklärt, mich in die Lehre zu nehmen.

«Ein erstklassiges Geschäft!» rief der Onkel. «Baumgartner gilt weit über die Stadtgrenzen hinaus als hervorragender Fachmann, und wer bei dem als Lehrling eintreten darf, kann von Glück reden. Übrigens hat er deinen Vater gekannt und geschätzt, darum ist er so rasch auf meinen Vorschlag eingegangen. Er meint allerdings, daß du am Kollegium noch die technische Abteilung besuchen solltest, und das könnte ja natürlich nichts schaden. Also ... was sagst du dazu?» Er stand neben mir am Fenster, rüttelte mich ein wenig an der Schulter und blickte mir wohlwollend ins Gesicht.

Tante Christine, die mit uns zu Mittag gegessen hatte, saß noch am Tisch und nickte mir aufmunternd zu. Die Mutter stand unruhig auf und sah mich ängstlich gespannt an.

Ich schwieg.

«Bist du nicht einverstanden?» fragte der Onkel, eher erheitert als enttäuscht.

Als ich darauf mit keinem Wort, aber wenigstens mit einer gequälten Miene antwortete, sagte die Mutter, herzlicher als ich es gewohnt war: «Wir wollen dich ja nicht zwingen, Werner, aber ... was möchtest du denn?»

Ich ahnte, daß ich sie mit meiner Antwort nicht zufriedenstellen konnte, und zögerte noch.

Dem Onkel paßte diese Spannung nicht, er legte mir noch

einmal die Hand auf die Schulter und sagte lächelnd: «Etwas hat er im Sinn. Rück heraus damit, Werner! Was möchtest du werden?»

Da sagte ich es. «Schriftsteller», sagte ich.

Die Mutter schüttelte befremdet den Kopf und blickte ratlos ihren Bruder an. Mein Onkel aber ließ ein Lachen hören, ein kurzes, stoßweises Lachen, das mir den Mut nahm, mein Geständnis jemals zu wiederholen. Er gab dem Schriftsteller denn auch sogleich die bloßstellende Deutung, indem er ihn als Dichter entlarvte.

«Schriftsteller, Dichter!» rief er und lachte noch einmal auf, dann belehrte er mich: «Werner, es gibt immer Hunderte von jungen Leuten zwischen fünfzehn und zwanzig, die Verse machen oder Geschichten schreiben und sich zum Dichter berufen fühlen. Das ist eine Jugendkrankheit, die von selber vergeht. Daraufhin gibt dir niemand auch nur einen Rappen, und darauf etwas bauen wollen, das wäre der reine Leichtsinn. Aber selbst wenn du Talent dazu hättest, wie wolltest du es denn anfangen, Schriftsteller zu werden? Es gibt keine Schulen dafür, die Dichter und Schriftsteller haben alle zuerst etwas anderes gelernt und erst später Bücher geschrieben, meistens sogar nur nebenbei, weil man nämlich aus der Schriftstellerei höchstens verhungern, aber nicht leben kann. Berühmte Dichter haben als arme Teufel in der Dachkammer gewohnt, bevor sie zur Geltung kamen, und auch dann haben sie mit ihren Werken kaum ihren Unterhalt verdient. Das ist die Regel. Ausnahmen sind selten. Ich kenne zwei Schriftsteller persönlich, nicht berühmte, aber doch anerkannte, die verschiedene Bücher veröffentlicht haben; der eine ist am Verlumpen, der andere schlägt sich als Lehrer durch. Und was der Ruhm oder das Ansehen wert ist, das einer allenfalls dabei gewinnt, kannst du ja am neuesten Beispiel ablesen. Du wirst wohl davon gehört haben. Eurem Lokaldichter hat ja das ganze Dorf für sein Schauspiel Beifall geklatscht, und er hat es verdient; aber wenn ihm als geistlichem Herrn etwas Menschliches passiert, dann nützt ihm sein Ansehen als Dichter nichts, die Öffentlichkeit verurteilt ihn. Man kann hier sogar hören, es müsse einer schon ein Dichter sein, um als Geistlicher zu straucheln. Diese Meinung verrät ziemlich genau, was der durchschnittliche Bürger vom Dichter hält.»

Das war die Antwort, die ich bekam, sie beruhte auf Erfahrungen und schien leider gerechtfertigt. Einem fünfzehnjährigen Jüngling bürgerlichen Herkommens, auf den ein Geschäft wartete und eine Mutter ihre Hoffnungen setzte, konnte man gar nichts anderes antworten. Ich sah das freilich noch nicht ein, ich fühlte mich nur wieder verworfen und war darüber nicht einmal sehr verwundert. Meine Neigung mußte ja fragwürdig sein und irgendwie mit dem mir zugefallenen Los übereinstimmen.

«Sobald du einen Beruf erlernt hast und dein Brot selber verdienst, kannst du dichten soviel du willst», fuhr der Onkel fort. «Einen Beruf aber mußt du haben. Es wäre unverantwortlich, wenn ich nicht darauf dringen würde, und du wirst mir noch einmal dafür danken. Also ... was machen wir jetzt?»

Darauf wußte ich nun keine Antwort mehr.

Die Mutter kam langsam auf mich zu und sagte: «Werner, du mußt dich ja noch nicht endgültig entscheiden ... aber probiere doch etwas, vielleicht gefällt es dir dann!»

Der Ton, in dem sie das sagte, ein zaghaft bittender Ton voller Sorge und Güte, stimmte mich gefügig, und der Blick, mit dem sie auf meine Antwort wartete, drang mir in seiner bekümmerten Spannung durch meine harte Kruste ans Herz. «Probieren will ich es schon», sagte ich kleinlaut.

«Eben ja!» rief der Onkel. «Wenn du's ernsthaft anpackst, dann wird es gehen. Und im Fall du also wirklich keine andere bestimmte Vorliebe hast, rate ich dir, am Kollegium vorläufig die technische Abteilung zu besuchen.»

«Ich verstehe aber nicht viel von Mathematik, und die bekäme ich dann doch als Hauptfach», wandte ich ein.

«Mathematik, jaja, darin bin ich auch kein Held gewesen», erwiderte der Onkel abwinkend. «Aber was so im ersten Jahr verlangt wird, das lernst du schon. Und sonst kann man etwas nachhelfen, der Professor Kern soll dir ein paar Privatstunden geben, das macht er ohne weiteres, er gehört ja jetzt zu unserer Verwandtschaft. Ich will mit ihm reden. Abgemacht?»

Die Aussicht, mit dem bewunderten Professor Kern näher bekannt zu werden, war für mich so verlockend, daß ich zustimmte.

«Schön, das wäre in Ordnung!» erklärte Onkel Robert befriedigt. «Und im übrigen bleibst du dann im Kollegium, solang es dir paßt. Die technische Maturität brauchst du ja nicht zu machen. Nach einem Jahr oder nach zwei Jahren gehst du zum Herrn Baumgartner und fängst mit der Praxis an.» Er lachte mir wieder zu, gab mir einen Schlag auf die Schulter und sagte laut auffordernd: «So machen wir's, gelt!»

Ich schaute noch einmal die Mutter an und las ihr die herzliche Hoffnung aus den Augen, daß ich es so machen werde, und da nickte ich denn.

11.

Vor dem Beginn des neuen Schuljahres meldete ich mich eines Nachmittags in der Wohnung des Onkels Kern zur ersten Privatstunde. Ich wurde im Hausgang von seiner lebhaften, klugen und heiteren Frau Sophie empfangen, einer Tante aus der Freudenberger Verwandtschaft, einer Enkelin des Hotelgründers und Nationalrats Bising. Sie öffnete nach ein paar herzlich wohlwollenden Worten die Tür zur Wohnstube, aus der mir Musik entgegenklang, und schob mich kurzerhand hinein. Onkel Kern saß am Flügel und nickte mir zu; er sang, die Begleitung spielend, mit seinem machtvollen Bariton den Erlkönig, den ich aus unserem Lesebuch kannte. Ich war augenblicklich gepackt und stand noch sprachlos da, als er geendet hatte.

«Werner!» sagte er grüßend und streckte mir die Rechte hin. «Kennst du das?» fragte er, auf das Notenheft deutend, und erklärte mir, daß es von Schubert sei, dann blätterte er im Heft, sang, in die Tasten greifend, den Anfang eines andern Liedes, mehr nur als Hinweis, und blätterte weiter. «Schubert», sagte er, die Brauen hochziehend, «ein gnadenvoller Mann!» Er sang noch einen Liedanfang, wandte sich zu mir und bemerkte: «Du verstehst ja etwas vom Gesang. Ich habe dich am Karfreitag gehört... Agios athanatos...» Er hob die Rechte und neigte anerkennend den Kopf.

Ich fragte ihn, warum er im Volksschauspiel sein Lied zur Harfe gesprochen, statt gesungen habe, und bekannte auch gleich, daß ich einen starken Eindruck davon empfangen hatte. «Es war ein Land zu Mitternacht», rezitierte er, lachte dann vor sich hin und sagte dies und jenes darüber. So kamen wir ins Plaudern, mir klopfte das Herz, und ich sah die Erwartung erfüllt, mit der ich diesen Mann aufgesucht hatte. Vom betont

Überlegenen, Herablassenden, Lehrerhaften gewisser anderer Professoren war ihm nichts anzumerken, er nahm mich auf eine natürliche, offene Art ernst und bezeugte mir damit die Achtung, die der Heranwachsende so nötig hat und so selten erfährt.

«Bestellte Festspiele überleben ihren Anlaß meistens nicht», sagte er, während er aufstand und zum Bücherschrank trat. Er bückte sich umständlich zu einem unteren Regal und reichte mir den Gedichtband, den ich schon kannte. «Hier, das ist vom selben Mann, da klingt er und schwingt er von eigenen Erlebnissen, in etwas abgesungenen Tönen zwar, aber doch in empfundenen Dichterlauten; sein Schauspiel jedoch ... das hat er dem Volk zuliebe gemacht, immerhin mit Geschick und Glück, wie du ja gehört hast...»

«Und jetzt hat er den Undank davon», warf ich ein.

Er wiegte den mächtigen Kopf, ein unbestimmtes, halb schmunzelndes, halb bedenkliches Lächeln auf dem vollen Gesichte.

«Wie ist es nur möglich», fragte ich erregt, «daß er hier seine Stellung und sein Ansehen verlieren kann, nachdem man ihn als Dichter so gefeiert hat?»

Er schwieg einen Augenblick, dann legte er die Linke auf meine Schulter, die Rechte auf eine vielbändige Ausgabe Goethes und sagte, auf mich herabschauend, in einem gedämpften, ernsten Ton: «Hier, unter deutschen Dichtern der Größte der Großen: In seiner Jugend war er weltberühmt und umworben, im Alter unpopulär und von seinen eigenen Landsleuten mißverstanden, ja geschmäht. Er hat sich bitter darüber beklagt – und muß trotzdem noch als einer der Glücklichsten gelten.» Seine Rechte fuhr weiter auf eine Ausgabe Kleists. «Hier, ein Dramatiker und Erzähler ersten Ranges, ein Genie, aber gänzlich verkannt, in den Augen seiner Angehörigen ein Nichtsnutz, ohne Verdienst, ohne Mittel, ohne Selbstvertrauen ... am Ende nahm er sich aufatmend das Leben.» Er nannte weitere Beispiele, die den Dichter als einsamen, unverstandenen, nur selten erfolgreichen Mann zeigten, und fuhr fort: «In der europäischen Literatur des neunzehnten Jahrhunderts gibt es zwar ein paar große Erzähler, die mit ihren Büchern Geld verdienten, aber sie stehen zu den Hunderten, die auch Bücher schrieben, ungefähr im selben Verhältnis wie in einer Lotterie die paar Gewinner von Haupttreffern zu den ungezählten Pechvögeln. Dichter wird man nur, wenn man muß, nie aber, weil man will und auf äußere Erfolge rechnen kann.»

«Aber ein Dichter könnte doch auch ohne äußere Erfolge groß und glücklich sein», sagte ich ziemlich kleinlaut.

Er wiegte wieder den Kopf und antwortete: «Groß schon – aber glücklich? Dichter sind als mehr oder weniger problematische Naturen allen möglichen Leiden, Schicksalen und Versuchungen ausgesetzt; dafür gibt es beliebig viele Beispiele. Offenbar hängt es mit ihrer Berufung zusammen, daß sie alles Menschenmögliche erfahren müssen – wie sollten sie sonst vom Menschlichen und Göttlichen reden können! Was hier unserem bescheidenen Poeten passiert ist, der wohl noch über seine Erstlinge hinauskommen und sich einen Namen machen wird, gehört auch in dieses Kapitel.»

«Was hat er denn getan?» fragte ich heftig. «Man hört immer nur Andeutungen... Aber wenn auch das ganze Dorf ihn verabscheut, ich kann es nicht – einen Dichter kann ich nicht verabscheuen.»

Er schaute mich lachend an, ging gemächlich vom Bücherschrank zum Flügel, wo er sich eine Pfeife zu stopfen begann, und ließ mit einem Blick auf mich noch einmal ein kurzes, eher wohlgefälliges als ablehnendes Lachen hören. «Werner!» rief er warnend, dann erklärte er: «Man darf nicht alles glauben, was geschwatzt wird, aber es scheint, daß unser Dichter sich in eine anziehende Vertreterin des schönen Geschlechtes verliebt hat, was ja sehr natürlich, für einen Angehörigen des geistlichen Standes aber recht verhängnisvoll ist. Verhängnisvoll, nichts anderes! Es sei ferne von uns, einen Stein auf ihn zu werfen!» Er zündete die Pfeife an und behielt mich dabei heiter forschend im Auge. «Eros naht manchmal auch einem Gesalbten des Herrn, und der Herr läßt das offenbar zu», fuhr er fort. «Wehe aber dem Hochwürdigen, wenn er nicht widersteht! Er kann dann ein noch so großer, vom Volke noch so gefeierter Dichter, Künstler oder Gelehrter sein, das schützt ihn nicht vor der heiligen Entrüstung seiner Brüder in Christo, vor dem Hohngelächter der Ungläubigen, dem verständnisinnigen Schmunzeln der Ordinären und dem Bedauern der Anständigen. Wenn du seine Gedichte übrigens richtig gelesen hast, so kannst du ahnen, daß er nicht aus Laune und Leichtfertigkeit gehandelt hat, sondern seinem Schicksal begegnet sein muß. Er ist, soviel ich weiß, über das große Wasser in die neue Welt hinüber verschwunden, und das Volk, dem er die frühesten Ahnen auf die Bühne gestellt hat, wird ihn nicht zurückrufen. So geht das zu, und so oder ähnlich ist es immer zugegangen.»

Ich wollte erregt etwas entgegnen, aber bevor ich es sagen konnte, erwähnte er mit einer gewissen nüchternen Eile mein Anliegen, das mich hergeführt hatte, und vereinbarte mit mir die Stunden für den Unterricht in der Mathematik, der erst in der folgenden Woche beginnen sollte. Wir verließen das Haus zusammen und trennten uns auf der Straße. Er schlug den Weg zu einer Wirtschaft ein, wo er beim Weine plaudernd, scherzend oder politisierend häufig mit einfachen Leuten zusammensaß. Den Rock über der Leibesfülle geöffnet, das wuchtige Gesicht im Halbschatten eines breitkrempigen Filzhutes, einen festen Stock in der Rechten, wandelte er, seine Pfeife rauchend, mit gemessenen Schritten heiter behäbig von dannen.

Ich trieb mich aufgewühlt eine Weile außerhalb des Dorfes auf einsamen Fußwegen herum. Noch nie hatte ein Erwachsener so mit mir über Fragen gesprochen, die mich brennend beschäftigten. Er mußte den unbedachten Berufswunsch kennen, mit dem ich mich vor meinen Angehörigen bloßgestellt hatte, und war nun, wie Onkel Robert, auch seinerseits bestrebt gewesen, mir darüber die Augen zu öffnen. Und die Augen begannen mir aufzugehen, aber anders als er erwarten mochte.

12.

In der zweiten Realklasse hatte ein geistlicher Herr neben andern Fächern auch Mathematik gelehrt, ohne besonders viel Gewicht darauf zu legen. Jetzt, nachdem die Handelsschüler zu ihrer Buchhaltung, Korrespondenz und Warenkunde abgeschwenkt waren, stand in unserer dritten Klasse, der ersten der vier technischen Klassen, ein Fachmann vor uns, der ernstliche Anforderungen stellte und es auch den mathematisch Begabten nicht allzu leicht machte. Ich war übel dran. Indessen erteilte mir nun Professor Kern Nachhilfestunden. Er wunderte sich, wie schwer es mir fiel und wie schlecht ich das mühsam Gelernte verdaute, doch er hatte sich zur Geduld entschlossen und suchte mich redlich zu fördern. Ich strengte mich mit einem zähen Eifer an und opferte viele freie Stunden, um vor diesem bewunderten Manne nur ja nicht zu versagen. Dabei wurde ich das Gefühl nie los, daß ich mich sinnlos mit einem Stoff abquälte, der mich weder bilden noch bereichern könne, da er mir in der Seele zuwider war, und halb verdurstet stürzte ich mich in erzwungenen Pausen vom verhaßten Lehrbuch weg auf schönere Schriften.

In der Klasse fand ich vorerst den Anschluß und blieb nicht merklich hinter den Kameraden zurück. Gegen Weihnachten verzichtete Professor Kern mit meinem Einverständnis auf weitere Nachhilfestunden, die für ihn ohnehin kein Vergnügen waren. Sobald er mich aber nicht mehr am Gürtel hielt, hatte ich in dem vielgerühmten klaren Element der Zahlen und Formeln, das für mich ein so trübes Gewässer war, schwer zu kämpfen. Unser Klassenlehrer wandte eine etwas andere Methode an als mein privater Helfer, der Unterricht schritt fort, und meine Mitschüler begannen mir allmählich davonzuschwimmen. Ich schämte mich, Professor Kern noch einmal um Hilfe anzurufen, und ruderte verzweifelt, um den Anschluß aus eigener Kraft zu erzwingen, doch konnte ich die Weiterziehenden nicht mehr einholen.

Während ich im Hauptfach also versagte, bewährte ich mich unnützerweise in den humanistischen Fächern und auf andern Nebenwegen. Mein Musiklehrer, Professor Ölmann, kündigte mir verheißungsvoll an, daß für die üblichen Aufführungen in der Fasnacht neben dem Lustspiel das ernste Drama «Die stumme Waise und der Mörder» geplant sei, in dem ich die Hauptrolle zu übernehmen habe. Die Proben begannen bald, und als die erste Aufführung bevorstand, hatte ich mich aus dem unzulänglichen Schüler in einen vom Schicksal geschlagenen, schönen und rührenden Waisenknaben mit dem Namen Viktorin verwandelt. Ich trug Kniehosen aus schwarzem Sammet, weiße Strümpfe und rote Pantöffelchen, eine goldgelbe Jacke mit Spitzenkragen, einen schwungvollen Hut mit einem Federbusch und eine blonde Lockenperücke, die mir bis auf die Schultern fiel und mein Gesicht, das Gesicht eines leiderfahrenen jungen Träumers, noch schmäler erscheinen ließ als es ohnehin war.

Das vielsprachige Geplauder der dreihundert Studenten, die als Zuschauer den geräumigen Theatersaal füllten, vermischte sich mit den Tönen des Orchesters, das vor der Bühne die Instrumente stimmte, und drang als ein aufregendes Brausen zu uns hinter die Kulissen. Der Spielleiter, Professor Nußbaumer, ein weißhaariger Geistlicher, traf hier die letzten Anordnungen; er war ein Riese von Gestalt, kurzsichtig, uralt, wie uns schien, mit einer rauhen Stimme, aber mit dem gütigsten Herzen und von einem heiligen Eifer getrieben.

Das Brausen im Zuschauerraum verstummte, das Orchester spielte die Ouvertüre, der Vorhang ging auf. Einige Untertanen des abwesenden Grafen Edmund unterhielten sich im Schloßpark über mich, ihren Schützling Viktorin; das Publikum erfuhr daraus, daß mein Vater, Herr von Luzeval, vor acht Jahren durch Mörderhand umgekommen war und daß mein jetziger Pflegevater mich als völlig Verlassenen, der vor Schrecken die Sprache verloren, in einem Walde gefunden hatte; der Mörder sei noch nicht gefaßt, werde aber, wie man eben jetzt ahne, dem Galgen kaum entgehen. Nun trat ich selber auf, um vor der Marmorbüste des Ermordeten meine Trauer auszudrücken, meine Hoffnung, daß die Untat gesühnt werde, und meine Dankbarkeit gegenüber diesen guten Menschen, die mich hier umgaben und wie einen Sohn des Hauses behandelten. Dies alles drückte ich durch Gebärden aus, die vom Orchester begleitet wurden. Professor Nußbaumer hatte die Gebärdensprache mit mir eingeübt, und in vielen Proben mit dem Orchester hatte ich dann meine Pantomime rhythmisch der Musik angepaßt.

Nach meinem ersten Auftritt kam in meiner Abwesenheit Graf Edmund unerwartet zurück und begann an meinem Schicksal lebhaft Anteil zu nehmen. Sein hier nicht bekannter Freund und Begleiter, Herr von Reimbeau, wurde dabei unruhig und machte sich, finster beiseitesprechend, dem Publikum höchst verdächtig. Dieser Herr enthüllte denn auch richtig im Monolog des zweiten Aktanfanges, daß er der Mörder sei und von mir entdeckt zu werden fürchtete. In einem blutroten Mantel stieg er über die Felsen einer Schlucht hinab und sann darüber nach, wie er mich aus dem Wege räume. Eine Folge von Verwicklungen erhöhte an Ort und Stelle die Spannung, ein Gewitter zog herauf, es begann zu donnern, zu blitzen, die meisten Anwesenden kehrten ins Schloß zurück – ich aber, Viktorin, bestand darauf, vor dem Kapellchen dort oben in den Felsen, wo ein Wasserfall in den Abgrund stürzte, meine gewohnte Andacht zu verrichten. Langsam stieg ich hinauf und entschwand den Augen der zwei Getreuen, die unten auf mich warteten, stieg hinauf und kniete einsam zum Gebete hin. Greller zuckten die Blitze, heftiger rollte der Donner. In seinen Mantel gehüllt, tauchte hinter mir der Mörder auf, stieß mir den Dolch in den Rücken und warf mich hinab in den Abgrund. Die Getreuen, die mich abstürzen sahen, rissen mich aus dem brodelnden Wasser und stellten erschüttert fest, daß ich tot sei. «Und stumm auf ewig!» rief der Mörder abseits höhnisch triumphierend, ohne mit dem dritten Akt zu rechnen.

Ich war keineswegs tot, ja ich erholte mich rascher, als man erwartet hatte; der Mörder, der als Freund des Grafen im Schloß noch immer den Unschuldigen spielte, erfuhr es mit Bestürzung. Dieser elende Heuchler machte sich immer verdächtiger, die Schlinge zog sich um ihn zusammen, und im Augenblick, als er endgültig fliehen wollte, tauchte ich inmitten der ganzen Gesellschaft vor ihm auf. Ich starrte ihn mit aufgerissenen Augen erschrocken an, wich einen Schritt zurück und packte rechts und links einen Arm meiner getreuen Freunde, ich ließ die Freunde wieder los, ohne die verkrampften Hände sinken zu lassen, stürzte drei Schritte vor und stieß zur Verwunderung aller Anwesenden einen furchtbaren Schrei aus. Auf den Verruchten deutend, rang ich um die Sprache, die ungeheure Erregung löste mir zum erstenmal nach acht Jahren die Zunge, und ich brach in den Ruf aus: «Das ist der Mörder meines Vaters!»

Damit war das Scheusal entlarvt, die Gerechtigkeit nahm ihren Lauf. Ich sank mit gefalteten Händen, den Blick nach oben gerichtet, inmitten der wohlgruppierten guten Menschen auf ein Knie, und der Vorhang fiel.

Es war ein berühmtes altes Schauerstück, das noch dann und wann auf Studentenbühnen zu seiner bewährten Wirkung kam und einst in Leizpig, mit dem Schauspieler Ludwig Geyer als Bösewicht, den jungen Richard Wagner, Geyers Stiefsöhnchen, mit Entsetzen erfüllt hatte. Meine Rolle brachte mich in einen sonderbaren Zwiespalt, der mir nie völlig bewußt wurde und wohl darum im gespanntesten Augenblick zum Ausdruck kam. Professoren, Studenten, Theaterbesucher aus dem Dorfe und ganze Klassen eines Töchterpensionats waren gerührt über mein Bühnenschicksal, ich erfuhr, daß man im Zuschauerraum schluchzte und Tränen abtrocknete, ich erhielt herzenswarme Briefe von Pensionatstöchtern zugeschmuggelt, wurde von Professoren gehätschelt und als Viktorin in verschiedenen Stellungen photographiert; in den ersten zwei Aufführungen mochte ich denn wohl auch aus eigener Rührung, wenn nicht aus tieferen Gründen, meine Rolle überzeugend gespielt haben. Bei alledem aber knurrte mir aus dem Innern eine andere Stimme, die gegen diese Rührseligkeit, gegen die Machenschaft dieses Theaters, die unredliche Art, mit menschlichen Gefühlen zu spielen, und besonders gegen meine eigene mädchenhafte Erscheinung immer vernehmlicher aufbegehrte. Als ich zum drittenmal durch meinen Sturz vom Holzgerüst der hohen Felswand die ehrlichen Zuschauerherzen erschütterte und nun im Abgrund auf der federnden Matratze, die dem Publikum durch eine etwas zu niedere Kulisse verborgen war, platt und weich hinfallen sollte, um nicht hochgefedert zu werden, prallte ich im Gegenteil so eckig und hart wie möglich auf; ich tat es ohne Vorbedacht, nur der gereizt aufknurrenden Stimme gehorchend, unterstützte den Gegenprall noch ein wenig und streckte meinen Hinteren über die Uferkulisse hinaus, was mindestens den Mitspielern und dem Publikum auf den Galerien nicht entgehen konnte. Als ich gleich nachher totenblaß gepudert, auf die Bühne gelegt wurde, las ich in den Grimassen meiner getreuen Freunde, die das Lachen kaum verbeißen konnten, daß ich meine kritische Auflehnung erfolgreich zum Ausdruck gebracht hatte.

13.

Professor Nußbaumer, der meinen Verstoß nicht selber beobachtet hatte, hörte gleich nach der Aufführung davon und fuhr mich barsch an, doch in seiner Güte glaubte er mir, daß ich nur ungeschickt gefallen sei. Mein Bühnenerfolg erlitt dadurch keine Beeinträchtigung, ich besaß nun ein gewisses Ansehen und wurde von Studenten Viktorin gerufen, von einzelnen Professoren mit besonderem Wohlwollen behandelt. Das war aber alles.

Ich stand bald darauf an der Wandtafel hoffnungslos vor einer mathematischen Aufgabe und erfuhr mit grausamer Deutlichkeit, daß mir keine andere Leistung angerechnet wurde, wenn ich mich hier nicht bewährte. Die Klasse sah zu, der Lehrer stand abwartend neben mir und fragte dann so verwundert, als ob es nichts Einfacheres gäbe: «Kapierst du das denn nicht?» Ich schwieg beklommen. Der Lehrer zuckte die Achseln, schickte mich an meinen Platz zurück und sagte erledigend: «Hier wird halt nicht nur Theater gespielt, hier gilt es ernst.» Da ich früher schon versagt hatte, gab er mich damit endlich auf, und ich stellte meinerseits weitere Bemühungen ein. Von nun an gehörte ich in diesen Stunden nicht mehr zur Gemeinschaft der Klassenkameraden, ich war ausgeschieden und bekam es zu spüren. Das war wieder die Wirklichkeit, hier galt es ernst, und hier war ich nur ein Taugenichts, obwohl ich singen, geigen, Geschichten schreiben und Theater spielen konnte. Niedergeschlagen suchte ich mich damit abzufinden und ging mit einem schlechten Gewissen zurück in mein eigenes Reich.

Ich träumte am hellen Tag, erfand Geschichten und schrieb eine davon auf, die ich ein paar Monate später, bevor ich meine Lehre antrat, unter dem Titel «Getäuschte Hoffnung» einer

Zeitung schickte. Sie sollte für mich einige Bedeutung erlangen und blieb mir merkwürdig, weil sie zwar stümperhaft, doch knapp und kurzerhand ein Motiv behandelte, das der dunkelsten Schicht meiner Erfahrungen entsprang. Ein englischer Kaufmann irrt nach dem Erdbeben von Caracas, verzweifelt über den Untergang seiner Familie, durch die Trümmer der verwüsteten Stadt. Da erfährt er, daß sein Sohn wahrscheinlich lebt, er läßt sich voll stürmisch aufflammender Hoffnung dorthin führen, wo man ihn gesehen hat, läßt sich den Gesehenen zeigen, glaubt ihn auch selber zu erkennen und eilt jubelnd auf ihn zu – und es ist nicht sein Sohn. Der Mann wird wahnsinnig. «Er vermochte den jähen Wechsel höchster Freude und tiefster Enttäuschung nicht zu ertragen», hieß es in meiner Geschichte.

Während ich als Fünfzehnjähriger nicht zufällig so an die Grenzen des Erlebens rührte, schlug ich ein Tagebuch auf, in dem ich vor Jahresfrist an siebenundfünfzig aufeinanderfolgenden Tagen mein Tun und Lassen vermerkt hatte. Ich wollte es fortsetzen, um mir über mein fragwürdiges Leben klar zu werden. Diese Beschäftigung mit mir selber aber widerte mich plötzlich an, und da es inzwischen Frühling geworden war, begann ich im selben Heft über die erfreulicheren Dinge zu schreiben, die mir draußen in Wiesen und Wäldern, an Hecken und Bächen begegneten. Im ganzen Kollegium betrat ich keinen Raum erwartungsvoller als das Naturalienkabinett mit seiner reichhaltigen Sammlung, und kein Unterricht lockte mich mehr als die Naturkunde. Bei meiner drängenden Anteilnahme fand ich diesen Unterricht nur zu langsam und zu umständlich. Ich besaß den Lutz, die «Wanderungen in Begleitung eines Naturkundigen», ein reich illustriertes dickes Buch, das den Leser wissenschaftlich zuverlässig, aber sinnfällig und anregend mit dem einheimischen Naturleben im Kreislauf eines Jahres bekanntmachte. Als wir in unserem Schmeil, dem Leitfaden der Zoologie, noch auf unabsehbare Frist mit den Säugetieren beschäftigt waren, forschte ich mit dem Lutz den Kriechtieren, Lurchen, Fischen und Insekten nach und war aus dem Brehm auch längst mit unseren Vögeln vertraut geworden.

Ich plante jetzt ein eigenes, umfangreiches Naturalienkabinett, las Schriften über das kunstgerechte Sammeln der Naturkörper und begann alles Erreichbare zusammenzutragen, zu bestimmen und anzuschreiben, Mineralien, Pflanzen, Holzarten, Käfer, Schmetterlinge, zu Spirituspräparaten geeignete Reptilien und Amphibien, verlassene Vogelnester und Skelette kleiner Wirbeltiere. Der wertvolle Bestand an ausgestopften Vögeln aus der väterlichen Erbschaft verlieh dieser Sammlung schon am Anfang ein Gewicht, das sie für mein Gefühl über eine bloße Spielerei hinaushob. Mit der Mutter begann ich indes einen behutsamen Kampf um den notwendigen Raum für mein leidenschaftliches Unternehmen. Bei alledem blieb ich dem tieferen Zauber verfallen, der von den lebenden Tieren und Pflanzen ausging.

Am föhnwarmen vorletzten Apriltage schwirrten die ersten Mauersegler wie abgeschossene Pfeile mit scharfen Pfiffen über die Dächer hin, in der Nacht darauf schlug das Wetter mit Schnee und Kälte noch einmal in den Winter zurück, und am folgenden Mittag fand ich einen scheinbar verendeten Segler am verschneiten Boden hinter der Kirche. Als ich ihn aufhob, drückte er mir aber sachte seine nadelspitzigen Krallen in die Fingerbeeren, ich trug ihn nach Hause und stellte ihn in einer offenen Schachtel neben den warmen Ofen. Langsam erholte er sich, und am nächsten, immer noch kalten Tage gelang es mir nach vielen erfolglosen Versuchen endlich, ihn zu füttern. Unermüdlich führte ich ihm, wie ein Nahrung bringender Vogel, mit der Pinzette eine kleine Stubenfliege zu, bis er zu meiner Genugtuung den tiefgespaltenen Schnabel öffnete, die Fliege nahm und schluckte. Am dritten, wieder frühlingshaft warmen Tage begann er sich auf seinen kurzen Füßen ungeschickt zu bewegen und die Flügel zu regen, doch konnte er in der engen Schachtel nicht selber abfliegen. Ich nahm ihn zwischen die hohlen Hände, rief die Mutter herbei, damit sie auch zusähe, und hob ihn auf einer Hand unter das offene Fenster. Er bewegte rasch aufmerkend sein kurzhalsiges flaches Köpfchen mit den dunklen Augen und stürzte sich mit einem plötzlichen Schlage der langen Schwingen hinaus in die Luft. Voll des reinsten Vergnügens sah ich, wie er sich mit rasenden Flügelschlägen am Giebeldach des Nachbarhauses vorbei in die Höhe schwang, und freute mich auch an der heiter lächelnden Mutter.

Mit großem Eifer stellte ich zu dieser Zeit ein Terrarium her, baute darin eine mannigfaltige Landschaft auf und begann sie mit geeigneten Tieren zu bevölkern. Am liebsten hätte ich unser ganzes Holzhaus vom Keller bis zum Dachgeschoß in ein lebendiges Abbild der Natur verwandelt. In meinem Terrarium, das einen Teich mit Wasserpflanzen enthielt, fanden sich allgemach Frösche, Kröten, Molche, Eidechsen und zwei junge Ringelnattern ein. Als Futter setzte ich ihnen die gelben Larven des schwarzen Mehlkäfers vor, den ich zu diesem Zweck rechtzeitig in beträchtlicher Menge gesammelt hatte, außerdem Fliegen, Spinnen, Raupen und was sich ähnliches finden ließ. Mein Bruder unterstützte mich bei der Futtersuche und sperrte gefangene Stubenfliegen in jene niedlichen Korkzapfenkäfige, mit denen ich als Schulbub in meiner Klasse ein so heiteres Aufsehen erregt hatte.

Eines freien Nachmittags sah ich am nächsten sumpfigen Seeufer zwischen Schilf und Streue eine große Ringelnatter verschwinden. Ich jagte ihr nach, ohne auf den trügerischen Boden zu achten, und erwischte sie am Genick, doch fiel ich dabei vornüber in das seichte Wasser und sank mit Knien und Ellbogen in den grauen Lehmgrund ein. Die zischende Natter suchte sich im getrübten Wasser mit kräftigen Windungen zu befreien, aber ich hielt meine Rechte fest um ihren Hals geschlossen und hätte sie um keinen Preis mehr losgelassen. Vorsichtig stand ich auf und watete, Schuh um Schuh aus dem schmatzenden Sumpfe ziehend, auf festeren Grund. Hier betrachtete ich meine Beute hoch erfreut, dachte kaum an mein Aussehen und machte mich eilig auf den Heimweg. Ich hatte einen Wasserkäfer gesucht, den Gelbrand, und daher nur eine kleine Büchse mitgenommen, die ich jetzt nicht brauchen konnte. Wie ich nun durch das Dorf ging, mit schmutzig-grau verkrusteten Schuhen, verschmierten Knien und Ärmeln, mit Lehmspuren noch im finster abweisenden Gesicht, in der Rechten eine lebende Schlange, die bis auf den Boden hinabhing, mochte ich bedenklich aussehen. Ein Schwarm erregter Kinder kreischte hinter mir her, halbwüchsige Burschen wollten mir die Schlange mit Stöcken erschlagen, Erwachsene wichen befremdet aus oder gaben ihren Abscheu offen kund. Ich war froh, meine Ringelnatter endlich im Terrarium zu haben, wo sie vorerst einen Schlupfwinkel suchte und lange fastete, aber doch allgemach heimisch wurde und immer häufiger auftauchte, um sich an der Sonne zu wärmen oder mit leicht erhobenem Kopf als Königin über die kleineren Tiere gelassen den Teich zu besuchen. –

Unter solchen Umständen rutschte ich im Hochsommer, am Ende des Schuljahres, ohne viel Aufsehen zur technischen Abteilung hinaus. Ich enttäuschte die Mutter durch mein schlechtes Zeugnis und schämte mich meiner Untauglichkeit. Onkel Robert tröstete mich: «Das hat nicht viel zu bedeuten. Man kann in der Schule versagen und sich im praktischen Leben dennoch bewähren. Vorläufig machst du jetzt Ferien, und im Oktober trittst du beim Herrn Baumgartner deine Lehre an, dann ist alles in Ordnung.»

Ich war nicht sehr fest überzeugt, daß damit alles in Ordnung sei, doch hatte ich ja versprochen, es recht zu machen, und wollte es ernstlich versuchen. In die Ferien aber ging ich nun mit einer so planvollen Umsicht und verhaltenen Lust, als ob es gälte, vor einer jahrelangen Kerkerhaft den letzten Rest meiner Freiheit bis zum Grunde auszukosten.

14.

Von jener Egg aus, wo vor drei Jahren das Verhängnis jäh in meine glücklichsten Tage eingebrochen war, hatte ich ein spärlich besiedeltes Hochtal gesehen, durch das der Paßweg nordwärts führte und nach zwei Stunden einen Wallfahrtsort erreichte. Unser Urahn Bartholomäus Bising stammte aus dieser Ortschaft, und eine seiner Töchter, Tante Frida, war hier mit einem Manne verheiratet, den wir Onkel Benedikt nannten. Einige Wochen vor meiner Lehre trat ich in einem geräumigen schönen Haus als Feriengast vor diese Verwandten, gespannt und schüchtern, da der Onkel ein angesehener politischer und militärischer Führer war. Während ich die Tante begrüßte, eine stattliche, gütige Frau von schlichter Würde mit den mir wohlbekannten Augen der Bising vom Freudenberg, musterte er mich, und ich merkte es. Befangen trat ich zu ihm und ergriff seine Hand. Er war ein breitschulteriger Mann von zwanglos strammer Haltung, mit Brauen und Schnurrbart als dichten, dunklen Zeichen im vollen, doch straffen Gesicht, mit rund gewölbter Stirn und klaren, offenen Augen, die auch jetzt noch, da sie wohlwollend auf mich gerichtet waren, eine gewisse herrische Klugheit verrieten. Er lockte mir in der kürzesten Frist durch knappe Fragen alles heraus, was er wissen wollte, bezeugte mir aber dabei dieselbe unauffällige Achtung, durch die mich schon Professor Kern rasch gewonnen hatte.

Tante Frida versprach mir einen Kameraden in meinem Alter, Stefan, den Sohn einer reichen Witwe aus ihrem Bekanntenkreise. Er kam schon am nächsten Tage, ein brav wirkender, stiller Gymnasiast mit guten Manieren und einem schmalen Gesichte, das mir gleich gefiel. Um vor den Erwachsenen nicht lächerlich zu werden, duzten wir uns, bewahrten aber eine kühle Höflichkeit, die zu nichts verpflichtete, bis wir einander hinter den Vorhang sahen. Wir gingen zusammen aus, und er wollte mir das Kloster zeigen, doch als wir über den leicht ansteigenden Platz zu der mächtigen Fassade hinaufschritten, die aus einem Wolkenschatten fast plötzlich ins grelle Licht der nachmittäglichen heißen Sommersonne trat, zögerte er und erklärte, daß er vorher noch rasch den Friedhof besuchen möchte. «Du könntest ja unterdessen die Kirche ansehen, dann treffen wir uns hier wieder», schlug er vor. Ich war jedoch bereit, ihn zu begleiten, und wir machten uns auf den Weg. Dabei spürte ich, daß er verlegen wurde und mir diesen Gang nicht ohne weiteres begründen konnte. Auf einmal blieb er stehen und sagte mit gequälter Miene: «Ja, also, das ist nun so, nicht wahr: ich interessiere mich für Naturkunde, habe daheim ein Terrarium mit Eidechsen und...»

«Ja was!» rief ich erfreut. «Ich auch!»

Sofort kam er angeregt aus seiner Schale heraus, wir begannen über den gemeinsamen Gegenstand zu sprechen und waren von diesem Augenblick an befreundet. Auf dem Friedhof gingen wir leise und aufmerksam von Grab zu Grab. «Hier habe ich letztes Jahr die Zauneidechse gefunden, Lacerta agilis», erklärte er. «Heuer konnte ich noch keine erwischen, es war immer so trübes Wetter, darum muß ich einen solchen Tag benutzen.»

Vor einem breiten, mit Buchs umrahmten Familiengrabe wichen wir einen Schritt zurück, den Blick auf eine Buchsecke gerichtet, auf der etwas Graues, Längliches schimmerte. «Anguis fragilis», flüsterte er lächelnd und sah sich vorsichtig um, dann schlich er gebückt hin, schob die Rechte langsam an das Tierchen heran und ergriff es rasch, eine zierliche junge Blindschleiche, die sich zwischen seinen behutsam haltenden Fingern wand. «Die nehm ich mit», erklärte er. «Letztes Jahr hab ich es mit zwei älteren versucht, die gut überwintert haben, aber wahrscheinlich kein Paar gewesen sind. Jetzt hab ich nur noch eine, eine schöne, große; nimmt mich wunder, wie sie das Junge da aufnehmen wird.»

Wir suchten ohne Erfolg noch weiter nach der Zauneidechse, dann begleitete ich Stefan nach Hause. Er war begierig, mir sein Terrarium zu zeigen. Das Kloster vergaßen wir.

Die Wohnung lag im ersten Stock eines Hauses am Dorfrand. Fünfzig Schritte vor der Haustür fiel Stefan aus dem raschen Gang in ein zurückhaltendes Schlendern, und als ich ihn fragend anblickte, sagte er, eine Furche über der Nasenwurzel, mit einem unfroh ergebenen Ausdruck: «Mama.»

Eine ziemlich üppige Frau in einem enganliegenden Kleide steuerte unter einem schwungvollen, mit Straußenfedern geschmückten Hut auf die Haustür zu und blieb, als sie uns entdeckte, abwartend davor stehen. Stefan brauchte mich nicht vorzustellen, die Frau kam mir ein paar Schritte entgegen und rief entzückt: «Ach, das ist ja der junge Herr Amberg! Freut mich außerordentlich. Frau Oberst hat Sie uns bereits angekündigt. Mein Sohn freut sich darauf, Ihnen hier als Cicerone zu dienen. Denn Anfang hast du wohl schon gemacht, Stefan? Wie geht es Ihrer Frau Mama? Ich habe sie vor einigen Jahren hier bei Frau Oberst kennengelernt. Ist sie wohlauf? Und das Geschäft führt sie weiter? Und bewohnt mit ihren beiden Herren Söhnen immer noch das Haus im Dorfe?»

Während sie mich mit überfreundlichen Blicken unablässig musterte, als ob weiß Gott was an mir wäre, waren wir unter solchen und ähnlichen Fragen, die ich höflich beantwortete, in den Hausgang getreten. Eine Dienstmagd kam von links aus dem Keller herauf und ging mit einem Körbchen an uns vorbei zur Treppe. «Marie, einen Augenblick!» rief die Frau mitten aus unserem Gespräch heraus und prüfte mit einer unbestimmten Frage den Inhalt des Körbchens, dann wandte sie sich wieder mir zu. Wir stiegen langsam auf einem roten Teppich die Treppe hinauf, und die Frau stellte neue Fragen, nicht um nur zu fragen, aus Schwatzhaftigkeit, wie ich es auch schon erfahren hatte, sondern offenbar aus einer Neugier, die schwer zu befriedigen war und in mir nur den zufälligen Anlaß finden mochte.

Sie trat droben im Gang vor ein halbrundes Tischchen, legte ihre Ledertasche auf die dunkelrote Plüschdecke und blickte in den hohen Spiegel, der in einem breiten Goldrahmen darüber an der Wand hing. Stefan drückte sich jetzt beiseite, wurde aber nach wenigen Schritten von der Mama gefragt: «Stefan, wo willst du hin? Führ doch den Herrn Amberg in den Salon, ich muß nur noch rasch...» Jählings hielt sie inne; sie hatte die Hände schon am Hut, um ihn abzunehmen oder wenigstens die langen Nadeln herauszuziehen, jetzt ließ sie beide Hände langsam sinken und rief mit einem furchtbaren Verdacht: «Stefan! Was hast du da in der Hand?»

Er stand mit demselben Ausdruck, den ich schon an ihm bemerkt hatte, halb abgewandt da und erwiderte etwas ärgerlich: «Ach, Mama, laß doch!»

«Zeig mir, was du in der Hand hast!» befahl sie dringend und ängstlich zugleich, mit einem entsetzten Blick auf seine sanft geschlossene Linke, aus deren Höhlung ein graues Schwänzchen unter dem kleinen Finger hervorhing. Schon während er mit einem trüben Gehorsam achselzuckend die Hand hob, verzog sie leidend das rötliche, volle Gesicht, ohne doch wegblicken zu können, dann schrie sie, die kleine Blindschleiche anstarrend, kläglich auf und zog sich fluchtartig zurück.

Stefan gab mir einen Wink, und ich folgte ihm rasch in sein Zimmer. «Das ist nun so bei uns», erklärte er entschuldigend. «Mama macht sich aus lauter Sorge viel unnötigen Ärger; bei mir ist es dies, bei meiner Schwester etwas anderes. Ich kann hundertmal erklären, daß Blindschleichen keine Schlangen und schon gar keine Giftschlangen sind, das nützt nichts.»

«Hast du Schlangen?» fragte ich.

«Eben nicht! Und ich möchte so gern wenigstens eine Ringelnatter haben. Aber stell dir Mama dabei vor! Übrigens habe ich nach Nattern gesucht, aber sie sind hier nicht häufig, und das Wetter war auch immer zu trüb.»

«Ich könnte dir Ringelnattern verschaffen», sagte ich.

«Wirklich? Du, das wäre aber ... das würde mich riesig interessieren! Ja, da siehst du es nun also, ich hab es aus einem großen alten Holzkoffer gemacht und übrigens als feuchtes Terrarium eingerichtet, ich wollte auch Amphibien haben...»

Es ruhte auf einem Tisch in der tiefen südlichen Eckfensternische. Seine ganze, der Sonne zugewandte Vorderseite bestand aus einer Glasscheibe, die Schmalseiten und die Rückseite hatten Fenster und Türen aus feinem Drahtgeflecht. Wir beugten uns über das Glasdach und betrachteten mit inniger Anteilnahme die wunderbar belebte kleine Landschaft. Ein mannigfaltiges Berggelände schob den flachen westlichen Fuß als Halbinsel in ein Seebecken vor, in dem zwischen Wasserpflanzen schwarze Kaulquappen herumschwänzelten. Ein grüner Teichfrosch sprang ins Wasser, eine Unke mit gelbem Bauche blieb am Ufer sitzen. Aus feuchten Schattenklüften lauschten Molch und Feuersalamander, am Südhang sonnte sich eine kupferbraun schimmernde Blindschleiche, und unter einem Farnwedel saß ein Laubfröschchen. Zwei grünlich überhauchte braune Mauereidechsen verschwanden von der höchsten Kuppe und spähten gleich darauf züngelnd mit goldglänzenden Augen aus ihren Felslöchern. Käfer saßen auf den Pflanzen, und kleine blaue Schmetterlinge umflogen den Berg.

Ich war voller Bewunderung. Stefan, der sich darüber freute, ließ jetzt durch ein Seitenfenster die kleine Blindschleiche behutsam neben die große gleiten, die aber sofort im nahen Grasdickicht verschwand. Wir beobachteten, was nun weiter geschehen würde, und tauschten mit gedämpfter Stimme Erfahrungen aus, den Blick immerfort auf dieser kleinen Welt, die in unserer Vorstellung zum lebendigen Abbild der Urlandschaft wurde, wie sie, vom Menschen noch nicht entweiht, aus des Schöpfers Hand hervorgegangen war. «Aber die Schlange

fehlt», sagte Stefan. «Ich würde ihr gern ein paar Frösche opfern.»
Kaum hatte ich versprochen, ihm zu seiner Schöpfung diesen Beitrag zu leisten, da stürmte ein Mädchen zu uns herein, Stefans Schwester Hildegard, eine schlanke Sechzehnjährige in einer weißen, am Halse durch ein Spitzenkräglein nonnenhaft hoch geschlossenen Bluse. Sowie sie mich sah, hielt sie verblüfft an, und ihre eifrig wichtige Miene wich einem strengen, ja vorwurfsvollen Ausdruck. «Entschuldigung, ich dachte, du seiest allein», sagte sie mit wohlklingender Stimme und bewegte sich unschlüssig rückwärts. «Du sollest zu Mama herüberkommen!» fuhr sie leise fort und, mit einem Schatten des Unwillens über den Augen, noch leiser: «Sie hat mir nicht gesagt, daß Besuch da ist.»
Stefan stellte uns vor, wir traten langsam aufeinander zu und gaben uns die Hand. Sie glich der Mutter gar nicht, so wenig wie der Bruder, beide mochten das schmale Gesicht mit der klar geschnittenen Stirn vom Vater haben. Ihr dunkelbraunes Haar war in zwei handlange Zopfschleifen zusammengefaßt. Ein jungmädchenhafter Liebreiz blühte um ihr herbes, lauteres Wesen, das mich aus dunklen Augen mit überlegener Festigkeit anblickte.
«Werner hat auch ein Terrarium», erklärte ihr der Bruder heiter. «Ich zog aus, um die Lacerta agilis zu suchen, und habe einen Freund gefunden, endlich einen, der etwas von dem versteht, was da kreucht und fleucht. Er hat mit Kennerblick mein Tierparadies gemustert...»
Hildegard gönnte ihm die Genugtuung, sie verriet es durch ein leises, schwesterlich anteilnehmendes Lächeln, das ihre Zurückhaltung ein wenig lockerte und mir berückend ans Herz griff. Mich aber blickte sie dabei nicht an.
«Stefan, ich sei in die Vesper gegangen, wenn Mama fragen sollte», sagte sie flüchtig und schon wieder mit der ernsten Miene, die der natürliche Ausdruck ihres trotzdem lieblichen Gesichtes zu sein schien.

Sie streifte mich mit einem undurchdringlichen Blick, nickte höflich und ging.

Stefan lachte lautlos. «Wenn sie in die Kirche will, sagt sie Mama wenn möglich nichts davon», erklärte er gedämpft. «Hilde ist zur Zeit eine große Marienverehrerin und fühlt sich in der Kirche fast eher zuhause als hier. Mama ist auf die Muttergottes so eifersüchtig wie auf meine Tiere. Aber jetzt muß ich rasch hinüber, wart nur da!»

Ich blieb allein im Zimmer zurück, aber ich sah nicht mehr nach den Lurchen und Kriechtieren, ich sah nur noch Stefans Schwester, sie stand mir vor Augen und zog mich unbegreiflich an. Wie ist das möglich, dachte ich betroffen, ich habe sie doch kaum gesehen! Aber vielleicht täuschte ich mich, vielleicht war schon morgen der Zauber gebrochen. Ich wollte mich zusammennehmen und der flüchtigen Begegnung nicht weiter nachhängen.

Ich täuschte mich nicht, ich blieb im Banne dieses Mädchens, solang der Tag noch dauerte, und der Schlaf erlöste mich nicht von ihr, sie trat mir schon beim Erwachen wie aus einem Traum heraus sogleich vor Augen.

Nachmittags besuchte ich allein die Klosterkirche. Ich war zuerst befangen und fühlte mich verloren in der Pracht und Größe dieses Raumes, doch als ich bemerkte, daß die Besucher hier ungezwungener gingen, kamen und niederknieten als in unserer Dorfkirche, und daß außer mir noch andere Gaffer herumschlenderten, wich meine Befangenheit. Staunend schaute ich alles an, was mir auffiel, mit der Absicht, es nachher genauer zu betrachten, und übersah auch die Menschen nicht. Vor dem Gnadenbild der Himmelskönigin betete ein junges Mädchen, ich bemerkte es von der Seite, und ein Schauer jagte mir durch die Brust. Es war Hildegard. Mit beengtem Atem und pochenden Schläfen blieb ich hinter ihr beim Hauptportal stehen. Ich sah, wie sie anmutig hingegeben kniete, den Kopf gesenkt, die Ellbogen angeschlossen, und ich sah,

wie ihr braunes Haar über dem duftigen Halskragen auseinander in die Zopfschleifen hinabfloß, die, der Neigung des Kopfes folgend, sich hinter die zarten Ohren schmiegten. Was ich eben noch angestaunt hatte, Pfeiler, Gewölbebogen und farbensprühende Kuppeln, ragende Engel und schwebende Putten, Marmor, Gold und Stukkaturen, alles versank mir vor Hildegard.
Als sie aufstand und dem Ausgang zuschritt, trat ich rasch beiseite, um nicht als unerwünschter Zeuge ihrer Andacht entdeckt zu werden. Sie sah mich nicht; mit der innig entrückten Miene eines frommen Kindes ging sie still hinaus.
Ich folgte ihr zögernd, blieb aber draußen auf dem erhöhten Platz an der Balustrade stehen und schaute ihr nach, bis sie zwischen den Häusern verschwand. Es schien mir nutzlos, ihr nachzueilen und sie anzusprechen, ich sah voraus, daß ich in einer blöden Verlegenheit mich nur ihrer kühlen Verwunderung aussetzen und dabei mehr verlieren als gewinnen würde. Aber was war denn da zu gewinnen? Ich würde ihr niemals sagen können, was ich empfand, und als flüchtiger Feriengast sie bald wieder aus den Augen verlieren, wenn auch nie mehr aus meinem Innern. Sie selber aber konnte mir unmöglich entgegenkommen, dies lag nicht in ihrer Art. Was war es denn aber, das mich so unvermutet aus den Angeln gehoben hatte und mich nun ohne Hoffnung ließ? Ich wußte es nur sehr ungenau; es war das Geheimnis ihres Wesens und ihrer Erscheinung, das mich als ein bittersüßes Verhängnis erfüllte. Mir war heilig zumute, heilig und hoffnungslos.
Dennoch suchte ich ihre Nähe, und meine Freundschaft mit Stefan bot dazu manchen Anlaß. Stefan war indes vor allem darauf bedacht, mich in seine Jagdgründe zu führen. Ich verschwieg, was mich jetzt in seiner Gegenwart so anders bewegte, und folgte ihm willig auf sumpfige Moorböden, an Wiesenbäche und Waldränder. Auch durch das Kloster führte er mich nun, und andächtig bewunderte ich an seiner Seite die prunk-

volle Kirche. Hildegard sah ich in dieser Zeit zweimal, wagte aber nicht, sie anzusprechen.

Am Tage vor meiner Heimkehr, einem kirchlichen Festtag, riet mir Tante Frida, die berühmte abendliche Lichterprozession nicht zu versäumen. Ich erwartete, daß Hildegard daran teilnehmen werde, und brach beizeiten allein auf, um sie noch einmal zu sehen. Der Prozessionsweg führte über eine bewaldete nahe Anhöhe an den gleichmäßig verteilten Sinnbildern der Leidensstationen Christi vorbei. Als der Zug unter Glockengeläute mit zitternden Flämmchen aus dem Kirchenportal und durch die Dunkelheit wie ein immer länger werdender goldener Bach zum Hang hinüber floß, war ich schon oben im Walde, und als die Spitze nahte, versteckte ich mich hinter einem alten Wurzelstock.

Einheimische Frauen, Mädchen und fremde Pilgerinnen zogen laut betend an mir vorbei, und jede trug einen wachsgelben brennenden Kerzenrodel. Da ein zufälliger Blick mein aus dem Halbdunkel lauerndes helles Gesicht vielleicht entdecken konnte, brach ich aus dem morschen Rand des faulenden Stockes ein Stück heraus und spähte geduckt durch die Scharte. Der Zug bewegte sich nur langsam bergauf, und ich schaute ein Gesicht nach dem andern an, um die Erwartete nicht zu übersehen; es waren junge und alte, leidende, blühende und schlaffe Gesichter, aber jedes, auch das reizlose, zeigte, vom Kerzenflämmchen beschienen, im Eifer des Betens einen Ausdruck frommer Sammlung. In diesem ununterbrochenen Strom der Andacht tauchte endlich Hildegard auf. Ihr erhobenes, lieblich-ernstes Gesicht war inniger beseelt, ihre Stimme heller und reiner als die andern, ihr leichtfüßiges Schreiten hatte etwas Ungeduldiges; alles an ihr schien die langsam wandernden Beter mühelos überflügeln zu wollen. Mir wurde wieder heiß und eng um die Brust, ich hätte zugleich singen und stöhnen mögen.

Als sie vorbei war, kroch ich ins Dunkel zurück, stieg im

Walde auch bergauf und ging abseits neben ihr her, aber dann stolperte ich über Wurzeln, verfing mich im Gestrüpp und verlor sie aus den Augen. Ich ging noch weiter in den Wald hinein, sah auf der andern Seite die zitternde Lichterkette schon wieder bergab ihrem Ursprung zufließen und sah sie auch droben über die Höhe ziehen, während sie hinter mir immer noch bergauf stieg und braune Tannenstämme oder grünes Geäst anleuchtete. Rings um die tiefe Dunkelheit des Waldinnern schwankte von diesem feuerigen Fluß eine goldene Dämmerung zwischen den Stämmen herum, und von allen Seiten drang das laute Beten auf mich ein, als ob der Wald zur Kirche werden sollte. Alle diese gläubigen Lichtträger wußten nicht, daß da in der finsteren Mitte einer stand und zuschaute, aber ich selber sah mich auf einmal so und glaubte zu wissen, daß dies mein Los sei. Ich gab es auf, Hildegard in der absteigenden Kette noch einmal zu sehen, ich blieb schaudernd aber entschlossen da stehen und raffte diese Einsamkeit und Finsternis um mich zusammen wie einen schwarzen Mantel.

15.

Am nächsten Morgen nahm ich von meinen Gastgebern Abschied. Der Eindruck, den sie schon bei meiner Ankunft auf mich gemacht, hatte sich in diesen Tagen noch befestigt. Die unaufdringliche Güte, die Verhaltenheit und schlichte Würde der Tante Frida empfand ich besonders stark, wenn ich an die Eigenschaften einer andern Frau dachte, mit der ich hier bekannt geworden war. Das Klare, Intelligente und wuchtig Geschlossene des Onkels aber verglich ich unwillkürlich mit der oft nur vorgetäuschten Gewichtigkeit mancher Bürger und bewunderte es. Gern hätte ich gewußt, was diese Verwandten ihrerseits von mir hielten, doch erfuhr ich es nicht und vermutete daher, daß ich einen zweifelhaften Eindruck hinterlasse; ein Nachspiel bestärkte mich bald darauf in dieser Befürchtung.

Onkel Benedikt drückte mir ein Fünffrankenstück in die Hand und lobte meine Absicht, in einer Fußwanderung über die Egg heimzukehren. Ich kaufte aus dem Gelde für meine Mutter einen gefüllten Lebkuchen, auf dem das Kloster zu sehen war, steckte ihn in meinen Rucksack und trug das übrige Gepäck zur Post. Zwischen Matten und Waldhängen wanderte ich dann dem Flüßchen entlang in das Bergtal hinein und wünschte mir nichts anderes, als tagelang so wandern zu können, fort und immer weiter fort von allem, was mich beschwerte. Über den dünnen Nebeln, die da und dort am Boden hin schleierten, stieg mit einem Anflug herbstlicher Kühle ein heiterer Morgen empor. Hinten auf dem steileren Paßweg, wo mich Wälder und Höhen schon vertraut anmuteten, spielte ich mit dem Gedanken, im Gasthaus einzukehren oder gar zu übernachten und abends vor dem Einschlafen mit meinen leeren Armen wieder einmal Fini an mich zu ziehen. Vor der

Paßhöhe aber, noch eh ich das Gasthaus sah, packte mich eine solche Scheu, als ob ich mich dort nie mehr zeigen dürfte. Ich überschritt die Egg ungesehen am Fuß des Felsenturms, stieg durch den Wald hinab und kam um Mittag nach Hause.

Nachdem ich der Mutter auf meine alte, immer noch spröd verlegene Art den Lebkuchen überreicht und das Notwendigste erzählt hatte, trat ich vor mein Terrarium und gedachte nun Stefans Wunsch zu erfüllen. Mein Bruder hatte die Tiere gefüttert, sie lebten noch, und da ich ihnen vor dem Antritt meiner Lehre jetzt die Freiheit zurückgeben mußte, sollte Stefan alle drei Ringelnattern bekommen. Ich wartete, bis die Mutter ausging, weil sie eine so ungewöhnliche Sendung kaum gebilligt hätte, dann bettete ich die Schlangen in einer Schuhschachtel mit durchlöchertem Boden zwischen zwei Schichten lockerer Holzwolle. Die alte Natter stieß unzufrieden durch die obere Schicht, ich faßte sie hinter dem Kopf und blickte ihr voller Gedanken und Wünsche noch einmal vertraulich ins Gesicht, als ob ich ihr wie einer klugen Botin einen geheimen Auftrag mitgeben könnte. Behutsam deckte ich darauf die Schachtel zu, wickelte sie in Packpapier und schickte sie, wohlverschnürt, durch die Post an Stefans Adresse ab.

Einige Tage darauf überfiel mich die Mutter mit dem mir schmerzlich bekannten Ausruf: «Was hast auch du wieder angestellt!» Ich erhielt einen aufregenden, aber unbestimmten Bericht über die Ankunft der Schlangen, doch ließ mich die Mutter dann lesen, was ihr Tante Frida darüber geschrieben hatte. Aus dieser kurzen Schilderung mit ihrem eher schalkhaften als verurteilenden Unterton, besonders aber aus einem Briefe Stefans, der viele Einzelheiten enthielt, gewann ich eine anschauliche Vorstellung des Geschehenen.

Mein Paket wurde von der Dienstmagd in Empfang genommen und im Gang auf das halbrunde Tischchen gestellt. Stefan war auf einem Streifzug, Hildegard in der Kirche oder schon auf dem Heimweg von der Kirche. Ihre Mutter, die im Keller

Gläser mit frisch eingemachten Früchten nachprüfte, wurde nun gerufen, um dem Paketträger mit ihrer Unterschrift den Empfang zu bestätigen. Sie ließ die Kellertür offenstehen, ging hinauf, unterschrieb, betrachtete das Paket auf dem Tischchen und konnte sich nicht enthalten, es an Ort und Stelle zu öffnen. Als sie, über die Schachtel gebeugt, etwas Holzwolle wegnahm, neugierig, was da wohl zum Vorschein kommen werde, hob sich aus dem Schlangenknäuel züngelnd die große Natter empor. Die Frau schrie furchtbar auf und floh, von Entsetzen gepackt, in die Wohnstube, wo sie, einer Ohnmacht nahe, sich zitternd an die herbeilaufende Dienstmagd klammerte und keinen faßlichen Satz über die Lippen brachte. Die Schlangen aber machten sich auf den Weg; ob die Schachtel dabei über den Rand des Tischchens kippte oder von der Frau schon vorher mit der Holzwolle zu Boden gerissen wurde, blieb unentschieden, jedenfalls lag sie noch am Boden, als Stefan eintraf, und die Schlangen waren verschwunden. Stefan fand indes die eine der beiden jungen Nattern noch im Gang vor der Wohnung, er hob sie auf, betrachtete sie erfreut und begrüßte sie wissenschaftlich: «Tropidonotus natrix! Salve!» Er wußte noch nicht, wieviele Nattern ich geschickt hatte, erfuhr nun aber, was kurz vorher seiner Schwester widerfahren war.

Hildegard nämlich kam vor dem Bruder nach Hause, als Mama noch um ihre Fassung rang und mit ihrem Schrecken auch die Dienstmagd ansteckte. Sie kam aus der Kirche, trat still ins Haus und begegnete der alten Schlange. Graubraun, schwarzgefleckt, mit gelben Halbmonden hinter den Backen, lag sie, in Windungen über drei untere Stufen hinab, auf dem roten Teppich und ließ ihre gespaltene feine Zunge spielen, den unergründlichen Blick auf das Mädchen gerichtet, das stumm und starr vor ihr stand. Hildegard aber wich alsbald zurück; gespannt und langsam, als ob sie mit Gewalt einem lähmenden Bann entrinnen müßte, ging sie rückwärts, Schritt um Schritt, bis zur Haustüre, und schon begann das unheimliche Tier wieder zu kriechen. Sie fürchtete, es durch jede auffällige Bewegung zu reizen, und blieb mit dem Rücken an der Türe regungslos stehen. Die Natter kroch an ihr vorbei und wand sich die Kellertreppe hinab, sie mochte da unten eine vertraute Luft wittern, Luft aus Erdlöchern, wo sie jeweilen geborgen den Winter erwartete. Sie verschwand und wurde seither umsonst gesucht.

Die neugierige Mutter floh, vom Abscheu gejagt, auf eine Reise und entließ die Kinder aus ihrer eifersüchtigen Obhut. Stefan suchte schmunzelnd weiter und stellte täglich eine Schale mit frischer Milch in den Keller. Hildegard aber mochte bei all ihrer unschuldigen Hingabe an die himmlischen Mächte nun doch beim Gedanken heimlich erschauern, daß im Dunkel unter ihren Füßen die Schlange wohne.

16.

Eines frühen Oktobermorgens stand ich vor dem Uhrengeschäft des Herrn Baumgartner, drückte in einer Schüssel mit warmem Wasser einen nassen Lappen aus, stieg damit auf eine Leiter und rieb niedergeschlagen ein großes Schaufenster ab. Die Straße erwachte, eine städtische Straße unter einer nebelgrauen Enge, die kein Himmel war, mit einem Geschäftsladen am andern, einem Haus am andern, eine Straße ohne Bäume und Vögel, ohne Brunnen und ohne ein Flecklein Rasen. Da und dort rasselte ein Rolladen hoch, ein Lehrjunge wischte das Trottoir vor dem Pelzgeschäft, eine Putzfrau rieb ein Schaufenster des Modehauses ab, und ein mürrischer Fuhrmann leerte Kehrichtkübel in seinen Abfuhrwagen. Als ich mein Schaufenster naß gemacht hatte, so daß die Uhren dahinter wie in einem Aquarium ausgestellt schienen, begann ich es mit einem trockenen Lappen abzureiben, prüfte es von verschiedenen Seiten und entdeckte immer wieder neue unsaubere Spuren des Lappens.

Ich überlegte, ob ich nicht von der Leiter stürzen und mir das Genick brechen könnte, aber ich hatte versprochen, meine Sache recht zu machen und hier vier Jahre lang auszuharren. Der Abschied daheim hatte denn auch wie eine unwiderrufliche Zeremonie zwischen mein bisheriges Dasein und dieses neue Leben einen tiefen Schnitt gemacht. Von allen Seiten war mir versichert worden und klang mir feierlich noch immer in den Ohren: «Werner, das ist für dich die große Entscheidung, die für jeden jungen Menschen einmal kommt. Du gehst jetzt hinaus ins praktische Leben, du wirst dich bewähren und die Hoffnungen erfüllen, die deine Mutter und wir alle auf dich gesetzt haben. Vertrau auf Gott und besuche an Sonntagen die heilige Messe, sei brav und fleißig!»

Und nun stand ich also draußen im praktischen Leben und hatte in diesem Augenblick offenbar keine andere Wahl, als dies verfluchte Fenster zu putzen, eines der beiden großen Schaufenster, deren Reinigung unabsehbar lang zu meinem Pflichtenkreis gehören sollte. So putzte ich denn weiter und wurde endlich damit fertig.

Droben in der Werkstatt, über dem Verkaufsladen, saß der Geselle schon an der Arbeit, ein dreißigjähriger, magerer Mann mit dunklen Haaren und scharfen Gesichtszügen. Er sagte bei meinem Eintritt kein Wort, er sah mich nur an, und der leise, heitere Spott in seinen klugen Augen verriet mir, daß er dachte: «Du hast dir aber gründlich Zeit gelassen, du bist ja ein ganz gemütlicher Fensterputzer, wir haben schon kaum mehr gehofft, dich vor Mittag noch zu sehen.» Ich trat neben ihn an die Werkbank, betrachtete das Messingstück, das ich gestern mit der Feile bearbeitet hatte, und wußte nicht recht, was ich nun tun sollte. Der Geselle arbeitete weiter, blickte nach einer Weile abermals auf und stellte, wiederum schweigend, mit offenbarer Belustigung fest, daß ich immer noch untätig herumstand.

Indessen kam der Meister herein, Herr Baumgartner. Er war ein stattlicher Mann von gepflegtem Äußern, Vertrauen erweckend, höflich, loyal, ein angesehener Vertreter des wohlhabenden städtischen Bürgertums. Ohne meine Verspätung zu erwähnen, nahm er das Messingstück in seine saubere weiße Hand und erklärte mir mit sachlichem Ernst: «Du siehst, daß die Flächen noch nicht völlig eben sind. Und hier hast du die Kante abgeschrägt. Das Feilen erfordert Übung, aber du mußt es dazu bringen, alle Flächen gleichmäßig und vollkommen glatt zu machen.» Er spannte das Stück, das die Form und Größe einer Zündholzschachtel hatte, in den Schraubstock, feilte darüber hin und fuhr fort: «Siehst du, so. Mit einem vorsichtigen leichten Druck. Aber der Druck der linken und der rechten Hand muß genau gleich sein, so daß die Feile waagrecht liegt. Das muß gelernt werden. Probier es jetzt nur wieder!»

Er sah mir eine Weile zu, nickte dann und sagte noch, eh er wieder in den Verkaufsladen hinabging: «Ein Uhrmacher muß imstande sein, die meisten seiner Werkzeuge und viele Bestandteile einer Uhr selber herzustellen. Das lernt man natürlich nicht von heute auf morgen, das braucht Geduld und Ausdauer.»

Ich besaß keine ungeschickte Hand, ich hatte Maienpfeifen geschnitzt, Nußtrüllen hergestellt und ein Terrarium gebaut, ich traute mir wohl zu, mit diesem Stück Messing da fertigzuwerden, und wurde es auch. Als ich darauf ungehärteten Stahl zu feilen bekam, mußte ich mich schon überwinden, eine zwecklose Fläche nur um des Feilens willen glatt zu machen; sobald ich jedoch einen brauchbaren Gegenstand herstellen durfte, einen stählernen Winkel, gefiel mir die Arbeit besser. Dieser Winkel erforderte freilich eine Geduld, die ich wenigstens dafür noch nicht besaß, er sollte auf den Hundertstel Millimeter genau sein und wurde nach immer erneuten Prüfungen mit dem Meßinstrument solange an mich zurückgewiesen, bis ich ihn aus lauter Ärger verdarb. Indes verzweifelte ich auch daran nicht, ich hatte mit Geduld und höchster Sorgfalt zarte Raupen präpariert und Schmetterlinge aufgespannt, wie sollte ich da nicht so einen einfältigen Winkel herstellen können!

Abends, wenn ich jeweilen die Werkstatt reinigte, mußte ich gegen denselben instinktiven Widerwillen ankämpfen wie morgens bei den Schaufenstern, obwohl ich körperliche Arbeit nie gescheut, sondern sie oft genug mit Lust gesucht und geleistet hatte. Ohne rechte Befriedigung ging ich zum Abendessen beim Onkel Robert und dann ins Nachbarhaus auf mein Zimmer, wo mir etwa am zwölften Abend eine ungeheure Überraschung bevorstand.

Auf dem Tische lagen in einem Streifband mit dem Post-

stempel meines Heimatdorfes ein paar Exemplare unserer Lokalzeitung. Bei ihrem Anblick stieg mir das Blut in den Kopf, doch sogleich suchte ich das Feuer meiner törichten Erwartung auszublasen, um nicht frieren zu müssen, wenn es erlösche. Ich hatte dieser Zeitung versuchsweise eine Geschichte eingesandt, aber höchstens ein aufmunterndes Wort der Redaktion erwartet. «Das da sind Probenummern, wie man sie verschickt, um Abonnenten zu werben, das ist alles!» redete ich mir ein. «Die Geschichte werde ich vielleicht zurückerhalten, wenn sie nicht längst im Papierkorb liegt. Also nur keine überflüssige Hitze, man begegnet eher hundert widrigen Zufällen als einem einzigen Glücksfall! Aber man kann die Blätter ja aufmachen, man kann sehen, was daheim läuft...»
Ich nahm eine der Zeitungen aus dem Streifband und schlug das Titelblatt auf, während mir das Herz wie ein glühender Hammer durch die vernünftige Kühle pochte. Ich las ein wenig im Leitartikel, las ein paar Nachrichten, blätterte – und schon schwankte wie ein Lichtschein in der Nacht das «Feuilleton» heran; blendend sprang mir der großgedruckte Titel «Getäuschte Hoffnung» in die Augen, und darunter flimmerte mein Name. Mir stockte der Atem, ich warf das Blatt hin und lief mit funkelnden Augen im Zimmer herum, ich kehrte vor das Blatt zurück, starrte Namen und Titel an, blickte weg, blickte wieder darauf hin und entschloß mich endlich, an die märchenhafte Tatsache zu glauben, daß meine Geschichte hier unter meinem vollen Namen vor aller Öffentlichkeit gedruckt in der Zeitung stand. Eine hemmungslose Freude erregte mich bis zum Grunde, ich tanzte, lachte und gestikulierte, ich setzte mich vor das aufgeschlagene Blatt und begann halblaut, mit erzwungener Ruhe, triumphierend meine Geschichte zu lesen: «Es war einige Tage nach dem schrecklichen Erdbeben von Caracas, das die blühende, vierzigtausend Einwohner zählende Stadt in ein wüstes Trümmerfeld verwandelt hatte...» Und da irrte nun mein englischer Kaufmann herum und lief seinem

Schicksal in die Hände, das ihn aus der Verzweiflung emporhob, ihn hoffen, ihn aufjubeln ließ, um ihn jäh in den Abgrund zu stoßen. Kein Zweifel, das hatte ich geschrieben, das war «von Werner Amberg», wie es unter dem Titel hieß, alle Welt konnte es lesen und konnte merken, wenn sie wollte, daß dieser Uhrmacherlehrling in Wirklichkeit ein Schriftsteller war.

Den folgenden Tag begann ich mit einem Spaziergang durch die nachsommerlich laue Novemberfrühe, schlenderte allmählich dem Geschäfte zu und kam verspätet, doch in einer freien und heiteren Stimmung dort an. Gelassen rieb ich mit einem trockenen Lappen die Schaufenster ein wenig ab und trat zuversichtlich an die Werkbank. Von nun an wollte ich die Arbeit gleichsam spielerisch leisten, ja die ganze Uhrmacherlehre als eine Art vergnüglicher Nebenbeschäftigung auffassen und die allzu lange Zeit nicht ansehen, die sie mich leider kosten würde, während ich zielbewußt meinen andern, inneren Weg verfolgte. An diesem Tag arbeitete ich denn auch fröhlich drauflos, ich wirbelte die Feile in die Luft und fing sie am Griff wieder auf, bevor ich sie mit anmutigem Schwung über den Stahl hinführte, ich pfiff bei einer neuen Aufgabe, einem stählernen Bolzen, an der Drehbank ein Menuett und gab auf dem Treibbrett mit dem Fuße den Takt dazu an. Der Geselle blickte auf und lächelte spöttisch. Ich lächelte auch.

An den folgenden Abenden ging ich in meinem Zimmer mit mächtig geweckter Lust an die Hauptarbeit und schrieb zunächst eine versöhnlich endende kurze Geschichte, in der ein verlorener Sohn zu seiner Mutter heimkehrt. Ich war voller Pläne und notierte einen Entwurf nach dem andern, ahnungslos, was man alles wissen, können und sein mußte, um eine einzige, den Zeitungstag überdauernde Prosaseite zu schreiben und sich auch nur mit dem bescheidensten Rechte Schriftsteller nennen zu dürfen. Unbekümmert gab ich mich der Wonne des Schreibens hin.

Von nun an erwachte ich nach dem zu kurzen, schweren Schlafe nicht mehr selber, ich mußte mich wecken lassen und die Augen gewaltsam öffnen, doch kehrte ich jeden Morgen pflichtbewußt zu meiner Nebenbeschäftigung zurück. Ich arbeitete jetzt an der Brücke für ein Taschenuhrwerk, einem runden, zierlich durchbrochenen Messingplättchen, das ich eines Abends fertigmachte. Ich fand es wohlgelungen, hielt es für einen untrüglichen Beweis meines Fortschritts und ging befriedigt zum Abendessen.

Bei Tische fiel mir auf, daß Onkel Robert kein Wort zu mir sagte, ja mich kaum anblickte. Sofort spürte ich, daß ein Unheil auf mich wartete, ich besaß einen ausgebildeten Sinn für die geringsten Anzeichen und wurde bedrückt wie empfindsame Menschen und Tiere vor dem nahenden Gewitter. Als der Onkel nach dem Essen bemerkte, er habe mit mir zu reden, folgte ich ihm schweren Herzens ins Nebenzimmer.

Er nahm einen Brief aus der Rocktasche und streckte ihn mir geöffnet hin. «Da, lies!» sagte er barsch.

Der reklamehaft aufgemachte Briefkopf hielt mir groß und drohend den Namen meines Meisters entgegen; das Ungewitter kam also von dieser Seite, und es mußte mich, wie immer, wohl auch diesmal gründlich treffen. Herr Baumgartner schrieb meinem Onkel und Vormund, er sei «durch eingehende Beobachtungen zur reiflichen Ansicht gelangt, daß Werner Amberg weder besonderes Talent, noch Lust und Liebe zu unserem Berufe» habe. Das Folgende begann mir vor den Augen zu schwimmen, ich erfaßte ohne Zusammenhang nur noch: «... keinen Fleiß, keine Initiative ... bitte, den Jüngling von morgen an nicht mehr zu schicken... Entschluß unabänderlich...»

Beklommen stand ich da und starrte den Brief an. Was der Vormund nun sagte, klang bitter, sein wohlgemeinter Plan war durch meine Schuld gescheitert, und einen andern Ausweg sah er nicht. Viel bitterer aber war, was ich selber empfand. Unfähig, die richtige Beurteilung und kluge Voraussicht des Meisters anzuerkennen und diese Wendung willkommen zu heißen, fühlte ich nur die Schmach meiner neuen Niederlage. Wieder einmal hatte ich die auf mich gesetzten Hoffnungen enttäuscht und einen Beweis meiner Untauglichkeit geliefert, wieder stand ich verworfen auf dem schmalen Grate meines eigenen Weges, der als Weg nicht anerkannt wurde und, wie man aus Erfahrung wußte, ebenso gut im Abgrund wie auf einem Gipfel enden konnte.

Der Onkel ging ärgerlich aus. Als ich ein paar Minuten später auch gehen wollte, legte mir seine Frau, Tante Martha, eine Hand auf die Schulter und sagte freundlich: «Werner, nimm dir das nur nicht so zu Herzen! Es ist nicht so schlimm, wie es jetzt aussieht.» Tante Martha war hier immer mit einem heiteren und herzlichen Wohlwollen um mich besorgt gewesen, ich hatte sie gern und hörte jetzt auf ihre tröstlichen Worte, aber ich ließ mich wie ein heftig erschrecktes Tier durch kein Zureden mehr beruhigen; wortkarg und spröd verließ ich sie und war nicht einmal imstande, mein Gefühl der Dankbarkeit und Sympathie auch nur anzudeuten.

Ich packte noch in der Nacht meinen Koffer, ließ ihn am Morgen durch einen Dienstmann im Bahnhof aufgeben und reiste gegen Mittag ab. Auf der Fahrt aber wurde mir bang beim Gedanken, am heiterhellen Tage daheim anzukommen, Bekannte zu treffen und Aufschluß geben zu müssen; ich stieg eine Station vorher aus, trieb mich auf einsamen Fußpfaden herum und schlug erst in der anbrechenden Dunkelheit den Heimweg ein. Es regnete, die Straße war schmutzig, und ich begegnete keinem Menschen.

Je mehr ich mich dem Dorfe näherte, desto lebhafter überfiel mich die Erinnerung, wie ich vor wenigen Wochen daheim Abschied genommen hatte. Ich hörte den Onkel Kern sagen: «Werner, du wirst dich durchschlagen und statt als geplagter, von Hungerlöhnen abhängiger Geistesarbeiter einst als Meister eines hochachtbaren Berufes ein freier Liebhaber der Künste werden.» Besonders war mir die Großmutter in der Altrüti gegenwärtig, wie sie mühsam aus dem Lehnsessel aufstand und mir mit dem Daumen das Kreuzzeichen auf Stirne, Mund und Brust hinschrieb, wie sie meinen Kopf in ihre Hände nahm, mir beide Backen küßte und mich beschwor, im Leben draußen brav zu bleiben und der Mutter Freude zu machen. Die Mutter selber und Tante Christine hatten mich in die Stadt begleitet, das Notwendige geordnet und mich in einer Bewegung verlassen, die nach all meinen übrigen Abschieden wie eine letzte, unantastbare Schranke hinter mir niedergegangen war.

Elend vor Scham und erschrocken über mein Los, das sich durch Schuld und Schicksal immer wieder erneuerte, schlich ich auf einem dunklen Umweg heim.

17.

Meine bekümmerte Mutter, Tante Christine und der Vormund empfahlen mir in ihrer Ratlosigkeit die dritte Realklasse des Kollegiums, nicht die technische, wo ich schon gescheitert war, sondern die Abteilung, die als Handelsschule geführt wurde. Der kaufmännische Beruf, erklärte mein Onkel, biete so viele und große Möglichkeiten, daß auch ein durchschnittlich Begabter auf diesem Felde etwas ihm Zusagendes finden müsse.

Ohne ein Wort darüber zu verlieren, stellte ich fest, daß mein vor aller Öffentlichkeit bezeugtes Schreibtalent überhaupt nicht ins Gewicht fiel, ja wie ein heimliches Gebrechen schonend übersehen wurde. Als wenige Wochen später eine zweite Geschichte von mir erschien, sagte die Mutter zwar, sie gefalle ihr besser als die erste, doch sagte sie es nebenbei, nachsichtig, in einer spürbaren Verlegenheit und gewiß im Widerstreit, ob sie es erfreulich oder bedenklich finden sollte; am Ende bat sie mich, darüber doch ja das Wichtigere nicht zu versäumen und in der Schule fleißig zu sein.

Ich wurde aus dem Uhrmacherlehrling also ein Handelsschüler, man setzte neue Hoffnungen auf mich und schenkte mir neues Vertrauen. Da mich diese Schule nicht am Schreiben hindern konnte, besuchte ich sie wiederum mit guten Vorsätzen, wenn auch mit etwas weniger guten als die Uhrmacherlehre. Es ließ mich gleichgültig, wie ein Kaufmann im üblichen Sinn Geschäfte machte, ich hielt das für eine untergeordnete, kaum lernenswerte Fähigkeit; ein Handwerker, der mit Geschick etwas Brauchbares oder gar Schönes herstellt, schien mir jedenfalls sinnvoller beschäftigt als ein Mann, der Ware kauft und sie mit Gewinn wieder verkauft. Dieser bloße kaufmännische Beruf, der wohl ebenso rasch zu überwinden wie zu erlernen sein würde, führte jedoch auf einer höheren Stufe zum Handel mit nordischen Pelzen, afrikanischen Tieren oder Elefantenzähnen, und dahinter dämmerten die Möglichkeiten abenteuerlicher Jagden in kanadischen Wäldern, in den Savannen des Kongo und den Bergen am Tanganjika-See. Dabei wollte ich nicht einmal reich werden, sondern nur eben soviel verdienen, um unabhängig schreiben zu können.

Die erste Ernüchterung befiel mich, als ich entdeckte, daß auch der Weg zum Handelsdiplom über mathematische Fächer führte, durch das Labyrinth einer besondern kaufmännischen Mathematik, und daß die kühlen, klugen Rechner auch hier wieder jeden anders Begabten rasch überholten. Zins-, Wechsel- und Terminrechnungen würde ich wohl noch bewältigen können, aber Devisen-, Effekten- und Rentabilitätsrechnungen stießen mich durch ihren bloßen Namen schon ab, und vor den Kontokorrenten mit wechselndem Zinsfuß oder den Kalkulationsdiagrammen der Diplomklasse graute mir, als ich auch nur davon reden hörte. Tückische Fallgruben öffneten sich ferner auf dem weiten, kahlen Feld der Buchhaltung, auf dem ich mich kümmerlich und freudlos fortbewegte. Unter solchen Umständen half es mir wieder nichts, daß ich im Deutschunterricht meinen Kameraden voranzog und auch in andern Fächern manche übertraf oder mindestens mit ihnen Schritt hielt.

Der Lehrer der Handelsfächer war ein mir wohlgesinnter Mann, der meinen Vater gekannt hatte, von meinen Fähigkeiten eine hohe Meinung besaß und mir mit soviel Nachsicht und Vertrauen entgegenkam, daß ich mich bei meinem allmählichen Versagen aus Scham am liebsten vor ihm verkrochen hätte. Ich versagte also wieder, und abermals fand ich dafür keine andere Erklärung als die einer schicksalhaften Untauglichkeit, die zwar mein Denken, Phantasieren und Schreiben nicht betraf, aber mich in den Augen der bürgerlichen

Welt zu einem armen Schlucker und verachteten Sonderling machen würde.

Als ich nun aber im Alltag des Schulbetriebes während der wichtigsten Stunden niedergeschlagen mit den Dummen und Faulen hinter den Strebsamen und Begabten zurückblieb, überkam mich immer häufiger die zornige Regung, aufzuspringen, die Schulbücher entzwei zu reißen und der Klasse mit einer gewissen verpönten Aufforderung den Rücken zu kehren. Meine Achtung vor dem mir wohlgesinnten Lehrer hinderte mich daran, aber den Zorn überwand ich nicht. Die Versuchung war damit verbunden, nichts mehr ernstzunehmen, was hier verlangt wurde. Ich wollte nicht länger ein mit Recht gedemütigter Nachzügler sein und begann in der Tat vor meinen Klassenkameraden den leichtfertig Überlegenen zu spielen, dem es auf ein gutes oder schlechtes Zeugnis nicht ankam. Außerdem nahm ich nun an verbotenen und gewagten Unternehmen teil, um mich wenigstens auf diese Art zu bewähren.

Die internen Schüler hatten ein starkes Bedürfnis nach Süßigkeiten, konnten sich aber selber nur wenig verschaffen und baten daher ihre externen Kameraden, ihnen dergleichen aus dem Dorf ins Kollegium zu schmuggeln; da sie ferner nicht rauchen durften, bestellten sie häufig auch Zigaretten, und zu gewissen Stunden sah man da und dort aus Abtrittfenstern der Lehranstalt ein Räuchlein steigen. Der Schmuggel war verboten und mußte in größter Heimlichkeit betrieben werden. Ich ließ mich darauf ein und trug nun oft eine verdächtig hochgeschwollene Mappe oder einen gefüllten Geigenkasten ohne Geige ins Kollegium. Gebäck und Schokolade kaufte ich abwechselnd bei zwei Zuckerbäckern ein, nie aber in jener Konditorei Grüter, in der ich als Schulbub ertappt worden war; dort schaltete die unvergeßliche Jungfer Lina, die neben den Zeugen anderer Fehltritte dauernd über meine Vergangenheit zu Gericht saß, und wenn ich sie irgendwo sah, sieben Jahre nach meinem Vergehen, wich ich ihr noch jetzt errötend aus.

Ich schmuggelte aus Lust zum Verbotenen und aus Mitgefühl für die in ihrer Freiheit so schwer beeinträchtigten Internen, doch hielt ich es unter meiner Würde, damit etwas zu verdienen. Mein Kundenkreis wuchs, ich bekam mehr Aufträge, als ich bewältigen konnte, und stand schon im Ruf eines Schmugglerkönigs, als eine bezeichnende Wendung mich in meiner Klasse verdientermaßen um mein neu erworbenes Ansehen brachte.

Verschiedene Kameraden stellten mich zur Rede. «Wir haben den Handel bis jetzt mit einem Gewinn von zwanzig Prozent betrieben», sagten sie. «Du machst es gratis oder tust wenigstens so und schnappst uns damit die Kunden weg. Im Geschäftsleben nennt man das Schmutzkonkurrenz. Wir möchten wissen, ob die Konditorei dir Prozente gewährt.» Als ich das ziemlich hochmütig verneinte, stellten sie fest, daß ich in diesem Fall entweder ein Esel oder ein eingebildeter Tropf sei, der sich zu vornehm dünke, ein bescheidenes Geschäft zu machen; im übrigen sei ich hiemit gewarnt.

«Ich bin kein Krämer», erwiderte ich und wandte ihnen überheblich den Rücken zu.

«Und wirst es nie auch nur zum Krämer, geschweige denn zum richtigen Kaufmann bringen», tönte es hinter mir.

Dagegen war nichts mehr zu sagen.

18.

Ich setzte aus lauter Trotz den Schmuggel noch eine Weile fort, dann verlor ich die Lust daran und begann in einer andern Richtung auszubrechen. Wie früher schon, wählte ich meine Kameraden auch jetzt wieder unter älteren Jahrgängen und schloß mich allgemach einer Gruppe an, die aus unternehmungslustigen Studenten verschiedener Klassen bestand. Die Mutter, die meinen Umgang überwachte, versprach sich davon keinen guten Einfluß und warnte mich vor ihnen, obwohl es Söhne aus geachteten Familien waren. Sie hätte mich aus dem gleichen Grunde vor mir selber warnen können; der Einfluß eines Menschen auf den andern hängt ja nicht nur von seiner eigenen Beschaffenheit ab, sondern auch davon, was der andere bei ihm sucht. Bei diesen neuen Kameraden, die mir den Anschluß leicht machten, suchte ich nun eben das, was meinem beginnenden Aufruhr entgegenkam, und so näherte ich mich denn freilich nicht ihrer ordentlichen Seite.

Ein gewagter nächtlicher Ausflug war geplant, ich wünschte daran teilzunehmen und wartete in meinem Schlafzimmer unruhig über Mitternacht hinaus auf das verabredete Zeichen. Endlich flog ein Schneeball ans Fenster, ich öffnete es, ohne Licht zu machen, und spähte hinaus. In der Gasse unter mir standen im schwachen Halbmondlicht zwei Gestalten, sie blickten flüsternd zu mir empor und trugen, was mir vor allem auffiel, keine Studentenmützen, sondern unförmliche alte Filzhüte; zwei andere drangen eben durch das nur angelehnte Tor in unser Höfli ein und mußten gleich mit der Leiter zurückkommen, die ich ihnen am Vorabend gezeigt hatte. Während ich mich hastig bereitmachte, rumpelte es im Holzhauskeller, wo die Leiter lag, ich erschrak und dachte: «Um Gotteswillen, was machen die denn, man hört ja in der Nachbarschaft jedes Geräusch, da muß nur jemand nicht schlafen und hinaussehen!» Ich hing wie über einem Abgrund, bis sie mit der Leiter kamen und sie anstellten. Als ich hinunterstieg, dröhnten zwei erschreckend laute Glockenschläge vom nahen Kirchturm durch die stille Gasse; ich umarmte die Leiter mit Armen und Beinen und ließ mich gleitend auf den festgetretenen schmutzigen Schnee hinabsinken, dann nahmen wir die Leiter weg und traten rasch mit ihr in den schmalen Schatten des Nachbarhauses. Es hatte halb eins geschlagen, die Töne zogen sich brummend in den Kirchturm zurück, und in den nahen Fenstern regte sich nichts.

Nachdem wir die Leiter versorgt und das Hoftor angelehnt hatten, gingen wir durch die Gasse fort und durch andere Gassen zum Dorf hinaus. Der Älteste von uns war ein Schüler der Philosophieklasse; im Kirchenchor, wo ich jetzt, nach meinem Stimmbruch, noch etwas schartig beim zweiten Tenor mitsang, wirkte er mit seinem schallenden Baß und seiner festen Gestalt wie ein erwachsener Mann. Er trat so sicher und unbekümmert auf, als ob er wegen dieses nächtlichen Unternehmens nicht, wie jeder von uns, zur Lehranstalt hinausfliegen könnte. Wir nannten ihn nach seinem Biernamen Diviko, er gehörte zur Burschenschaft der Studentenverbindung. Sein Leibfuchs war Arnold Föhn, von uns Noldi genannt, ein Lateiner der fünften Klasse, den ich oberflächlich schon längst kannte, da er in unserer Nähe wohnte. Die beiden andern, die ihre Hüte auf die Ohren hinabgezogen hatten, waren Handelsschüler der Diplomklasse. Wir wanderten auf der Landstraße rasch vom Dorfe weg. Es war eine milde Januarnacht mit rastlos ziehendem Westgewölk, das den Halbmond bald verdeckte, bald enthüllte, so daß der spärlich verschneite Talboden manchmal aufleuchtete, um im nächsten Augenblick wieder bleich zu verdämmern.

Noldi hielt sich an mich und sagte zu meiner Verwunderung, er habe meine Erzählungen in der Zeitung gelesen. Er war nicht viel größer, doch fester als ich, auch zwei Jahre älter, und hatte eine wohlwollend forsche Art, sich kameradschaftlich mit mir einzulassen, ohne den Altersunterschied zu verwischen. «Erzählungen sind es ja eigentlich nicht, dafür müßten sie breiter ausgeführt sein», erklärte er. «Am ehesten könnte man sie Skizzen nennen. Ich habe auch mit Skizzen angefangen, im übrigen aber noch nichts publiziert. Jetzt bin ich an einem etwas umfangreicheren opus. Ja, also was deine Skizzen betrifft ... sprachlich sind sie nicht übel, nur scheint mir die Motivierung etwas schwach. Du erträgst doch Kritik, nehme ich an?»

Ich bejahte es und war ganz aufgeregt, daß ein älterer Gymnasiast, der selber schrieb und offenbar etwas davon verstand, mit mir über meine Versuche sprach. Zum erstenmal fand ich mich in einem entscheidenden Punkte ernstgenommen. Eifrig ging ich darauf ein und hörte besonders aufmerksam zu, als er von den Spießbürgern zu reden begann, die natürlich nicht wüßten, was Dichtung sei und in ihrer blöden materiellen Geborgenheit einen dichterisch veranlagten jungen Menschen für einen Spinnbruder und liederlichen Nichtsnutz hielten. Unser Dorf wimmle von solchen Spießern, ja die Bürgerschaft des ganzen Nestes sei mit wenigen Ausnahmen philiströs bis ins Mark hinein. «Hast du für deine Skizzen vielleicht ein Honorar bekommen oder eine Spur von Anerkennung geerntet? Selbstverständlich nicht, das ist klar! Du publizierst nun zwar hier, schön, aber mach dir keine Illusionen! Ich sage das nur, um dich vor Enttäuschungen zu bewahren.»

Ein paar Häuser tauchten auf, darunter ein Wirtshaus, das so dunkel und verschlossen aussah wie die übrigen. Ich fragte mich, wie wir zu dieser Stunde da hineinkommen sollten, aber im oberen Stock der Rückseite war ein Fenster noch schwach beleuchtet, und nachdem wir uns vorsichtig bemerkbar gemacht hatten, wurden wir eingelassen. Gang und Treppe blieben dunkel, ich hörte ein tuschelndes Mädchen, das über unseren späten Besuch entsetzt schien, aber Diviko verhandelte mit ihm. Wir betraten eine enge Stube im fahlen Schneelicht der Nacht, das durch zwei Fensterscheiben einfiel, und ich wußte nicht recht, ob wir nun da bleiben würden.

Wir blieben, und nach einer Stunde saßen wir bei verhängten Fenstern im Schein einer rosig umschirmten Lampe immer noch da. Wir tranken Bier, rauchten, sangen oder lärmten, und der Rauch stand wie Herbstnebel um uns. Die zwei Handelsschüler rutschten auf dem Kanapee herum und hatten ein dickes Mädchen zwischen sich, eine kichernde Blonde mit rotem Gesicht, wir andern saßen am Tische. Noldi redete herausfordernd wider alles Unfreie, Philiströse, Morsche und mußte auf Befehl seines Leibburschen viel trinken. Diviko trank noch mehr, und wenn Marie, die ältere Schwester der Blonden, ihm Bier einschenkte, legte er den Arm um sie und zog sie an sich. Marie mußte das Bier aus der Wirtschaft herauf holen, wollte dabei aber nicht begleitet werden; sie paßte auf, mahnte uns, wenn wir zu laut wurden, und sah alles. Als sie bemerkte, daß die Handelsschüler bei ihrem Rutschen und Ranggen den geblümten Überzug hinten von der Kanapeelehne rissen, ging sie aufbegehrend hin, wurde aber von einem der beiden auf seine Knie gezogen und festgehalten. Sie wehrte sich entrüstet, doch nicht ganz überzeugend, die Blonde kreischte, Diviko erteilte schallende Befehle, Noldi und ich hetzten und lachten.

Ich trank nur wenig, da mir das Bier nicht schmeckte, war aber doch in einer ausgelassenen Stimmung und fand es toll, daß wir, Zöglinge einer katholischen Lehranstalt, hier nachts zu verbotener Stunde kühn die Gesetze der Sitte und Ordnung übertraten. Noldis Äußerungen, die damit im Einklang standen, beschäftigten mich unablässig. Der werdende junge Dichter durfte von der bürgerlichen Welt also nichts erhoffen, da sie ihn gar nicht zu erkennen vermochte. Meine Erfahrungen, so gering sie noch waren, schienen es zu bestätigen. Ich mußte meinen Weg außerhalb der bürgerlichen Ordnung suchen, ich besaß das Recht zur Auflehnung wider alles Hemmende, Drückende, kleinlich Beschränkte, und mit diesem Rechte saß ich hier bei Gleichgesinnten und lehnte mich auf. Mir war, als ob ich Luft bekäme und freier atmen könnte, ich fühlte, daß sich mir ein Ausweg öffnete, und dafür wollte ich sogar das schlimme Ende in Kauf nehmen, das ich auch diesmal voraussah.

Gegen vier Uhr morgens brachen wir auf und kehrten ins Dorf zurück. Es war dunkler geworden, vom Halbmond sah man nichts mehr. Diviko hatte zuviel getrunken, Noldi fast zuviel, beide gingen Arm in Arm, sangen Studentenlieder und schwankten von einem Straßenrand zum andern, doch schien mir, daß sie dies absichtlich übertrieben. Die zwei Handelsschüler, die umsonst zur Ruhe mahnten, wollten sich am Dorfrand von uns trennen, aber ich sagte ihnen, sie müßten mir doch in mein Zimmer hineinhelfen, die andern beiden seien dazu ja nicht mehr imstande. Da kamen alle vier wieder unter mein Fenster, aber Diviko konnte sich nicht beherrschen, er gab zu meinem Schrecken um so lautere Befehle, je mehr die Übrigen mit ihm schimpften. Indessen holte ich die Leiter, stellte sie an und erklärte den Handelsschülern genau, wie sie es nachher machen sollten. Noldi schlug mir lachend auf die Schulter und sagte noch ein paar fröhliche Sprüche, aber mir war bang zumute, ich stieg rasch hinauf und durch das Fenster hinein. Es dauerte viel zu lange, bis sie die Leiter versorgt hatten, und dann warfen sie das Tor zu, statt es nur ins Schloß zu drücken. Als sie fortgingen, lag ich schon im Bett und wollte mich schlafend stellen, wenn jetzt die Mutter käme.

Die Mutter schlief in einem Zimmer vorn hinaus, sie hatte nichts gehört und weckte mich zur gewohnten Zeit, doch als ich endlich erwachte, schaute sie mich forschend an und fragte: «Was ist mit dir, du hast ja gar nicht wach werden wollen?» Ich gab eine unbestimmte Antwort, nahm mich zusammen und kam fort, ins Kollegium, ohne daß sie Verdacht schöpfte. Beim Mittagessen aber wurde ich schon auf die Folter gespannt. Die Mutter erklärte aufgeregt, man habe wahrscheinlich bei uns einzubrechen versucht, verschiedene Nachbarn wollten es gehört haben, die Polizei sei benachrichtigt; ob ich denn nichts gehört habe, es müsse grad unter mir und im Höfli gewesen sein. Ich wurde rot und sagte, über den Teller gebeugt, mir sei auch, als ob ich Stimmen und Geräusche gehört hätte, dann verschluckte ich mich und begann zu husten. Die Mutter blickte mich sonderbar an.

Nach dem Essen kam ein Landjäger, ließ sich durch das Tor ins Höfli führen, betrachtete alles genau und betrat auch den Holzhauskeller. Ich sah von meinem Zimmer aus gepeinigt zu, hörte die Mutter nach mir rufen und ging ins Höfli hinab wie ein armer Sünder, der gerichtet werden soll. Man fragte mich, ob die Leiter im Keller schon vorher so dagelegen habe und ob das Tor geschlossen oder offen gewesen sei. Während ich antwortete, rief eine fremde Stimme dem Landjäger etwas zu, und wir schauten auf. Die Gasse lief vom Tore zwischen zwei Häusern zur Kirche hinüber; in diesen Häusern wurden Fenster geöffnet, spähende Gesichter von Frauen, Jungfern und Mägden tauchten auf, und es begann ein schreckliches Rufen, Raten und Fragen. Man habe verschiedene Männer gehört, einen davon mit tiefer Stimme, sie seien durch das Tor ein- und ausgegangen, zwischen vier und fünf Uhr morgens, das Tor sei zugeschlagen worden, irgend etwas müsse sie vertrieben haben.

Plötzlich wurde eine neue Stimme laut, ich wußte nicht, aus welchem Fenster sie kam, aber es war die Stimme, die ich erwartet hatte, eine grell durchdringende, unvergeßliche Weiberstimme, die alles bisher Gesagte mit der höhnisch heiteren Bemerkung verwarf: «Fragt nur den Werner, der weiß besser als wir, was los gewesen ist!» Darüber verstummten die andern Stimmen, und dieses Verstummen war unerträglicher als das ärgste Geschwätz. Ich stand hilflos mitten in dem kleinen Hofe, alle Blicke waren auf mich gerichtet. Die Mutter trat vom Landjäger weg zu mir, schaute mich schmerzlich verwundert an und fragte leise, aber bestimmt, was denn gewesen sei. Ich wollte sie nicht anlügen, konnte ihr aber die Wahrheit nicht sagen, ohne sie mit Entsetzen über meine Liederlichkeit zu erfüllen; ich konnte nur schweigen, wie ich auch nachher auf jede Frage nur schweigen konnte. In einer ratlosen Traurigkeit, die alles in mir erzittern ließ, wandte sie sich langsam von mir ab.

19.

Bestürzt und in mich zurückgescheucht, wagte ich nun eine Weile nichts Ungehöriges mehr, ich blieb in den freien Stunden daheim, hing meinem Schicksal nach und schrieb Geschichten. So erzählte ich, wie ein verschlossener Bursche, der sich unglücklich fühlt, durch eine recht naive Handlung auch ein Mädchen um sein bescheidenes Glück bringen will, wobei er aber selber vom Unglück ereilt und eben dadurch auf den rechten Weg gebracht wird. «Das Glück» schrieb ich als Titel darüber und nannte es, Noldis Einwände bedenkend, Skizze. Von Glück und Unglück handelte auch eine zweite Skizze mit dem Titel «Nachtwache», und eine Episode darin schien mir später bemerkenswert: Ein junger Mensch träumt nachts im Walde von einem großen schwarzen Vogel, der furchterregend auf ihn zufährt, um ihn zu packen. Die beiden Geschichten waren so unzulänglich wie meine früheren, und ich schämte mich dieser Stümperei schon bald genug, doch war es ein heilsamer Versuch, den trüberen Elementen meines Werdens auf der Spur zu bleiben.

Ich zögerte, sie zu veröffentlichen, ich wußte ja nun, daß ich weder Honorar noch Anerkennung erwarten, sondern mich nur vor der Bürgerschaft bloßstellen konnte. Lag denn aber nicht eine Anerkennung darin, daß die Zeitung meine ersten Skizzen gedruckt hatte, und war ich nicht dadurch ermuntert und in meiner Hoffnung bestärkt worden? Noldi mochte das nicht nötig haben, er bewährte sich als Lateinschüler genügend, aber wie konnte ich mich anders rechtfertigen als durch die Bezeugung meines besonderen Talentes? Ich versuchte es doch noch einmal und schickte der Zeitung «Das Glück», das zu meiner Freude denn auch bald in drei Fortsetzungen erschien. Der Erfolg war kaum der Rede wert und änderte nichts an meiner Lage, ich begann nun wirklich am Sinn des öffentlichen Hervortretens zu verzweifeln und zog mich schon in der «Nachtwache», die etwas später erschien, verschämt hinter die Anfangsbuchstaben meines Namens zurück.

«Daraufhin gibt dir niemand auch nur einen Rappen», hatte mein Vormund erklärt. Über die Natur des Dichters aber, die den Bürger offenbar mit Argwohn erfüllte, hatte mir Onkel Kern die Augen geöffnet. Der Dichter des Festspiels war, von der Bürgerschaft kläglich preisgegeben, freiwillig in die Verbannung gegangen. Wohlan denn, so wußte ich Bescheid. Als Dichter konnte ich allenfalls zugrundegehen, aber nicht leben, in der Handelsschule versagte ich, ein Kaufmann würde ich niemals werden, mit der Mutter war ich zerfallen und wagte ihr kaum mehr in die Augen zu blicken – mochte mich also der Teufel holen! Und mochte diese verfluchte Welt zum Teufel gehen, ich hatte nichts mehr von ihr zu erwarten.

Mit solchen Wünschen schlug ich eines Februartages nach dem Mittagessen den Weg ins Kollegium ein, und im Dorfe war Fasnacht, die Trommler schlugen den Narrentanz, die Jugend lärmte auf den Straßen herum. Da rief mich jemand mit einer tiefen Stimme an, ich blickte auf und erkannte Diviko, der im bloßen Hemde lachend aus dem geöffneten Fenster seiner Bude sah. «Heraufkommen!» befahl er, und über seine Schulter hinweg grinste mir nun auch Noldi zu. Ich ging hinauf und stieß droben im Gang zuerst auf die beiden Handelsschüler, die vor der laut lachenden Hausfrau, einer heiteren und duldsamen alten Witwe, in Weiberröcken herumtanzten. In der Bude, die Diviko als auswärtiger Student hier gemietet hatte, lag eine zusammengeschleppte lumpige Maskengarderobe durcheinander. Die vier Kameraden wollten sich, was allen Studenten streng verboten war, vermummt im Dorfe herumtreiben und begrüßten mich in der fröhlichsten Laune. Diese Gelegenheit kam mir eben recht. Ich hatte die Geige bei mir und mußte zu einer Orchesterprobe für die nachfolgende

Theateraufführung der Studenten, jetzt warf ich den Geigenkasten aufs Bett und schloß mich begierig wieder den Genossen meines nächtlichen Abenteuers an. Einer der Handelsschüler rannte nach Hause und kam mit Dingen zurück, die zu meiner Verkleidung genügten.

In einem schwarzen Schafspelz, eine getragene Larve mit zerrissenem Maul vor dem Gesicht, den Kopf in einer alten Pelzkapuze, die Beine mit Fellen umwickelt, schlich ich als Wilder Mann in Gesellschaft von zwei hexenhaften Weibern und zwei Landstreichern durch eine Hintertür und eine Seitengasse hinaus auf die Straße. Wir trieben uns sogleich ausgelassen im Dorfe herum, rempelten Respektspersonen an, schreckten die Mädchen und tranken in den Wirtschaften, wo getanzt wurde, Wein durch Strohhalme. Nach ein paar vergeblichen Aufforderungen schenkte mir eine junge Wirtstochter Gehör, ich tanzte mit ihr zur Ländlermusik die Tänze, die Fini auf der Egg mich gelehrt hatte, und überließ mich dem liederlichsten Übermut. Gegen Abend aber zog ich mit einer Rotte herum und tanzte zweimal vor Gasthäusern zu jenen erregenden Wirbeln und Schlägen der Trommeln, die durch viele Leidens- und Freudenstage meiner Kinder- und Knabenjahre geklungen hatten, den uralten Narrentanz.

Dieser ursprünglich heidnische Tanz mochte, wie so vieles aus demselben Bereich, vom sieghaften christlichen Geiste früh um seinen tieferen Sinn gebracht und ins Närrische umgedeutet worden sein, doch hatte er seine Form bewahrt und glich darin den echten kultischen Tänzen, die man noch kannte. Seine wenigen, immer wiederkehrenden Bewegungen waren genau geregelt und schienen ohne viel eigene Mühe des Tanzenden nur dem inneren Antrieb zu folgen. Auf die Dauer jedoch erforderte er eine bedeutende Anstrengung, er wurde mit häufigen Unterbrüchen getanzt und konnte nur um den Preis der Erschöpfung von spannkräftigen, durch den Trommelrhythmus völlig erfaßten Tänzern in einer Art von Besessenheit länger als drei Minuten ausgeführt werden. In einer aus zwanzig bis dreißig Narren bestehenden Rotte gab es von den wenigen vollkommenen Tänzern bis hinab zu den unzulänglichen Nachahmern, die ahnungslos herumhopsten, alle Grade des Könnens und der Hingabe. Ich selber hielt mich noch für einen mittelmäßigen Könner, aber es war der Tanz, der mir im Blute lag, den ich selber trommeln konnte und meinem todesnahe tanzenden Onkel Beat getrommelt hatte; ich tanzte ihn jetzt ohne Absicht, hingerissen vom Rhythmus, wie besessen und fühlte mich dabei so frei von allen Qualen, so einig mit mir selber wie nur in meinen unbeschwertesten Stunden.

Das Abenteuer verlief zu meiner Verwunderung ohne schlimme Folge, niemand erfuhr etwas davon, auch meine Mutter nicht, und die erwartete Entrüstung des Professors Ölmann, der mich im Orchester vermißt hatte, ließ ich ohne Schaden trotzig gefaßt über mich ergehen. Während nun aber die andern Narren ihren Aschermittwoch erlebten und ihr bürgerliches Dasein wieder aufnahmen, fand ich keine Ruhe mehr. Ich war in Bewegung, etwas Neues brach in mir durch, das gegen die bedrückende Umwelt aufstand, das Gefühl meiner Minderwertigkeit verdrängte und dem Bewußtsein meiner wirklichen Lage einen frischen Leichtsinn entgegensetzte; im Narrentanz hatte ich einen Ausdruck dafür gefunden, und ich blieb während der ganzen Fastenzeit in der Stimmung, die er voraussetzte.

In dieser Stimmung nahm ich nach den wichtigen österlichen Schulprüfungen auch die Vorwürfe des Onkels Robert entgegen, den meine ungenügenden Noten in den Handelsfächern bitter enttäuschten. «Du bist nichts und kannst nichts und wirst nie etwas werden!» rief er entrüstet. Ich war im Grunde geneigt, ihm das zu glauben, es entsprach meiner eigenen Vermutung, aber gerade dagegen wehrte sich zur Zeit ja alles in mir. Ich konnte dem Vormund nicht antworten, ich stand kleinlaut vor ihm und ärgerte mich selber darüber. Erst nachher fiel mir ein, daß ich hätte antworten sollen: «Ich will gar nicht etwas werden. Die Auffassung, daß man 'etwas werden' müsse, ist überhaupt ekelhaft und entspringt nur eurem beschränkten Krämerverstand. Spießbürger seid ihr, du und deinesgleichen, ihr seht in eurer Kurzsichtigkeit nicht über eure erbärmlichen Interessen und Bedürfnisse hinaus, aber es gibt darüber hinaus noch eine andere Welt, dort werde ich ohne eure Lehrmeister, Schulen und Diplome triumphieren oder untergehen, und mir liegt nichts daran, ob ihr es versteht oder nicht.»

Ich hatte es nicht sagen können, schon um der Mutter willen nicht, aber es loderte in mir weiter. Ich lief gereizt herum und spürte das drängende Bedürfnis, etwas Verrücktes zu unternehmen, Studenten aufzuwiegeln, Scheiben einzuschlagen, mit unserem Indianerstamm in der Nacht das Dorf zu überfallen. Irgend etwas mußte jedenfalls geschehen, ob nun ich es anstiftete oder ob es von selber geschah, etwas Umstürzendes, Elementares.

In dieser Erwartung nahm ich gierig jedes Anzeichen wahr, das auf Außerordentliches hindeuten mochte. Es war dieselbe, aus verwandten Erlebnissen stammende Erwartung, die ganze Volksgruppen befallen, aber auch im einzelnen Menschen als nie überwundener Zustand derart weiterwirken kann, daß dieser Unausgereifte sich sein Leben lang zu jedem Umsturz berufen fühlt und vernünftige Gründe dafür findet. Immer wieder wurden Strafgerichte auf das verdorbene Menschengeschlecht herabbeschworen, immer wurden Kriege oder Revolutionen nicht nur befürchtet, sondern auch herbeigewünscht, und immer wieder hat ein gärender Jüngling zu seinem Heil einer gründlichen Umwälzung bedurft und bedeutsame Vorzeichen wahrgenommen. Ich geriet zu einer günstigen Zeit in diese Lage, der große, nach Halley benannte Komet näherte sich der Erde, die Astronomen hatten ausgerechnet, daß sein riesiger Schweif uns Mitte Mai berühren konnte, und Unheilspropheten begannen das Volk schon überall einzuschüchtern. Nur noch vier, fünf Wochen trennten uns von der möglichen Katastrophe, und so lange wollte ich mich gedulden. Ich brauchte aber nicht einmal so lange zu warten, mein fieberhaftes Verlangen fand eine rascher und näher liegende Erfüllung als sie je einem ereignishungrigen Burschen in friedlichen Zeiten beschieden sein mochte.

20.

Eine Woche nach Ostern, am Weißen Sonntag, wenige Tage nach jener verletztenden Äußerung des Vormunds, saßen meine Mutter, mein Bruder und ich als Gäste beim Abendessen im Altrütihaus. Unsere Großmutter gab acht, daß wir nicht zu kurz kamen, sie fragte, mahnte, munterte auf, und als sie endlich überzeugt war, daß niemand mehr etwas wünschte, wich die Sorge auf ihrem gütigen Gesichte einer stillen Zufriedenheit. Onkel Karl zeigte sich mitten in der Ruhe seines hohen Alters noch recht vergnügt und richtete scherzhafte Worte an meinen frohgemut essenden Bruder. Tante Christine suchte bei solchen Gelegenheiten eine unbeschwerte Stimmung zu schaffen, obwohl sie schon über so vielen Gräbern geweint hatte, und heiterte auch meine Mutter ein wenig auf.

In diesem Kreise meiner Angehörigen fühlte ich mich fremd, alles in mir widersprach ihrer friedlichen Stimmung, ich war voller Unruhe und dachte nur daran, wie ich hier fortkommen könnte. Ich wollte nach dem Abendessen noch etwas unternehmen, ich wußte nicht was, aber etwas mußte geschehen, ich wollte hinaus, Kameraden suchen, herumstreifen, alles, nur nicht hier sitzenbleiben, nach Hause spazieren und schlafengehen.

Da erklang vom Dorf her Glockengeläute, Tante Christine blickte an die Uhr, die Großmutter fragte: «Was läuten sie?» Man hatte während dieses Feiertages immer wieder Glocken gehört und wunderte sich jetzt nicht zu sehr darüber, aber es fielen noch mehr Glocken ein, es begann von verschiedenen Türmen zu läuten. Die Frauen, die jeweilen genau wußten, wann und warum in einer der Kirchen geläutet wurde, fanden das nun doch sonderbar. Tante Christine stand auf und öffnete ein Fenster, wir alle schauten vom Tische aus durch ein anderes Fenster über den Garten hinweg auf die Straße und sahen einen Mann dem Dorfe zurennen. Die eben noch so befriedigten Mienen meiner Angehörigen bekamen etwas ängstlich Fragendes, Tante Christine zog den Kopf aus dem offenen Fenster zurück, blickte uns schon fast erschrocken an und sagte: «Ich glaube wahrhaftig, das ist ja...» Ohne den Satz zu beenden, schaute sie noch einmal hinaus, und nun standen wir alle auf.

Ich hatte von der ersten leisen Verwunderung der Frauen über das unerwartete Geläute bis zu diesem Augenblick die verheißungsvolle Beunruhigung gespannt verfolgt, jetzt lief ich ins Nebenzimmer, wo man durch ein Nordfenster das Dorf am besten sah. «Es tönt wie 'Fürio' und wie das Feuerhorn», hörte ich die Tante noch sagen, dann riß ich das Nordfenster auf. Es war ein bewölkter, aber noch heller Abend, ich hörte vom Dorf her ein Getöse und sah... Ich schrie gleich heraus, was ich sah: «Das Kollegium brennt!» schrie ich in höchster Erregung. Aus dem westlichen Dachgeschoß des umfangreichen Gebäuderechtecks, das mit zwei frontalen Flügeln und dem doppeltürmigen Mittelbau der Kirche sich weithin sichtbar über dem Dorfe erhob, quoll eine schwarzgraue Rauchwolke, die vom leichten Westwind hinter die zwei Türme getrieben wurde. «Wird doch nicht sein, was redest du auch!» sagte die Mutter, ins Nebenzimmer tretend, und als ich an ihr vorbei hinauslaufen wollte, befahl sie mit sorgenvoller Entschiedenheit: «Werner, du bleibst da!»

Es war ganz ausgeschlossen, daß ich dableiben konnte, aber ich bemerkte noch, wie sehr sich alle Mienen verändert hatten; die Großmutter sah jetzt leidend aus, die Tante bestürzt, der Onkel Karl unwillig. «Es ist nur ein Dachbrand, den werden sie rasch gelöscht haben», sagte der Onkel nach einem Blick durch das Fenster und schien nun beinah zornig, daß wir deswegen unser friedliches Beisammensein so aufgeregt unterbrochen hatten. Indes entdeckte ich auf dem rauchenden Dachfirst schon eine düstere Feuergarbe und schrie:

«Das ganze Kollegium brennt ab!» Ich stürzte zur Türe, die Mutter rief mich noch einmal an, und ich zögerte in rasender Ungeduld, da schrillte die Hausglocke. Tante Christine eilte an mir vorbei hinaus und kam gleich darauf mit einem Telegramm zurück, das sie schon unter der offenen Stubentüre aufriß. Sie warf einen Blick hinein und rief, von einem neuen Schrecken gepackt, laut und unbeherrscht: «Um Gotteswillen, der Onkel Benedikt ist gestorben!»

Diese unerwartete Nachricht brachte meine Angehörigen um den Rest ihrer Fassung, es schien, als ob sie alle den Kopf verloren hätten. Ich sah den Onkel Benedikt vor mir, einen breitschulterigen, strammen Mann, der mich mit seinen klaren, klugen Augen wohlwollend musterte und mir durch sein wuchtig geschlossenes Wesen einen starken Eindruck machte, den hochangesehenen militärischen und politischen Führer, dessen Tod für unsere Verwandtschaft ein Unglück war. Vom Zusammentreffen dieser düsteren Botschaft mit dem Brandausbruch wurde nachher als von einem unglaublichen Zufall gesprochen, doch mir erschien beides in einem abgründigen Zusammenhang. Mit einem letzten, fieberhaften Blick auf meine verwirrten Angehörigen stürzte ich hinaus und rannte dem Dorfe zu, den Blick auf den Brand gerichtet, der mit Rauch und Flammen den westlichen Turm angriff.

Im Dorfe waren alle Leute wie alarmiert, sie liefen rufend herum oder befanden sich auf dem Weg zur Brandstätte und schienen von ähnlichen Empfindungen bewegt wie ich. Freudig aufgeregt blickte ich neben mir rennende Studenten an, hörte ihre übermütigen Bemerkungen und las in manchem erhitzten jungen Gesicht ein wildes Einverständnis. Auf der letzten Wegstrecke holten wir einen hastigen Feuerwehrzug ein. Vier Pferde rissen unter der geschwungenen Peitsche den Spritzenwagen bergauf, Männer in schimmernden Messinghelmen stießen und zogen keuchend Schlauch- und Leiterkarren, und im nahen Hintergrunde wehte eine goldrote Lohe um den westlichen Turm des Kollegiums, eine erhabene Feuerwolke, die am deutlich hörbaren Zischen und Prasseln unbeteiligt schien und in ihrer lautlosen Gewalt gewiß schon jedem menschlichen Zugriff entrückt war.

Ich geriet vor die Kirche, wo man im Durcheinander von Studenten, Professoren, Feuerwehrleuten und Dorfbewohnern die Übersicht verlor. Ein Geistlicher stürzte aus dem Kirchenportal, er hielt in jeder Hand ein Meßgewand empor, die schwarze Soutane schlug ihm um die Beine, sein Gesicht verriet einen fassungslosen Eifer; ihm folgte ein Mann aus dem Dorfe, der ein Gemälde auf der Schulter trug, dann kamen andere weltliche und geistliche Männer mit Meßgewändern, Gemälden und kirchlichen Geräten heraus. Neben mir sagte jemand, die Kirchendecke könne jeden Augenblick einstürzen, auf der Orgel brenne es schon. Mir fiel ein, daß ich heute früh auf der Orgelempore die Messe mitgespielt und nachher meine Geige im Zimmer des Musiklehrers gelassen hatte. Das Zimmer lag im Ostflügel, ich rannte hinauf und trat, ohne anzuklopfen, hastig ein.

Professor Ölmann stand in seinem korrekten schwarzen Anzug neben einem aufgeregten geistlichen Herrn am Flügel; schlank, ruhig und erhobenen Hauptes stand er da, musterte mich mit einem undeutlichen Blick durch die kleinen Brillengläser und fragte, befremdet über meinen eigenmächtigen Eintritt, in einem verweisenden Tone wie mitten im gleichgültigsten Alltag: «Was willst du?» «Meine Geige!» antwortete ich und schaute ihn verblüfft an. «Warum?» fragte er. «Du kannst deine Geige doch hierlassen?» Ich staunte, dann rief ich erheitert: «Das Kollegium brennt!» Er schüttelte den Kopf und erwiderte: «Es brennt da drüben auf dem Dach im Westflügel, hier brennt es nicht, hier sind wir sicher. Aber wenn du deine Geige willst...» Und er deutete darauf hin.

Ich nahm den Geigenkasten unter den Arm, der geistliche Herr war unruhig ans Fenster getreten, vom Gang her hörte man rufende und rennende Menschen. «Kann ich Ihnen helfen?» fragte ich den Musiklehrer. «Sie müssen doch retten, was Sie können!»

Er schaute über mich hin und sagte in einem bedeutungsvollen, schwingenden Tone: «Zwischen uns und dem Feuer ist die Kirche!»

«Die Kirche brennt auch!» rief ich herausfordernd. «Die Decke ist wahrscheinlich schon eingestürzt.»

Er hob den schwarzen Kinnbart und drehte den Hals hin und her, als ob ihm der hohe steife Kragen zu eng würde, dann blickte er mich plötzlich mit einem schon vom Schrecken durchzuckten Mißfallen von oben herab an und sagte heiser: «Geh! Geh hinaus!» Er konnte jeden Augenblick die Fassung verlieren, und gern hätte ich das mitangesehen, aber nun trat wieder der geistliche Herr zu ihm, und ich ging.

Ich rannte in den Studiensaal der Externen, wo viele Studenten hastig ihre Pulte räumten und eine seltene Unordnung herrschte, die mir sehr gefiel. Ich nahm aus meinem Pult, was ich retten wollte, ließ alles Mathematische und Kaufmännische mit grimmiger Genugtuung liegen und wollte eben hinauslaufen, als mich ein Klassenkamerad auf einen Lateiner aufmerksam machte, den wir wegen seines mürrischen Wesens Stockfisch nannten und nicht leiden mochten, weil er immer bereit war, andere anzuzeigen. Dieser Bursche schien jetzt gänzlich verändert, er teilte mit verwirrter Miene nach allen Seiten Ratschläge aus, während er zugleich dies und jenes bald hastig aus dem Pulte nahm, bald wieder hineinwarf und dann, von den Übrigen gehetzt, mit einem Turm von Büchern und Heften vor der Brust hinauslief. Wir folgten ihm und sahen, wie er im Gang über einen dicken grauen Schlauch stolperte und der Länge nach hinfiel, aber sogleich wieder aufsprang; seine Bücher und Hefte flogen zum Teil in eine Wasserlache, die von einem dünnen, aus dem Schlauche zischenden Strählchen genährt wurde. Diese hier so ungehörige Wasserlache schien seine Verwirrung noch zu steigern, aber vielleicht war er auch wütend über unser Gelächter, jedenfalls raffte er alles in der größten Hast zusammen, verlor dabei einiges wieder, kümmerte sich aber nicht darum und rannte die nächste Treppe hinab.

Ich ging mit meiner Habe hinaus und sah vor dem Ostflügel den Rektor der Anstalt, der mir rasch entgegenkam, einen stattlichen und hochangesehenen geistlichen Herrn. Sein volles rötliches Gesicht mit der goldenen Brille zeigte jetzt statt der gewohnten Intelligenz und Strenge einen Ausdruck fieberhafter Geschäftigkeit und Sorge; er ging eilig an mir vorbei, ohne die vielen Menschen zu beachten, die überall herumliefen. Zwei hohe Schiebleitern standen da, die Wendrohrführer spritzten von den obersten Sprossen hinter den östlichen Turm hinauf, Befehle wurden geschrien und durchgegeben, in der Kirche krachte und prasselte es, Feuerwehrmänner sperrten den Zugang zum Portal mit Seilen ab, und auf der Höhe der Empore schlugen Flammen aus den Fenstern.

Vor dem westlichen Flügel traf ich den Professor der Naturgeschichte, einen Geistlichen, den ich wegen seiner wehrlosen Gutmütigkeit und seiner Liebe zu den Tieren gern hatte. Er war soeben erst eingetroffen und wollte noch in das brennende Gebäude hinein laufen, wurde aber daran gehindert. Unschlüssig blickte er an sein Zimmerfenster im zweiten Stock empor und sagte tief bekümmert, mit einer leisen, klagenden Stimme, die mir ans Herz griff: «Mein Kanarienvogel!» Sofort entschloß ich mich, den Vogel wenn möglich zu retten. Ich war mit Käfern und Schmetterlingen wiederholt in seinem Zimmer gewesen und getraute mich, es auch jetzt zu finden. Ich legte Bücher und Geigenkasten ab und lief durch die offene Tür in den Gang hinein, wo es brandig roch und schon viel dunkler war, als ich vermutet hatte. Ein Feuerwehrmann aber rannte mir nach, und auf der Haustreppe, die höher oben durch ein hinteres Fenster vom Feuerschein erhellt wurde, riß er mich am Arm fluchend zurück. Gleich war ich wieder draußen, halb erleichtert, halb betrübt. Erst jetzt sah ich, daß das dritte Stockwerk unter dem Schutt des eingestürzten Dachgeschosses auf der ganzen Länge brannte und auch im zweiten Stock schon Rauch durch zerschlagene oder gesprungene Fensterscheiben qualmte.

Während ich noch dastand, kam der hochwürdige Herr Rektor wieder zurück und ging mit demselben Ausdruck fieberhafter Geschäftigkeit und Sorge wie vorhin eilig an mir vorbei.

Ich trug Bücher und Geige, die ich nicht länger mitschleppen wollte, zu einer nahen Villa hinab, wo ein Präfekt interne Studenten unterzubringen suchte, und legte alles in ein offenes Gartenhäuschen. Villa, Hof, Garten und die benachbarten Häuser wurden vom Schein des Feuers rötlich erhellt, aber die Berge dahinter verschwammen in der Dunkelheit, es war Nacht geworden. Auf dem Rückweg zur Brandstätte sah ich, daß sich das Feuer vom immer noch brennenden Kirchendach in den Ostflügel hinüberfraß; nah beim östlichen Turme stürzte mit dem deutlich unterscheidbaren Krachen des Gebälks und dem Klirren zerscherbender Ziegel ein Teil des Daches ein, und aus der feurigen Lücke schwang sich mit glühendem Funkengestöber eine prachtvolle goldene Lohe empor.

Unter den noch unbelaubten Platanen vor dem Kollegium, wo schon so viele geistliche Herren, das Brevier lesend, friedlich auf- und abgeschritten waren, kam mir zum drittenmal der Rektor entgegen. Sein dünnes, helles Haar sah über den Schläfen unordentlich aus, sein Gesicht glühte wie in einem verwirrenden Fieber; mir schien, daß er vor seiner untergehenden berühmten Lehranstalt nun gänzlich außer sich geraten sei. Wahrscheinlich täuschte ich mich; bei seinem klaren Kopf und tatkräftigen Wesen mochte er, wenn auch erschütterten Herzens, eher auf die dringendsten Anordnungen bedacht sein, aber die Vorstellung gefiel mir, daß der hochwürdige Herr Rektor selber, der streng waltende oberste Erzieher der Jugend und unanfechtbare Hüter der Ordnung, in seiner Ohnmacht nur noch fassungslos herumlaufe.

Die Feuerwehren des Dorfes und aller Nachbardörfer bekämpften jetzt den Brand im Ostflügel; die hier wohnenden Professoren kamen mit dem Rest ihrer Habe heraus, die Studenten der realistischen Abteilungen, deren Schlafsäle da oben schon brannten, umwimmelten, in fremden Sprachen lärmend, die Eingänge und die Ecke, wo ein Zufahrtsweg in den Spielplatz mündete.

Ein beleibter Mann kam hastig den Weg herauf, er schob die Leute, die ihm nicht Platz machten, entschlossen beiseite, unter seinem breitkrempigen Filzhut erschien ein bedeutendes, volles Gesicht, seine Augen blickten suchend herum, und schon hatte er mich entdeckt. «Werner!» rief er, und als ich an seiner Seite war, packte er meinen Arm und befahl einfach: «Komm mit!» Ich schloß mich ihm an, dem Onkel Kern, Professor der Physik am Kollegium. Er rief noch andere Studenten zu sich, die er kannte, darunter meinen Freund Noldi, und drang uns voran in das nördlich verlaufende Seitengebäude, wo er, laut über die Dunkelheit fluchend, im ersten Stock das Physikzimmer betrat. In der schwankenden rötlichen Dämmerung, die durch drei Fenster einfiel, belud er uns mit physikalischen Lehrgeräten. Ich lief mit irgendwelchen optischen Instrumenten hinaus und trug sie in die bezeichnete nahe Scheune.

Nachdem wir das Physikzimmer ausgeräumt hatten, schloß ich mich Noldi an. «Du, ist das nicht großartig?» rief ich begeistert und zitierte: 'Die Elemente hassen das Gebild aus Menschenhand!' Alles geht zum Teufel.» Er lachte verständnisvoll und meinte: «Man kann es auch so ansehen, aber es ist katastrophal.» Ich ließ mich nicht umstimmen und erwähnte auch meine mir sehr zusagende Vorstellung, das Kollegium sei von verschworenen internen Studenten angezündet worden. Er bewegte heiter zweifelnd den Kopf und vertrat die später allgemein herrschende Meinung, die wahrscheinlichste Ursache sei Kurzschluß.

Wir befanden uns auf dem Rückweg von der Scheune und hatten den Spielplatz noch nicht ganz erreicht, als ein stürmischer Westwind einsetzte; im nächsten Augenblick hielten wir beide staunend an. Der fortschreitende, aber etwas schläfrig gewordene Brand sprang wie ein hundertköpfiges Untier wütend auf, zischte mit Flammenzungen durch die Fensterlöcher und spie unzählbare Funken empor, Funken in allen Größen vom Leuchtwürmchen bis zum brennenden Papierdrachen, ein dichtes Glutgestöber, das der Sturm hoch durch den nächtlichen Himmel nach Osten trieb. Ich konnte nicht mehr stillstehen; überwältigt von diesem Schauspiel und neu entfacht begann ich zu tanzen. Die erhobenen Hände schüttelnd, das glühende Gesicht immer wieder dem großartigen Funkensturm zugewandt, tanzte ich, feuertrunken, mit derselben Hingabe wie an jenem befreienden Fasnachtsabend, den Narrentanz.

«Du bist verrückt!» rief Noldi und zog mich lachend weiter.

Vom Spielplatz aus sahen wir, daß die höchsten Wasserstrahlen der Feuerwehrleute im Wind zu Fächern zerstoben. Der Brand drückte gegen das bisher verschonte hintere Seitengebäude, in dem das Naturalienkabinett lag. Wir liefen in das Gebäude hinein und betraten den weiten dunklen Saal, der die Sammlung enthielt. Studenten trugen ausgestopfte Tiere an uns vorbei. Der Professor, dem ich den Kanarienvogel hatte retten wollen, stand mit einer Stallaterne vor einem offenen Glasschrank und rief uns über die Schultern flehentlich zu, wir möchten doch dafür sorgen, daß die über eine Leiter hinabgereichten Gegenstände draußen weggebracht würden. Da rannten wir wieder hinaus, forderten alle müßigen Studenten auf, uns zu helfen, und bildeten von der Leiter bis zur bergwärts gelegenen nächsten Scheune eine lange Kette. Sogleich begann Stück um Stück aus der reichen Sammlung von einer Hand in die andere auf den leeren Heuboden der Scheune zu wandern. Hoch über uns stoben bei neuen Windstößen noch immer glühende Funken durch den dunkelroten Himmel, und manchmal schneiten brennende und verkohlte Papiere auf uns herab.

Indessen aber flaute der Sturm ab, es begann zu regnen, und der Brand zog sich schläfrig wieder hinter die Mauern zurück.

21.

Mitternacht war längst vorbei, als Noldi endlich heimgehen wollte, und ich bat ihn umsonst, dazubleiben. Er ging, ich blickte ihm nach und fühlte mich einsam. Ihm bedeutete das Ereignis dieser Nacht etwas anderes als mir, es unterbrach nur seine Studien, die er nachher fortsetzen würde; für mich war es die wunderbare Erfüllung eines wilden Wunsches, ein großartig verheerender Abschluß, dem nichts mehr zu folgen brauchte. Hier hörte mein Weg auf, ich sah nicht, wie und wo er weiterführen sollte, und hier blieb ich allein zurück.

Ich ging ein paarmal rings um die Brandstätte, stellte fest, was alles vernichtet war, was noch brannte oder noch bedroht schien, und gab mir selber wiederholt die Versicherung ab: «Das Kollegium ist zum größten Teil verbrannt, es ist nur noch eine Ruine.»

Durchnäßt und müde stand ich zuletzt am Rand des östlichen Spielplatzes, schaute auf das Dorf hinab und wußte, daß mir nun nichts anderes übrigblieb, als auch heimzugehen und daheim der Mutter zu begegnen, die traurig und kummervoll auf mich wartete. Es regnete immer noch, aber die südlichen Berge hoben sich deutlicher vom Nachthimmel ab, und auch der langgestreckte Bergfuß war zu erkennen, der sich vom steilen Tannenhang nach rechts in den dunklen Talboden hinausschob. Eine silberige Helle stand darüber, als ob der Föhn, der gestern morgen noch geweht hatte, dort im Gewölk eine Lücke aufreißen wollte. Ich schaute dorthin, und plötzlich stieg beängstigend das Gefühl in mir auf, daß ich eine solche Nacht schon einmal erlebt und daß sie schrecklich geendet habe. Kaum fühlte ich das, als mir auch schon alles wieder vor Augen trat. Ich stand auf einem Stuhl, schaute fassungslos in eine ungeheure Brandröte hinein und wußte, daß dort hinter jenem Bergfuß unser Grand Hotel Freudenberg in Flammen aufging; die Mutter hatte ihren Arm um mich gelegt, der Arm bebte, und ich sah, von einer schweren Bangnis gelähmt, daß die Mutter schluchzte. Das war vor zehn Jahren gewesen, zu dieser Stunde zwischen Mitternacht und Morgenfrühe, ich hatte aufgeregt die Jahrhundertwende erwartet und sie statt als großes Fest dann so als düsteres Unheil erlebt.

Ich suchte diese Erinnerung abzuschütteln, verließ den Platz und holte im Gartenhäuschen der Villa meine Bücher und die Geige. Beklommen schlenderte ich ins Dorf hinab, wo immer noch Menschen herumliefen und in vielen Häusern Licht war. Auf einmal fuhr ich zusammen, die Mutter rief mich; ich war in der schlecht beleuchteten Straße an ihr vorbeigegangen, ohne sie zu sehen, jetzt stand sie da, eine dunkle Gestalt in einem Regenmantel, und blickte mich an. Ich faßte mich rasch, ich wollte ihr unbedingt zuvorkommen und begann, als ob ich das beste Gewissen hätte, sogleich lebhaft von dieser gewaltigen Feuersbrunst zu reden, dann erwähnte ich nachdrücklich, daß ich dem Onkel Kern auf seine Bitte bei der Rettung wichtiger Instrumente geholfen habe.

Sie hörte mich wider Erwarten schweigend an, und als ich ein wenig ins Stocken geriet, sagte sie wie aus einer großen Müdigkeit heraus, aber in einem Tone, der mir dauernd im Ohre haften blieb, in einem ungewohnt milden, versöhnlichen Tone: «Komm jetzt heim!»

Wir gingen heim, ich erzählte weiter und erfuhr nun auch einiges von ihr. Sie habe zwei italienische Studenten im Gastzimmer untergebracht und ihnen Geld gegeben, weil beide schon früh nach Hause abreisen möchten. Tante Christine sei mit den näheren Verwandten des Onkels Benedikt noch am Abend in einem Automobil zur Tante Frida gefahren; wahrscheinlich würden wir dann zur Beerdigung auch hinfahren. Ich schwieg dazu, und die Mutter ihrerseits äußerte sich kaum über meine Erlebnisse, wir sagten uns nur dies und jenes, ohne richtig miteinander zu reden, und dennoch glaubte ich zu spüren, daß sich zwischen uns etwas geändert habe.

Im Bette dachte ich darüber nach und konnte nicht einschlafen. Die Mutter hatte also zwei unbekannten fremden Studenten Geld gegeben, während ich fast um jeden Franken bei ihr betteln mußte. Aber sie besaß freilich auch andern Menschen gegenüber eine offene Hand, ich sah ja häufig genug, wie arme Leute ihr überschwenglich dankten und bald wiederkamen. Ohne dem weiter nachzuhängen, fragte ich mich gleich darauf, ob sie wohl wirklich aus Sorge hinausgelaufen sei, um mich zu suchen, oder ob sie mich nur zufällig getroffen habe. Sie ging gern allein im Regen und in der Dunkelheit herum, was ich immer gut begriffen hatte. Aber morgens um drei Uhr, in dieser Regennacht, nachdem ich gegen ihren Willen davongelaufen und noch immer nicht heimgekehrt war... «Nein, das ist kein Zufall, sie hat mich voller Angst und Entrüstung gesucht», dachte ich schuldbewußt. Aber warum hatte sie mir das dann nicht gezeigt? War ich ihr mit meinem Gerede wirklich zuvorgekommen und hatte sie umgestimmt? Oder hatte sie mich einfach aus Müdigkeit nicht mehr getadelt? Oder gar aus Gleichgültigkeit? Dieser Gedanke trieb mir das Blut in den Kopf. Ich hielt es für möglich, daß die Mutter endlich daran verzweifelte, mich rechtschaffen zu erziehen, daß sie die Nutzlosigkeit alles Mahnens und Tadelns einsah, daß sie mich aufgab. Aber warum hatte sie mich dann gesucht? Aus Gleichgültigkeit doch gewiß nicht! «Komm jetzt heim!» Das hatte nicht gleichgültig geklungen, ich hörte es noch, ich hörte den Tonfall genau, es klang daraus eher etwas Verzeihendes, ja Versöhntes, obwohl ich ihr doch gerade in dieser Nacht nur Kummer und Sorgen bereitet hatte...

Mitten in diesen Überlegungen schüttelte es mich gewaltsam, und ich schluchzte wie ein Kind ins Kissen hinein.

22.

Am folgenden Tage war ich darauf bedacht, mir nichts anmerken zu lassen, ich empfand einen nüchternen Trotz gegen mich und verleugnete meine Tränen. Die Mutter war müde und verwies mir ohne Strenge ein paar leichtfertige Äusserungen über das abgebrannte Kollegium, doch war auch ihr nichts anzumerken, und so schien sich zwischen uns wenig geändert zu haben.

Ich lief schon am Morgen wieder zur Brandstätte hinauf und freute mich über die märchenhafte Tatsache, daß ich jetzt nicht die Schule besuchte, sondern die rauchenden Trümmer dieser Schule. Unersättlich strich ich auch während der nächsten Tage um die Ruinen, ließ mir von Kameraden ihre Erlebnisse erzählen und besprach mit ihnen die Folgen des Brandes, die wir uns als gründlich und langfristig vorstellten.

Da überraschte uns die Ankündigung, daß in den paar verschonten Räumen und in gewissen Gebäuden des Dorfes der Schulbetrieb bald wieder aufgenommen werde. Ich fand es empörend. Kaum also hatte das Schicksal eingegriffen, da versuchte man unbelehrt, uns schon wieder das Netz über den Kopf zu werfen. Mußte denn noch mehr geschehen? Wohlan, so mochte der Halleysche Komet mit dem glühenden Schweif die Erde peitschen, wenn nichts anderes mehr half! Die Zeitungen berichteten ja immer neue Einzelheiten über seine Herkunft, seine Bahn, seine vermutliche Beschaffenheit, und die heimliche Furcht vieler Menschen nahm zu. Der Komet war 1835 zum letztenmal gesehen worden, seine Umlaufzeit betrug 75 Jahre, jetzt stand er als feuriger Wink wieder sichtbar am Himmel und näherte sich uns rasch. Astronomen rechneten mit der Möglichkeit, daß die Erde vom 19. Mai an in seinen Schweif hineingeraten würde, der sich zu einer Länge von ungefähr 30 Millionen Kilometern entwickelte. Ein solcher Schweif konnte, wie man erfuhr, der irdischen Lebewelt durch Radioaktivität oder Gase gefährlich werden.

Diese abenteuerliche Aussicht, die auflockernde Wirkung der Brandkatastrophe und die unverhoffte Schulfreiheit versetzten viele Studenten in eine ausgelassene Stimmung. Schüler der obersten Klassen veranstalteten in abgelegenen Wirtschaften Trinkgelage und gingen mit Mädchen spazieren, andere strichen als Indianer oder Räuber in den benachbarten Wäldern herum. Externe Studenten, die Karl May lasen, gründeten einen neuen Indianerstamm, befehdeten unseren alten Stamm und erhoben auf den besten Lagerplatz Anspruch.

Eines Nachmittags lagerte unser Stamm auf diesem bevorzugten Platz am dicht bewaldeten Ufer eines Baches. Wir brieten am Eschenspieß eine im Dorf erbeutete Katze, die Frühlingssonne schien zwischen den Tannen hinab auf das frischgrüne Laub der hohen Gebüsche und spannte schräge goldene Bänder durch den blaugrauen Rauch des Lagerfeuers. Im nahen Gesträuch stand plötzlich ein fremder Indianer und rief mit heller Knabenstimme: «Großer Adler, ich habe mit dir zu reden.»

Unser Häuptling, ein schmächtiger, scharfblickender Lateiner, setzte sich ruhig den reich gefiederten Kopfschmuck auf, ergriff Spieß und Schild und sprach: «Rede!»

Der Fremde, Sendbote des feindlichen Stammes, meldete: «Die Kluge Schlange befiehlt dir, diesen Platz zu räumen. Sie gibt dir dafür soviel Zeit, wie du brauchst, um dreißigmal zu atmen.»

Der Große Adler erwiderte mit verächtlicher Kühle: «Ich werde auf diesem Platz hier atmen, solang es mir gefällt. Dies melde der Unklugen Schlange!»

Der Sendling ging, von unserem Hohngelächter verfolgt, in würdiger Haltung schweigend ab.

Wir machten uns auf den Angriff gefaßt und schnitten eilig

Haselstecken, um unseren Vorrat an Wurfspeeren zu ergänzen. Der Große Adler wies mir zur Verteidigung einen Abschnitt zu, der weniger eines starken Raufers als eines sicheren Schützen bedurfte, eine erhöhte, bröckelnde Uferstelle, mit gutem Schußfeld über einen Teich hinweg auf den jenseitigen Buschrand. Dieser Teich, eine von uns erweiterte Gunte, in der wir an heißen Tagen badeten, machte unseren Lagerplatz begehrenswert.

Bei meinem ersten Blick auf die Büsche am andern Ufer entdeckte ich verdächtig bewegte Weiden- und Erlenruten, und es durchfuhr mich heiß, daß die Krieger der Klugen Schlange sich dort anschlichen, um durch den Bach unser Lager überraschend anzugreifen. Ich meldete es unserem Häuptling, der die Verteidiger sogleich anders aufstellte. Wir waren noch nicht ganz bereit, als die Feinde drüben schon aus den Büschen brachen und schweigend zum Bach vorstürmten. Mir gegenüber sprang einer mit nackten weißen Waden aus dem Gesträuch in den Rand des Wasserbeckens, er hatte die Hosen bis über die Knie hinaufgelitzt und nur Schuhe, aber keine Strümpfe an, und er trug um den Kopf einen Reif, von dem ihm schwarze Federn um das bleiche Gesicht herabhingen; beim Sprunge hob er mit der Rechten den Speer, mit der Linken den geflochtenen braunen Schild, und das Wasser spritzte unter ihm auf. Erschreckt durch sein plötzliches Erscheinen und dennoch zur Abwehr gesammelt, schleuderte ich ohne Überlegung, wie der Jäger auf das überraschend auftauchende Wild schießt, meinen gespitzten, daumendicken Haselspeer auf den Angreifer und traf ihn in dem Augenblick, als er durch den Teich gegen mich anstürmen wollte; ich traf ihn über den Rand seines Schildes hinweg auf den braunhaarigen Scheitel, er sank merkwürdig in die Knie und stürzte mit dem Gesicht nach vorn ins aufschäumende Wasser.

Betroffen starrte ich hinab. Ich hörte, daß beide Stämme in ein wildes Geheul ausbrachen, aber ich konnte nicht mitheulen, mich durchdrang nur der brennende Wunsch, meinen Speerwurf ungeschehen zu machen. Ich sprang dem Gefallenen bei, und schon waren andere da, die ihn an den Armen aus dem Wasser zogen; ich bekam seinen Kopf zu fassen, das Wasser troff ihm aus den Haaren wie einem Ertrunkenen, und unter den Haaren drang Blut hervor.

Mir wurde bang, ich wandte mich ab und schlich zwischen die Ufergebüsche zurück. «Ich habe einen getötet, jetzt ist alles zu Ende», dachte ich. Das alte, trübe Wissen überfiel mich, daß es so habe kommen müssen; was an Schuld und Unglück aus einem solchen Spiel entstehen konnte, mußte mich treffen, dazu war ich ausersehen. Ich lehnte mich an eine Tanne und hörte, wie die Kameraden aufgeregt redend mit dem Gefallenen daherkamen. «Warum steh ich noch lange herum», dachte ich, «mit diesen da hab ich nun nichts mehr gemein, ich könnte ebenso gut weggehen.» Ich machte mich schon auf ihre scheuen Blicke gefaßt, ich war wieder gezeichnet, und diesmal hatte das Schicksal auf eine besonders listige Art mir selber das Werkzeug in die Hände gespielt.

Da sah ich aber, daß sie den Getroffenen führten, er kam unsicher, doch aufrecht zum Lagerplatz und blieb mit triefenden Kleidern verlegen stehen. Ich starrte ihn voller Hoffnung und Mitleid an, aber auch voller Angst, als ob er jeden Augenblick dennoch zusammenbrechen könnte, und erst jetzt sah ich, daß es der Leo Bürgler aus der Marktgasse war. Langsam ging ich auf ihn zu und sagte leise: «Ich bin's gewesen.»

Er verstand mich nicht gleich, und ich wollte es wiederholen, aber um uns war eine lärmende Bewegung, die Gegner sprachen aufeinander ein und schienen sich den Sieg streitig zu machen. Da rief die Kluge Schlange zornig, daß jetzt vor allem einer ins Dorf zu Bürglers laufen und dem Leo trockene Kleider holen müsse. «Ich gehe!» sagte ich rasch und rannte, ohne auf weiteres zu warten, vom Lager weg ins Dorf hinein.

Erhitzt und hastig stieg ich die Treppe zur Bürglerschen

Wohnung hinauf und stieß droben im Gang auf Leos Mutter, die einen Milchkrug in die Stube trug. «Guten Tag, ich sollte für den Leo trockene Kleider holen, er ist in den Bach gefallen», sagte ich fast atemlos. Die Frau starrte mich einen Augenblick an, dann schrie sie «Jesses Gott!» und wußte nicht wohin mit dem Krug; sie rief einen Namen, ging zurück, wo sie hergekommen war, kehrte wieder um und drängte mich in die Wohnstube, wo sie den Krug endlich abstellte. In kurzer Frist war die ganze Familie um mich versammelt, ich mußte am Tische Platz nehmen, Milchkaffee trinken, ein großes Stück Kuchen essen und Fragen beantworten; dabei fühlte ich mich in wachsender Verlegenheit immer weniger imstande, meine eigene Schuld zu bekennen. Die Frau machte unterdessen ein Paket zurecht, und als sie es mir übergab, drückte sie mir noch eine Tafel Schokolade in die Hand und dankte mir herzlich. Herr Bürgler aber klopfte mir auf die Schulter und schenkte mir ein hübsches kleines Taschenmesser.

Ich machte mich eilig auf den Rückweg, ebenso beschämt wie belustigt, doch traute ich diesem unwahrscheinlich heiteren Ende der fatalen Geschichte nur halb. Erleichtert aber sah ich schon von weitem eine dünne Rauchsäule über dem Lager aus den Tannen steigen und dachte mit wachsender Zuversicht, daß sie nicht feuern würden, wenn es schlimm stände. Bei meiner Ankunft saßen die Kameraden beider Stämme rings um das Lagerfeuer und rauchten die Friedenspfeife. Leo wärmte sich, schon halb entkleidet, mit dem Rücken gegen das Feuer, stand jetzt aber auf und nahm mit einem verlegenen Lächeln das Paket entgegen. Auf meine besorgte Frage antwortete er leichthin, es habe ihm gar nichts gemacht und sei nicht der Rede wert, obwohl er, wie ich nachher sah, eine arge Kopfwunde hatte, auf der die Haare mit dem geronnenen Blute verklebt waren. In einer Aufwallung von Dankbarkeit für diesen Ausgang gestand ich ihm, daß mich seine Eltern noch belohnt hätten, und gab ihm die Tafel Schokolade, die er aber widerwillig erst annahm, als ich ihm auch das Taschenmesser zeigte.

Während Leo trockene Kleider anzog, erhob sich die Kluge Schlange und überreichte mir feierlich Leos Kopfschmuck, dessen schwarze, bläulich schimmernde Krähenfedern so getragen wurden, daß sie hängend das Gesicht umrahmten. «Du hast einen tapferen Krieger meines Stammes besiegt», sagte der Häuptling. «Nimm hier deinen Siegespreis!» Unser Stamm brach in ein helles Jubelgeschrei, der andere in ein dumpfes Klagegeheul aus. Mich aber packte ein Übermut, der nicht nur dem unmittelbaren Anlaß entsprang. Den Federschmuck über dem Kopfe schwingend, führte ich rings um das Feuer einen wilden Indianertanz auf und geriet dabei unversehens in jenen andern Tanz hinein, der mir zum Ausdruck einer neuen Lebensstimmung geworden war. Zum drittenmal in dieser ersten Jahreshälfte tanzte ich den Narrentanz.

Leo und ich mußten darauf die Friedenspfeife rauchen, während uns der Große Adler erklärte, das Kriegsbeil sei begraben, beide Stämme hätten einen Bund geschlossen und würden den umstrittenen Lagerplatz künftig gemeinsam benutzen.

23.

Dreimal nacheinander war mir nun ein Erlebnis ohne das befürchtete schlimme Ende abgelaufen. Das alte trübe Geschick, das mir auch auf den glücklichsten Wegstrecken gefolgt war wie mein Schatten, schien zurückzubleiben. Ich traute mir mehr zu und atmete freier. Untauglichkeits- und Schuldgefühle, Gewissensqualen, beklemmende Erwartungen, all dies gräßliche Geschlinge sollte mir endlich nicht mehr die Schritte hemmen und den Hals zuschnüren. Ich hatte mich mit Erfolg dagegen gewehrt und wollte mich weiterhin wehren, auch wenn meine junge Zuversicht vorläufig keinen besseren Ausdruck fand als Übermut und Leichtsinn.

Diese Stimmung beherrschte mich jetzt so entschieden, daß ich den Halleyschen Kometen nicht mehr brauchte und den wirkungslosen Abschied des auffallend geschwänzten Sterns kaum bedauerte. Sie lockerte auch mein Unbehagen über die Fortsetzung des Schulbetriebes, die meinen längst zutage liegenden Mißerfolg nur noch bestätigen konnte, und legte einen schimmernden Nebel vor meine nächste Zukunft.

Da wurde meine Mutter krank. Ich sah sie in ihrem Bette liegen, sie gab mir mit schwacher Stimme einen Auftrag, und ihr Kopf mit dem dunklen Haargekräusel um Stirn und Schläfen ruhte müde im Kissen. Angstvoll forschend blickte sie mich an, und in diesem Blick, der nicht ohne Vorwurf war, las ich zu meinem Schrecken die Frage: Was wird nun aus dir werden, wenn ich dich verlassen muß? Dies traf mich ganz und gar unerwartet und drang so bedrohlich gegen mein Herz vor, daß ich in meinen harten Panzer ausweichen mußte, um standzuhalten.

«Was soll denn das wieder heißen?» fragte ich mich trotzig. «Die Mutter ist erst zweiundvierzig Jahre alt, warum sollte sie nicht auch einmal krank werden können? Als ob nicht die meisten Menschen irgendeinmal krank und wieder gesund würden! Wie lächerlich, in jeder Wolke immer gleich ein blitzendes Ungewitter zu vermuten!»

Tante Christine kam aus der Altrüti und richtete sich zur Pflege bei uns ein. Von ihrer kummervollen Miene beherrscht, erfuhr unser Hauswesen eine peinliche Veränderung, die zu meinem neuen Lebensmut in einen fast unerträglichen Gegensatz trat. Die Kranke wurde von steigenden Fiebern heimgesucht. Unser Hausarzt schüttelte den Kopf und zog einen zweiten Arzt bei. Ich hörte darauf etwas Ungenaues über eine in unseren Zonen äußerst seltene Krankheit, eine Art von Blutzersetzung, und ich wurde bleich beim Gedanken, es könne keine gewöhnliche Krankheit sein, wenn uns da wieder dieselbe finstere Macht bedrohte, der auch mein Vater mit zweiundvierzig Jahren auf ungewöhnliche Art erliegen mußte. Aber ich verwarf den Gedanken und lehnte mich mit aller Kraft gegen die Fortdauer dieser würgenden Verstrickung auf.

Ein dritter Arzt wurde beigezogen, ein angesehener Professor aus der Stadt. Meine arme Mutter lag in hohen Fiebern. Die Besucher durften nicht mehr zu ihr hinein, außer den nächsten Verwandten, die sich zur Pflege und Nachtwache anboten. Eines späten Abends herrschte eine unheimliche leise Geschäftigkeit, Tante Christine sah erschrocken aus, verschiedene andere Tanten waren da, und ich strich ziellos in der Wohnung herum oder stand wie erstarrt bald da, bald dort, bis Tante Christine mich jammernd anfuhr: «Steh doch nicht immer im Weg herum, geh noch ein wenig hinaus oder bleib in deinem Zimmer!»

Dieser Anstoß genügte, ich kam mir hier auch selber überflüssig vor und ging hinaus. Wie ich die Haustür öffnete, schlug mir aus der Dunkelheit ein dichter, schräger Regen entgegen. Über den Hauptplatz schoß ein schmutzig brauner Bach, die Dolen überflossen gurgelnd, ein eiserner Dolendeckel lag weggeschwemmt neben dem runden Loch. Im Turm schlug das Verwahrglöcklein an, ein Sigrist mit der Laterne und ein Priester im weißen Chorhemd kamen die Kirchentreppe herab, sie hielten die Schirme schief gegen den Regen und schlugen eilig die Richtung ein, aus der ich soeben gekommen war. Ich fühlte mich wie von rohen fremden Händen an der Kehle gepackt und lief zum Dorf hinaus. Auf den Wiesen war es stockfinster, der Regen rauschte stürmisch in die Obstbäume, und da draußen schrie ich laut auf: «Nein! Nein! Nein!»

Als ich zwischen Mitternacht und Morgenfrühe ins Dorf zurückkam, wurde mir so sterbensbang, daß ich nur noch mühsam atmen konnte, und als ich die Treppe zu unserem Haus hinaufstieg, wollten mir, wie früher schon einmal, die Knie versagen.

Eine der Tanten, die sich zur Nachtwache gemeldet hatten, ließ mich ein, sie fragte verwundert, wo ich denn so lange geblieben sei, und äußerte ein mitleidiges Entsetzen über mein Aussehen: «Du tropfst ja, du bist ja bachnaß. Tante Christine hatte Kummer wegen dir, sie ist erst vor einer Stunde schlafen gegangen. Werner, geh bitte ins Bett! Willst du eine Wärmeflasche? Oder willst du etwas essen? Ich bring dir heiße Milch, gelt?» Ich lehnte dies alles verwundert ab, es konnte sich doch jetzt gar nicht um mich handeln; die Tante mochte das auch einsehen, sie sagte leiser, mit einem veränderten, hilflosen Ausdruck: «Die Mutter schläft noch immer. Es ist vielleicht besser, wenn du jetzt nicht hineingehst. Ein paarmal hat sie uns noch angeschaut, wenn wir gerufen haben, aber...» Sie schüttelte den Kopf und bekam Tränen in die Augen, raffte sich aber gleich wieder auf. «Werner, bitte geh schlafen!» sagte sie entschieden. «Du kannst jetzt gar nichts anderes tun. Es ist ja schon bald wieder Morgen, und man sieht dir die Müdigkeit an.»

Willenlos, wie von einem Schlage halb betäubt, ging ich zu Bett und schlief sogleich ein.

Als ich erwachte, stand Tante Christine an meinem Bett und sagte: «Werner, steh auf! Die Mutter ist gestorben.» Sie sagte es in dem gedämpften, feierlich eindringlichen Tone, in dem man nur das Schreckliche oder das Wunderbare ankündigt.

Ich stand auf und zog mich an. Ein Weh erschütterte mich, dem ich nicht nachgeben durfte, und mein Herz erstarrte, um nicht zu bluten. So betrat ich die Wohnstube, fügte mich den Anordnungen meiner Verwandten, ging nachmittags ins Sterbezimmer und schaute, krampfhaft an mich haltend, die Mutter an, die mit gefalteten Händen und geschlossenen Augen wachsbleich zwischen Rosen, Lilien und brennenden Kerzen auf ihrem Totenbette lag.

24.

In der folgenden Nacht stürzte alles auf mich ein, was ich schon untertags gefürchtet hatte, Bilder, Gedanken, Erinnerungen, die mir immer dasselbe wiederholten: Du bist deiner Mutter ein schlechter Sohn gewesen, du hast sie durch deine beständigen Mißerfolge bitter enttäuscht, du warst ungehorsam und verschlossen, du hast ihr mit deinem Leichtsinn und Übermut in der letzten Zeit noch ganz besonders weh getan; sie hat schon den jähen Verlust des Vaters nie verwunden, nun hat sie sich deinetwegen zutode gegrämt, und darum fanden die Ärzte ihre Krankheit auch so rätselhaft; du bist mitschuldig an ihrem Tod.

Während ich mich mit solchen Selbstanklagen marterte und in dieser einsamen, dunklen Stunde sie nicht zu entkräften vermochte, gellten draußen Alarmsignale durch die Straßen. Ich sprang aus dem Bett, zog mich an und lief in meiner schwarzen Pelerine, die Kapuze über den Kopf gestülpt, in die Nacht hinaus. Der Regen, der im Verlaufe des Tages nachgelassen, aber abends wieder eingesetzt hatte, brauste noch immer auf das Dorf hinab, die Dolenschächte gurgelten, Bäche flossen über das Pflaster. Feuerwehrmänner rannten zu ihrem Sammelplatz, und ich folgte ihnen. Vor dem Feuerwehrlokal war eine Ansammlung, Menschen und Wagen standen da, Pickel, Schaufeln, Seile und Flößhaken wurden aufgeladen, Befehle gerufen, Rosse angespannt. Ich folgte mit ein paar halbwüchsigen Burschen dem ersten abfahrenden Wagen, und die Burschen redeten freudig aufgeregt durcheinander; der und jener Bach laufe den Bauern mitten durch die Matte, der Fluß sei plattvoll und schon an drei, vier Orten über die Ufer hinaus, diese Feuerwehrmannschaft da müsse zur Hinteren Brücke, dort wüte das Wasser ganz verflucht, dort könne man am ehesten etwas erleben.

Mir war, dies alles müsse jetzt notwendig so geschehen, ich wunderte mich nicht darüber, und wie beim Brand des Kollegiums drang wieder alles in einem großen Zusammenhang auf mich ein.

Der Wagen fuhr am Altrütihaus vorbei; es schimmerte Licht durch die geschlossenen Fensterläden, da drin konnten sie auch nicht schlafen.

Die Rosse trabten, wir mußten Laufschritt machen, um nachzukommen, durch Straßendreck und Wasserpfützen, und als wir an der Abzweigung zur Hinteren Brücke vorbei waren, rief einer in den Wagen hinein: «He, wo fahrt ihr denn hin?» Er bekam keine Antwort, die Mannschaft saß unter einer aufgespannten Zeltblache schweigend im Dunkeln. Darauf blieben einige von uns zurück. Ich dachte nicht daran, umzukehren, ich lief mit zwei andern weiter, vom dumpfen Gefühl getrieben, daß etwas Furchtbares hinter mir her sei, ich wollte laufen, laufen, laufen.

Der Wagen fuhr in das Tal hinein, aus dem der Fluß herkam, und hielt vor einer gedeckten Holzbrücke. Die Mannschaft stieg aus. Ein ungeheurer Lärm erfüllte die triefende Finsternis dieser Talenge; man unterschied im hochgeschwollen herantosenden Bach das stoßweise Gepolter der Steinblöcke, der Bach rüttelte an der ächzenden Holzbrücke und schoß daneben quer über die Straße zum Fluß hinab, und der Fluß donnerte aus der nahen Schlucht an die widerhallenden Steilhänge empor. Die Männer gingen mit Laternen an die Arbeit und schrieen einander an, doch war kein Wort zu verstehen. Ich stieg ein paar Schritte hangauf und sah im Schein einer grellen Karbidlampe, daß eingeklemmte Stämme und grünes Gehölz mit dicken Wurzelklumpen dem Bach den ungehinderten Durchlaß unter der Brücke so verwehrten, daß er in schäumendem Zorn die Brücke selber wegzuschwemmen versuchte. Die arbeitenden Männer kamen mir dagegen wie Kinder vor, die versuchen würden, einen wütenden Stier durch die Stalltür zu führen, und ich war enttäuscht, als sie mit Seilschlingen und langen Haken das Hindernis endlich auseinanderrissen und bachab schickten.

Während ihrer schweren Arbeit schwankte ein trübes Licht zur Laterne hinab, die drüben vor der Brücke hing, und im Schein dieser Laterne hielt ein Reiter auf einem vor Nässe fast schwarzen Pferd, ein rotbrauner Bauernbursche in Hose und Hemd, der mit seinem offenen Mund und den triefenden Haaren aussah wie ein auftauchender Schwimmer; er stieg ab, schrie einen Feuerwehrmann an und wies in die Richtung, aus der er gekommen war. Er begehrte wohl Hilfe, denn als die Arbeit hier getan war und der Bach vorläufig wieder ungehindert unter der Brücke durchschoß, fuhr der größte Teil der Mannschaft weiter; nur drei Männer mit einer Laterne und zwei langen Haken blieben bei der Brücke.

Ich lief wieder dem Wagen nach, der Reiter ritt voraus, und diesmal war ich allein, die zwei andern Burschen wollten nicht mehr mit. Es ging kurz bergauf, dann wieder bergab, und da ich trotz meiner Pelerine bis auf die Haut durchnäßt war, machte ich gern Laufschritt, doch auf dem ebenen Talboden lief ich streckenweise im Wasser, das um mich aufspritzte, und bald mußte ich mich am Wagen halten, um mitzukommen. Da beugte sich ein Gesicht zu mir herab, und eine rauhe Stimme sagte: «Komm, spring auf!» Ich sprang auf, setzte mich mit dem Rücken gegen die Mannschaft und ließ die tropfenden Beine hangen. «Was ist das für einer?» hörte ich fragen, aber ich wollte lieber nicht erkannt werden, ich verbarg den Kopf wie bisher unter der Kapuze und überhörte eine zweite Frage.

Die Fahrt ging weiter als ich vermuten konnte, und mir war es recht. Nach meinem dunklen Gefühl befand ich mich auf der Flucht vor dem noch unsichtbaren, großen schwarzen Vogel, der auf mich herabstoßen wollte, und meine tiefe Bangnis glich der früheren eines unvergessenen Traumes. Ich war so in diesem Bilde befangen, daß ich erschrak, als das Regengeprassel auf der Blache und das Rädergeratter wie von einem nahenden ungeheuren Flügelrauschen verschlungen wurden, aber dann fiel mir ein, daß es der große Wasserfall sei, der da drüben vom Bergrand durch die finstere Nacht herabstürzte; im nächsten Augenblick verfluchte ich sowohl meine eigene Schreckhaftigkeit wie das Erschreckende selber und wünschte allen Ernstes, den angreifenden schwarzen Vogel doch wirklich einmal vor mir zu haben, um mich zu stellen, statt zu fliehen, mich auf ihn zu stürzen und ihn zu bezwingen oder unterzugehen.

Die Fahrt stockte wiederholt, die Rosse scheuten vor Hindernissen und mußten geführt werden, dann hielt das Fuhrwerk zwischen beleuchteten Häusern auf einem überschwemmten kleinen Platz. Ich sprang ab und gewahrte vorerst nur ein Durcheinander von Menschen mit allerlei Hausrat, von Bauern mit Stangen, Pfählen, beladenen Karren, und von Leuten der Ortsfeuerwehr. Ich kannte den Ort, hier wurde das Tal wieder eng und begann anzusteigen, hier führte eine Brücke über den Fluß, und die Häuser lagen an beiden Flußufern. Ein angeschwollener naher Bergbach polterte in den Fluß hinein, der Regen prasselte auf die Schindeldächer, die Menschen riefen oder schrieen einander zu, aber diese und andere Geräusche, die zusammen einen starken Lärm gemacht hätten, klangen nur wie mitschwingende Obertöne auf dem tief und breit dahinrauschenden Grundbaß des Flusses selber. Dieser mir wohlbekannte Fluß war nicht mehr zu erkennen, kein lebender Talbewohner hatte ihn jemals so gesehen, und keiner, der ihn jetzt so sah, um Mitte Juni dieses Jahres 1910, hat ihn so wieder vergessen. Nach langen heftigen Regenfällen kam er mit dem Hochwasser der Schneeschmelze und dem Hochwasser aller Wildbäche, mit entwurzelten Bäumen, Holztrümmern und toten Tieren als eine wogende, schmutzig-braune Flut dahergestürmt und überfuhr nicht nur die bewährten alten Ufer, auf dem die Häuser standen, sondern hatte die Ufer selber schon angefressen.

Staunend watete ich herum. Ich sah die Trümmer eines zusammengestürzten Hauses aus der Flut ragen und plötzlich verschwinden. Jemand drängte mich unwirsch beiseite, Bauern zogen und stießen einen schwer mit Steinen beladenen Wagen an mir vorbei, ich folgte dem Wagen zum nächsten Haus, in dem ein paar Männer Türen und Fenster aushängten, dann zog mir jemand die Kapuze zurück, leuchtete mir ins Gesicht und rief: «Das ist ja der Werner Amberg! Was machst denn du da?» Es war ein Feuerwehrmann, einer unserer Dorfnachbarn. «Du wärest auch besser zuhause geblieben, du!» sagte er, als ich schwieg. Da hier noch andere Feuerwehrmänner herumwateten, die alle wußten, daß meine Mutter gestorben war, drückte ich mich ins Dunkel zurück. Ich geriet zwischen brüllendes Vieh, das von Treibern und einem aufgeregt kläffenden Hunde mühsam zusammengehalten und irgendwohin getrieben wurde, dann ging ich zu einer angenagten Uferstelle, wo Häuser standen und eine tiefe, heisere Frauenstimme laut zu einem offenen Fenster hinaus betete. Zwei der Bauern, die vor dem Haus eine Wehre bauten, riefen zum Fenster empor: «He, Mutter, kommt jetzt heraus!» Als das Gebet nicht abbrach, gingen sie hinein, und der eine kam mit einer alten Frau zurück, die ihr Leben lang in diesem Hause gewohnt haben mochte, der andere kam hinter ihr mit dem letzten Stuhl heraus.

Zwischen diesem und dem nahen oberen Hause versuchten die Bauern eine überschwemmte Uferlücke, die durch den auffallend eiligen Zustrom verraten wurde, mit Pfählen, Brettern, Ästen und Sandsäcken abzuriegeln. Ich prägte mir diese Männer ebenso genau ein wie die Wut des Wassers; in einer fast hoffnungslosen Lage kämpften sie noch, vielleicht nur, um nicht wehrlos zusehen zu müssen, und ihre harten braunen Gesichter verrieten bei aller Bestürzung einen zornigen Trotz, obwohl das leibhaftige Unheil selber auf sie eindrang. Während ich so dastand, bis an die Knie im Wasser, sah ich zu meinem Schrecken, wie der schwarze Giebel des oberen Hauses auf dem schwach erhellten Hintergrund sich langsam gegen den Fluß hin neigte. «Aufpassen!» schrie ich, und da mich die Bauern nicht gleich verstanden, watete ich zum nächsten hin und zeigte auf das bedrohlich überhängende Haus. In diesem Augenblick rutschte uns allen der Boden unter den Füßen weg, und wir wurden samt den Pfählen und Brettern der halbfertigen Wehre an das Haus hin geschwemmt, in dem die Frau gebetet hatte. Hier kamen wir wieder auf Grund, aber noch waren wir nicht aus der Strömung, als im Halbdunkel die schimmernden Messinghelme unserer Feuerwehrleute auftauchten und ein Seil über uns hinflog, an dem wir uns hielten und rasch den festen Boden erreichten.

Mich nahm ein Feuerwehrmann in Empfang, den ich so genau kannte wie den andern, ein Handwerker aus unserer Nachbarschaft. Er führte mich unter dringenden Zusprüchen vom Flusse fort und über den Platz hinweg in eine Wirtschaft, wo ich zu meiner Pein noch mehr bekannte Gesichter sah und von unserem hochwürdigen Herrn Frühmesser angesprochen wurde, der soeben mit einer neuen Gruppe unserer Ortsfeuerwehr hier eingetroffen war. Ich hörte schweigend Ermahnungen und Ratschläge an, trank den Glühwein aus, der mir eingeschenkt wurde, und war entschlossen, den Leuten hier so rasch wie möglich aus den Augen zu kommen. Auf dem Wirtshausboden stand man bis über die Knöchel im Wasser, doch liefen breite Bretterstege darüber hin, auf denen ein fortwährendes Gedränge war. Die Wirtin, eine resolute, feste Frau, führte mich in den ersten Stock hinauf zu alten Frauen und Männern, was mir schon gar nicht behagte, und ich fragte sie nach einer Fahrgelegenheit talaus. «Kannst denken, jetzt fährt niemand mehr, in einer solchen Nacht schon gar nicht!» erwiderte sie. Ich lief gleich hinter ihr wieder hinab, sie merkte es und fragte: «Wirst doch nicht zu Fuß gehen wollen?» Da ich schwieg, rief sie: «Was für eine verrückte Idee! Drei Stunden weit durch die stockfinstere Nacht, wo Weg und Steg am Versaufen sind!» Sie hatte aber keine Zeit mehr für mich und verschwand in der Wirtsstube.

Ich ging rasch hinaus, verzog mich in die Dunkelheit, um nicht aufgehalten zu werden, und schlug den Heimweg ein. Auf der überschwemmten Strecke bis zur nächsten Ortschaft, die wir zuletzt durchfahren hatten, blinkten mir noch Lichter entgegen, nachher stapfte ich durch unsichtbares, bald laufendes, bald stehendes Wasser wie in ein finsteres Loch hinein. Diese Finsternis war von einem Brausen erfüllt, das vor mir allmählich zu einem polternden Tosen anschwoll, ich sah wieder Lichter und kam zu der reißend die Straße querenden schwarzbraunen Flut eines Bergbaches. Im Vertrauen auf die Brücke darunter schritt ich, ohne anzuhalten, rasch hindurch. Auch hier wehrten sich Bauern in mühevollem Eifer, doch bei meinem Anblick verharrten sie regungslos und starrten mich verblüfft an, während ich wie ein schwarzer Schatten im schwachen Schein ihrer Laternen die Flut durchwatete und verschwand.

Kaum hatte ich den Bergbach hinter mir, als ich etwas abwärts auf unebenem Grund bis an die Knie in scharf ziehendes Wasser geriet; ich merkte, daß ich fehlging, suchte und fand die Straße wieder, die sich unversehens nach rechts wandte, und glaubte in einen von heftigen Winden durchrauschten Laubwald einzutreten. Ich ging jedoch über eine Brücke, dicht auf dem Fluß, den ich von nun an zur Linken hatte. Das Wildbachgepolter blieb in der brausenden Finsternis allmählich zurück, aber schon schwoll vor mir ein neues, donnerndes Rauschen an, und ich kam am Wasserfall vorbei, der mich auf der Fahrt erschreckt hatte.

Dies Erschrecken wenigstens wollte ich künftig überwinden und das Erschreckende immer genau ins Auge fassen, auch wenn ich nun wider meine Hoffnung mein trübes Schicksal so wenig abzuschütteln vermochte wie meinen eigenen Schatten.

Vielleicht gehörte es notwendig zu mir, und ich mußte immer wieder geschlagen werden. Aber wofür denn, und wozu? Bildete ich mir etwa nur ein, mein besonderes eigenes Schicksal zu haben? Ich hatte ja nun schon oft genug erfahren, daß auch andere Menschen geschlagen wurden. Die Schläge, die ich empfing, konnten bloße Folgen des allgemein menschlichen Schicksals und innerhalb dieses Allgemeinen nur Zufälle sein. Weil ich für diese Zufälle empfindlich war, machte ich weiß der Himmel was für Ereignisse daraus, aber ich durfte doch ehrlicherweise nicht annehmen, daß eine außermenschliche Macht nun ausgerechnet mir persönlich Fluch oder Segen beschere.

Solche Gedanken gingen mir durch den Kopf, doch unklar, flüchtig, ohne mich schon in der Tiefe zu bewegen oder gar zu befreien, ich wurde weniger vom Verstande als von andern Kräften bewegt; immerhin fing ich endlich aus Not wohl auch zu denken an.

Unaufmerksam kam ich im Finstern jetzt vom Wege ab und tastete umsonst nach dem Hag, der mich bisher auf dieser Strecke geleitet hatte; ich wußte nicht, ob ich durch Straßenschlamm oder Sumpfland ging, und rutschte auf einmal bis zur Brust in ein lautlos strömendes Wasser hinab. Kapuze und Mantel zurückschlagend, wandte ich mich gegen die Strömung und wurde vom Grund gehoben, doch spürte ich gleich wieder Boden unter den Füßen, griff mit einer Hand ans grasige Ufer und kletterte hinaus. Von nun an achtete ich schärfer auf den Weg, und es geschah mir nichts mehr. Ich kam zur gedeckten Holzbrücke, wo die Feuerwehr gearbeitet hatte, und sah in der Morgendämmerung die hiergebliebenen Männer mit einer angeschwemmten Tanne beschäftigt, ich kam an tropfenden dunklen Felswänden vorbei und horchte einen Augenblick zu meiner Linken in die tiefe Schlucht hinab, wo der Fluß gezwungen sein jahrtausendealtes enges Felsenbett durchraste. Bald wurde es heller, doch schlug mir wieder ein starker Regen entgegen; ich sah in einen weiten, dicht bewölkten Raum hinein und erkannte darin im ersten grauen Tageslicht unser Dorf.

Eine lähmende Müdigkeit befiel mich. Ich war noch nicht ganz siebzehnjährig und sollte in ein Haus zurückkehren, in dem meine Mutter auf dem Totenbette lag, nachdem ich erst zu erkennen angefangen hatte, was das ist: eine Mutter und ihr Sohn. Jene Macht, die den Menschen schlägt, konnte nichts gewisser Treffendes wählen, um mich aus meinem inneren Auftrieb wieder in den Abgrund zu werfen. Aber ich war nur einer der vielen Geschlagenen, und auf mich kam wenig an, so viel hatte ich in dieser Nacht gelernt. Da hinten im Tale schürften die Wildbäche Weiden und Wege auf und rissen Brücken mit sich fort, der Fluß zerstörte die angenagte Uferstrecke, die Menschen waren aus ihren Häusern geflohen und sahen die Häuser zusammenstürzen, elf Wohnhäuser und zwei Ställe, wie man tags darauf erfuhr; mit Trümmern und ertrunkenen Tieren raste die schmutzig-braune Flut talaus, überschwemmte da draußen die bebauten Ufer, drang in Keller und Erdgeschosse, spülte Gärten weg und trieb mit andern hochgeschwollenen Bächen und Flüssen zusammen auch den See noch über seine Ufer.

Dies alles geschah den betroffenen Menschen, ob sie beteten oder fluchten, sich schuldlos fühlten oder schuldig, es war das schicksalhafte allgemeine Unheil, das sich von meinem persönlichen nur der Form nach unterschied. Man konnte ihm nicht davonlaufen, man mußte ihm standhalten. Man mußte die Furcht davor überwinden, die Furcht vor dem Erschreckenden, Niederschlagenden und auch dem maßlos Verurteilenden, wenn man ohne Absicht schuldig geworden war. Man mußte es in seinem unmenschlich gleichgültigen Walten erkennen und verachten lernen, um ihm nicht die Herrschaft über uns einzuräumen.

Erschüttert, mit Zorn und Trauer im Herzen, kehrte ich durch den triefenden Morgen nach Hause zurück.

Vierter Teil

1.

Wie ein Wanderer aus einem unvermuteten finsteren Sumpf, mit Schlamm und Tang behangen, müde ans Tageslicht zum sicheren Ufer hinaufstrebt, stieg ich unter einem blauen Julihimmel noch wunden Herzens jenen langgestreckten Bergfuß hinan, hinter dem der Freudenberg lag. Ich schaute auf das hell besonnte Dorf zurück, das von sanft ansteigenden Wiesen in den weiten Talgrund hinaus glänzte, und sah über dem Dorf den Ruinenschutt und das offene Gemäuer des Kollegiums, an dem schon wieder gebaut wurde. Meine kaufmännische Ausbildung hatte dort ein schmähliches Ende genommen und mich abermals vor die unerbittliche Frage des Vormunds gestellt, was ich nun also werden wolle. Ich hatte in der Hoffnung auf ein Leben im Walde zuerst den Beruf des Försters, dann den eines Präparators von Naturobjekten, besonders von Vögeln, genannt und war beidemal mit unwiderlegbaren Gründen abgefertigt worden.

Ich suchte im Dorf unser Hausdach, konnte es aber im Gedränge der Dächer nicht genau unterscheiden. Das Haus sollte vermietet und das Uhrengeschäft verkauft werden, die Meistersleute lebten nicht mehr, der ältere Sohn hatte versagt, der jüngere war noch zu jung, und so brach die Überlieferung dort jäh ab. Tante Christine wollte uns in der Altrüti die Mutter ersetzen, und ihr Landhaus mit dem steilen Giebel war zwischen Obstbäumen, Hecken und Wiesen von dieser Höhe aus deutlich zu erkennen. Dort also würden wir künftig wohnen. Ich ahnte noch nicht, was wir damit gewinnen sollten, das Haus gehörte in den engen Kreis, der die Blitze unseres Schicksals anzog, es war so oft getroffen worden wie das unsere, und lieber hätte ich mich in die ruchlose Welt hinaus verschlagen lassen als in diesen Kreis zurück.

Langsam stieg ich den Weg hinauf, blieb ausblickend auch wieder stehen und trieb mir ein Geschiebe von Worten, Sätzen und Reimen durch den Kopf. Ich schrieb neben Erzählungen nun auch noch Gedichte und las, durch Noldi darauf hingewiesen, Lenau, Heine und Eichendorff. Kürzlich war mir wie im Traum eine schöne Strophe eingefallen, aber nur eine, und da ein Gedicht daraus werden sollte, mußte ich ihr weitere Strophen anhängen; sie bezog sich auf den Fluß, der jetzt da unter mir in einem weiten Bogen friedlich durch die Talmulde schimmerte, während verwüstete Ufer sich noch heute in ihm spiegelten und das Zweideutige seiner Natur verrieten, das allem Irdischen anhaftete. «Drum laßt uns keinem Frieden trauen / Und alle Ufer höher bauen», gedachte ich zu schließen, doch wollte sich zwischen dem unbestimmten guten Anfang und diesem Schlußvers nichts Rechtes mehr fügen, und so gab ich es auf.

Ich verließ den Weg, der noch höher führte, und wanderte nach rechts auf schmalen Wiesenpfaden über den mäßig abfallenden breiten Rücken des gestreckten Walles zu einer mir wohlbekannten Waldecke. Der Wald gehörte zum ausgedehnten Park des Grand Hotels Freudenberg. Das Hotel war bald nach dem Brande wieder aufgebaut und von einem Schwiegersohn unseres Urgroßvaters übernommen worden, vom Onkel Stapfer-Bising. Ich kannte diesen alten Herrn, der während des Winters mit seiner Familie im Dorf eine Villa bewohnte, mehr aus achtungsvollen Erwähnungen der Verwandten als aus eigener Erfahrung, doch sollte ich ihn nun kennenlernen. Stapfers hatten mich eingeladen, einen Teil meiner Ferien auf dem Freudenberg zu verbingen, und eben dahin war ich jetzt unterwegs, während mein Gepäck auf dem längeren Fahrweg durch die Post befördert wurde. Von Ferien hatte auch Tante Christine gesprochen, ich fand es sehr schonend ausgedrückt und hoffte, daß mich da oben niemand nach dem Ende meiner Ferien fragen würde.

Dem Onkel Stapfer sah ich mit derselben ängstlichen Spannung entgegen wie damals dem Onkel Benedikt, er war auch ein erfolgreicher, hochangesehener Mann, und vielleicht kannte er mich aus dem Verwandtenklatsch bereits als einen Burschen, der nach dem Urteil seines Vormunds nichts kann, nichts ist und nie etwas werden wird. Er hatte in England eine wichtige elektrotechnische Erfindung gemacht, vermutlich damit viel Geld verdient und dann also daheim das Grand Hotel wieder aufgebaut, an dem wir und die andern Nachkommen des Urgroßvaters beteiligt blieben. Im Erdgeschoß seiner Villa gab es eine mechanische Werkstätte, wo er zu seinem Vergnügen noch immer an Dingen arbeitete, die ich mir nicht einmal vorstellen konnte.

Der Tannenwald, den ich nun betrat, glich zunächst weniger einem Park als einem rauhen Bergwald, was er ursprünglich auch gewesen war, doch kam ich bald zu den Stellen, wo der Mensch ihm etwas abgewonnen oder zugefügt hatte. Da lag in einer Lichtung ein nacktes graues Karrenfeld vor mir, ausgegraben wie die Ruine einer vorgeschichtlichen Siedlung, und enthüllte die merkwürdige Beschaffenheit des tief gefurchten und zerschürften Felsengrundes, auf dem der Wald hier wuchs. Ein so glücklicher Einfall konnte wohl nur einem Liebhaber der Geologie kommen, und das war unser Urgroßvater also auch noch gewesen, er hatte es ausgiebig bezeugt und gleich hier in der Nähe huldigend die Namen bedeutender Geologen auf einen Granitblock meißeln lassen. Granitblöcke gab es hier, wo sie im Grunde nicht hingehörten, seit Jahrtausenden, sie waren auf einem mächtigen Gletscher vom höheren südlichen Urgebirge hieher gewandert und als fremde Findlinge bis hinab zum See auf den Kalkfelsen dieses Bergfußes liegengeblieben. Auch auf diese Merkwürdigkeit hatte der Gründer des Parkes mit gereimten, in den Stein gehauenen Sprüchen hingewiesen.

Ich erinnerte mich, daß der Urgroßvater Fasnachtsspiele

und Gedichte geschrieben hatte, nun las ich hier seine Sprüche und fand sie zu meiner Ernüchterung recht mittelmäßig. Sie waren freilich schon vor vierzig Jahren entstanden und klangen so epigonenhaft wie damals noch anspruchsvollere Gedichte, das entschuldigte sie wohl; man konnte allenfalls auch sagen, es seien knappe, kräftige, humoristisch getönte Verse, die nicht lange gefeilt, sondern aus dem Ärmel geschüttelt und mit der erfrischenden Unbedenklichkeit einer so großartigen Gründernatur ganz einfach auf Granit geschrieben wurden, da eben Granit dafür vorhanden war. Dennoch fühlte ich mich ernüchtert. Mir stand nur Papier zur Verfügung, aber ich würde ganz gewiß einmal bessere Verse machen; dagegen zweifelte ich, ob ich einmal als wohlhabender Nationalrat daherkommen, ein solches Wunderland kaufen und darin ein Grand Hotel aufstellen könnte. Ich fragte mich ernstlich, was vorzuziehen wäre, aber es schien ja, daß man keine Wahl hatte, sondern bestimmt wurde. Wenn man nun aber trotzdem versuchen würde, beides zu vereinen, aus Trotz gegen so einschränkende, der menschlichen Freiheit unwürdige Bestimmungen?

Ich schlenderte nachdenklich unter den Tannen hin, sah aber plötzlich auf fünfzig Schritte einen Hirsch vor mir und blieb mit freudig gespannter Miene stehen. Der Hirsch, ein Zwölfender, stand mit erhobenem Geweih hinter dem hohen Drahtgitter eines weiträumigen Geheges und behielt mich regungslos im Auge, bis ich auf der Suche nach den weiblichen Tieren gegen den Stall hin weiterging. So still und verlassen hatte ich den Park nur selten gesehen, aber es war die zweite Nachmittagsstunde, die dreihundert fremden Gäste hatten wohl den Lunch noch nicht bewältigt. Ich überlegte, wohin ich mich nun wenden wollte; es gab hier noch lockende verborgene Winkel, überraschende Aussichtspunkte, Kanzeln und Ruhebänke, es gab hochstämmige Haine, Laubgehölze, Rasenplätze und viele Spazierwege, bequeme braune Waldpfade, auf denen man Stunden lang gehen konnte. Dies Werk des

Urgroßvaters war doch allein schon aller Bewunderung wert, ich hätte es ähnlich gemacht, wenn auch mit etwas besseren Inschriften, und ich begriff das still mitschwingende Entzücken, mit dem meine Mutter und meine hier aufgewachsenen Tanten manchmal ihre Freudenberger Jugend erwähnt hatten.

Ich entschloß mich, einen hochgelegenen Pavillon zu besuchen, und wanderte gemächlich hinauf, doch als ich, aus dem Gehölze tretend, das spielerische Bäulein vor mir sah, ein zierliches rundes Dach auf sechs dünnen Säulen, die aus einem mannigfaltig durchbrochenen niederen Holzgeländer aufwuchsen, hielt ich erschrocken an. Ein weißhaariger alter Mann in einem braungelben Leinenkittel saß darin vor einer Staffelei und blickte mir bissig entgegen. Ich erkannte ihn sofort, er aber mochte mich für einen unerlaubt im Park herumstrolchenden fremden Burschen halten, obwohl ich kaum dreißig Schritte vor ihm stand. Er hatte bei meinem Anblick den Kopf aufgeworfen; der buschige Giebel seines Schnauzes über dem versteckten Mund und der kurz geschnittene runde Vollbart, der ein breites, energisches Kinn verriet, starrten borstig herausfordernd, und seine Augen waren unter stark vortretenden Brauen zornig spähend eingekniffen. Mich streifte die Vorstellung eines lauernden Tigers: einen Schritt noch, und er springt aus seinem luftigen Käfig fauchend auf mich zu.

Ich ging mit einem schüchternen Lächeln näher, und nun erkannte er mich wohl, da ich ja erwartet wurde; das bissig Herausfordernde wich aus seiner Miene, er zog die Augenbrauen empor, ohne übrigens seine äußere Haltung zu ändern, stieß auf mein verlegenes «Guten Tag, Onkel!» ein rauhes «Werner!» hervor und musterte mich noch eine Weile mit freundlich listigem Wohlwollen. Darauf wollte er wissen, ob ich schon da vorn im Hotel gewesen sei, und forderte mich auf, jetzt dann gleich mit ihm zu kommen. Ich sagte, daß ich nicht stören wolle, doch begann er schon einzupacken und fragte nur noch, da er mich auf die Leinwand blicken sah:

«Siehst du den Fuchs?» Das Bild zeigte einen Landschaftsausschnitt, wie man ihn hier zwischen zwei Säulchen vor sich hatte, einen angedeuteten Berg im Hintergrund, halbfertige Wiesenhänge, davor verschieden grünes Laubgehölz und am rechten Bildrand dunklen Tannenwald, unter dem ein roter Fuchs durch die Dämmerung schnürte. Ich wunderte mich, daß dieser ohnehin fast sagenhafte Mann auch noch malen konnte, doch verstand ich nichts davon und bejahte zu seiner offensichtlichen Befriedigung erfreut und eifrig nur seine Frage.

Auf dem Weg zum Hotel trug ich ihm die Staffelei, und er fragte mich nach verschiedenen Verwandten, so nach dem Onkel Kern, seinem Schwiegersohn. Er stieß die Fragen rauh und energisch aus, das schien sein alltäglicher Ton zu sein. Der erste Gast kam uns entgegen, ein rüstiger alter Herr mit einer dichten weißen Mähne und einem eckigen roten Gesicht; er blieb, den rechten Arm auf einen dicken Spazierstock gestemmt, vor uns stehen, nahm lächelnd eine kurze Pfeife aus dem bartlosen Mund und quetschte zugleich ein paar Worte heraus. Onkel Stapfer redete mit ihm, englisch, wie ich merkte, und auch lächelnd, aber auf seine eigene, listig vergnügte Art. «Ein Lord!» erklärte er, nachdem der Herr gegangen war. «Rennt nach jedem Essen zwei Stunden lang im Park herum. Aber ein flotter Mann. Hat die Welt gesehen und etwas geleistet.» Gleich darauf kamen hinter zwei hübschen Mädchen ein paar junge Herren in weißen Flanellhosen dahergeschlendert, sie schwenkten spielerisch Tennisraketts auf und ab und nahmen die ganze Breite des Weges ein. Wir mußten ausweichen, es waren ja Gäste, aber hinter ihnen kniff der Onkel die Augen zusammen und knurrte. Ich hätte gedacht, daß der Hotelbesitzer in einem solchen Fall mit einer Verbeugung und der vergleichsweisen Bewegung des Händewaschens verbindlich beiseite trete.

Um nicht weiteren Gästen zu begegnen, die nun auszuschwärmen begannen, gingen wir hinter dem Hotel durch zur nahen Villa. Kaum waren wir da eingetreten, als eine Frau auf uns zueilte, die von der ganzen Verwandtschaft verehrt, ja geliebt wurde, Tante Stapfer, die Frau des Onkels, eine leibhaftige Tochter des Urgroßvaters Bartholomäus. Sie war mittelgroß, von geringem Umfang, eine einfache, gediegene Erscheinung mit schlicht zurückgekämmtem weißem Haar, das sie zu einem Zopf geflochten und als Zopf dann, wie mir schien, ganz einfach auf den Kopf gelegt hatte. Ihr offenes Gesicht mit der eigenwillig geformten Stirne besaß einen Ausdruck, den man nach einigem Umgang mit ihr als unlösliche Mischung von Güte, Klugheit und Energie erkannte. Sie kam also auf uns zu, eilig, beschäftigt, und ließ mir durchaus keine Zeit, sie richtig zu begrüßen, sondern nahm mir die Staffelei weg, stellte sie an die Wand und schob mich kurzerhand wieder zur Tür hinaus, während der Onkel listig schweigend zurückblieb. «Du kommst ins Chalet hinüber», sagte sie. «Hast du schon zu Mittag gegessen? So, gut, gut, und sonst soll dir die Marie noch etwas Aufschnitt bringen. Wie geht's in der Altrüti, was macht die Christine? Und Großmama? Wo hast du das Gepäck? Aha, schön, dann kann der Anton es abholen...» Sie ging mit kleinen, raschen Schritten neben mir her zum Chalet hinüber, und auf diesem kurzen Wege fragte sie mich nicht nur nach verschiedenen Verwandten, nahm meine Antworten entgegen und erteilte mir die nötigen Weisungen, sondern erledigte mit auftauchenden Angestellten auch noch knapp und flüchtig zwei drei andere Geschäfte. Mit ihrer trockenen, scheinbar etwas heiseren Stimme sagte sie ohne den leisesten falschen Ton immer ihre wirkliche Meinung. Über die einzelnen Züge hinaus besaß sie, wie ihre Schwester Frida, die Frau des verstorbenen Onkels Benedikt, noch jenes spürbare, aber schwer zu erklärende persönliche Gewicht, das die Summe ihrer Eigenschaften sein mochte.

Als ich mein Zimmer im Chalet bezogen hatte und allein

war, stieg ein vertrautes Gefühl in mir auf, das ich hier schon erlebt haben mußte und dem ich mich zögernd überließ, das Wohlgefühl, auf dem Freudenberg zu sein. Es beherrschte mich in den nächsten Tagen und hob sich vom düsteren Hintergrunde meiner jüngsten Erfahrungen immer kräftiger ab.

2.

Gern spazierte ich über die peinlich gepflegte Gartenterrasse und genoß die berühmte Aussicht auf den See und die Berge, oder ich betrachtete das großartig belebte neue Haus. Es war breiter und höher als das Grand Hotel des Urgroßvaters und entsprach mit seinen Obelisken und Ziergiebeln auf dem Dache dem pompösen Anfang des Jahrhunderts. Auch die Gäste mochten sich geändert haben und höhere Ansprüche stellen als früher. Ich mischte mich nicht unter sie, ich war nur ein schlicht gekleideter, schüchterner Dorfbursche, aber ich behielt sie unersättlich im Auge. Ich sah, daß sie am Morgen so spät aufstanden, wie es ihnen beliebte, und doch immer noch ruhig frühstücken konnten. Ich sah sie plaudernd auf der Terrasse herumschlendern, durch den Park spazieren, Golf und Tennis spielen, und ich blickte verstohlen auch in den Speisesaal hinein, wo sie in Abendkleidern festlich tafelten. Es waren Leute jeden Alters, und sie redeten in den verschiedensten Sprachen, am häufigsten englisch und französisch, aber alle besaßen gemeinsame Merkmale, die sie als Angehörige der vornehmen, der besten Gesellschaft kennzeichneten. Für vornehm hielt ich zwar eher gewisse Charakterzüge als äußere Eigenschaften, doch bewies mir nichts, daß hier dem Äußeren das Innere nicht entspreche. Jedenfalls war es die große Welt, ich sah sie zum erstenmal mit meinem vollen Bewußtsein, und ich sah sie im Gegensatz zu unserem Dorfe. Hier oben ging alles stiller, gedämpfter und dennoch unbefangener zu, weltgewandt, elegant, voll gegenseitiger Rücksicht und Achtung. Es war nicht der Reichtum, der mich anzog, es war die geschliffenere Lebensart, die höhere Gesittung. Unser Dorf mochte bodenständiger, solider, bräver sein, aber seine Bewohner konnten fast nur arbeiten, handeln, erwerben und politisieren, obwohl sie auch nicht arme Leute waren; diese Gäste hier verstanden die holde Kunst, mit Vergnügen nur dazusein, mit Anmut nichts zu tun und doch ein gutes Gewissen zu haben. Man mußte dafür die Mittel besitzen, gewiß, aber diese Kunst beruhte nicht auf dem verfluchten Geld allein und wurde auch bei weitem nicht von allen reich Bemittelten ausgeübt.

Eines Morgens, als noch viele Gäste beim Frühstück saßen, beobachtete ich hinter dem Hotel zwei ungewöhnliche Männer, die vor einer Türe im hellen Sonnenschein mit einem hübschen Mädchen scherzten. Der eine, ein großer, fester, blendend weiß gekleideter Mann mit einer ebenso weißen, sehr hohen, aber liederlich schief aufgesetzten Leinenmütze verwehrte mit gespreizten Beinen, die Arme breit auf die Hüften gestützt, dem Mädchen den Eintritt, und sein rundes, rötliches Gesicht strahlte vor Wohlbehagen. Der andere, ein lachender, schöner Mann in einem tadellos sitzenden Frackanzug, trieb das Mädchen an, das seinerseits Miene machte, ihm die Bettwäsche an den Kopf zu werfen, die es auf beiden Armen trug. Nach einem fröhlichen Wortwechsel aber gab der blendend Weiße mit einer schwungvoll einladenden Gebärde die Türe frei, und das Mädchen stolzierte scherzhaft hochmütig hinein, worauf die zwei Männer plaudernd noch eine Weile in der Morgensonne standen. Die Personen des Auftritts waren der Küchenchef, der Oberkellner und ein Zimmermädchen, Angestellte also, die auf ihre Art am frischen und heiteren Leben da oben teilzuhaben schienen.

In den frühen Morgenstunden und während der ausgedehnten Table d'hôte schlenderte ich im verlassenen Park herum, verwandelte mich aus dem flüchtigen Zaungast versuchsweise in einen zugehörigen Bewohner und machte Verse. Die Luft und Stimmung da oben war dieser Beschäftigung zuträglicher als die Enge des Dorfes, und es gelangen mir ein paar gute Strophen. Auf diesen Spaziergängen wurde ich wiederholt an die Urgroßeltern erinnert. Ein Pavillon auf einem besonders aussichtsreichen Punkte trug den Namen der Königin Viktoria von England, die bei der Gründung des Hotels hier gestanden und beteuert hatte, dies sei der schönste all der schönen Punkte, die sie auf ihrer Schweizerreise kennengelernt habe. Sie hatte es dem Hotelgründer selber gesagt, wie ich annahm, und war jedenfalls huldvoll genug gewesen, ihm ihren Ausspruch urkundlich zu bestätigen. Eine Königin anderer Art besaß im Park ein Denkmal, eine Marmorbüste, vor der ich gern nachdenklich stehen blieb. Ich kannte dieses würdevoll heitere, kluge Gesicht mit dem besondern Schnitt der Augen aus manchen Zügen der Nachkommen, es war die Urgroßmutter Christine, die Frau des Bartholomäus. Der erstaunliche Erzvater hatte ihr mit diesem Denkmal gehuldigt und sie überdies in erhalten gebliebenen Sprüchen als die an Schönheit und Tugend unvergleichlichste Frau der ganzen Talschaft gerühmt.

Ich stellte mir das ehrwürdige Paar vor, wie es hier gelebt und gewirkt hatte und durch seine Nachkommen fortbestand. Welche Eigenschaften waren es, die mich als einen Urenkel allenfalls beglaubigen konnten? Und was für Veränderungen hatten diese Eigenschaften auf dem weiten Weg über ihre verschiedenen Träger bis zu mir hinab erfahren? Von den Söhnen und Töchtern der Erzeltern hatte ich nur meinen Großvater nicht mehr mit eigenen Augen gesehen, aber er war ja der Bruder der Großtante Stapfer hier, der Mann meiner Großmutter in der Altrüti, ich hatte von ihm erzählen gehört und ihn auf Bildern betrachtet; er war ein früh ergrauter, energischer Mann mit eindrucksvollen Augen, Hauptmann einer Schützenkompagnie, Hotelier auf Freudenberg. In meiner Erinnerung trat mein anderer Großvater zu ihm, der Hauptmann Ulrich Amberg, ein großer, schöner Mann mit kräftigem, offenem Blick und breiter Stirn, Kommandant einer Schützenkompagnie auch er. Beide besaßen gewisse gemeinsame Züge, die mich besonders ansprachen. Der Großvater Dominik Bising stand auf einem Bilde maskiert als lustiger Musikant mit seiner Geige da und war ein würdiger Prinz des heiter gestimmten Erzvaters und Fasnachtskaisers gewesen; der Großvater Amberg, der mich trommeln gelehrt hatte, war mir als ein aufgeschlossener, lebensfreudiger, ja schalkhaft lustiger Mann geschildert worden. Beide hatten im Ausland zur Enge des Dorfes jene innere Distanz gewonnen, um die ich meinerseits mich nicht mehr bemühen mußte, sie hatten gern einen guten Wein getrunken und mit ihrer frohen Laune ganze Gesellschaften erheitert, und beide hätten, dachte ich mir, einem werdenden Dichter aus ihrem Geblüt verständig zugenickt.

Nach meinen Spaziergängen im Park, die zu solchen Ergebnissen führten, setzte ich meine Forschungen unter den Verwandten bei Tische fort. Onkel und Tante Stapfer-Bising hatten drei verheiratete Töchter, Regine, die Frau des Hoteldirektors Rütimann, Ulrike, die Frau eines Hotelbesitzers in der Kurstadt am See, und Sophie, die Frau des Professors Kern. Es war die Generation meiner Mutter. Hier bei Tische nun lernte ich Onkel und Tante Rütimann-Stapfer kennen, die das Grand Hotel Freudenberg führten. Die Tante, eine lebhafte, schöne, frische Frau, besaß nicht nur den etwas heiseren Stimmklang der Mutter, sondern auch ihre Energie und Geschäftigkeit, die jedoch im Hotelbetrieb tätig eingesetzt und täglich angespannt wurden, während sie bei der Mutter, die nichts mehr zu tun brauchte, nur noch nicht zur Ruhe gekommen waren. Onkel Rütimann, ein klarblickender, tatkräftiger Herr mit einem sorgfältig zugeschnittenen dunklen Schnauz und mit Schnäuzen über den Augen, dichten, vollen Brauen, schien mir genau in diesen Kreis zu passen. Alle diese Menschen entwürdigten sich nicht dienerisch vor den Gästen, sie waren der großen Welt gewachsen, die sie beherbergten, sie gehörten dazu. Diese Welt war unsentimental, ja gefühlsmäßig überhaupt nicht beschwert, frei von kleinbürgerlichen Zügen, vollendet in ihrer Form, duldsam, schön und heiter. Damit war hier wohl auch alles vorgekehrt, um dem allgemein menschlichen trüben

Schicksal zu begegnen, hier ließ man sich kaum von ihm überwältigen, sondern hielt es sich als das Unfeine, Unvornehme so fern wie möglich oder unterwarf es der herrschenden Lebensform. Hier war mir wohl, hier würde ich gedeihen können, zu dieser Welt wollte ich gehören.

Während eines Abendessens deutete ich meinen Wunsch vorsichtig an. Ich wurde ermutigt und zugleich belehrt, daß man wie in jedem Berufe auch im Hotelfach von unten anfangen und alles zuerst erlernen müsse; an guten Gelegenheiten dazu könne es mir nun freilich nicht fehlen, doch möge ich mir alles recht überlegen und mit Tante Christine darüber reden.

Spät betrat ich mein Zimmer im Chalet, aber ich blieb noch lange am offenen Fenster stehen, und mir war wunderlich zumute. Hinter dem greifbar nahen dunkelgrünen Föhrengeäst und den rotbraunen Stämmen schien der volle Mond durch die Parkbäume, aus einiger Entfernung klangen Menschenstimmen und Töne einer sanften Musik. Hatte ich denn dies alles schon einmal erlebt? Ja, ich war im selben Zimmer wie bei meinem ersten Freudenberger Aufenthalt, die Erinnerung daran überfiel mich mächtig, und wie damals verließ ich das Chalet auch jetzt wieder und ging in der hellen, warmen Sommernacht vor das Hotel auf die Terrasse. Der Springbrunnen plätscherte leise zu einem zärtlichen Walzer, ich folgte der Musik und schaute durch eines der großen offenen Fenster, immerhin vorsichtig aus einer Ecke, in den beleuchteten Saal hinein. Herren und Damen in großer Abendtoilette tanzten miteinander, ein Pianist und drei Streicher im Smoking spielten auf, und an einem der besetzten Tische ließ der Oberkellner aus einer dickbauchigen Flasche lächelnd Champagner in die Kelche schäumen.

Während ich zuschaute, beschlich mich ein altes banges Gefühl, mir war, als ob ich etwas Verbotenes täte, und da sah ich mich auf dem Nacken meines Onkels Beat in diese Welt hineinreiten – um zu erfahren, daß sie mir nicht beschieden sei, und als Verstoßener schluchzend in die Einsamkeit zurückzukehren. Dies war vor elf Jahren gewesen, und seither hatte ich dasselbe auf verschiedene Arten immer wieder erlebt. Warum war ich dabei nicht endlich einmal verdorben und gestorben? In diesen elf Jahren war unser Grand Hotel Freudenberg abgebrannt, mein erster Freund und Vetter Karl gestorben, mein Vater verunglückt, Onkel Beat gestorben, meine Mutter gestorben und ich selber aus Schuld und Schicksal immer wieder jämmerlich gescheitert und gestürzt. Was wollte ich noch? Sollte ich nicht endlich einmal versuchen, dort zu bleiben, wohin ich unablässig getrieben wurde, in meinem Inneren? Die Welt duldete es nicht, das hatte ich erfahren, und was an mir selber von dieser Welt war, wollte es auch nicht. Ich mußte da und dort zuhause sein, wenn ich leben und meine Aufgabe erfüllen wollte. Hier schien mir nun die Welt erfreulich und verheißungsvoll genug, sie zog mich an wie damals, ich mußte den Weg zu ihr finden und mich darin so bewähren, daß meine Mutter diesmal keinen Grund mehr hätte, mich entrüstet wieder herauszuholen.

3.

Um ein richtiger Hotelier zu werden, mußte man unten anfangen, das sah ich ein, nur schien mir, ich fange jetzt, seit einigen Tagen schon, etwas weiter unten an, als ich mir vorgestellt hatte. Ich stand in einer Schürze am Wassertrog und spülte Gläser. Aus dem Speisesaal, wo der Lunch, das Mittagessen der Gäste, zu Ende war, trug ein Kellner im Frack auf der erhobenen Linken mit fabelhafter Gewandtheit ein Brett voll weiterer Gläser herbei. «Vorwärts, Amberg, vorwärts!» sagte er, während er die Gläser eilig hinstellte. Es war der vierte oder fünfte Saalkellner, und schon kam ein sechster dahergelaufen, die Gläser stauten sich links von mir in einer langen, breiten Kolonne, Rotweingläser, Weißweingläser, Wassergläser, und rechts standen schon so viele umgestülpt zum Trocknen da, daß ich keine mehr hinstellen konnte. «Mensch, fang doch an, abzutrocknen!» sagte der nächste Befrackte. Ich begann die Gläser mit einem Tuche zu trocknen, aber der folgende, der den Frack auszog und sich eine Schürze umband, übernahm das nun selber und hieß mich die flüchtig getrockneten Gläser ausreiben. Auch auf diesem dritten Platz behauptete ich mich nicht lange. Hier galt es, mit einem feineren Tuche das Glas von den letzten Wisch- und Wasserspuren zu reinigen und es gegen das Licht auf seine vollkommene Sauberkeit zu prüfen. «Das geht viel zu langsam!» sagte ein Saalkellner und nahm mir die Arbeit ab.

Einen Augenblick stand ich unbeschäftigt und verlegen da, in der Office des Grand Hotels Belvedere, einem länglichen, kahlen Raum, dessen vergitterte Fenster nur zur Hälfte über den Erdboden hinaufreichten. An den Spültrögen und Putzbänken reinigten etwas fünfzehn Kellner, die den Frack mit der Schürze vertauscht hatten, Gläser, Löffel, Gabeln, Messer,

Teller, und die meisten beeilten sich, nicht aus Arbeitseifer, sondern weil sie so rasch wie möglich fertigwerden und ausgehen wollten. Sie schwatzten und lärmten dazu, es klirrte von Silber, Glas und Porzellan, und aus der nahen Küche herauf drangen die Geräusche der Pfannenputzer und Geschirrabwäscherinnen.

Eine stark gebaute, große, blonde Jungfer, die Gouvernante, nahm mich im Vorbeigehen am Arm. «So, so, nur nicht herumstehen, hier gibts immer Arbeit genug», sagte sie gereizt und schob mich vor gewaschenes Besteck, das ich abtrocknen sollte. Ich suchte ein dafür geeignetes Tuch, erhielt es aber erst, als ich ein torchon verlangte. Man durfte hier in keiner Beziehung empfindlich sein und hatte sich auch die geltende, von französischen Bezeichnungen durchsetzte Sprache anzueignen, die manche Wörter männlichen oder weiblichen Geschlechtes kurzerhand sächlich brauchte. Nach dem richtigen Wortgeschlecht in der Office einen torchon, statt im Office ein torchon zu verlangen, wäre höchst auffällig gewesen, nicht zu reden vom Befremden, wenn man etwa gar im Anrichteraum ein Abwischtuch verlangt hätte. Der leitende Besitzer des Hauses hieß Patron, der Pfannenputzer Casserolier, der Pförtner Concierge, die Bedienung Service, und für die verschiedenen Köche schien es deutsche Namen so wenig zu geben wie für die Speisen. Im Deutschunterricht am Kollegium hatte ich Fremdwörter vermeiden gelernt, hier lernte ich sie wieder anwenden.

Nachdem ich, von solchen Gedanken gestreift, die Hälfte des Besteckes abgetrocknet hatte, erschien in diesem Office, das in seiner Häßlichkeit künftig auch auf diesen Blättern nur noch das sächliche Geschlecht verdient, ein etwa dreißigjähriger Mann, der zum Frack nicht das weiße Leinenkrawättchen der Saalkellner, sondern eine schwarze Krawatte trug. Das war mein Vorgesetzter, Herr Widmer, der Oberkellner. Mit einem Ausdruck von Wachsamkeit und Sorge trat er neben mich und ergriff ein halbes Dutzend getrocknete Gabeln. Er betrachtete sie genau, blickte mit einem Kopfschütteln aufseufzend in die Höhe, als ob er etwas Unbegreifliches wahrgenommen hätte, betrachtete sie noch einmal und sagte endlich bestürzt: «Nein, nein, nein...» Damit streckte er mir die Gabeln hin und zeigte mir, daß sie zwischen den Zinken noch nicht ganz tadellos sauber waren. Ich gab es zu und sah ihn betrübt an, weil er das so schwer nahm, dann versuchte ich es besser zu machen und bestand eine zweite Prüfung ordentlich, wenn auch ohne Lob.

Unterdessen wurden die meisten Saalkellner mit ihrer Arbeit fertig und liefen im Frack fluchtartig davon. Nur zwei blieben in der Schürze mit unfroher Miene zurück; sie trugen einen großen flachen Kasten voll Messer herbei und ließen ihn ärgerlich auf die Putzbank krachen. Nach der Arbeitsliste waren sie an der Reihe, diese bereits gereinigten Messer zu putzen, was ich etwas übertrieben fand. Ich wurde auf Befehl des Oberkellners sogleich angestellt, obwohl ich auch viel lieber ausgegangen wäre, und leider zeigte sich, daß ich diese Arbeit nur mangelhaft beherrschte. Es gab noch keine rostfreien Messer; die immer wieder fleckig angelaufenen Klingen mußten zwischen zwei kreisenden Schmirgelscheiben, die man mit einer Kurbel von Hand trieb, gerieben und dann vom anhaftenden schwarzgrauen Pulver gereinigt werden, das sich besonders an der kantigen Fassung zwischen Heft und Klinge festsetzte. Schon nach den ersten fünf Minuten hielt mir ein Saalkellner die von ihm und die von mir gereinigten Messer zum Vergleich nebeneinander unter die Nase und fragte: «Siehst du den Unterschied?» Ich sah ihn nicht genau, bemühte mich aber von nun an, auch das letzte Stäubchen wegzuwischen, wobei ich nur noch langsam vorwärts kam. «Amberg, wenn du glaubst, daß wir mit diesen Messern hier im Office übernachten werden, dann irrst du dich!» schnarrte es nach einer Weile neben mir. Ich begriff den Ärger und schwieg bescheiden.

Am nächsten Tage stand ich zur selben Stunde mit zwei andern mißvergnügten Kellnern abermals da und putzte Silberbesteck. Dies war eine der besondern Arbeiten, die entweder am Morgen oder nachmittags während der Ausgangszeit getan werden mußten. Ich sah die Notwendigkeit dieser Beschäftigung ein, das Belvedere war ein erstklassiges Haus, die silbernen Löffel und Gabeln mußten nicht nur sauber, sondern blitzblank auf dem schneeweißen Tischtuch liegen. Dagegen sah ich nicht ohne weiteres ein, daß meine Anwesenheit im Office sowohl bei den unvermeidlichen Tagesarbeiten wie bei den Sonderbeschäftigungen notwendig war. Ich hatte aber freilich viel zu lernen, und wenn ich auch nicht gereadezu als Kellnerlehrling vor einer zweijährigen Lehrzeit stand, sondern von der höheren Leitung schonend als Saalkellner-Volontär behandelt wurde, so war ich eben doch noch kein Saalkellner. Sobald ich aber Saalkellner sein würde, wollte ich versuchen, mich von diesen unerwünschten Arbeiten im Office freizumachen und auf der so tief unten beginnenden Leiter diese widrige Sprosse rasch zu übersteigen.

Indessen ging es doch vorwärts, ich wurde eines Tages während der Hauptmahlzeit in den Speisesaal geschickt, wie man einen jungen Hund ins Wasser wirft, damit er schwimmen lerne, und es war nun meine Sache, mich zu blamieren oder zu bewähren. Ich sollte zunächst einer Tafelrunde von neun Gästen die Suppenteller samt den Löffeln wegnehmen und neue Teller bringen. Ich nahm also einer Dame den Teller weg und schob ihn so auf zwei gespreizte Finger der linken Hand, daß der Daumen sich über seinen Rand legen konnte und zugleich mit den zwei übrigen Fingern einen umgekehrten Dreifuß bildete, der mit Hilfe des Handballens die andern acht Teller tragen mußte; die Löffel legte ich wie in eine herausgezogene Schublade in den vorstehenden ersten Teller. Ich hatte das Kunststück im Office geübt, aber hier ging ich wie auf Glatteis um die Gäste herum und lehnte mir beim behutsamen Abmarsch den Tellerturm zur Sicherheit gegen den Leib. Die Saalkellner lächelten schnöde. Noch schwieriger war dieses Abräumen, wenn der vorgeschobene unterste Teller neun Gabeln, neun Messer und Knochen oder Speisereste aufzunehmen hatte; die übrigen acht Teller mußten ja leer sein, wenn sie nicht einen wackelnden schiefen Turm bilden sollten. Ein Stück Fleisch fiel mir dabei von der Turmhöhe des obersten Tellers über die Schublade hinaus, doch war ich geistesgegenwärtig genug, es am Boden mit der Fußspitze diskret unter den Tisch zu spicken, statt mich nach ihm zu bücken und den Porzellanturm zwischen den Füßen der Gäste abzuladen.

Zu diesen meinen ersten Auftritten im Speisesaal trug ich einen Smokinganzug, dem sein bisheriger Träger, ein schmächtiger junger Neffe des Patrons, entwachsen war. Auch mir war er zu eng, doch sollte ich bald meinen Frackanzug bekommen, den mir der Schneider schon angemessen hatte. Während eines Mittagessens nun kam ich mit einer Ladung schmutziger Teller ins Office, stellte sie ab und lief zur Zentrale dieses widerwärtigen Raumes, zum Wärmeherd, den man hier nur unter dem Namen réchaud kannte. Die hitzige Schlacht, die da hinten täglich zweimal geschlagen wurde, damit die Gäste dort vorn zur rechten Zeit behaglich tafeln konnten, war in vollem Gang; die Gouvernante hinter dem Wärmeherd legte eilig die letzte Hand an den garnierten Braten, der auf silbernen Platten dem Kampfeslärm der dampfenden Küche entstiegen war, die Saalkellner liefen herbei, und mitten unter ihnen rannte also auch ich zu diesem mächtigen Wärmespeicher, um ihm ein Dutzend Teller zu entnehmen. Ich mußte den Gästen diese Teller unbedingt noch vor dem Beginn der Bratenparade hinstellen, ich bückte mich hastig zwischen den Fräcken und griff dem Herd mit beiden Händen in den heißen Bauch hinein – da platzte mir hinten die Hose. Ich merkte es in der Hitze des Gefechtes nicht sogleich, aber der nächste Augenzeuge riß mir grinsend das Hemd aus der klaffenden Naht, und als ich mich mit dem warmen Tellerturm aufrichtete, zog mir ein anderer Freund den weißen Zipfel so weit heraus, daß ihn niemand mehr übersehen konnte.

Während die Saalkellner lachten und die gewaltige Jungfer zeterte, kapitulierte ich wie ein Wettläufer, der aus dem Rennen fällt und traurig hinter die Büsche hinkt. Ohne die geringste Anteilnahme am weiteren Verlauf des Kampfes stellte ich die Teller ab, schob das Hemd in die Hose zurück und ging verzagt in meine Dachmansarde hinauf. Hier blätterte ich zu meinem Trost im Hefte, das meine Verse enthielt, und entschloß mich plötzlich, das kleine lyrische Gedicht, das mir am besten gefiel, einer Tageszeitung zu schicken. Darauf zog ich meine dunkle Sonntagshose an, stieg auf den Stuhl und schaute durch die Fensterluke hinaus. Der See glitzerte und schimmerte weithin, die Uferberge rückten im Mittagsglanze hinter einen bläulich grünen, duftigen Schleier, draußen lag ein Segelboot, ein weißer Dampfer fuhr der Stadt zu, und die Schwalben kreuzten hoch durch die heitere Spätsommerbläue. Ich atmete tief wie ein Schwimmer, der gleich wieder tauchen muß, dann nahm ich die geplatzte Hose unter den Arm und ging hinab auf die Suche nach der Herrin des Hauses.

4.

Ich sah sie im Vestibül vor dem Büro stehen und dem eifrig redenden Sekretär zuhören, und im Büro sah ich den Patron selber, ihren Mann, wie er sich, stehend über ein Kontobuch gebeugt, den Zwicker auf die Nase hieb. Sie war eine der drei Töchter der Familie Stapfer-Bising vom Freudenberg, Tante Ulrike, eine wohlgebaute, schöne, selbstbewußte Frau mit kühlen, klugen Augen, die aber, wie ich wohl wußte, schalkhaft freundlich lächeln konnten. Der Patron, Herr Lütolf, den ich Onkel zu nennen bis jetzt vermieden hatte, kam aus dem Büro, nahm den Zwicker von der Nase und erklärte aufgeregt irgendetwas, wozu er die erhobenen Hände bewegte und den schmalen Kopf mit dem gepflegten Bärtchen schüttelte. Der Sekretär machte Einwände und zuckte die Achseln. Tante Ulrike hörte ruhig zu, als ob es sie nichts anginge. Nachdem aber die Männer noch eine Weile hin und her geredet hatten, entschied sie die Frage mit wenigen knappen Sätzen so bestimmt, daß niemand widersprach. Der Patron eilte gleich darauf mit wehenden Rockschößen seines tadellos sitzenden Cuts in den Speisesaal, ein wenig vorgeneigt, wie am Anfang einer Verbeugung, was zum Eindruck beitrug, daß er ein dienstfertiger, gewandter, freundlicher Mann sei. Er besaß außerdem eine bedeutende allgemeine Bildung, beherrschte ein halbes Dutzend Sprachen und war als Hotelier, der freiwillig auch von unten angefangen hatte, ein Meister in seinem Fache und ein Menschenkenner sowohl aus beruflichen Gründen wie aus Liebhaberei. Ich lernte ihn erst allmählich schätzen, spürte aber jetzt schon, daß ich unter seinem Patronat nicht so rasch zum Hause hinausfliegen würde wie unter der Herrschaft eines starken Mannes.

Ich war abwartend stehengeblieben. Jetzt ging ich auf Tante Ulrike zu, und sie fragte mütterlich: «So, Werner, was ist los?»

Ich zeigte ihr den Riß in meiner Hose und erklärte unnützerweise noch, warum ich so nicht mehr in den Speisesaal gegangen sei. Sie bestätigte erheitert, daß ich dies wirklich nicht mehr habe tun können, dann riet sie mir, die Hose dem Schneider zu bringen und nachher ins Office zurückzukehren. Dies tat ich denn auch und war froh, daß die Tante so leicht über mein Mißgeschick hinwegging. Ich selber nahm so etwas schwerer als es wog, eine Neigung, die ich überwinden mußte, um im praktischen Leben vorwärts zu kommen. Ich stand ja hier nicht zum erstenmal in diesem berühmten praktischen Leben, sondern besaß gewisse trübe Erfahrungen und machte mich auf tückische Hindernisse gefaßt. Ich tat wohl daran.

Wenige Tage nach dem bescheidenen Vorfall half ich im Speisesaal die Tische für das Frühstück decken und wurde mit einem Auftrag in den Speicher geschickt. Hier herrschte die Gouvernante allein. Diese große, feste, bäuerisch robuste und grundehrliche Person, Einkäuferin und Verwalterin aller speicherfähigen Lebensmittel, Zubereiterin der Salate, Befehlshaberin am Wärmeherd, besaß das unbegrenzte Vertrauen der Herrschaft. Im Kampfe gegen das naschhafte Volk der unteren Angestellten wurde sie hart und bissig. Ich nährte leider ein Vorurteil gegen sie, vermochte ihr in meiner Unreife auch sonst nicht gerecht zu werden und hielt sie für eine aufgeplusterte böse Truthenne.

Sie stand jetzt hier im Speicher über einen Butterstock gebückt, in der rotbraunen Faust einen merkwürdigen Löffel, mit dem sie wie mit einer geballten Vogelklaue eifrig Röllchen vom Stocke kratzte und in kaltem Wasser abschüttelte. Ihre umfangreiche Rückseite schwankte dabei hin und her, ihre schweren Röcke bewegten sich wie eine Glocke. Körbe voll frischer warmer Gipfel und Weggli erfüllten den Speicher mit einem Dufte, der die Vorübergehenden oft an der Nase da hinein zog, doch blieb auch der freundlichste Morgengruß an die Hüterin des Schatzes meistens erfolglos.

«Was wollt Ihr?» fragte sie mich, während sie weiterkratzte.

«Die Konfitüren!» sagte ich, vom Weggliduft auch verführt, in einem treuherzigen Tone.

«Dort stehen sie bereit, werdet sie wohl selber nehmen können!» erklärte sie barsch.

Sie redete mich zu meinem Befremden mit Ihr an, wie man bei uns auf dem Lande allenfalls einen Halbwüchsigen ansprach, der für das Du zu alt, für das Sie zu jung erschien, oder einen Halbbatzigen, der für das Du zu gut, für das Sie zu schäbig aussah. Sie mußte eine ziemlich unklare Vorstellung von mir haben.

Ich belud mein großes hölzernes Tragbrett mit gefüllten Glastöpfchen, aus Vorsicht aber so locker, daß nicht alle darauf Platz fanden, und hob es über die Schulter empor. Man trug es auf der flach zurückgebogenen linken Hand, um die Rechte frei zu haben, ich hatte es geübt.

«He, wollt Ihr die da stehen lassen?» rief die Gouvernante, auf den Rest der Gläser deutend. «Nehmt doch alle mit!»

«Ich wollte sie nachher noch holen», erklärte ich.

«So, und zweimal laufen statt einmal? Die werdet Ihr doch wohl noch tragen können, so ein Brett voll trägt mir jeder Schulbub.» Verächtlich musterte sie mich.

«Gut», dachte ich, «meinetwegen, wenn es sein muß!» Schweigend stellte ich das Brett wieder ab und schob die Gläser so eng zusammen, daß alle Platz hatten. Sie standen auf silbernen Tellerchen, dagegen waren ihre losen Deckel mit der Kerbe für den Löffelstiel aus Glas; die einen enthielten flüssigen Honig, die andern verschiedene Konfitüren.

Ich widerstand der Versuchung, das schwer beladene Brett mit beiden Händen vor mir her zu tragen wie eine Waschfrau den Zuber. Die Kellner hätten gelächelt, auch mußte ich ja schon hier eine Hand frei haben, um die Tür zu öffnen. Ich stemmte also die Last auf der Linken mutig wieder über die Schulter empor und trug sie erhobenen Hauptes schweigend hinaus. Der Gang vor dem Speicher lief nach links in die Küche, nach rechts zu einer Steintreppe, die ins Office hinaufführte. Die sieben oder acht Stufen dieser Treppe waren an den Rändern durch eiserne Schienen geschützt und übrigens viel zu schmal, was nicht nur ich allein behauptete. Als ich nun auf dieser Treppe war, kam ein Kellner durch das Office gelaufen und rief: «Mensch, wo steckst du denn? Vorwärts, Amberg, vorwärts, vorwärts!» Den Blick auf den ungeduldigen Kellner gerichtet, stieg ich etwas eiliger hinauf, glitt am obersten eisernen Stufenrand ab und griff, um mich zu halten, nach rechts an die Wand. Gleichzeitig wurde das Brett hinten schwerer als vorn und rutschte mir über die erschrockenen Fingerspitzen hinab; während ich selber mit beiden Knien hart aufschlug, krachte hinter meinem Rücken die ganze Ladung klirrend auf die Treppe.

Ich blieb auf den obersten Stufen liegen und ließ verzweifelt den Kopf hängen. Von beiden Seiten liefen Leute herbei. «Du Unglückseliger!» rief der Kellner, der zuerst bei mir war, und faßte mich am Arm. «So steh doch wenigstens auf!» Mir wäre es recht gewesen, wenn ich nicht selber hätte aufstehen können, aber schon nahte eine fürchterlich keifende Stimme, die nicht das geringste Erbarmen erwarten ließ; ich richtete mich langsam auf und starrte dies farbige wilde Durcheinander an, das von den unteren Stufen wie ein Fiebertraum beängstigend auf mich eindrang. Aus Honigteichen, Kirschentümpeln und Erdbeerlachen quollen gelbe, schwarze und blutrote Bäche unter Scherben hervor, sie flossen langsam und traurig an silbernen Löffeln und Tellerchen vorbei, trafen einander und wälzten sich, von Glassplittern durchblitzt, schwer die Stufen hinab.

Die herbeigelaufene Gouvernante deutete mit beiden Händen heftig einladend darauf hin, streckte mir den zornroten Kopf mit dem helmartig aufgetürmten blonden Haar entgegen, als ob sie wütend auf mich einhacken wollte, und schrie:

«Schleckt es jetzt auf, schleckt es jetzt auf!» Ich stand, rücklings an die Wand gekrümmt, mit schmerzenden Knien auf der Treppe und starrte verbissen vor mich hin. Die Leute aus Office und Küche blickten mich schweigend an. Ich war als Fremdling in ihre Unterwelt eingedrungen und hatte mich durch mein Ungeschick selber verraten. Alles kam jetzt darauf an, wie die höhere Macht urteilen würde, dies spürte ich sehr lebhaft, doch ohne viel Hoffnung.

Oben an der Treppe, zwischen beiseitetretenden Kellnern, erschien eine blau gekleidete, vornehme Gestalt, eine Frau aus der oberen Welt, Tante Ulrike. Sie blieb dort schweigend stehen. Ich schaute sie nicht an, ich fühlte mich schon verworfen. Die wütende Gouvernante behielt mit Erklärungen und Schmähungen noch eine Weile das Wort, dann verstummte sie. Die Herrin des Hauses aber sagte: «Es ist eine gefährliche Treppe, das wissen wir ja, hier sind auch andere schon ausgeglitten.» Sie sagte es beschwichtigend, mit überlegener Ruhe, dann fragte sie mich vertraulich, ob mir etwas weh tue, und schloß: «Komm, gehen wir hinauf!»

Ich wandte mich ab von den Leuten da unten und ging neben dieser großartigen Frau erschüttert hinauf.

5.

Die Saaltüre wurde vom Vestibül her geöffnet, man hörte den schallenden Gong, der zur abendlichen Table d'hôte rief, zum Diner, und schon wandelten festlich gekleidete Gäste herein. Ich musterte rasch noch einmal die mir zugewiesenen, von mir gedeckten zwei Tische, faßte mit einem letzten Blick in den nahen Wandspiegel meinen Frack unten an den beiden Revers und rückte ihn, den Kopf aufwerfend, Haltung annehmend, knapp zurecht. Der Frack saß tadellos, und ich sah gut darin aus.

Gespannt schaute ich den nahenden Gästen entgegen. «Mach die Augen auf!» hatte mir der Patron geraten. «Schon wie sie hereinkommen, ist bezeichnend.» Zwischen meergrünen und perlgrauen Abendkleidern, entblößten Schultern und den schwarzgerahmten weißen Hemdbrüsten der Herren entdeckte ich meine Franzosen. Madame et Monsieur kamen voraus, angeregt, aber lässigen Schrittes, er mit einem heiteren Lächeln um sich blickend oder den Kahlkopf seiner Frau zuneigend, sie lebhaft plaudernd; ziemlich weit hinter ihnen stöckelten auf hohen Absätzen die drei Töchter daher, aber einzeln, auf verschiedenen Umwegen, als ob sie nicht zueinander gehörten. «Bonsoir madame, bonsoir monsieur!» sagte ich befangen und schob der stark geschnürten und gepuderten Frau den Stuhl unter. Die Töchter, etwa siebzehn, neunzehn und zwanzig Jahre alt, leicht geschminkt, parfümiert und à la mode frisiert, in Kleidern von ähnlichem Schnitt und Stoff, aber von verschiedener Farbe wie eine gemischte Glace, Vanille, Himbeer und Haselnuß, ließen sich nacheinander von mir den Stuhl unterschieben. Indessen nahten auch meine zwei Gäste vom Nachbartisch, der Herr Direktor gemessenen Schrittes, hoch aufgerichtet, die Hände in den Seitentaschen des zugeknöpften Smokings, die stattliche Frau mit einer Miene, die herausfordernd und zugleich einschüchternd auf mich wirkte. Ich hatte keine Zeit mehr für sie, das Klingelzeichen rief mich und die übrigen Kellner in die Saalecke, wo der Herr Ober aus einer silbernen Schüssel die Suppe zu schöpfen begann.

Man mußte drei oder vier Teller mit Suppe gleichzeitig auftragen, wenn man beim nächsten Klingelzeichen mit dem Fische nicht zu spät kommen wollte. Dabei verstand es sich von selbst, daß man den Tellern nicht ein Fußbad bereiten durfte, indem man sie ineinander stellte, man schob sie vielmehr, ähnlich wie beim Abräumen, so zwischen die Finger, daß sie Stufen bildeten. Ich steuerte mit zwei Tellern in der Linken und einem in der Rechten vorsichtig zwischen bedrohlichen Hindernissen durch auf den Franzosentisch los. Dort galt es, den Damen die Suppe nicht in den Schoß zu leeren, sondern auf den Tisch zu stellen. Es war eine klare Consommé, die auf die geringste Schwankung mit Flut und Ebbe antwortete. Die jungen Damen plauderten bei meiner Ankunft noch zwitschernd durcheinander, aber als ich mich ein wenig in die Knie ließ, mit der Rechten einen Teller vor ihre Mama hinstellte und zugleich bang schielend die zwei Teller in meiner Linken vor Papas lebhafter Schulter zu bewahren suchte, verstummten sie wie im Zirkus vor einem schwierigen Akrobatenstück, wenn die Musik aussetzt, und schauten mir gespannt lächelnd zu. Es gelang, und auch mit den nächsten Tellern mißlang es nicht. Das Paar nebenan bekam die Suppe zuletzt und sah unzufrieden aus.

Kaum hatte ich die Teller gewechselt, da klingelte es, ich ging rasch ins Office zum Wärmeherd, ergriff mit drei, durch die Serviette geschützten Fingern eine heiße, schwere Silberplatte, stellte als obere Stufe eine Schüssel mit Kartoffeln darüber hin und nahm das Gefäß mit der Fischsauce in die rechte Hand. Die Gouvernante sah mir höhnisch zu. Im Saal konnte ich die Platte, in der ein Steinbutt lag, Turbot d'Ostende, mit drei Fingern gerade noch bis zu den Franzosen halten, dann ließ ich sie auf den Tischrand sinken und reichte sie erst herum, nachdem ich die Kartoffelschüssel und die Kanne mit der Kapernsauce abgestellt hatte. Meine zwei andern Gäste, die ich diesmal zuerst hätte bedienen sollen, sahen entrüstet aus. Mit dem nächsten Gericht, Filet de Bœuf, fing ich bei ihnen an. Die Frau warf die sorgfältig aufgereihten Bratenstücke und Zutaten in der umfangreichen Platte wählerisch durcheinander, bevor sie sich bediente. Sie trug an jeder Hand zwei Brillantringe.

Das Folgende, Chaudfroid de Chapon à la Gelée und Cardons demi-glace, kalter Kapaun und wilde Artischocken, bot ich wieder den Franzosen zuerst an. Als ich damit zum andern Tische kam, befahl der Herr Direktor nach einem Blick auf den etwas dürftigen, aber noch genügenden Rest: «Rufen Sie mir den Ober!» Ich rief den Oberkellner herbei, der die Beschwerde des Herrn bestürzt entgegennahm und Entschuldigungen vorbrachte. Ich mußte ins Office hinaus und «Supplément pour deux» verlangen, was mir die schimpfende Gouvernante erst gewährte, als ich beteuerte, der Herr Ober habe mich geschickt. Die Folge war, daß ich beim nächsten Klingelzeichen die Teller noch nicht gewechselt hatte und mit den gebratenen Rebhühnern, Perdreaux rôtis sur canapés, zu spät in den Saal kam. Der Oberkellner aber stand mir jetzt bei, er trug den Salat auf und servierte die Rebhühner am Nebentisch persönlich, sodaß ich mit der Bombe panachée, einem farbigen Eispudding, und der Pâtisserie die verlorene Zeit beinahe wieder einholte. Mit den Früchten und verschiedenen Käsesorten war ich dann jedenfalls nicht mehr im Rückstand.

Das Diner war zu Ende, ein gewöhnliches Diner, wie es mit wechselnden Gerichten täglich in allen erstklassigen Häusern serviert wurde, nachdem die Gäste jeweilen schon um Mittag ein fast ebenso reiches und gutes Mahl genossen hatten. Staunend über die Festlichkeit dieses Lebens, räumte ich meine Tische ab und vertauschte zum trüben Nachspiel an den Spültrögen im Office den Frack mit der Schürze.

6.

Ich war noch ein grasgrüner Anfänger, aber im Frack spielte ich schon den fertigen Saalkellner; doch spielte ich ihn eben erst. Ich begann meine gewandten Kollegen nachzuahmen, schleuderte mir die Serviette ebenso forsch unter den Arm wie sie und versuchte auch jene rhythmisch wiegende Ellbogen- und Handbewegung, mit der man beim raschen Gehen eine Platte schwungvoll aufträgt. Dabei war ich keinen Augenblick sicher, ob mir nicht ein schweres Topfgericht zu früh aus den Fingern rutschte, die Sauce Hollandaise eine nackte Schulter taufte oder eine Suppe mein eigenes Frackhemd tränkte.

Die gestärkte Hemdbrust war immer gefährdet; man konnte ein sauberes neues Hemd anziehen und schon nach wenigen Stunden auf der Brust einen Flecken entdecken. Für diesen Fall gab es besondere, gestärkte Vorhemden, wie es Manschetten gab, und damit ersetzte man nur das Bruststück, statt das ganze Hemd zu wechseln. Mit einer solchen gestärkten Hemdbrust, die in der Form einem Wappenschild glich, trug ich eines Mittags in der Linken ein Hors d'œuvres, in der Rechten eine Mayonnaise in den Saal. Da hielt mich ein Kollege auf, mein Service-Nachbar, er trat dicht vor mich hin und fragte leise: «Amberg, hast *du* das Salz von meinem kleineren Tische weggenommen?» Dabei griff er mir an den Westensaum, wie man einen Bekannten am Rockkragen fassen mag, und eh ich die Frage verneinen konnte, hatte er mir schon zwei Finger unter das steife lose Vorhemd gesteckt und es aus dem Rahmen geschält; es schnellte aus der Weste und ragte wie ein schräges Vordach lächerlich über den Rand meiner Hors d'œuvres-Platte. Ich fuhr mit der Mayonnaise erzürnt gegen seine eigene Hemdbrust, doch er faßte die Kanne geschickt und wich zurück. Gepeinigt kehrte ich um und schob im Office meinen weißen Brustschild in seinen schwarzen Rahmen zurück.

Auf diese Art bekam ich es zu spüren, daß ich als Günstling der Herrschaft eine zweijährige Lehrzeit überspringen wollte. Ich war erst in der zweiten Hälfte der Saison eingetreten, meine traurige Unfertigkeit lag offen zutage, und doch wurde ich meinen Kollegen schon gleichgestellt. Das konnten sie mir nicht verzeihen.

Indessen ging die Sommersaison ihrem Ende entgegen. Das Belvedere war kein Jahresgeschäft, es öffnete im Mai und schloß im September, wie die meisten großen Kurhäuser am See. Die Gäste begannen abzureisen, täglich gab es im Saal eine neue Lücke. Meine zwei Tische waren noch besetzt, aber eines Abends beim Diner deutete der Oberkellner mit den Augen diskret auf das Paar am kleineren Tisch und raunte mir zu: «Die Herrschaften verreisen morgen früh.» Ich wußte, was diese Mitteilung bedeutete und was ich daraus folgern sollte, nicht aus eigener Erfahrung, aber aus Gesprächen meiner Kollegen, und ich hatte auch bemerkt, daß Gäste vor ihrer Abreise besonders sorgfältig bedient wurden. Nun wollte ich nicht geradezu alles nachahmen und bot die Filets de Saumon à la Duchesse zuerst den Franzosen an, aber sowohl mit dem Roastbeef à l'Andalouse wie mit dem gebratenen Fasan mußte ich auf den ausdrücklichen Wunsch des Oberkellners am kleineren Tische beginnen. Als ich nun an diesem Tische nach der Charlotte à la Pompadour die Teller wechseln wollte, erhoben sich die Herrschaften; ich zog ihnen rasch die Stühle weg, wie es meine Aufgabe war, trat beiseite und war bereit, die übliche Verbeugung wenigstens anzudeuten. Da griff der Herr Direktor in die rechte Westentasche und streckte mir gleichgültig ein Geldstück entgegen. Ich lehnte es ebenso gleichgültig ab. «Danke!» sagte ich und schüttelte ein wenig den Kopf. Er starrte mich verständnislos an, dann warf er das Geldstück schroff auf den Tisch, wandte sich ab und ging.

Der Oberkellner, der den Aufbruch des Paares in der Nähe erwartet und den Vorfall bemerkt hatte, trat bestürzt auf mich zu. «Was, Sie haben...?» Er schien es nicht zu begreifen und beendete die Frage erst nach einem ungläubigen Staunen: «Sie haben das Trinkgeld abgelehnt?»
Ich konnte noch nicht genau ermessen, was ich getan hatte, und bejahte verlegen.
Er vergaß den Mund zu schließen und schaute mich groß an, dann warf er einen besorgten Blick auf das weggehende Paar, stürzte ihm plötzlich nach, überholte es und riß mit einer Verbeugung die Tür vor ihm auf.
Als ich im Office an die Arbeit ging, wußten schon alle Kollegen von meinem Verstoß und sagten mir höhnisch, entrüstet, ja verächtlich ihre Meinung. «Du bist wohl aus einem besseren Dreck gemacht als wir, was?» So und ähnlich tönte es. «Amberg, also das geht nicht!» sagte der Oberkellner. «Wir sind auf das Trinkgeld angewiesen, das sollten Sie doch wissen. Wir beziehen ja ganz geringe feste Löhne, unsere Arbeitgeber selber rechnen mit dem Trinkgeld. In unserem Berufe ist das vorläufig nun einmal so. Und hier haben wir eine gemeinsame Kasse. Es ist für jeden von uns Ehrensache, die eingenommenen Trinkgelder abzuliefern. Nachher werden sie prozentual unter uns verteilt. Ich nehme an, daß Sie das nicht gewußt haben, aber ich erwarte, daß Sie sich künftig daran halten. Das Trinkgeld ist kein Almosen, und es ist keine Schande, es anzunehmen, wir haben es ehrlich verdient.»
Ich schwieg beschämt.
Einige Tage später standen meine Franzosen vor der Abreise, ich erfuhr es rechtzeitig. Ich hatte ihnen den Lunch serviert und sah aus einiger Entfernung zu, wie sie zuletzt noch Früchte aßen. Als sie ihre Finger in die zierlichen Messingnäpfe tauchten und sie mit der Serviette abtrockneten, lief der Oberkellner an mir vorbei und raunte mir zu: «Amberg, vorwärts, die Herrschaften brechen gleich auf, rasch, rasch!» Ich schlen-

derte so absichtslos wie möglich in ihre Nähe, konnte aber der Madame, die sich gleichzeitig mit ihrem Manne erhob, immerhin noch den Stuhl wegziehen. Mit einem peinlichen Gefühle trat ich zurück und wollte auch den Töchtern die Stühle wegnehmen, als ihr Herr Papa lächelnd auf mich zukam und mir in seinem rasenden Französisch erklärte, daß sie nun abreisen würden und mit dem Service sehr zufrieden gewesen seien. Ich wagte seine Hand nicht zu übersehen, die mir zurückhaltend etwas anbot, aber ich kam ihr nur zögernd entgegen, worauf er unauffällig noch näher trat und, immerfort redend, diskret ein Fünffrankenstück in meine verschämte Rechte hinablegte. «Merci bien, monsieur!» sagte ich leise und, mit einer Verbeugung, unbefangener: «Bon voyage!»

Die drei jungen Damen waren sitzen geblieben und hatten belustigt zugesehen. Sowie ich das bemerkte, machte ich auch eine belustigte Miene. Die älteste antwortete darauf unverzüglich mit gespieltem Hochmut, indem sie, rasch aufstehend, das Kinn erhob und die Augen zu Schlitzen verengte; die beiden jüngeren warfen mir, nachdem ich ihnen die Stühle weggezogen hatte, einen kurzen, heiter forschenden Blick zu. «Au revoir, mesdemoiselles!» sagte ich und verbeugte mich. Sie nickten knapp und schlenderten in ihren enganliegenden grauen Reisekleidern dem Ausgang zu, jede auf ihrem eigenen Umweg; bevor sie den Saal verließen, blickten sie alle drei verstohlen zurück, und da sie mich lachen sahen, lachten sie auch und gingen rasch hinaus.

Der Oberkellner, dem nichts entging, hatte es bemerkt und schüttelte den Kopf.

7.

Als ich nach der Sommersaison vor dem Belvedere und den andern geschlossenen Hotelpalästen dem See entlang bummelte, fühlte ich mich wunderlich erheitert wie ein Bergwanderer, der plötzlich merkt, daß er im Schnee und Nebel auf einer dünnen Eisdecke den Alpsee überschritten hat. Ich wußte erst jetzt, in was für ein Abenteuer ich mich eingelassen und welche Überwindung mich der Anfang gekostet hatte. Sollte ich diesen mühsamen Weg nun wieder verlassen und mich abermals als der traurige Bursche erweisen, der nichts kann, nichts ist und nichts werden wird? Nein, ich hatte diesen Weg selber gewählt, ich wollte ihn fortsetzen und bis zu jenem befreienden Ende gehen, wo ich ihn nicht mehr nötig haben würde.

Die nächste Strecke war im Vergleich mit dem Anfang recht ergötzlich und ermunterte mich. Ich besuchte die Hotelfachschule. Drei tüchtige Fachmänner machten sich hier offensichtlich ein Vergnügen daraus, zwischen zwei Sturmzeiten ihres praktischen Lebens zur Abwechslung einmal zwanzig junge Leute meines Alters auf den Ernstfall vorzubereiten oder in ihren schon erworbenen Kenntnissen zu fördern. Noch nie waren mir so lebenskundige, heitere und anregende Lehrer begegnet. Der Oberkellner eines großen Kurhauses ließ uns im Speisesaal eines leerstehenden kleineren Hotels nach den gültigen strengen Regeln alle möglichen Gedecke herstellen, Servietten zu blumenhaften Gebilden formen, Tische dekorieren und supponierte Mahlzeiten auftragen. Ein bekannter Küchenchef lehrte uns, nach welchen kulinarischen Gesetzen ein Mahl zusammengestellt und im Menü angekündigt werde, was eine Sauce Béchamel, ein Chateaubriand, eine Charlotte und vieles andere sei, er rühmte bewundernd die klassische Kochkunst der Franzosen und führte uns gruppenweise in die Küche eines dauernd geöffneten großen Stadthotels, wo wir den Chef de cuisine und die Chefs de partie an der Arbeit sahen. Von einem ebenso tüchtigen Fachmann, Herrn Fischer, wurden wir in die Weinkunde eingeführt. Ich besaß zum Wein, mit dem ich im Belvedere noch nichts zu tun gehabt hatte, nur ein platonisches Verhältnis und kannte ihn als Göttergeschenk und Sorgenbrecher höchstens aus Gedichten. Jetzt hörte ich weniger vom Wein als von Weinen, deren es nach Herkunft, Alter und Eigenschaften mehr gab als je ein Liebhaber genießen konnte, ich erfuhr, was man zum Fisch, zum Braten, zum Geflügel für besondere Sorten trank, welche Temperaturen sie haben, wie sie aufgetragen und eingeschenkt werden mußten.

Mitten in dieser kurzen herbstlichen Schulzeit erlebte ich eine ähnliche Überraschung wie einst als Uhrmacherlehrling. Ich faltete klopfenden Herzens eine gewisse Zeitung auseinander und entdeckte in einem freudigen Taumel jenes kleine lyrische Gedicht, das ich aus dem Belvedere an die Redaktion geschickt hatte. Die Zeilen tanzten mir vor den Augen, ich blickte weg und dachte argwöhnisch, daß ich einen Wunschtraum träume, denn jetzt hielt ich nicht mehr unser nachsichtiges Lokalblatt in der Hand, sondern eine anspruchsvolle Tageszeitung; das Gedicht stand aber wirklich da an der Spitze des Feuilletons, und darunter war mein Name gedruckt. In einem verzagten Augenblick hatte ich diese Rakete aus meiner Hotelmansarde abgeschossen, und da flammte nun ihre Leuchtkugel vor mir auf.

Ich war glücklich über diesen Erfolg, knüpfte aber nicht mehr so verwegene Hoffnungen daran wie damals. Außerdem fiel mir mein neuer Beruf zur Zeit nicht eben schwer, die Hotelfachschule blieb ergötzlich bis zum Schluß. Hier gab es keine Hetzjagd, kein schmutziges Besteck, kein Office und keine Gouvernante, es ging heiter und sauber zu, und endlich erwies ich mich auch einmal als gelehriger Schüler. Die Lebensart der großen Welt am Beispiel ihrer Tafelfreuden fesselte mich, ich wollte sie gründlich kennenlernen, um dereinst selber daran teilzunehmen; weniger dachte ich an die Aufgabe, mich zu ihrem Dienste auszubilden, und so flog ich mit meinen Gedanken denn doch über das Ziel des Unterrichts hinaus. Am Schlusse wurden wir freilich daran erinnert, daß jetzt für uns der Ernst des Lebens beginne. «Hier war es wie im Manöver», sagte der Oberkellner. «Bewähren könnt ihr euch erst, wenn ihr wirklich im Feuer steht. Wer dann den Kopf verliert, kann die schönsten Überraschungen erleben.»

Die Schlußfeier im Weingeschäft des Herrn Fischer begann damit, daß wir verschiedene Weine kosten und erraten durften. Diese Proben wirkten auf mich unerwartet, ich gab meine gewohnte, an Schüchternheit grenzende Zurückhaltung auf, und als wir nachher gar ein Fäßchen Tokaier gemeinsam austranken, entfaltete ich eine Beredsamkeit, die ich mir niemals zugetraut hätte. Nachdem jeder der drei Lehrer ein paar Worte an uns gerichtet hatte, erhob ich mich und hielt eine Lob- und Dankrede auf die Lehrerschaft. Dabei verriet ich, was mir schon eine Weile durch den Kopf gegangen, aber nie über die Lippen gekommen war: «Unser hochverehrter Herr Fischer ist nicht nur ein unübertroffener Weinfachmann, er ist auch ein Vertreter jener Kunst, die vom Wein zu allen Zeiten befeuert wurde, er ist ein Dichter, und zwar ein echter Volkspoet. Er hat seine Gedichte unter einem Decknamen vor Jahresfrist herausgegeben, und es wäre die Krönung dieses Abends, wenn er uns nach seinen anregenden Weinproben nun auch mit ein paar Proben seiner Kunst erfreuen würde.» Ich hatte heiße Backen und war sehr zufrieden mit meiner Rede.

Herr Fischer erhob sich lachend, trank mir zu und sagte: «Ja, der Wein hat unter Dichtern schon manches angerichtet. Er ist oft besungen, aber auch geschmäht worden. So habe ich kürzlich in einem Roman des großen Franzosen Balzac den schlechten Witz von den verschiedenen Essigsorten gelesen, die der Deutsche unter dem Namen Rheinwein zusammenfasse.» Er ließ ein prustendes Lachen hören, erzählte noch weitere Müsterchen und trug dann wirklich ein paar eigene Mundartgedichte vor, die ich sehr heftig beklatschte. Die andern Schüler äußerten ihren Beifall eher verlegen, sie verstanden nichts von Gedichten. Da ließ ich den Dichter noch hochleben und trank ein Glas Tokaier aus.

Ich hatte Feuer im Kopf und frischen Wind in den Segeln, ich stand abermals auf und sagte: «Nicht nur Herr Fischer und sein Wein, sondern auch der unter uns weilende berühmte Küchenchef und seine Kunst haben Beziehungen zur Literatur. Immer wieder wurden Gastmähler geschildert und große Köche gepriesen. Die Kochkunst ihrerseits hat der Literatur gehuldigt. Ich erinnere nur an das uns allen bekannte, auf dem Rost gebratene doppelte Filet-Stück, das den Namen Chateaubriand trägt. Dieser große französische Schriftsteller und Gourmand, Autor des 'Génie du christianisme', ist nicht nur durch seine Werke, sondern auch durch diesen klassischen Rostbraten unsterblich geworden...» Ich packte aus, was ich wußte, und ließ mein Licht leuchten, doch verhaspelte ich mich bald, begann Unsinn zu schwatzen und brach plötzlich ab.

Zu meinem Glück merkte niemand, was für ein sonderbarer Vogel da unter den eindeutigen Schülern des Hotelfaches seine vorlaute Stimme versuchte. Alle waren angeheitert, auch die Lehrer, wie mir schien. Der Küchenchef erzählte Anekdoten vom gastronomischen Genie der Pompadour und blieb damit auf der Höhe der Unterhaltung. Sogar der Oberkellner ließ sich durch mein Beispiel zu einer literarischen Leistung anfachen, er bat mich um das Buch, das wir alle bestellt und an diesem Abend in Empfang genommen hatten, ein kulinarisches Lexikon; mit schwungvoller Hand schrieb er mir gute Räte und Wünsche hinein, die ich ihm gerührt verdankte. Später hielt ich noch eine Rede, von der ich am nächsten Tag aber nichts mehr wußte. Ich erwachte spät, verwundert, mit schmerzenden Schläfen, und errötete beim Gedanken, wie unangemessen ich mich benommen hatte. Als ich den Koffer zu packen begann, kam mir das kulinarische Lexikon in die Hände, ich schlug es auf und las die Sprüche noch einmal, die mir der Oberkellner zur Erinnerung hineingeschrieben hatte; es waren Verse, sie reimten sich. Ich errötete auch für ihn.

Ungewiß, was mit mir nun geschehen würde, ernüchtert und leicht beklommen machte ich im Belvedere meinen Abschiedsbesuch. Tante Ulrike empfing mich freundlich und trug mir Grüße an die Altrütibewohner auf, besonders an Tante Christine. Gleich darauf kam Herr Lütolf eilig daher und übergab mir noch während der Begrüßung einen an mich adressierten Brief, mit der Bitte, ihn hier zu öffnen. Der Brief enthielt zu meinem Erstaunen die Mitteilung, daß ich für die bevorstehende Wintersaison in ein Palace Hotel am Genfersee als Saalkellner engagiert sei. Herr Lütolf beglückwünschte mich dazu. «Es ist ein sehr großes, erstklassiges Haus, du kannst dort viel lernen», sagte er. «Und in der nächsten Sommersaison arbeitest du noch einmal bei uns als Saalkellner, nachher als Zimmerkellner oder als Commis de restaurant. Aufs Büro kommst du immer noch früh genug. Als Kellner hast du auch im Ausland vorläufig mehr Möglichkeiten, du solltest jedenfalls nach England, schon wegen der Sprache, und für eine Wintersaison kannst du nach Ägypten, nach Luxor, ich habe Verbindungen dort...»

Noch nie hatte ich an irgendeinem Wendepunkt meiner Lehrjahre solche Töne vernommen, ich war an das Gegenteil gewohnt und darauf gefaßt. Mein Erfolg stieg mir zu Kopf, ich fuhr geschwollen nach Hause und erheiterte Tante Christine durch den Übermut, mit dem ich von meinen Aussichten sprach: «Ich werde im Frack auf einem Kamel um die Pyramiden reiten und am Nil Krokodile schießen.» Die Großmutter schüttelte zu solchen Sprüchen besorgt den Kopf. Ich benutzte die paar Tage meiner flüchtigen Freizeit, um durch die Wälder zu streifen und an Gedichten zu arbeiten, dann reiste ich zuversichtlich nach dem Genfersee ab.

8.

In einem großen Bahnhof, wo ich umsteigen mußte, liefen bei meiner Ankunft Reisende, Feuerwehrleute und Bahnbeamte durcheinander, ich hörte, daß ein Brand ausgebrochen sei, und hoffte, vor meiner Weiterfahrt etwas davon zu sehen. Ich ging noch rasch zum Kiosk, verlangte eine Zeitung und kaufte ein Reclambändchen, das ich da liegen sah, Gedichte von Lenau. Den Koffer hatte ich vor mich hingestellt, den Geigenkasten behielt ich unter dem Arm, und nun wollte ich zahlen, aber da fielen zwei silberne Fünffränkler zu Boden. Als ich sie aufhob und verwundert meinen Geldsäckel betrachtete, entdeckte ich im aufgeklappten Fangdeckel eine gähnende Naht. «Das fängt gut an!» dachte ich. Nachdem ich bezahlt hatte, ließ ich den Koffer an der Kioskwand stehen und sah mich nach dem Brand um, doch brannte nicht der Bahnhof selber, sondern gleich daneben ein großes Haus. Der Vorplatz war schon abgesperrt und von vielen Zuschauern umgeben, die graue Riesenschlange einer Schlauchleitung kroch durch die nächste Haustür hinein, aus dem Dache und den Mansardenfenstern qualmte dunkler Rauch. Ich dachte mit einem Blick auf die Uhr an meinen Zug, als eben zwischen auffliegenden Ziegeln und herausspritzendem Wasser eine rote Flamme hochzüngelte. Vom Bahnhofdach aus fuhr ein Wasserstrahl hinüber, und die Flamme verschwand wieder.

Plötzlich war es für mich höchste Zeit, ich lief in die Halle hinein zum Kiosk, und mir wurde schwül beim Gedanken, daß mein Koffer verschwunden sein könnte. Der Koffer aber stand noch dort. Dankbar blickte ich ihn an und nahm ihn zärtlich am Ledergriff, da glänzte etwas neben ihm am Boden, ich hob es auf und hielt ein goldenes Zwanzigfrankenstück in der Hand. Mir fiel ein, daß ich selber noch ein solches Goldstück haben müsse, ich schaute nach und fand es nicht mehr im Geldsäckel; es war mit den Fünffränklern hinausgerutscht und hatte zu Füßen der vielen Menschen, die es gewiß auch gern gefunden hätten, freundlich auf mich gewartet. Jetzt aber zeigte die Bahnhofsuhr schon genau auf die Abfahrtsminute, ich rannte mit meinem Gepäck durch die Menge, schlug den Koffer an die Beine eines Herrn, der mir entrüstet «heh, heh, heh!» nachrief, und erreichte den hintersten Personenwagen des Zuges, als der Mann mit der roten Mütze das Zeichen gab und der Zug zu fahren begann. «Nicht mehr einsteigen!» rief der Mann, aber ich sprang auf das Trittbrett, Koffer und Geigenkasten in der Linken, riß die Tür auf, stolperte hinein und sah durch das Fenster noch, daß der Rotbemützte neben dem Wagen herging und zu mir hinauf schimpfte. Gegenüber stiegen Leute vom selben Perron in einen andern Zug, und noch einmal wurde mir schwül beim Gedanken, daß ich dort hätte einsteigen müssen und hier im falschen Zuge sei. Ich erwog rasch, ob ich wieder abspringen sollte; es schien mir noch möglich, die Dampflokomotiven begannen nicht gleich zu rasen. Ich riß die Schiebetür zum Abteil auf und fragte die zunächst sitzende Frau hastig, wohin dieser Zug fahre. Sie hatte ein üppiges rotes Gesicht, blickte mich erschrocken an und nannte so unsicher, als ob sie daran zweifelte, die nächste größere Station, wo ich abermals umsteigen mußte. Ein Herr, der ihr gegenübersaß, bestätigte es. Ich war im richtigen Zug. Die Leute lächelten, als ich mit meinem Gepäck einen Platz belegte. Ich blickte sogleich durch das offene Fenster nach dem Brand aus und sah wenigstens den dunklen Rauch noch einmal zum trüben Himmel aufsteigen, dann fuhr der Zug in eine Kurve, ich versorgte mein Gepäck und setzte mich. Erlöst, bang und belustigt zugleich stellte ich mir die mißliche Lage vor, in die ich beinah geraten wäre. «Der Koffer, das Goldstück, der Zug, alles könnte fort sein, ich allein noch könnte dort sein.» In dieser Form fiel es mir ein, ich lachte darüber und hielt mein unverdientes Glück für ein gutes Vorzeichen.

Auf meiner weiteren Fahrt geschah nichts mehr, ich kam zur rechten Zeit an mein Reiseziel. Das Palace Hotel, das mich als Saalkellner erwartete, lag auf einer bewaldeten Bergterrasse über dem östlichen Zipfel des Genfersees. Dieses riesige, um die Jahrhundertwende im Stil der Verlegenheit gebaute Haus, hundertfünfzig Meter lang, sieben Stockwerke hoch, von Türmchen und Pavillons gekrönt, bot vierhundert Gästen einen luxuriösen Aufenthalt und eine großartige Aussicht. Als ich es vor mir auftauchen sah, wurde ich kleinmütig wie ein einrückender Rekrut vor der Kaserne, die ihn sogleich verschlucken wird.

Mit mir stiegen noch andere Hotelangestellte aus der Zahnradbahn, und ich folgte ihnen zu einem hinteren Eingang, wo wir unsere Ankunft melden ließen. Nach einer Weile kam ein Herr, hieß uns eintreten und schrieb unsere Namen in eine Liste. Dieser Herr, ein Hotelsekretär, schien uns den Beruf anzusehen. «Portier», sagte er zu einem breitschultrigen Mann, der dazu nickte. «Zimmermädchen», murmelte er, während er zwei Mädchennamen hinschrieb. Ein sportlich gekleideter junger Mann trat darauf vor ihn hin und meldete laut, forsch: «Schulze Kurt, Saalkellner.» Nun kam ich an die Reihe. «Werner Amberg», sagte ich. Der Sekretär schaute mich an und fragte mit einem Blick auf meinen Geigenkasten: «Als was sind denn Sie engagiert?» «Als Saalkellner», sagte ich. «Wozu bringen Sie denn eine Geige mit?» «Ich geige», antwortete ich verlegen und errötete. «Ach so!» sagte er. Nach mir wurde ein Hofer Josef in die Liste eingetragen. «Saalkellner», murmelte der Sekretär. «Jawohl!» bestätigte Hofer mit einem treuherzigen Lächeln. Zuletzt meldete sich mit verschlossener Miene und gedämpfter Stimme noch ein Wolf Wilhelm als Saalkellner.

Schulze, Hofer, Wolf und ich folgten dem Sekretär ein paar

Treppen hinab. Auf der dritten Treppe rief Schulze: «Nanu, wenn Sie uns schon im Keller unterbringen wollen, dann aber bitte im Weinkeller!» «Es sind rechte Zimmer», erwiderte der Sekretär und stieß in einem langen, dämmerigen Gang eine Tür auf. «Hier bitte!» sagte er und zog sich sogleich zurück. Es war ein hohes, kahles Zimmer mit einem vergitterten Südfenster, das wie die Officefenster im Belvedere nur zur Hälfte über den Erdboden ragte. An beiden Längswänden standen je zwei eiserne Pritschen, zwei Schränke aus rohem Tannenholz und ein Waschtisch mit zwei Becken. Wolf und Hofer stellten ihr Gepäck neben die Betten links, ich belegte gegenüber das Bett, das der Lampe am nächsten war, weil ich abends jeweilen noch lesen wollte. Schulze aber ging zögernd herum und betrachtete alles genau, als ob er noch nicht entschlossen wäre, hier zu wohnen, dann ließ er sich prüfend neben mir auf das vierte Bett fallen, blickte uns nachdenklich an und sagte: «Na, werden uns an diesen Affenkäfig gewöhnen müssen.» Ich war auch nicht zufrieden, ich hätte lieber allein gewohnt und die einfachste Zelle diesem gemeinsamen Zimmer vorgezogen.

Keiner von uns kannte den andern, doch Schulze sorgte dafür, daß wir uns nicht lange fremd blieben, er wandte sich bald an diesen, bald an jenen, duzte ihn und sprach alles, was ihn selber bewegte, offen, laut und unbedenklich aus. Er hatte einen sehr kurz geschorenen, nicht geradezu viereckigen, aber doch kantigen Schädel, ziemlich grobe Züge und graublaue Augen, die er auch bei fröhlichen Äußerungen oder unwichtigen Fragen scharf und herausfordernd auf den Angesprochenen richtete. Seine knallenden Bemerkungen wirkten am stärksten auf Hofer, der sie lächelnd erwiderte. Wolf dagegen, ein offenbar unfroher, verschlossener Mensch mit einem mageren, blassen Gesichte schwieg vorläufig, er versorgte auf eine schonende, genau ordnende Art, die mir pedantisch vorkam, seine Siebensachen im Schrank, öffnete und schloß die Schranktüre versuchsweise zweimal und steckte den Schlüssel zu sich. Sowie er das getan hatte, sagte Schulze: «Der hat wohl Angst, daß wir ihm was klauen?» Wolf schwieg auch dazu, aber Hofer bemerkte vermittelnd: «Wir sind wohl nicht die einzigen Kellerbewohner, und man kann nie wissen.» Ich selber betrug mich zurückhaltend, ich war mit meinen siebzehn Jahren hier der Jüngste, wohl vier, fünf Jahre jünger als sie, und zudem fiel es mir schwer, mich fremden Menschen anzuschließen.

Wir hatten in den nächsten Tagen wenig zu tun, es waren erst etwa fünfzig Gäste im Haus, und immer noch trafen neue Angestellte ein, auch Saalkellner, die wir jeweilen beim gemeinsamen Essen flüchtig kennenlernten. Ich war so unvorsichtig, in der freien Zeit Gedichte zu lesen, einer nachdenklichen, nachfühlenden Stimmung zu verfallen und mich so vom äußeren Leben zu entfernen, das mir mit den schärfsten Ansprüchen unmittelbar bevorstand. Wohin das führen mußte, merkte ich schon bei einer geringen, zufälligen Arbeit. Ich putzte silberne Salzbüchsen, Pfeffermühlchen, Essig- und Ölgestelle, aber traurig schöne Verse von Lenau durchklangen mich noch, und die Arbeit kam mir immer widriger vor. Zwei Kollegen wurden mit ihrem Silberzeug rasch fertig und gingen spazieren. Ich hatte erst die halbe Arbeit getan, und dazu so schlecht, daß ich alle Gegenstände noch einmal ansehen mußte. Ich war schon früher, im Kollegium, häufig zerstreut gewesen und deswegen getadelt worden. Diesen Zustand kannte ich also auch jetzt noch, meine inneren Blicke sahen nicht dasselbe wie meine Augen, meine Gedanken und Gefühle beschäftigten sich mit etwas anderem als meine Hände, und so war ich denn wirklich nach außen und innen zerstreut. Damit war ich nirgends ganz und konnte auch nichts Ganzes leisten, das sah ich ein.

Trotz dieser Einsicht mußte ich noch in Bedrängnis geraten, ehe ich mich aufraffte. Als schon nahezu vierzig Kellner im Hotel waren, aber erst etwa hundert Gäste, halfen einige von uns im Speisesaal aus, ohne an bestimmten Tischen zu servieren. So begann ich vor einem Mittagessen die halbvollen oder erst angebrochenen Wein- und Mineralwasserflaschen wieder auf jene Tische zu stellen, wo ich sie gestern nach dem Diner weggenommen hatte. Zu meinem Schrecken aber wußte ich nicht mehr von allen Flaschen, wo sie hingehörten, und noch kannte nicht jeder Kellner die auf der Etikette notierte Zimmernummer seiner Gäste. Schon beim Hors d'œuvres wurde ich von allen Seiten angerempelt; ich hatte da eine Flasche Yvorne statt einer Montibeux hingestellt, eine Beaujolais statt einer Dôle, und dort ein Wasser von Evian statt von Vichy. In höchster Eile begann ich Flaschen auszutauschen, der Oberkellner half mir dabei und gab mir nachher einen scharfen Verweis. Ich war gestern beim Abräumen zerstreut gewesen und büßte es nun. Hier nahm mich kein Onkel und keine wohlwollende Tante in Schutz, hier mußte ich im Rennen bleiben und konnte mich neben den andern Kellnern nur halten, wenn ich mit all den äußeren Dingen so flink, sorgfältig und gefühllos fertig wurde wie sie. Es fiel mir schwer, mein Hang nach innen war stärker als mein Drang nach außen, und ich brauchte meine ganze Willenskraft, um mich hinaus zu zwingen. Es war höchste Zeit.

9.

Die Hochsaison brach an, das Palace Hotel wimmelte von Gästen aus aller Welt, und für die Angestellten begann der Ernstfall, die große Schlacht, in der sich jeder auf seinem Posten ohne Schonung einsetzen mußte und keiner fallen durfte, weil er nicht rasch genug ersetzt werden konnte. Wo einer versagte, entstand ein Strudel von Ärger, was wir Saalkellner vorerst am eigenen Leib erfuhren. Unser Essen, das uns bisher befriedigt hatte, wurde täglich karger und schlechter. Wir aßen eine halbe Stunde vor der Table d'hôte gemeinsam an einem langen Tisch im Office, das viel geräumiger war als jenes im Belvedere. Zwei Kellnerlehrlinge holten das Essen in der Küche und stellten es zwischen uns auf den Tisch. Da füllten ein paar Unverschämte ihre Teller manchmal zu ausgiebig, die Schüssel wurde ihnen weggerissen und erreichte die Letzten, die darauf warteten, leer oder nur noch mit schäbigen Resten. Das Begehren um Nachschub aus der Küche blieb erfolglos. Es kam vor, daß sich die Kellner wie hungrige Hunde auf eine Platte stürzten und das Fleisch mit den Händen packten, wobei Schulze unter den Vordersten war und der eher zurückhaltende Wolf sich mit plötzlich erwachendem Jähzorn seinen Anteil erstritt. In solchen Fällen ging ich leer aus, ich hatte noch nicht gelernt, um das Essen zu kämpfen, und wunderte mich nur darüber. Auch Hofer gehörte meistens zu den Betrogenen. Wir beschwerten uns in der Küche, aber der Angestelltenkoch entschuldigte sich mit ungenügenden Zuteilungen und andern Hindernissen, die uns nichts angingen. Der Oberkellner selber erreichte auf unsere Beschwerde hin nur eine vorübergehende Besserung.

Indessen wurde die Table d'hôte im prunkvollen Speisesaal immer üppiger, unser Dienst immer strenger. Jeder von uns hatte mindestens sieben, mancher aber auch schon neun oder zehn Personen zu bedienen, was bei dem peinlich geregelten Ablauf einer Mahlzeit an die Grenze seiner Leistungsfähigkeit rührte. Neben mir servierte Hofer, mit dem zusammen ich am Fuß eines mächtigen Wandpfeilers dasselbe Servicetischchen benutzte. Damit traf ich es gut, der freundliche Kollege erwies mir manchen Dienst und zeigte mir auch, wie man es machen mußte, um in einem Palace Hotel nicht zu hungern. Wir hatten gebratenes Poulet serviert, und ich stellte schon die neuen Teller auf unserem Tischchen bereit, als Hofer erst mit seiner Platte zurückkam; statt sie gleich hinauszutragen, schob er sie neben meine Teller, zog ein reines Taschentuch hervor, blickte flüchtig in den Saal hinaus und steckte das Taschentuch wieder ein, nachdem er mit unglaublicher Fertigkeit zwei der übriggebliebenen Pouletstücke darin hatte verschwinden lassen. «Bist du ein Zauberkünstler?» fragte ich belustigt. «Meinst du vielleicht», erwiderte er flüsternd, «ich werde hier immer nur zusehen, wie andere Leute sich vollstopfen, wenn ich selber nichts zu fressen habe?»

Das leuchtete mir ein, und schon am nächsten Tage, als ich bei unserem Essen wieder zu kurz gekommen war, versuchte ich es auch. Ich trug die verbliebenen Stücke eines Gigot de Chevreuil zum Servicetischchen, aber schon bei der blossen schlimmen Absicht wurde mir heiß und bang, und als ich mein Taschentuch hervorzog, stieg eine schreckliche Erinnerung in mir auf; ich sah mich in einer Konditorei hastig ein Törtchen unter die Bluse stecken, und die Ladenjungfer kam mit einem höhnisch verwunderten «Soso?» auf mich zu... Ich steckte das Taschentuch wieder ein und trug die Rehkeulenstücke unangetastet ins Office zurück.

Nun merkte ich aber, nachdem Hofer mir dafür die Augen geöffnet hatte, daß noch viele Kellner ihre schmale Kost im Speisesaal aufbesserten. «Abservieren» nannten sie das, der Ausdruck war allen geläufig und schien in ihrem Munde zwar etwas Unerlaubtes, aber keineswegs Verwerfliches zu bezeichnen. Ich hörte auch, daß in allen Hotels abserviert werde, wo die Kost den Angestellten nicht genüge, und daß der Besitzer oder Leiter eines solchen Hauses jeweilen selber daran schuld sei. Diese Entschuldigung ermutigte mich, und sobald mir der Magen wieder knurrte, versuchte ich es zum zweitenmal. Es gelang mir erst am Schluß einer Mahlzeit, als ich zwischen Saal und Office die gläserne Käseplatte durch einen kurzen Gang zurücktrug, wo in einer Nische der mächtige Wäschekorb für die benutzten Servietten stand; hier packte ich entschlossen ein Stück Emmenthaler Käse und steckte es in den Hosensack. Hinter dem langen Tisch, auf dem ich im Office die Platte abstellte, stand die Gouvernante; sie blickte mich an, und ich errötete.

Nicht alle Speisen eigneten sich, abserviert zu werden, doch gab es greifbare und trocken servierte Leckerbissen genug, die man beiseite schaffen konnte, wenn die Gäste etwas davon übrig gelassen hatten. Dabei wurden verschiedene Verfahren angewandt; der eine ließ das Abservierte in einem Papier oder Taschentuch verschwinden, wie Hofer, der andere verschlang es bei genügender Zeit auf der Stelle, mit dem Rücken gegen den Saal, der dritte wickelte es ein und warf es beim Hinausgehen in den Wäschekorb, um es nachher zu holen, der vierte verbarg es getarnt auf dem Servicetischchen, was jedoch am gewagtesten war, da der Oberkellner häufig seinen erfahrenen Blick dorthin warf. Nach der Mahlzeit, wenn wir die Tische abräumten und der Ober hinausging, stockte jeweilen die Arbeit, und alsbald sah man überall Kellner herumstehen, die ihre Beute zutage förderten und sie rasch verzehrten. Kam der Ober zurück, dann standen all die kauenden Kinnladen plötzlich still, und die ganze zerstreute Kellnerschar arbeitete mit unbewegter Miene eifrig weiter.

Nachdem ich dieser Nachfütterung wiederholt mit großem Appetit, aber als bloßer Zuschauer mit gutem Gewissen beigewohnt hatte, überwand ich meine Hemmung und ließ eines Abends gleich zwei Côtelettes d'Agneau verschwinden. Schaffleisch war nicht nach dem Geschmack aller Gäste, meistens blieb etwas davon übrig, ich aber aß es gern und hatte es mit verdämpftem Kabis zusammen, wie Irisch Stew, daheim im Herbste immer sehr geschätzt; es heimelte mich an. Ich trug meine zwei Lammkoteletten in der Frackzipfeltasche herum, wo sie kaum auffielen und mir nur beim gebeugten Servieren oder raschen Gehen mit sanftem Vorwurf leicht an den linken Oberschenkel pochten. Ich aß sie während des Abräumens am Servicetischchen neben Hofer, der auch zwei abserviert hatte; sie waren mit den dunkelbraunen Spuren der eisernen Grillstäbe getigert, also auf dem Rost gebraten, und von uns mit einer Trüffelsauce serviert worden, auf die wir natürlich verzichten mußten. Ich fand sie äußerst zart und schmackhaft, der Rôtisseur verstand seine Sache, und vor allem spürte ich keine ernstlichen Gewissensbisse, sodaß mir schien, ich mache auch auf diesem Gebiet erfreuliche Fortschritte.

10.

Wir deckten im Speisesaal geschäftig die Tische für das Diner, drei grünbeschürzte Portiers trugen neue Tische herein, der Oberkellner ging eilig herum, um dafür Platz zu schaffen, und Schulze rief: «Gott verdamm mich, hier ist doch schon alles voll, wie sollen wir da noch durchkommen!» Der Oberkellner, ein wohlgenährter, aber flinker, schöner Mann mit einem flotten Schnurrbart, kam auf mich zu und befahl: «Amberg, Sie müssen noch einen Tisch übernehmen, drei Personen!» Ich erwiderte unwillig, daß ich dann zehn Personen im Service hätte, aber er ging gar nicht darauf ein, auch andere Saalkellner hatten schon zehn Personen; so ruhig und umsichtig er hier sonst regiert hatte, von jetzt an war er ein gehetzter Mann und ließ kaum mehr mit sich reden. Der Tisch wurde hingestellt, und ich mußte ihn decken. Gleich darauf liefen wir alle an die Fenster und drückten die Nase an die spiegelnden Scheiben, um besser hinauszusehen. Es war endlich Schnee gefallen, wie man es hier zum Weihnachtsfeste dringend erwartet hatte, und nun fuhr da draußen auf einem niederen, breiten, von zwei Pferden gezogenen Schlitten zwischen singenden Engeln das Christkind um das Hotel herum. Als es zum zweitenmal auftauchte, rannten wir hinaus und sahen zu, wie der rotbeleuchtete Schlitten in das nahe Parkwäldchen hineinfuhr, wo alle jungen Tannen mit brennenden Kerzen als Christbäume hergerichtet waren. Die Gäste äußerten von Zimmern und Balkonen herab ihren Beifall. Wir mußten gleich wieder umkehren und fanden gerade noch Zeit zu einem recht bescheidenen Abendessen, das wir in Erwartung der uns bevorstehenden Dinge hinnahmen, ohne zu murren.

Wenige Minuten nach halb acht Uhr schwärmten wir aus zwei Ecken eilig in den dichtbesetzten Saal hinaus, jeder mit drei, vier Tellern einer würzig duftenden Ochsenschwanzsuppe, und das Diner begann, noch nicht das Weihnachtsdiner, das erst morgen stattfinden sollte, aber eine schon üppige, mit Leckerbissen befrachtete Mahlzeit. An einem meiner Tische saß, seinen ganzen Anhang beherrschend, seit mehreren Tagen ein riesenhafter, gutmütiger Amerikaner, Mister Horner, der zum Smoking gegen die Regel keinen Stehkragen, sondern einen niederen, unter seiner fetten Wamme fast verschwindenden Umlegekragen trug. Zum Lunch erschien er jeweilen in einem weiten, hellgrauen Anzug, in dem er nicht eigentlich dick wirkte. Schultern, Brust und Beine aber waren von ungewohnter Mächtigkeit, auch hatte er ein großes, bleiches Gesicht mit einem Doppelkinn, jedoch mit einem ausdrucksvollen, bartlosen Mund und einer fast zierlichen Nase. Seine gelegentlichen Wünsche äußerte er mit quäkender Stimme fehlerlos deutsch. «Junger Mann, ich glaube, wir brauchen noch Brot», sagte er nach dem ersten Zwischengericht, und blickte mich mit seinen verschwommenen hellblauen Augen, unter denen faltige Säcke hingen, aufmerksam an. Nie nannte er mich Kellner, waiter oder garçon, wie er überhaupt mit den Angestellten in einer auffallend demokratischen Art verkehrte. Neben ihm machte seine mittelgroße, etwas eingefallene Frau einen nervösen Eindruck, sie schien das gute Essen schlecht zu ertragen und ließ mit leidender Miene oft die besten Dinge ungenossen vorübergehen. Ihre Tochter kam mir launisch vor, doch war sie mit ihren vielleicht zwanzig, vielleicht fünfundzwanzig Jahren hübsch von Angesicht und ziemlich aufgeputzt, hätte aber sonst bequem in einem einzigen Hosenbein ihres Vaters Platz gefunden. Ihr wohl noch etwas jüngerer Bruder war dagegen schon ein großer, fester Bursche, und dennoch wäre ihm seines Vaters Rock als Überzieher wahrscheinlich zu weit gewesen.

Außer diesen Amerikanern bediente ich seit einigen Tagen noch drei Russen, einen Vater mit zwei erwachsenen, dunkelhaarigen Söhnen. Der Vater war eine hohe, schlanke Gestalt, sein Gesicht mit den geröteten Wangen und dem ergrauten, in den Backenbart übergehenden Schnauz glich dem des alten Kaisers Franz Josef, wie man es auf Bildern sehen konnte. Mit den drei Herren war ich meinerseits sehr zufrieden, sie sprachen gut französisch, waren höflich und beschwerten sich nie.

Die Bedienung dieser sieben Personen hatte mir nicht allzu viel Mühe gemacht, aber nun saßen noch drei neue da, ein Herr mit seiner jungen Frau und seiner noch jüngeren Schwägerin. Sie kamen von Paris, wie ich später aus der Fremdenliste ersah, und die Damen waren Französinnen. Der Herr aber stammte anderswoher, aus dem Balkan vielleicht, und sprach nicht gut französisch. Er war ein mittelgroßer, leicht verwachsener Mann mit einer zu hohen rechten Schulter und einem von Narben entstellten, häufig zuckenden braunen Gesichte. An seiner Linken trug er den größten Diamanten, den ich je gesehen hatte, einen prachtvoll funkelnden Solitär.

Als ich den Braten servierte, sah ich, daß die Herren Söhne vom Russentisch mit Wohlgefallen die beiden Französinnen betrachteten, ich sah auch, daß die Damen es bemerkten und mitten im Essen plötzlich lächelnd miteinander zu plaudern begannen.

Gleich darauf erfuhr ich, was zehn Personen im Service bedeuteten. Ich mußte dem Weinkellner eine Bestellung übermitteln, verlor dabei ein paar Minuten und blieb sogleich zurück wie ein Schwimmer, der zu nah ans Flußufer geraten ist. Ich ruderte gewaltig, um die in der Strömung gebliebenen Kameraden wieder einzuholen, ein Bemühen, das von den Kellnern wirklich Schwimmen genannt wurde und das sie alle aus Erfahrung kannten. «Amberg, du schwimmst ja!» rief mir Schulze im Office erheitert zu, als ich mit Armen und Beinen, mit Tellern und Platten um den Anschluß kämpfte. Ich hatte keine andere Wahl, ich mußte aus Leibeskräften schwimmen, wenn ich nicht das ärgerlichste Aufsehen erregen wollte, doch war ich schon an diesem Vorabend des entscheidenden Wettkampfes nicht der einzige Schwimmer und kam noch ohne auffallende Verspätung ans Ziel.

11.

Nach diesem Diner räumten wir die Tische eiliger ab als sonst, schoben viele zusammen, sodaß gegen die Doppeltüren hin ein freier Platz entstand, und deckten sie wieder. Die zwei hohen Doppeltüren wurden zurückgerollt, und man sah in einen prunkvollen Raum hinein, den sogenannten kleinen Saal, der auch auf der andern Seite, gegen das Restaurant hin, geöffnet werden konnte. Auf unserer Seite stand nah beim Durchgang ein reich geschmückter, mächtiger Christbaum. Im Durchgang daneben bauten Portiers ein Podium und schoben ein Klavier heran, um das sich gleich darauf die Hauskapelle versammelte. Der Speisesaal füllte sich mit einer ungewohnten Gesellschaft, die etwas zögernd Platz nahm, während wir noch belegte Brötchen, Süßigkeiten, rote und weiße Weine auf die Tische stellten, dann setzten auch wir uns hin. Jetzt waren wir die Gäste, die zweihundertfünfzig Angestellten des Palace Hotels.

Der Direktor, ein großer, strammer Mann, hielt eine Ansprache. Sein Schnurrbart hatte die Form eines auf dem Rücken liegenden Halbmondes, sein Spitzbart lief in einen nach vorn gerichteten Stachel aus. Er nannte uns seine Mitarbeiter und fand schöne Worte des Dankes für die bisher geleistete Arbeit und der Ermahnung zu weiterem tapferem Ausharren, dann forderte er uns mit den besten Wünschen auf, hier ein paar fröhliche Weihnachtsstunden zu verbringen. «Quatsch!» sagte Schulze neben mir. «Er soll erst mal dafür sorgen, daß wir richtig zu fressen bekommen.»

Die Musik spielte, wir gingen alle zum Christbaum und nahmen ein Päcklein in Empfang, das Früchte und Süßigkeiten enthielt. Während darauf verschiedene Paare den Tanzplatz betraten, entstand an unserem Tische ein Streit um die Weinflaschen, der mich ärgerte. Ich ließ mir aber die Stimmung nicht verderben, ich überhörte auch die fortwährenden schnöden Bemerkungen Schulzes, begann vom einheimischen Weißwein zu trinken, zu tanzen und mich im Saale umzusehen.

Die geschniegelten und gewandten Saalkellner in ihren Fräcken wirkten sehr gesellschaftsfähig, doch schien mir, daß die Zimmer-, Bar- und Restaurationskellner, besonders die Chefs de rang, uns darin noch übertrafen und etwas klügere, vertrauenswürdigere Gesichter hatten als wir mit unseren doch recht gewöhnlichen Fratzen. Der Direktor und der Chef de réception, beide im Gehrock, saßen zusammen mit zwei Sekretären und der gestrengen ersten Gouvernante am selben Tisch, und offenbar herrschte dort eine kühle Stimmung. Besser gefielen mir die Köche mit ihrem Chef als Tafelmajor; diese Männer in ihren dunklen Sonntagsanzügen glichen bewährten bürgerlichen Handwerkern, die sich in guter Laune beim Abendschoppen treffen, und sie sprachen leutselig auch mit den Pfannenputzern und andern minderwichtigen Burschen aus dem Reich der Küche. Der Concierge und der Liftboy, die ihre moosgrüne Uniform trugen, da sie den Dienst im Vestibül nicht ganz unterbrechen konnten, saßen bei den währschaften Mannen mit den starken Armen, den Schuhputzern und Kofferschleppern, die hier wie in allen Hotels Portiers hießen, ohne es im Sinne dieses Wortes zu sein. Eine jugendliche zweite Gouvernante und die Befehlshaberin der Wäscherei, die Lingère, saßen bei den sauber herausgeputzten Zimmermädchen, die von den Männern bald auseinander gelockt wurden und überall hängenblieben. Neben zwei älteren, rotbackigen Waschfrauen bemerkte ich ferner dort noch Putz- und Abwaschmädchen; man sah ihnen an, daß dieser Angestelltenball, der für die Direktion nur ein lästiges, aber unvermeidliches Zugeständnis sein mochte, für sie ein Ereignis war.

Indessen wollte ich hier nun nicht nur Zuschauer sein, sondern ohne Vorbehalt an diesem ganzen Vergnügen teilhaben, ich ging vom Weißwein zum französischen Rotwein über, lachte, wenn an unserem Tische gelacht wurde, und tanzte mit allen erreichbaren Mädchen. Zwei Stunden nach Mitternacht stiftete die Direktion noch Champagner, und das Balltreiben nahm eine Wendung ins Ausgelassene, von der ich mich willig anstecken ließ. Es war das erste größere Ballfest, das ich miterlebte, und von nun an lief ich bei jeder günstigen Gelegenheit zu einem solchen Vergnügen wie der durstige Wanderer zum Brunnen. Meine Tante Christine nannte das Vergnügungssucht und behauptete, es sei mit einem ernsthaften Lebenswandel nicht vereinbar, aber ich fühlte mich dazu berechtigt. Ich hatte in meinen stärksten Erlebnissen die Welt als traurigen Aufenthaltsort kennengelernt und doch in meinem Innersten den Glauben nicht verloren, daß sie anders sein müsse; dieser Glaube wollte endlich seine Bestätigung finden, meine oft halb erstickte, nie erloschene Lebenslust wartete unter der schweren Asche des Vergangenen glühend darauf. Das Fest dauerte bis drei Uhr morgens, dann räumten wir Saalkellner murrend noch die Tische ab. Wir alle waren müde, und ich fühlte mich ernüchtert, doch kam ich gar nicht recht zur Besinnung. Taumelig stiegen wir in die Unterwelt hinab zu unseren Betten.

Drei Stunden später bohrten die surrenden Wecker an unserem harten Schlaf, ohne ihn zu durchlöchern. Der Oberkellner, der das vorausgesehen hatte, jagte uns auf, und kurz nach sieben Uhr gingen wir an die Arbeit. Von unserem nächtlichen Fest und dem Diner der Gäste warteten große Haufen schmutzigen Bestecks, Türme von Tellern und ein Bataillon benutzter Gläser auf uns. Wir mußten uns beeilen, um vormittags noch rechtzeitig mit alledem fertig zu werden und den Saal mit zweihundertfünfzig Gedecken wieder für die Gäste herzurichten. Beim Mittagessen schwamm ich, aber andere schwammen auch. Die drei Tische mit den mir anvertrauten zehn Personen standen ungefähr in der Mitte des Saales, ringsum saßen Franzosen, Amerikaner und Russen, während die vielen zeitig eingetroffenen Engländer sich die bevorzugten Tische bei den hohen, breiten Fenstern gesichert hatten, durch die jetzt aus dem blauen Winterhimmel die frisch verschneiten savoyischen Berge vom jenseitigen Seeufer herüber leuchteten.

Nach dem Mittagessen erwartete uns im Office dieselbe schmutzige Bescherung wie vormittags. Wieder mußten wir rasch und gründlich arbeiten, immer nur stehend und gehend, der Oberkellner trieb uns an und gab schon Weisungen für die nächste wichtige Aufgabe, die wir sofort nach der Putzarbeit angriffen. Wir deckten und dekorierten nun im Saal die Tische noch reicher und sorgfältiger als sonst. Das Weihnachtsdiner stand bevor, und überall, wo man etwas damit zu tun hatte, im Saal, in den Officeräumen und besonders in der Küche, waren die Menschen erregt und fieberhaft angespannt. Als ich das Menü las, meine Unfertigkeit als Kellner bedachte und, wie die andern auch, in den Beinen schon jetzt die Müdigkeit von Tagesmärschen spürte, überfiel mich ein banger Zweifel, ob ich die Prüfung bestehen werde. Zu unserem eiligen Abendessen aber bekamen wir einen guten Bordeaux, ich trank mir Mut an, stand um halb acht Uhr auf meinem Posten, zog mir den Frack zurecht und warf den Kopf hoch.

12.

Warm umrahmt von den brokatartigen mächtigen Fenstervorhängen und den Gobelins der gegenüberliegenden Wand mit ihren Schäferszenen in gedämpftem Rot, Grün und Braun, widerstrahlten die Tische mit der blendend weißen Wäsche, dem Glas- und Silbergefunkel das Licht der vielarmigen Leuchter, die von der weißen Stuckdecke des sieben Meter hohen Saales herabhingen, und auf den Tischen standen blühende Hyazinthen, Mimosen und Nelken. Wie der Raum selber, machte auch die Menge der Gäste, die ihn zu füllen begann, einen besonders festlichen Eindruck; vom strengen Schwarzweiß der Herren gesprenkelt, flutete eine farbenreiche, duftende Woge von Samt und Seide, nackten Schultern, Edelstein- und Goldgeschmeide auf uns zu und um uns her. Mir schlug das Herz bei diesem Anblick, ich fühlte, von der festlichen Stimmung ergriffen, den heftigen Wunsch, hier mitzufeiern, und empfand es schmerzlich, daß ich nicht auf der richtigen Seite stand.

Meine Russen tauchten auf, alle drei im Frackanzug, und natürlich trugen sie dazu nicht, wie wir, eine schwarze, sondern eine weiße Weste aus gerippter Seide. Der schlanke väterliche Graubart à la Kaiser Franz Josef ging mit einem vergnügten Lächeln voraus. Die Söhne folgten zögernd, sie führten eine lebhafte Unterhaltung und blieben zuletzt sogar stehen, wichen aber plötzlich dem verwachsenen Herrn mit den zwei Französinnen aus; beflissen traten sie auseinander und sagten, mit einer leichten Verbeugung, lächelnd: «Pardon, madame!» Der Verwachsene, auch er im Frack, zog die Frau dicht an seine zu hohe rechte Schulter und führte sie, die Schwägerin zur Linken, zwischen den Herren hindurch, die er nicht beachtete. Die Damen aber antworteten mit einer leisen Kopfbewegung und warfen den Russensöhnen einen Blick zu, den ich nicht recht zu deuten vermochte. Ich schob den Herrschaften eilig Stühle unter, und schon landeten auch die Amerikaner an ihrem Tische. Der Vater Horner trug nur den Smoking, der seine ungeheueren Hüften wenigstens bemäntelte, während der zurückweichende Frack sie preisgegeben und eingerahmt hätte. Er blieb am Tische stehen, faltete die schöngedruckte doppelseitige Speisekarte auseinander, behutsam, andächtig, wie man ein kostbares Buch aufschlägt, und begann sie zu lesen; sein Mund bewegte sich, als ob er lächelnd etwas vorkostete, und sein Kinn schmiegte sich tief in das zweite, vollere Kinn hinein, was seinem ganzen großen Gesichte einen Ausdruck heiteren Behagens verlieh. «Junger Mann», sagte er quäkend und blickte mich unter gehobenen Brauen über die Karte hinweg bedeutsam an, «große Dinge stehen bevor. An uns beide werden hohe Anforderungen gestellt. Um uns würdig durchzuschlagen, müssen wir sehr vorsichtig beginnen, sagen wir mit fünf Löffeln von der Consommé Otéro und mit drei Löffeln von der Crème Lavallière.»

Seine kränkliche Frau wünschte von diesen beiden Suppen, die auf dem Menü standen, nur die Consommé, seine Tochter zuerst nur die Crème, dann gleich darauf nur die Consommé, der Sohn wollte auch beide versuchen. Ich hatte eben noch Zeit, ein paar Wünsche meiner übrigen Gäste entgegenzunehmen, als die Klingel ertönte und wie ein Alarmzeichen die fünfundzwanzig Kellner in Bewegung setzte. Gespannt und eilig servierten wir die Suppen, lauerten auf jeden geleerten Teller, um ihn leise und ruhig wegzunehmen, stellten neue Teller hin und stürzten auf das zweite Klingelzeichen hinaus. Als wir wieder einzogen und nach allen Seiten auseinanderstrebten, trugen wir auf einer schweren Silberplatte, die wir zeremoniös wie alte Herrschaftsdiener bis auf Brusthöhe erhoben, einen krebsrot prangenden, phantastischen Meerbewohner, eine Languste. Beim Servieren betrachtete ich sie mit derselben Neugier, mit der ich mein Terrarium bevölkert, Schlangen,

Molche und Kröten gefangen hatte. Dieser zehnfüßige große Panzerkrebs belebte in meiner Vorstellung mit spielenden Fühlern graugrün und geheimnisvoll die labyrinthischen Gründe der Mittelmeerküsten. Hier aber lag er, rot gekocht, mit aufgerichteten Fühlhörnern auf einem ansteigenden Reispolster, sein zartes Fleisch hatte man ihm aus der Schwanzschale herausgenommen und in Scheibchen der Länge nach auf seinen eigenen Rücken gelegt. Kleine, in Spalten und Löchern ruhende Hummern und Krabben zierten sein Reisbett, Kaviarschälchen, Gemüsesalate und Krebsschwänzchen auf Eierscheiben umgaben es. Ein feiner Cognacduft ging von ihm aus.

Am Schluß meiner Runde sah ich vom Russentisch zu Horner hinüber. Man konnte nicht sagen, daß er das Langustenfleisch aß, er lutschte es, wenn auch unmerklich, mit einem zärtlichen Ausdruck um den bartlosen Mund, hielt dazu die Augen geschlossen und öffnete sie nur, um einen Schluck Rheinwein zu trinken.

Nach dem nächsten Klingelzeichen trugen wir eine Kanne mit Sauce Madère und auf einer umfangreichen heißen Platte Cœur de filet de bœuf in den Saal, das Beste vom Besten des Mastochsen, umrahmt von Champignonstücken, Artischockenböden und bräunlich gebackenen duftigen Kartoffelförmchen. Der stattlich gewachsene Sohn Horners und die zwei jungen Russen ergriffen diese gediegene Gelegenheit zu einer vorläufigen Sättigung, während die beiden Väter sich auf dieselbe zurückhaltende Art bedienten; sie nahmen ein wenig heraus, führten das Besteck nachdenklich noch einmal über die Platte, zögerten aber, wiegten den Kopf und erwogen offensichtlich die schwierige Frage, wieviel sie im Hinblick auf die noch kommenden Dinge von diesem anerkannt vortrefflichen Gericht genießen sollten, dann legten sie mit Bedauern verzichtend das Besteck hin.

Die Zurückhaltung lohnte sich, wir erschienen beim nächsten Gang mit einem Gerichte, das auch zwei wählerische alte

Feinschmecker entzücken konnte, mit Délices d'ortolans à la Rossini. Ich fand es löblich, daß die Kochkunst neben literarischen und geschichtlichen Größen auch einen Musiker der Patenschaft würdigte, doch über die Sache selber fühlte ich zwiespältig. Der Ortolan war eine Gartenammer aus der Familie der Finken, eine nahe Verwandte der Goldammer. Zu seinem Verhängnis war sein wohlschmeckendes zartes Fleisch schon auf den üppigen Tafeln römischer Kaiser erschienen, und seither hatten ihm die Feinschmecker über alle barbarischen Untergänge hinweg die Treue bewahrt. Als angehender Hotelier mußte ich für kulinarische Leckerbissen Verständnis haben; während ich nun aber das deliziös hergerichtete, ausgebeinte Fleisch dieser Vögel herumreichte, die im Frühling auch ihr Liedchen gesungen hatten, und mir vorstellte, daß allein in diesem Speisesaal und drüben im Restaurant, wo dasselbe Weihnachtsmahl im Gange war, Hunderte von Gartenammern gegessen wurden, begann ich denn doch gegen unsere Gäste für die Vögel Partei zu ergreifen.

Im Office war jetzt irgendetwas los, die Gouvernante schimpfte, die Kellner fluchten. Ich gehörte zu jenen Nachzüglern, die zu spät merkten, daß für die fälligen Spargeln nicht mehr genügend saubere warme Teller bereitstanden. In höchster Eile mußten wir selber Teller waschen und abtrocknen, was hier während einer Mahlzeit noch nicht vorgekommen war und uns im Rennen unweigerlich zurückwarf. Die Küche wartete nicht, sie drängte vielmehr, und das Klingelzeichen alarmierte uns, bevor wir bereit waren. Wir begannen zu schwimmen, liefen mit den Tellern in den Saal hinein, als die Spitzengruppe schon mit den Spargelresten zurückkam, und servierten die Asperges d'Argenteuil, Sauce Chantilly, während unsere flinksten Kollegen den Gästen bereits wieder die benutzten Teller wegnahmen. Horners Tochter sprach eben auf ihren Bruder ein und ließ mich mit der Platte zur Linken warten, dann ergriff sie zerstreut die flache Silberzange und näherte sie, immerfort redend, den Spargeln mit einer Langsamkeit, die mich zum Sieden brachte; ich hatte einen Laufschritt in den Beinen und rafelte mit den Zehen vor Ungeduld. Die außerordentliche Gelassenheit dieser ahnungslosen Dame warf mich um eine weitere Länge zurück, und im Office, wo der Sturm anhielt, war ich nahe daran, den Kopf zu verlieren.

Es fehlte jetzt nicht nur an Tellern, sondern auch noch an Gabeln und Messern, ich sah tüchtige Kollegen mit rotem Kopf und gehetzter Miene Besteck waschen und trocknen, raffte vorerst zehn schmutzige Teller zusammen, rannte damit zum Spültrog und bemerkte erschrocken, daß auf dem riesigen Wärmeherd und dem langen Tisch daneben ein neues Hauptgericht auf uns wartete, Chapon bourré aux Truffes noires und Salade Barbe de Capucin. Der Oberkellner hatte in der Küche einen kurzen Aufschub verlangt, aber wie in einen kochenden Vulkankrater hineingeredet, der seinen eigenen Gesetzen gehorchte. Als ich mit zehn warmen Tellern und zehn kalten für den Salat zum Servicetischchen lief, aber das nötige Besteck noch nicht beisammen hatte, trugen unsere überlegenen Vorkämpfer schon den Kapaun in den Saal. Am Tischchen stieß ich auf Hofer, dem ich meine Not in hastigen Worten klagte, doch er kannte mich nicht mehr, er war ebenso bedrängt wie ich. Schwimmend räumte ich an meinen Tischen die Spargelteller ab, trug sie hinaus und bemerkte andere Gejagte, die neben mir liefen, mit fliegenden Frackschößen meinen Weg kreuzten oder auf mich zukamen. Ihre erhitzten Gesichter hatten den Ausdruck von Leuten, die auf einen eben abfahrenden letzten Nachtzug rennen, den sie unbedingt noch erreichen müssen. Zweifellos sah ich genau so aus, ich mußte den fahrenden Zug noch erreichen, meine Zukunft hing davon ab; in meine traumhaft beklemmende Angst, ihn nicht mehr einzuholen, mischte sich die dunkle Befürchtung, daß ich stolpern und unter die Räder geraten könnte.

In diesem Augenblick geschah das, was man im verzagenden Grunde seines Wesens von einem äußersten Augenblick unbewußt erwartet und was zufällig manchmal geschieht: der ausfahrende Zug wird angehalten, kurz vor dem Examen brennt die Schule ab, den erfolgreicheren Mitbewerber trifft der Schlag. Ich strebte also mit zehn schmutzigen Tellern aus dem Saal dem Office zu, aber ein langbeiniger, flinker Kellner fuhr mir mit seinen Spargeltellern links vor; er überholte mich in der offenen Türe und prallte wuchtig auf einen Kollegen, der ebenso eilig aus dem Office kam, in der Rechten den Salat, in der Linken auf einer großen Silberplatte die Schüssel mit dem reich getrüffelten Fleisch des Kapauns in brauner Sauce. Krachend stießen sie zusammen, schleuderten sich gegenseitig ihre Ladungen auf die weißen Hemdbrüste und wichen mit entsetzter Miene zurück, während eine Runse von Silber, Porzellan, Bratenstücken, Salat und Sauce vor ihre Füße niederging.

Ich erlebte es so eindringlich mit und ermaß das Entsetzen der beiden so völlig, als ob ich selber einer der Pechvögel wäre, doch schon überfiel es mich wie ein Wunder, daß das Unheil nicht mich getroffen hatte. Meine Beklemmung löste sich, ich eilte beflügelt zur Putzbank, wusch mit spielender Hand Besteck und sah immer wieder nach der Türe hin; ich bedauerte die zwei Unglücklichen, die dort hastig aufräumten, aber das lebensfrohe Gefühl des Verschonten verließ mich nicht mehr. Im Saal, wo ich die Gedecke erneuerte und endlich den Kapaun auftrug, war mir zumute wie einem Befreiten, der sich mit klarem Kopf erheitert über eine sinnlose Panik erhebt. Mir schien auf einmal, ich hätte in meinem Innern mit all diesem verrückten Betrieb ja gar nichts zu tun. Wie konnte ich angstvoll Leib und Seele einsetzen wollen, um mich als Kellner zu bewähren! Der äußere Schliff, die paar Handgriffe und Kenntnisse, die dafür nötig waren, sollten denn doch billiger zu haben sein, und was ich davon brauchte, besaß ich wohl schon. Ich arbeitete weiter, so eilig wie bisher, aber ohne Ernst und auch ohne Angst vor dem Versagen. Was ich im Belvedere schon versucht hatte, um über die ersten Schwierigkeiten hinwegzukommen, wiederholte ich hier mit größerem Erfolg: ich spielte den Kellner.

Wir trugen jetzt eine mit ausgesuchter weißer Gänseleber kunstvoll hergerichtete kalte Platte auf, Parfait de Foie gras. Im Saale ging es weniger gedämpft und vornehm zu als am Anfang, auf den meisten Tischen standen erlesene rote Flaschenweine, viele Gesichter glühten, die Stimmen klangen lauter und fröhlicher. Die Bedienung aber blieb eine Hetzjagd, ich stellte es wie ein mit allem Vorbehalt freiwillig Mitspielender lächelnd fest. Ich sah die zwei Verunglückten um den Anschluß kämpfen, sah meinen Zimmergenossen Wolf mit verbissener Miene ins Office stürmen und sah den Oberkellner, der uns jetzt im Office versammeln mußte, rastlos herum sausen. Der Christmas Pudding war fällig, die Gouvernante übergoß ihn mit warmem Rhum, wir stellten uns mit der Platte hintereinander bereit, und der Rhum wurde angezündet. Im Saale ging das Licht aus, und wir marschierten mit dem bläulich flackernden süßen Gericht in die Dämmerung hinein, vom Klatschen, Kreischen und Rufen der Gäste begrüßt, während gleichzeitig der Christbaum voll brennender Kerzen aus dem geöffneten kleinen Saale leuchtete und die Hauskapelle ein Weihnachtslied zu spielen begann.

Mit dem strahlend wiederkehrenden Lichte nahm das Brausen der Stimmen noch zu, und überall knallten jetzt Champagnerpfropfen. Der Weinkellner und die zwei Sekretäre, die ihm halfen, konnten nicht mehr alle Flaschen, die sie herbeischleppten, rechtzeitig öffnen, jedenfalls ließen der junge Horner und einer der Russensöhne selber den Pfropfen springen und den Wein in die Kelche schäumen. Die kränkliche, blasse Frau des Amerikaners erhob sich auf diese Signale hin mit leidender Miene, ihre Angehörigen standen auch auf, offenbar bittend und bedauernd, dann führten Sohn und Tochter die

Mutter hinaus. Als ich nach dem Pudding auf die Teller lauerte, sah ich noch einen untersetzten, dicken Jungen im Smoking käsebleich, das Taschentuch auf den Mund gepreßt, beschwipst und vollgefressen dem Ausgang zutaumeln.

Das folgende süße Gericht, Mousse Lohengrin, ein hauptsächlich aus Schlagrahm bestehendes, schaumiges Gewoge, auf dem mit halbgeschlossenen Flügeln ein weißer Schwan dahinzog, trugen wir paradierend rund um den ganzen Saal. Die Gäste klatschten oder lärmten wieder beifällig, und die Hauskapelle spielte aus Wagners Lohengrin: «Nun sei bedankt, mein lieber Schwan!» Ich sah bei diesem Umzug überall Weinspuren auf den Tischtüchern, Servietten am Boden, tief zurückgelehnte Herren mit ausgestreckten Beinen, Damen in Lachkrämpfen, Gefechte mit Korkzapfen und andere Anzeichen, daß die tafelnde Gesellschaft die Haltung verlor. Die Corbeilles d'Excellences, die wir nach dem Schwan herumreichten, enthielten neben anreizenden Schleckereien verschiedene kleine Lärminstrumente, die sogleich ausgiebig benutzt wurden. In das Knallen, Pfeifen und Klappern mischten sich klägliche Blastöne, wer kein Instrument erwischt hatte, krähte, johlte oder kreischte wenigstens, und an den Engländertischen erklangen übermütige Lieder. Die Hauskapelle spielte leichte Operettenmusik, und die jungen Leute blickten nach dem kleinen Saal, wo im Schein der Christbaumkerzen verschiedene Paare zu tanzen begannen.

Zwischen den jungen Russen und den beiden Französinnen war das Spiel der Augen auf eine scherzhaftere Art nun schon so offen im Gange, daß es gewiß nicht dabei bleiben konnte. Als ich mit einem neuen, verlockenden Dessert zu den Damen kam, mit Marrons déguisés, unterdrückten sie eben ein Gelächter und nahmen sich ernstlich zusammen. Die Verheiratete hatte ein vollwangiges, rundes Gesicht, knallrot geschminkte Lippen, hoch nach hinten geknotete Haare von dunkelstem Kastanienbraun, und als Ohrgehänge je einen tropfenförmigen grünen Edelstein; sie trug ein reich besticktes, wie Perlmutter schimmerndes Satinkleid, dessen obere Grenze knapp über die Brust hin, unter den Achselhöhlen durch und tief in den Rücken hinab verlief. Darüber war alles nackt, von einem bräunlichen, warmen Ton und anmutig gerundet, ich betrachtete es beim Servieren mit Wohlgefallen aus nächster Nähe und mußte mich beherrschen, um es nicht zu streicheln. Die jüngere Schwester, die ihr glich, trug ein grünes Samtkleid von ähnlichem Schnitt, doch war sie etwas karger geformt. Beide hatten lange, dunkle Wimpern, die sie wie Schleierchen vor die Augenschlitze senken und durchblicken konnten. Das taten sie mit scheinbar ernster Miene auch jetzt, während ich die hübsch vermummten zuckersüßen Kastanien anbot, doch platzten beide miteinander unwiderstehlich lachend abermals heraus. Die Ursache lag am Nachbartisch bei den jungen Russen, die unter lustigen Faxen begehrlich schmachtende Blicke herübersandten. Der Mann aus dem Balkan verzog beim Ausbruch seiner zwei Schönen das Gesicht zu einem sonderbaren Lächeln, das mir eher gequält als teilnehmend vorkam. Ich hatte meine Runde bei den übrigen Gästen noch nicht beendet, als der ältere Russensohn, der ein schwarzes Schnäuzchen hatte, mit einer tiefen Verbeugung düster blickend vor die jüngere Französin hintrat und sie vom Tische weg zum Tanze führte.

Bei den Amerikanern entstand eine lebhafte Bewegung, der Sohn und die Tochter, die ihre Mutter hinausbegleitet hatten, kehrten mit jungen Leuten zurück und stellten sie dem Vater vor, doch verließen sie ihn bald wieder, obwohl er unverzüglich zwei Flaschen Veuve Clicquot bestellte. Die Jugend im ganzen Saale hatte kein Sitzleder mehr, sie schwärmte herum und belagerte den Tanzplatz. Wir trugen noch eine umfangreiche Schale mit Früchten auf, wobei wir endlich nicht mehr um die Wette liefen. Indessen kam der Russe mit der Französin zurück und stellte sich dem verwachsenen Herrn vor. Der Herr stand gelassen auf und verbeugte sich kühl. Wenige Minuten später führten die russischen Brüder beide Damen weg, ich folgte ihnen unauffällig und sah sie tanzen, eng angeschlossen wie Liebespaare, die Herren mit glänzenden Augen, die Damen verheißungsvoll lächelnd.

Als ich zurückkehrte, um die Früchteteller abzuräumen, saß an jedem meiner drei Tische ein verlassener Herr. Der Mann aus dem Balkan, vielleicht ein rumänischer Ölmagnat, kümmerte sich wider mein Erwarten nicht um die Tanzenden, er saß regungslos da und starrte vor sich hin. Sein braunes, von Narben entstelltes Gesicht zuckte glühend, mit einem Ausdruck von Energie und Leidenschaft, seine Rechte umklammerte den Champagnerkelch. Mein erster flüchtiger Eindruck war, daß er sogleich aufspringen und mir den Kelch an den Kopf schmettern werde. Er bemerkte mich aber gar nicht. Ich dachte, daß man nicht eine lebenslustige Pariserin heiraten und mit ihr ein Palace Hotel besuchen sollte, wenn man so aussah. Das Gefunkel des großen Solitärs an seinem Ringfinger war dem Blitzen junger Männeraugen schon nicht mehr gewachsen.

Sein russischer Nachbar kam mir ebenso bemerkenswert vor. Er mochte ein Fürst oder Graf sein, ein Großgrundbesitzer mit Wäldern, die er verkaufte oder im Spiel verlor, und mit einem Palais in Moskau, aber in seinem augenblicklichen Zustande war er leider nur noch ein etwas lächerlicher und verlebter alter Herr. Sein Benehmen drückte eine aufgeregte Teilnahme an allen auch nur halbwegs fröhlichen Vorgängen aus. Er drehte sich auf dem Stuhle nach rechts und suchte äußerst vergnügt die Urheber eines schallenden Gelächters, er drehte sich nach links und sah freudig mitfühlend einer Tischgesellschaft zu, die ein Hoch ausbrachte und die Gläser leerte, er kehrte sich um und verfolgte entzückt ein paar übermütige junge Leute, die sich gefaßt hielten und mit Papiermützen auf dem Kopfe herumzogen; er stand auf, machte mit knickerigen

Beinen unsichere Schritte und hielt nach allen Seiten begierig Ausschau, um sich nichts entgehen zu lassen, während sein Kinn unter dem grauen Schnurrbart von einem beständigen, greisenhaft klaffenden Lächeln bewegt wurde, seine Backenknochen in einem bläulich überspielten Abendrot leuchteten und seine tränenden Augen begeistert glänzten. Niemand kümmerte sich um ihn. Man mußte ihn gewiß entschuldigen, er war ein angeheiterter alter Mann, der auch einmal mitgespielt hatte und jetzt nur noch die flackernde Lebenslust, aber bei allem Reichtum nicht mehr die Mittel dazu besaß. Er war doch eher rührend als lächerlich.

Horner dagegen, ein Dollarmillionär, wenn nicht ein Stahl- oder Eisenbahnkönig, imponierte mir bis zuletzt. Er saß jetzt schwer und schläfrig da, er ruhte und verdaute. Nach einer Weile aber stieg in seinem großen Gesichte, das etwas Farbe bekommen hatte, eine Spur von Mißmut auf, vielleicht weil man ihn so allein ließ, vielleicht auch, weil ihm das lange Sitzen am Ende doch beschwerlich fiel. Jedenfalls begann er aufzustehen, und als er stand, begriff ich, daß für seine riesige Gestalt ein Stuhl nur ein Stühlchen war und daß er auf zwei Stühlen sitzen müßte. Er stand also da und sah ohne Teilnahme an seiner Umgebung ruhig vor sich hin wie ein großer, satter Ochse, der sich nicht um die Sprünge der Kälber und Rinder kümmert. Bedächtig setzte er sich dann in Bewegung, wandelte zweimal um den Tisch und ergriff, neben seinem Stühlchen verweilend, mit gestrecktem Arm den vollen Champagnerkelch, den er zögernd auf die Höhe seiner Lippen hob und vernehmlich brummend betrachtete, was aussah, als ob er Zaubersprüche darüber hinmurmelte; mit einem geisterhaften Blick seiner hellblauen Augen näherte er ihn dem Munde, trank ihn langsam aus und behielt ihn nachdenklich in der Hand, während die Hochstimmung sein geräumiges Angesicht wieder mild zu verklären begann.

Während ich ihn noch aus einiger Entfernung betrachtete,

merkte ich plötzlich, daß sein Blick auf mir ruhte. Ich wandte mich ab und machte mir etwas zu schaffen, doch als ich wieder hinsah, stand er immer noch dort, und er winkte mir. Dienstbereit eilte ich hin. Da legte er mir die eine Hand auf die Schulter, mit der andern steckte er etwas in meine Westentasche, ein goldenes Zehnfrankenstück, wie ich nachher sah, und dazu sprach er, von seiner Höhe bedeutsam zu mir hinabblickend, mit dem Gewicht eines Urteils: «Junger Mann, wir haben uns tapfer gehalten.»

Ich trat ehrerbietig einen Schritt zurück und verbeugte mich.

13.

Das Weihnachtsdiner ging nicht so großartig zu Ende wie es begonnen hatte. Vom kleinen Saal her drang ein Protestgeschrei, weil die Hauskapelle ihre Instrumente zusammenpackte, und der Herr Direktor selber mußte einschreiten; er ging erhobenen Hauptes eilig hinüber und zückte gebieterisch den Stachel seines Spitzbartes, um aber drüben den Paaren unter vielen kleinen Bücklingen händereibend klarzumachen, daß in dieser Nacht kein Tanz vorgesehen sei, jedoch allernächstens ein Ball dem andern folgen werde. Die jungen Leute kehrten in den Speisesaal zurück oder gingen nach der andern Seite durch das Restaurant in die Bar, um Schnäpse zu trinken.

Während ich trotz meiner Müdigkeit noch mit aufgereizter Neugier beobachtete, was im Saal vor sich ging, packte mich der Oberkellner im Vorbeigehen am Arm und befahl: «Rot- und Weißweingläser abräumen und im Office sofort mit dem Spülen beginnen!» Alles endete für uns im Office. Die meisten Gäste standen oder saßen unschlüssig herum, viele angeheitert, einige arg betrunken, und es fiel ihnen offenbar schwer, das Fest nun abzubrechen. Ich konnte mich so gut in diese Lage hineinversetzen, als ob ich selber ein Gast wäre, ein verhältnismäßig talentierter junger Mann, der jetzt sehr viel gegessen und etwas zu viel getrunken, mit ein paar Freunden gelärmt und mit einem damenhaften Mädchen angebändelt hätte, um morgen mit der Aussicht auf amüsante Folgen und weitere Tafelgenüsse abscheulich schwer zu erwachen. Ich hatte mir im Grand Hotel Freudenberg die große Welt in ihrer festlichen Entfaltung doch nicht so vorgestellt; mir schien, dies sei hier nur ein Gipfel ihres äußeren Lebens gewesen, und wer das Fest etwa mit inneren Erwartungen begonnen habe, müsse bei aller Daseinslust jetzt etwas Schales in Kauf nehmen.

Am folgenden Morgen hoffte ich, daß unsere strenge Arbeit von nun an wenigstens regelmäßiger verlaufe, aber ich hoffte umsonst. Die Hochsaison dauerte an, das Palace Hotel war überfüllt, und wir befrackten leisen Diener jagten weiterhin rastlos im dicht besetzten Speisesaal herum, während an den Spültrögen und Putzbänken im Office immer neu anschwellende Mengen von Silber, Glas und Porzellan auf unsere Hände warteten. Die großen Vergnügungen, die uns über alle geregelte Arbeit hinaus die freie Zeit wegnahmen und den Schlaf verkürzten, hatten mit dem Weihnachtsdiner erst begonnen. Zwei Nächte später schon wogte ein rauschender Ball durch die drei Räume, die nun einen einzigen riesigen Festsaal bildeten, da der kleine, mittlere Saal auf beiden Seiten nur noch durch je zwei Pfeiler angedeutet blieb; mit müden Beinen, aber in flotter Haltung und fleckenlos vom Scheitel bis zum Gummiabsatz, servierten wir um Mitternacht den abermals hochgestimmten Gästen ein Souper. Die Hauptmahlzeiten dieser Tage waren mit allen möglichen Délices, Parfaits und Suprêmes gespickt und erreichten nach einer ausgelassenen Silvesternacht wieder einen Höhepunkt im Neujahrsdiner. Es schien wunderbar, was alles der Küche entstieg, aber ich wußte, daß das Wunderbare auch von den Kochkünstlern da unten nicht gezaubert oder geflunkert, sondern in höllischen Dämpfen mit peinlichster Sorgfalt und rastlosen Händen erschaffen wurde.

Manchmal schwamm ich wieder in höchster Bedrängnis, doch gewann ich meistens die spielerische Haltung zurück und zog dann wie ein leichter Segler hinter den stampfenden Booten her. Diese leichtfertige Art erforderte indes kaum weniger Geschick und Sammlung; wenn ich damit nicht scheitern wollte, durfte der innere Vorbehalt, auf dem sie beruhte, nie als Hemmnis wirksam werden. Ich war dem Innern davongelaufen und ganz nach außen gerichtet, aber gewaltsam, mit dem unveränderten Hang nach innen, der umso stärker wirkte, je fragwürdiger das äußere Gegengewicht wurde. Meine Versuche, auf dieser Waage nach beiden Seiten zu schaukeln, wurden entweder verhindert oder erwiesen sich als zu gefährlich. Wenn meine drei müden Schlafkellergenossen nach der Tages- und Nachtarbeit in ihren Betten verstummten, begann ich wohl noch zu lesen, doch in der nächsten Minute schliefen wir schon alle vier wie Tote in einer Katakombe. Als ich aber einmal bis Mitternacht allein blieb, weil Schulze, Hofer und Wolf ausgingen, schaukelte ich gefährlich nach meiner tieferen Seite hinab. Ich spielte auf der Geige holde und traurige Weisen, bis mir wohl und weh wurde, ich las im Lenau, bis ich verzaubert innehalten mußte. «Nächtlich Meer, nun ist dein Schweigen / So tief ungestört, / Daß die Seele wohl ihr eigen / Träumen klingen hört.» Es klang mir noch in den Schlaf hinein nach und umspielte am Morgen mein Erwachen so lockend, daß ich mit einem ungeheuren Widerwillen mich zur öden Putzarbeit im Office zwingen mußte und nur allmählich zu meinen Kollegen an die Oberfläche auftauchte.

Meine allgemeine trotzige Zuversicht nahm ab, meine Enttäuschung als Kellner wuchs, und nach einer Reihe von Zufällen, die ich schon nicht mehr spielend bewältigte, war ich nahe daran, das Spiel überhaupt zu verlieren. Es begann eines Nachmittags in der Kegelbahn des Hotels, wo die Lehrlinge und jüngeren Saalkellner abwechselnd den Gästen Kegel aufstellen mußten. Ich stellte also Kegel auf, was mir zuerst vergnüglich vorkam, aber am Ende, nach drei Stunden, verleidet war. Krumm und müde kam ich zum Diner, jagte mit Platten und Tellern herum, stellte nachher bis Mitternacht wieder Kegel auf und taumelte erschöpft ins Bett, um von sieben Uhr morgens an mich stehend als Putzer zu bewähren und früher als sonst im Saal die Tische zu decken. Um halb zwölf servierten wir einem großen englischen Klub, der auf seiner Reise heute vom Teufel hieher geschickt wurde, den Lunch, dann räumten wir fliegend die Tische ab und deckten sie neu und trugen unseren Gästen den Lunch auf, dann verdammt mich die Reihenfolge zum Dienst in der Halle, ich serviere, immerfort laufend, schwarzen Kaffee, wasche fluchend das schmutzige Kaffeegeschirr, serviere laufend, laufend, den Afternoon-Tea, räume ab und würge ein schlechtes Abendessen hinunter, serviere schwimmend ein üppiges Diner und könnte am Ende den Spültrog mit meinem Bette verwechseln und dennoch sofort darin schlafen – wenn nicht auf dem nahen Eisfeld ausgerechnet jetzt und abermals vom Teufel angeordnet ein Nachtfest begänne. Ich höre und sehe vor Müdigkeit alles nur fetzenweise, farbige Lampions um die Eisfläche, Gäste auf Schlittschuhen, Musik eines Kurorchesters, Feuerwerk, Bravorufe, Wiener Walzer, ein gleitendes, lachendes Durcheinander, indessen wir ruhelos mit heißem Punsch herumlaufen, mit leeren Gläsern, mit kalten und warmen Imbißplatten, unter den Gästen hin und her, ins Hotel zurück und wieder zu den Gästen, bis zwischen Mitternacht und Morgenfrühe der Schlaf uns wie ein betäubender Schlag aufs Lager wirft. Aber nach drei Stunden schon werden wir gewaltsam geweckt, spülen ungezählte klebrige Punschgläser, räumen mit dem ganzen Dreck vom gestrigen Diner auf, decken den Saal, servieren den Lunch, waschen Gläser, Besteck, Geschirr – dann hätte ich endlich frei und könnte ruhen, wenn nicht der Teufel zum drittenmal eingriffe und den Oberkellner mit dem Befehl zu mir jagte: «Amberg, in die Kegelbahn!»

«Nein, danke!» sagte ich und bewegte langsam den Kopf hin und her. Der Ober beharrte erzürnt darauf, ja er drohte, und ich versuchte umsonst, meine Weigerung zu begründen. Höhnisch lächelnd vor Gleichgültigkeit spazierte ich also in die Kegelbahn. Man hatte mich hier erwartet und war froh, daß ich kam, das Spiel ging um verschiedene, vom Hotel gestiftete Preise und begann sogleich lebhaft. Ich stellte die gefallenen Kegel auf, aber ungefähr so, wie man nach einer strengen Bergtour geruhsam und wählerisch noch ein paar Blumen pflückt. Die Herren Kegler wunderten sich darüber, dann entließen sie mich. Der Oberkellner fiel empört über mich her, sperrte mir den Ausgang und verhieß mir noch schlimmere Dinge.

Ich ging in den Keller hinunter und setzte mich auf mein Bett. Mir war öde und leer zumute. Ich versuchte zu schlafen und konnte nicht, ich nahm die Geige hervor und packte sie wieder ein, ich begann im Lenau zu lesen und fand keinen rechten Trost. Da griff ich wieder zu meinen eigenen Gedichten, sah unter den Abschriften auch das gedruckte aus der Tageszeitung und beschloß, ein ganzes Bündel Raketen auf einmal abzufeuern. Ich hatte die Zeitschrift «Dichterstimmen der Gegenwart» abonniert, ihr Leiter war selber ein anerkannter Dichter, und an ihn wandte ich mich nun in meiner Not, ihm schickte ich meine Gedichte.

Der Dichter war ein vernünftiger Mann, er ließ mich nicht lange warten. Ende Februar, als ich nach einem Diner unsere Schlafgruft betrat, las Wolf am Tische die Adressen der Postsachen, die dalagen, und warf mir einen gelben Briefumschlag zu. «Amberg!» sagte er. Ich sah nach dem Absender, und über mein Gesicht hin flog es wie ein heißer Glutschein. Da hinter mir Schulze und Hofer eintraten, beherrschte ich mich, zog mit erheucheltem Gleichmut Mantel und Gummischuhe an und verließ das Hotel.

In der Umgebung brannten noch einige Laternen, ich ging bis zur letzten, wo ein kurzer Waldweg von der Fahrstraße abzweigte und kein Mensch mehr zu sehen war. Hier riß ich fieberhaft hoffend den Umschlag auf; er enthielt einen Brief und die Abschriften meiner Gedichte, die ich gar nicht zurückerwartet hatte. Ich steckte den Umschlag mit den Abschriften in die Manteltasche und entfaltete den Brief, doch eh ich noch eine Zeile gelesen hatte, wurde mir schwer und bang. Ein schwacher Windstoß blies mir den Brief zu, ich blickte darüber hinweg, sah vor mir die Fahrstraße, die zum See hinabführte, sah rechts das beleuchtete Hotel, links den dunklen Wald – und beschloß, die Antwort des Dichters noch nicht zu lesen. Aus dem Walde nahte ein sonderbares Geräusch, das klang wie der schwere Atem eines Schlafenden, aber es war der Wind, der durch die Tannen rauschte, er kam auf mich zu und blies mir ins Gesicht. An diesem Winde fiel mir etwas auf, ich streckte die Nase in die Luft, wunderte mich und ging in den Wald hinein. Der Wald öffnete sich bald wieder, ein Fußpfad führte zu den Rebbergen hinab, ein anderer lief über einem Abhang hin, den schlug ich ein und sah mich um.

Hier lag der Schnee nur noch auf festgetretenen Wegen und in schattigen Winkeln, die Wälder waren schwarz, die Hänge dämmergrau oder unter ziehenden Wolkenlücken fahl übersilbert, die Seefläche schimmerte unruhig aus der Tiefe, und vor ihrem riesigen, schuppigen Hechtgrau duckten sich die vielen Lichter schwach und winzig auf die schmalen Ufersäume. Drüben stiegen die Berge noch winterlich durch die Dämmerung empor, doch ihre Kämme und Gipfel standen auf der ganzen Breite klar in einem nach Süden hin aufgerissenen, oben vom Gewölk begrenzten Himmelssaum; aus seiner nachtblau leuchtenden Tiefe kam der Wind, der auf den See hinabfiel und hier oben durch die schwarzen Tannen geisterte, der mich wie mit dem Atem eines Tieres warm anhauchte oder fauchend überfiel und mir durch Leib und Seele fuhr.

Dies alles war mir tief vertraut, nur geschah es bei uns zuhause selten so früh im Jahr; ich hatte es auch hier noch nicht erwartet und zwischen den Hotelmauern nicht einmal geahnt. Ich war da hinten im Hotel ja in der Fremde, in einer Wesensfremde, die mir wie einem Gefangenen Licht und Luft des wahren Lebens entzog. Hier draußen in dieser Nacht aber war ich daheim, hier sprach alles stark und unmittelbar zu mir, es hob mich über den Alltag empor und erfüllte mich wie eine gewaltige Musik. Das klaffende Gewölk zog rastlos hoch am Nachthimmel nach Nordosten, aber die dunkelblau funkelnde lange Bresche über den Bergen wurde breiter, und der Südwind griff in weiten, sausenden Schwüngen stürmischer aus. Aufgewühlt lief ich herum, trunken von alldem, was auf mich eindrang, und begierig, über meine erbärmlichen Grenzen hinaus ganz darin aufzugehen.

14.

Ich spielte meine Rolle im Palace Hotel entschlossen zu Ende. Niemand sollte mir künftig sagen können, ich sei nur ein träumender fauler Hund.

Anfangs März begannen die letzten Gäste und die meisten Angestellten abzureisen. Schulze und Hofer, die ohne unser Wissen früher gekündigt hatten als Wolf und ich, machten sich eines Morgens reisefertig. Hofer antwortete auf die Frage, wohin er fahre, freundlich: «Nach Berlin. Als Commis de Restaurant ins Adlon.» Schulze wandte ihm seinen viereckigen Schädel zu und rief: «Du verdammter Aufschneider! Das kannst du einem andern weismachen! Na, also was mich betrifft, ich fahre jedenfalls erst mal heim zu meinem Alten.» Sein Vater hatte, wie wir wußten, irgendwo in Sachsen ein Gasthöfchen. «Nachher geh ich vielleicht nach England», fuhr er fort, «ich weiß es noch nicht ... sicher weiß ich nur, daß ich nicht mehr in diese beschissene Riesenbude da zurückkehren werde.» Wolf beteuerte dasselbe, doch Hofer erklärte mit einem selbstzufriedenen Lächeln: «Warum nicht! Aber dann als Chef de Rang!» Schulze blickte ihn scharf an, wandte sich uns zu und knurrte verwundert: «Habt ihr schon sowas gehört? Paßt auf, der platzt noch vor Hochmut, bevor er hier wegfährt.» Beim Abschied sagte Schulze zu mir: «Amberg, weiß der Teufel, ich bin nie dahinter gekommen, was mit dir eigentlich los ist. Aber leb wohl! Du bist ja auch noch nicht ganz trocken hinter den Ohren.»

Als sie fort waren, taute Wolf unerwartet auf, und am späten Vorabend seiner Abreise erfuhr ich zu meiner Verwunderung mehr von ihm als während der ganzen Saison. Wir schwatzten zuerst eine Weile über unsere beiden Kollegen. Ich lag schon im Bett und wollte nachher noch lesen, während er seine

Siebensachen mit derselben peinlichen Sorgfalt, mit der er sie vor drei Monaten ausgepackt hatte, wieder in seinem Koffer zu versorgen begann. «Hofer wird ja vorwärtskommen, das glaub ich schon», sagte er. «Aber Schulze ... ich bedauere nur, daß ich nicht zusehen kann, wenn ihm endlich mal seine freche Schnauze eingeschlagen wird. Du hast dir ja auch allerlei bieten lassen ... und hast doch meistens dazu geschwiegen ... das war ganz richtig. Schweigen und arbeiten, damit kommt man am besten durch. Dir ist es hier ja überhaupt nicht leicht gefallen, soviel ich bemerkt habe. Das ist mir in deinem Alter auch so gegangen, ich mußte mich verdammt zusammennehmen, um mich durchzubeißen, ich hatte kein Maul wie Schulze und keine so gescheckte Fratze wie der Hofer...»

Er schwieg eine Weile und beugte sich über seinen offenen Koffer, dann sagte er, mit einem flüchtigen Seitenblick nach mir, zurückhaltend: «Und du wirst wohl wieder eine Saisonstelle annehmen?»

«Ich weiß es noch nicht», antwortete ich. «Im Belvedere könnte ich wieder als Saalkellner eintreten, aber ... ich weiß, offen gestanden, überhaupt nicht, was ich tun soll.»

Wolf richtete sich auf, schaute mich ernsthaft an und nickte. «Jaja, so ist das. Ist mir genau so gegangen. Aber schließlich bin ich doch dabeigeblieben ... trotzdem ich auch schon bald wußte, daß ich keine Aussichten hatte, vorwärtszukommen. Seit sechs Jahren bin ich nun Saalkellner, ich war in England, an der französischen Riviera, in Luzern, in St. Moritz, in Swinemünde, und ich habe allerlei erlebt, aber ... im Grunde war es immer wieder dasselbe. Und das könnte nun so weitergehen. Werde mich aber jetzt nach einer Jahresstelle umsehen, wenn möglich in einem Restaurant. Der Saisonbetrieb ist auf die Dauer nichts für uns, da schindest du dich ein paar Wochen lang ab und verdienst ordentlich, nachher kannst du wieder warten, bis es soweit ist, und unterdessen geht dein Geld zum Teufel. In einem ruhigen Jahresbetrieb ist das anders, da weißt du immer, was du zu tun hast, und weißt auch ungefähr, was du verdienen wirst, und du bist vor allem nicht nur der Hund, den jeder anschreien und herumjagen kann. Das ist was wert, denn schließlich ist man doch auch ein Mensch!»

Nachdem er sich endlich ins Bett gelegt und eine Weile geschwiegen hatte, sagte er noch: «Und weißt du, eines Tages, da bekommt es jeder satt, wenn er es nicht zum Ober gebracht hat oder sonst ein feiner Hirsch ist... Und dann werde ich irgendwo im Badischen oder Bayerischen eine kleine Wirtschaft übernehmen ... eine ganz bescheidene Wirtschaft, verstehst du, in einer ruhigen Gegend, unter vernünftigen Leuten ... es kann auch Wald in der Nähe sein ... wir wohnten früher dicht am Walde ... dann werde ich meine Ruhe haben, ich werde mein eigener Herr und Meister sein, und dann kann mir diese ganze verrückte Welt gestohlen werden... Aber du, Amberg, du bist ja noch jung, du hast noch alles vor dir... Na, dann schlaf wohl!»

Ein paar Tage später stand ich am Vorabend meiner eigenen Abreise allein in diesem öden Schlafraum und nahm endlich bangen Herzens den ungelesenen Brief aus dem gelben Umschlag. Der Dichter antwortete mir auf meinen Notschrei: «Sehr geehrter Herr! Ihre Gedichte zeugen von einer gewissen Begabung, doch diese Begabung ist heutzutage weit verbreitet. Es gibt immer wieder Hunderte von jungen Leuten, die ähnlich dichten, ja manchmal sogar noch besser, und doch dürfte man keinem voraussagen, daß er berufen sei. Sie fühlen sich im Hotelfach nicht glücklich. Ich rate Ihnen dennoch, diesem Berufe wenn möglich treuzubleiben, da Sie ihn nun doch einmal ergriffen haben. Sie werden im Hotel ja gewiß nicht immer nur Kellner bleiben. Schwierigkeiten gibt es in jedem Berufe, aber man kann sie überwinden. Es wäre unverantwortlich von mir, Ihnen etwas anderes anzuraten, es sei denn, Sie hätten eine ausgesprochene Neigung zu einer andern nützlichen Tätigkeit, die Ihnen früher oder später ein genügendes Auskommen sichert. Auch anerkannte Dichter und Schriftsteller sind meistens nicht imstande, ihr Brot nur mit der Feder zu verdienen.»

Ich ließ den Brief sinken, setzte mich auf mein Bett und starrte ins Leere. Hatte ich denn dies alles nicht schon gewußt? Was fiel mir nur ein, ausgerechnet noch einen Mann der Feder zu einer solchen Antwort herauszufordern! Aber ich mußte mich wohl einer so törichten Hoffnung hingeben, um wieder einmal zu erfahren, daß meine Zukunft hoffnungslos war.

Niedergeschlagen begann ich mein Geld zu zählen. Hier im Palace mußte der Kellner sein Trinkgeld nicht, wie im Belvedere, einer gemeinsamen Kasse abliefern, er durfte es behalten, und nun hatte ich rund dreihundert Franken verdient. Damit würde ich wenigstens Tante Christine eine Freude machen können, und vorher wollte ich Bücher kaufen. Bei meiner Abmeldung im Hotelbüro hatte ich einen Briefumschlag erhalten, den riß ich jetzt auf und zog mein Zeugnis heraus. Es war mir gleichgültig, wie es lautete, ich hatte von Zeugnissen noch nie etwas Gutes zu erwarten gehabt. Da bestätigte nun der Direktor des Palace Hotels in französischer Sprache mit seiner Unterschrift, daß der Träger du présent certificat, Amberg Werner, vom 1. Dezember bis 15. März als Sommelier de Salle dans notre établissement gedient habe. Darunter stand geschrieben: «Er hat seine Funktionen in jeder Beziehung zu unserer vollen Zufriedenheit erfüllt, und wir empfehlen ihn unseren Herren Kollegen.» Ich lachte bitter belustigt auf, und ein leiser, hohler Widerhall lachte von den nackten Wänden zurück.

Früh am folgenden Morgen trat ich die Heimreise an. In jenem Bahnhof, wo ich das verlorene Goldstück wiedergefunden hatte, mußte ich auf Anschluß warten. Diesmal gab ich mein Gepäck am Schalter ab, dann verließ ich die Halle durch denselben Ausgang wie damals, ich wollte wissen, ob da draußen das Haus abgebrannt war; es stand aber noch da, und man sah ihm gar nichts an. Ich ging in eine Buchhandlung und kaufte Werke von Eichendorff, Heine, Mörike, und eine Literaturgeschichte, die ich begierig schon auf der Heimfahrt zu lesen begann. Als ich endlich dem Altrütihaus zuwanderte, war es schon Abend, doch sah und grüßte ich an den Berghängen im weiten, dämmernden Umkreis froh bewegt noch alle Wälder.

Großmutter, Tante und Onkel Karl empfingen mich mit freudiger Rührung. Sie wußten aus meinen Briefen, wie streng mein Dienst gewesen war, und als ich während des Abendessens beiläufig mit meinem Zeugnis und dem Geld herausrückte, lobten sie mich wie noch nie. «Fein, daß du dich bewährt hast!» sagte Tante Christine. «Das Schwierigste ist jetzt überstanden, im Belvedere wird es dir leichter fallen. Ich habe kürzlich Tante Ulrike und Onkel Lütolf getroffen, sie lassen dich grüßen, und du könnest dann schon am ersten April eintreten. Wir müssen ihnen dankbar sein, du wirst auf diese Art viel schneller vorwärtskommen...»

Onkel Karl klopfte mir mit seiner zitternden Rechten leicht auf die Schulter und sagte mit dem ganzen Ernst, den er für Fragen des Berufes und der beruflichen Tüchtigkeit empfand: «Werner, das hast du recht gemacht. Jetzt nur so weiter!»

Die Großmutter schaute mich immerfort gerührt an und beteuerte leise: «Das hätte deine Mutter auch gefreut, Werner, das hätte sie auch gefreut.»

Ich erschrak in meinem Innersten und fühlte schon jetzt, daß ich nicht imstande sein würde, diese mir so wohlgesinnten, lieben Menschen noch einmal zu enttäuschen.

15.

Ich kehrte ins Belvedere zurück und spielte in den ersten Wochen bald den Liftboy, bald den Zimmerkellner, dann, als die Sommersaison begann, abermals den Saalkellner, doch die vorangegangenen vierzehn Ferientage hatten mir das Gesicht zu kräftig nach andern Richtungen gedreht. Als ich, noch voller Nachklänge aus den Büchern der Dichter und dem Vorfrühling der heimischen Wälder, wieder Suppen servierte, Speiseplatten auftrug, an Putzbänken und Spültrögen stand, graute mir vor meinem eigenen Tun.

Da wurden mir eines Tages drei neue Gäste zugeteilt. Ich blickte ihnen gleichgültig entgegen, als der Oberkellner sie zum Diner in den Saal führte. Voraus kam mit eiligen kleinen Schritten eine große, hochbusige, lebhafte Frau, die wissen mochte, daß sie die Blicke auf sich zog, und so liebenswürdig in den Saal hinein lächelte, als ob hier alles nur noch auf sie gewartet hätte. Neben der auffälligen Erscheinung übersah man ihr Gefolge beinahe, einen älteren Herrn und ein Mädchen, Mann und Tochter wohl. Als ich nun aber die Tochter in der Nähe sah, stutzte ich. Sie war etwa siebzehnjährig, eher weniger, und hätte wohl noch Zöpfe haben können, doch trug sie das blonde Haar schon hochfrisiert wie eine Dame. Sie hatte ein sehr bestimmt geformtes, fein geschnittenes Gesicht, das mich unweigerlich berückte, und auf diesem Gesichte lag zu meiner Überraschung ein träumerisch ernster, fast trauriger Ausdruck; mit diesem Ausdruck blickte sie mich an. Sie blickte den Kellner an, der sie hier nun täglich bedienen sollte, und dachte sich gewiß nichts dabei, aber dieser Blick ihrer tiefher sinnenden dunkelblauen Augen durchdrang mich, und ich erschrak.

Während der ganzen Mahlzeit, die ich nun auftrug, kam ich

nicht mehr von ihr los, ob ich neben ihr stand oder mit Platten und Tellern herumlief. «Das hat gerade noch gefehlt!» dachte ich betroffen. «Wie soll denn das werden, wenn ich sie Tag für Tag hier sehen muß?» Ich wollte mich zusammennehmen und widerstehen, aber im Grunde wußte ich schon jetzt, daß ich ebenso gut versuchen könnte, einer plötzlich ausbrechenden Krankheit zu widerstehen, für die ich mich auch früher anfällig erwiesen hatte.

Während der folgenden Mahlzeiten merkte ich trotz der Befangenheit, die mich in der Nähe des Mädchens ergriff, wie die drei Menschen zueinander standen. Vater und Tochter waren sich zugetan, doch zeigten sie das mit Rücksicht auf die den Tisch beherrschende Mutter nur unauffällig. Er nannte sie in einem ruhigen, warmen Tone Helen, und sie nannte ihn ebenso ruhig, mit einem zärtlichen Unterton, Papa. Die Mutter hingegen war mit beiden nie recht zufrieden. «Helen, ich bitte dich!» konnte sie laut verweisend sagen und dazu den Kopf aufwerfen, und wenn Helen etwas zur Mama sagte, klang es kühl, ja manchmal gereizt. Mit ihrem Manne sprach die Frau oft in einem Ton der Beschwerde, und der Mann antwortete beschwichtigend oder stimmte gleichgültig zu; dagegen strahlte sie vor Liebenswürdigkeit, wenn der Patron auf seiner Runde durch den Saal sie mit einer leichten Verbeugung grüßte, oder wenn die Blicke anderer Gäste auf ihr ruhten. Die Tochter glich ihr so wenig, daß ich die Frau für ihre Stiefmutter hielt.

Das Mädchen zog mich mit jedem Tage stärker an, und meine Gefühle durchfieberten mich nach dem ersten jähen Anfall nun wirklich mit der Gewalt einer ausgebrochenen Krankheit. Ich verbot mir alle törichten Wunschträume, die nie in Erfüllung gehen konnten, aber ich gab den Widerstand auf. Unablässig hatte ich Helen vor Augen, ob ich sie sah oder nicht, und wenn ich sie bediente, war ich am ersehnten Ziel des Tages. Behutsam beugte ich mich mit der Platte an ihre linke

Seite hinab, den Blick bald auf ihren schlanken Händen, die mit anmutiger Bestimmtheit das Besteck handhaben, bald scheu auf ihrer schon zart gewölbten duftigen weißen Bluse. Wenn ich in der Rechten hinter ihrem Nacken noch eine Schüssel oder Kanne bereithielt, stand ich wie am Anfang einer Umarmung dicht neben ihr und schaute, ohne ihre Augen zu sehen, so inbrünstig erglühend ihr wohlgebildetes, liebliches Gesicht an, daß ich überzeugt war, sie müsse es spüren. Ob sie vom Tische wegging oder zum Tische kam, immer wartete ich ergriffenen Herzens auf einen Blick ihrer dunkel träumenden, tiefblauen Augen, manchmal umsonst, manchmal mit Glück, wenn auch nur mit dem Glück eines holden Zufalls. In ihrem melancholisch überschatteten jungmädchenhaften Liebreiz erinnerte sie mich an Stefans Schwester Hildegard, doch schien sie mir reifer als jenes herbe Landkind.

Ich schrieb nachts unter der Gaslampe meiner Dachmansarde leidenschaftliche und traurige Verse und dachte daran, sie der Geliebten heimlich in die Hände zu spielen. In einem Gedicht erschien ich als Wanderer, der sich in einer finsteren fremden Gegend verirrt hat und endlich ein Licht entdeckt; es funkelt am fernen dunklen Himmelsrand und ist nur ein Stern, der ihn nirgendshin führen wird, das weiß er wohl, doch sieht er nichts anderes mehr und wandert unwiderstehlich angezogen auf ihn zu, dem nächsten Abgrund entgegen.

Das tägliche Wiedersehen im Speisesaal genügte mir bald nicht mehr, ich suchte nach andern Gelegenheiten und entdeckte eines späten Abends, daß Helen mit ihren Eltern den Kursaal besuchte. An meinem nächsten freien Nachmittag kaufte ich in der Stadt eine weiße Frackweste und ein seidenes Krawättchen, und noch am selben Abend ging ich nach dem Diner auch in den Kursaal. Beim Eintritt musterte ich mich in einem Wandspiegel und sah darin einen eleganten jungen Gast, dem niemand den Kellner anmerken konnte, einen reichen Herrensohn im tadellosen Gesellschaftsanzug, mit einem schmalen, intelligenten, von leiser Schwermut angehauchten Gesicht. In vornehm lässiger Haltung, die Linke im Hosensack, in der Rechten eine brennende Zigarette, schlenderte ich durch einen Saal, in dem getanzt wurde, ließ müde Blicke über die besetzten Tische hingleiten und sah den tanzenden Paaren zu. Helen war nicht hier, ich schlenderte weiter und entdeckte sie im hinteren Saale neben ihrer Mutter an einem der dicht umlagerten Spieltische. Klopfenden Herzens trat ich nach einigem Anstehen im Gedränge ihr gegenüber an denselben Tisch.

Die Mutter spielte aufgeregt, ihr Mann stand scheinbar teilnahmslos hinter ihr und gab ihr während meiner Anwesenheit zweimal eine Note, die sie beim Croupier wechseln ließ. Ich verfolgte das Spiel, dann begann ich mit den niedersten Einsätzen auf Grad und Ungrad mitzuspielen. Gleichgültig warf ich meinen Franken hin und sah gelassen zu, wie er verschwand oder verdoppelt zurückkam. Nachdem ich ein paarmal abwechselnd gewonnen und verloren hatte, wagte ich endlich über den Tisch hinweg Helen anzuschauen. Ich begegnete ihrem dunkel forschenden Blick und grüßte sie in höchster Befangenheit errötend durch eine unauffällige, mehr nur angedeutete Verbeugung. Sie machte ein ziemlich erstauntes Gesicht und wechselte ein paar leise Worte mit Mama. Gleich darauf sah ich, daß die Mutter mich anstarrte. Ich spielte weiter, als ob nichts geschehen wäre, aber mir pochte das Blut in den Schläfen, und ich wagte keinen Blick mehr hinüberzuwerfen. Jetzt verlor ich, der Croupier zog mit seinem abscheulichen Rechen einen nach dem andern meiner sauer verdienten Franken an sich, und bald hatte ich einen ganzen Monatslohn verspielt. Mit erzwungenem Gleichmut trat ich zurück, strich noch eine Weile in der törichtesten Hoffnung um den Spieltisch herum und schlenderte endlich hinaus.

Am folgenden Tage fehlten die drei Gäste beim Lunch, sie hatten sich abgemeldet und einen Ausflug unternommen. Abends beim Diner saßen sie wieder da, und ich servierte in banger Spannung die Suppe, doch merkte ich nicht, ob sie mich gestern erkannt hatten, und ließ mir auch meinerseits nichts anmerken. Als ich der Madame den Fisch präsentierte, schaute ich Helen flüchtig an und begegnete demselben dunkel forschenden Blick wie am Spieltisch, ich errötete und konnte ein verlegenes Lächeln nicht unterdrücken. Daran erkannte sie mich nun offenbar, wie sich zu meinem Unheil alsbald herausstellen sollte.

Ich trat mit dem Braten an die Madame heran und mußte mich ein paar Sekunden gedulden, da sie, ihrem Manne zugeneigt, sich lebhaft über etwas beschwerte. Sie war prachtvoll aufgetakelt und duftete stark; ihr reiches Haar türmte sich kunstvoll verschlungen in frischem Blond empor, auf ihrem halb entblößten üppigen Busen lag ein glitzerndes Medaillon, ihr hellblaues Kleid floß von der linken Schulter in schrägen Falten unter die rechte Achsel und säumte die Büste mit einem schmalen weißen Pelzbesatz. Vorsichtig schob ich auf meiner Linken die schwere Bratenplatte neben sie hin, die Silberkanne mit der Sauce in der erhobenen Rechten über ihrem gepuderten rötlichen Nackenpolster, und da sie, immer noch mit dem Manne sprechend, sich nur zögernd zu bedienen begann, fanden meine Augen Zeit genug für die Tochter. Mit dem letzten Mute des schon fast Verzweifelnden schaute ich Helen voller Liebe ins Gesicht.

Da geschah, was ich kaum zu erwarten hoffte, ihre Züge erhellten sich, und mit einem leisen, liebenswürdig bedauernden Lächeln schaute sie auch mich an. Ich atmete tief beglückt auf, ich hatte Feuer in den Augen und wandte keinen Blick von ihr, aber die Finger meiner erhobenen Rechten wurden schwach und vergaßen sich, die Kanne kippte vornüber, und von ihrer breiten Silberlippe floß die heiße braune Sauce auf Nacken und Rücken der Mutter hinab. Die Begossene bog sich laut aufkreischend beiseite und fuhr, den Stuhl umwerfend, heftig auf, indes ich wie gelähmt die leere Kanne anstarrte. Im nächsten Augenblick stand schon der Mann neben seiner Frau und legte ihr eine Serviette auf den Rücken, die Frau stöhnte und überschüttete mich zornglühend mit Schimpfworten, während der herbeigerannte Oberkellner die Bratenplatte hastig von meiner Linken auf den Tisch hin schob und mich wegstieß. «Gehen Sie weg!» zischte er entsetzt.

Ich ging, und alle Kellner, alle Gäste blickten mich an. Die leere Kanne in der Rechten, ging ich ins Office hinaus. Hinter dem Wärmeherd stand die gewaltige Gouvernante, dieselbe, die mich letztes Jahr über dem Konfitürensumpf angefaucht hatte: «Schleckt es jetzt auf!» Sie merkte, daß mir wieder etwas passiert war, und blickte höhnisch verwundert auf mich herab. Ich stellte die Kanne schweigend vor sie hin, verließ das Office und stieg auf Hintertreppen langsam unter das Hoteldach hinauf. In meiner Mansarde warf ich den Frack über den Stuhl, riß mir Kragen und Krawatte ab und legte mich auf die Bettdecke. «Fertig!» dachte ich. «Das ist das Ende.»

16.

«Eine schöne Geschichte hast du angerichtet!» sagte Tante Ulrike. «Du bist doch wirklich ein Pechvogel.» Sie stand an meinem Bett und sagte es keineswegs entrüstet, sondern in dem wohlklingenden, ruhig überlegenen Tone, den ich gern hörte und der ein gewisses heiteres Wohlwollen sogar auch diesmal nicht verleugnete.

Ich hatte etwas ganz anderes erwartet und war an diesem Morgen nach meinem Unfall mit der Überzeugung im Bette liegengeblieben, daß kein Wunder mehr diesen trüben Schluß zu ändern vermöchte. Finster schweigend starrte ich vor mich hin.

Sie machte noch ein paar Bemerkungen, die mich geradezu entschuldigten, und fragte dann: «Aber willst du jetzt nicht lieber aufstehen?»

«Mir ist nicht wohl», erwiderte ich. «Ich habe, glaub ich, Fieber.» Im selben Augenblick streifte mich dunkel die Erinnerung, daß ich vor langer Zeit in einer ähnlichen Lage dies auch schon gesagt hatte, wahrscheinlich zu meiner Mutter.

«Das ist etwas anderes», sagte Tante Ulrike und legte mir prüfend eine Hand auf die Stirn. «Ja, dann bleib vorläufig im Bett. Hoffentlich ist es nichts Schlimmes. Man kann jetzt mitten in der Saison nicht einen Saalkellner von der Straße auflesen, du mußt sobald wie möglich wieder antreten. Übrigens wirst du dann zwei andere Tische übernehmen, acht Personen, ich habe mit dem Oberkellner gesprochen.»

Ich schwieg, bis sie mich fragte, ob ich frühstücken wolle. «Ich mag nicht, danke!» sagte ich schwach, worauf sie mich mit ermunternden Worten verließ.

Die halbe Nacht lang hatte ich schlaflos über mein Schicksal nachgegrübelt wie über eine mit mir aufgewachsene hexenhafte Schwester, der ich verfallen war, die mich irreleitete und unerträglich quälte, mich trügerisch beruhigte und plötzlich wieder einem so lächerlichen und traurigen Mißgeschick preisgab. Ich hatte genug davon und war nach hundert Erwägungen immer zum selben Schlusse gelangt: Zusammenpacken und abfahren, verderben und sterben! Jetzt kam diese bewundernswerte Freudenbergerin Ulrike Lütolf daher und wollte mir in ihrer unergründlichen Langmut wieder auf die Beine helfen. Ich wollte nicht mehr. Endlich wollte ich mir nicht mehr nach jedem Sturz von freundlichen Menschen auf meinen Irrwegen weiterhelfen lassen. Ich war ohnehin nur aus Verlegenheit ins Hotel zurückgekehrt, meinen Angehörigen zulieb, und da hatte ich nun nichts mehr zu suchen. Zusammenpacken und abfahren, eine andere Lösung gab es nicht. Aber wohin?

Ich konnte heimfahren und das bange Erstaunen und ratlose Kopfschütteln meiner Angehörigen zu ertragen suchen. Und dann? Ins Kollegium zurück und meine Untauglichkeit auch im Gymnasium beweisen, nachdem ich es schon in der technischen und kaufmännischen Abteilung so gründlich getan hatte? Mit den Knirpsen in die erste Lateinklasse eintreten und sieben Jahre lang einem unwahrscheinlichen Erfolg entgegenkriechen, während meine Altersgenossen sich mitleidig lächelnd an die Hochschulen verzogen? Das konnte ich nicht einmal mehr wünschen. Überdies hatte mir ja der Vormund beizeiten die Gründe erklärt, die gegen das Studium sprachen. Jetzt sprachen noch viel mehr dagegen. Es ging nicht mehr, fertig! Aber was denn sonst? Über meine Tauglichkeit für einen bürgerlichen Beruf und das sogenannte praktische Leben wußte ich Bescheid. Ich hätte verrückt und gegen mich selber blind sein müssen, um noch einmal Wege zu gehen, für die meine Füße nicht gemacht waren.

Also was denn noch? Daheim bleiben und nichts tun als dichten? Den Angehörigen zur Last, den Verwandten zum

Ärger, dem Dorf zum Gespött? Und woher nahm ich denn die Zuversicht, daß ich nicht nur einer der berüchtigten tausend Jünglinge war, die auch dichteten, bevor sie zur Vernunft kamen? Meine Skizzen waren unsichere Versuche und am Ende nur Stümpereien, für die mir niemand auch nur einen Rappen bezahlt oder für einen Rappen Kredit gewährt hätte. Mit den Gedichten stand es wohl nicht viel besser. Ich hatte meine Raketen verschossen und die Antwort darauf von einem kritischen Fachmann und Dichter selber empfangen: Schuster bleib bei deinem Leisten! Wenn ich wenigstens noch ein Schuster gewesen wäre! Aber ich war nicht einmal das, ich war gar nichts. Sollte ich also die Zügel schleifen lassen und zur Qual meines eigenen unerbittlichen Gewissens dahinvegetieren wie irgendein Idiot oder hoffnungsloser Nichtsnutz?

Nachdem ich dies alles reiflich bedacht hatte, zerstoben die trüben Schleier endlich. Die wahre Lösung trat mir klar vor Augen, sie war einfach und fast unmittelbar zu erreichen. Ein paar Atemzüge, zwei leise Schritte, eine leichte Handbewegung, und der ganze Hexenspuk erlosch in der friedlichsten Stille. Ich wurde ruhig und heiter bei diesem Gedanken. Im Palace Hotel hatte ich mit einem Vorgeschmack davon nach mancher aufregenden Tageshetze kurz vor dem Einschlafen gewünscht, mich dereinst meinem Ende mit demselben innigen Einverständnis ergeben zu können wie dem rasch nahenden, tiefen, erlösenden Schlaf. Jetzt war es soweit, und kein irdisches Erwachen mehr würde die Erlösung aufheben. Ob dann noch etwas kommen oder nichts mehr kommen mochte, fiel dagegen kaum ins Gewicht. Was wußte man denn! Nur soviel, daß man vom Unzulänglichen, diesen Nerven, diesem Gehirn und Fleisch befreit sein und daher nur als ein völlig Verwandelter allenfalls fortbestehen würde. Was ich mir sonst noch vorstellen konnte, entsprang meinem katholischen Glaubensbekenntnis, das ich hegte, wie man ein erwiesenermaßen kostbares Erbe hegt, mit dem aber weder mein verhextes

Dasein, noch mein freiwilliger Abschied in Einklang zu bringen war. Die Ewigkeit erschien mir jetzt als eine wunderbare Ferne, in der man still verschwinden konnte. Der Mensch erwartete wohl nur aus Angst und Selbstbefangenheit, daß die göttliche Allmacht ihn, den armseligen Erdenwurm, einen der vielen Milliarden, dort drüben noch beachten werde. Stand diese Allmacht aber als Gott der Herr und Richter im Hintergrunde, so war es ein aus allerhöchster Gerechtigkeit richtender Gott, der in seinem Urteil nicht auf die menschlichen Begriffe von Himmel und Hölle angewiesen war, und vor dem ich mich nicht fürchten wollte.

Ich lag noch immer da und begann jetzt mit einem ruhigen Blick diese grau gestrichene enge Zelle auszumessen. Die Decke fiel gegen das Dach hin schräg ab, und mitten darin war die Luke mit dem Klappfenster; hinten, näher bei der Türe, war die Gaslampe mit dem winzigen blauen Flämmchen. Um das ausströmende Gas nicht zu entzünden, wenn ich am Kettchen zog, mußte ich das Lampenglas zerbrechen und das Flämmchen löschen. Ob Tür und Fenster aber so dicht schlossen, daß nicht frische Luft eindringen und zuviel Gas entweichen konnte? Und ob mir das Gas den letzten Dienst auch wirklich auf eine sichere, nicht allzu peinliche Art leisten würde? Ich wußte nur ungenau Bescheid darüber und erwog noch den Sturz vom Dache, obwohl ich lieber jedes Aufsehen vermieden hätte.

Ich stand auf und zog mich an. Die Türe schloß mangelhaft, wie ich nun sah, und der Blechrahmen des Fensters schien undicht. Es war ja kein Jahreshotel, hier oben wohnte im Winter niemand. Ich zog den Stuhl unter die Luke und klappte das Fenster zurück. Ein voller Ton schwoll mir entgegen, so vertraut und befremdend zugleich wie noch nie, das Signal eines Dampfers, der dem Landeplatz zusteuerte. Ich stieg auf den Stuhl und tauchte mit dem Oberkörper aus der Luke empor – tauchte in einen Strom von Licht und Morgenwind empor, der aus dem weiten blauen Himmel strahlend frisch und verwirrend auf mich eindrang, während ein plötzlich springender Quell von Musik aus der Tiefe zu mir herauf sprühte. Ich dachte rasch abwehrend, daß dies ein gewöhnlicher Sommertag sei und das Kurorchester da unten sein Morgenkonzert beginne, aber sogleich vergaß ich es wieder. Diese Musik war ein Wunder von hinreißender, geistvoller und natürlicher Heiterkeit, ich hatte noch nie so etwas gehört. Der See glitzerte, ein Segelboot fuhr draußen zwischen bewaldeten Ufern, Schwalben kreuzten durch die Sommerbläue, und der straff gezügelte tönende Wirbelwind aus der Tiefe zauberte alle Erdenschwere hinweg. In diesen unbegreiflichen Augenblick zusammengedrängt, überfiel mich so mit blauen See- und Himmelsgründen, leuchtend grünen Wäldern und Bergen, mit Schwalbenschwüngen und Zaubertönen die ganze schöne Welt und hielt mich fest. Ich blieb erschüttert in meiner Luke stehen.

17.

Von diesem Augenblick an suchte ich fieberhaft nach einem Ausweg; ich wollte weiterleben, ich wußte nur nicht wie. Rastlos lief ich auf dem flachen Hoteldach herum und rang um einen Entschluß. Jenen Augenblick selber aber tastete ich, von Scham und Scheu erfüllt, mit keinem Gedanken mehr an, doch fuhr er mir zwei Jahre später noch einmal wie ein Blitz durch Leib und Seele: Ich erwartete mit dem Programm in der Hand den Beginn eines Konzertes und blickte gespannt, aber ahnungslos auf die Geiger, die den Bogen ansetzten, als mir plötzlich jene Musik entgegensprühte, die mich am Abgrund auf die Schwingen genommen hatte. Ich fuhr vor Erregung beinahe vom Sitz auf, meine Nachbarn warfen mir erstaunte Seitenblicke zu, und ich mußte mich, an den Stuhl geklammert, mit Gewalt beherrschen. Was ich hörte, war die Ouvertüre zu «Figaros Hochzeit» von Mozart.

Ich lief in der Mittagssonne also da oben auf dem Hoteldach herum, verwarf die unsichersten der unsicheren Möglichkeiten und trieb endlich alle Gedanken scharf erwägend nach zwei Richtungen vor, ohne mich für die eine oder andere entscheiden zu können. Ich beschloß, die Entscheidung nicht selber zu treffen, begann aber den Aufbruch nach beiden Seiten hin vorzubereiten.

In der dritten Realschulklasse des Kollegiums war ich in den kaufmännischen und mathematischen Fächern einer der schlechtesten, im Deutschunterricht bei Professor Dr. Abstalden der beste Schüler gewesen. Diesem mir wohlgesinnten geistlichen Herrn legte ich jetzt in einem ausführlichen Brief meine Lage dar und fragte ihn, ob und wie ich das versäumte Studium rasch nachholen und bald eine Universität besuchen könnte.

Einen zweiten Brief schrieb ich an die Direktion eines Hotels in Genua und bewarb mich darin um eine Stelle als Saalkellner. Genua war der nächste große Meerhafen mit Schiffsverbindungen nach Übersee, darum wählte ich diese Stadt. Ich wollte mich dort bei der ersten Gelegenheit als Schiffskellner auf einem Passagierdampfer oder noch lieber als zweiter Geiger im Schiffsorchester anstellen lassen, nach Amerika hinüber fahren und drüben verduften. Wozu und wohin ich verduften würde, ließ ich noch unentschieden, ich rechnete nur damit, daß jener riesige Erdteil ganz andere, anziehendere Möglichkeiten bot als unsere peinlich eingeteilte alte Welt der Zahlen und Vorurteile. Zwar besaß ich schon Erfahrung, Selbsterkenntnis und Wirklichkeitssinn genug, um mir nichts vorzugaukeln, doch war anzunehmen, daß es mir dort drüben bei allen Schwierigkeiten wenigstens nicht an Abenteuern fehlen würde. Im schlimmsten Fall wollte ich in Kalifornien meinen entgleisten Onkel Uli aufsuchen, jenen unbändigen Mann, der als Teufel im Platzbrunnen den Nachtwächter erschreckt hatte.

Ich schrieb beide Briefe noch am selben Tag, warf sie miteinander in den Briefkasten und stellte es dem Schicksal anheim, ob es einen gebildeten bürgerlichen Schriftsteller oder einen heimatlosen Dichter und Abenteurer aus mir machen wollte.

Am folgenden Morgen ging ich wieder an die Arbeit und ertrug das höhnische Lächeln der Gouvernante wie das Gespött der Kellner mit so kühler Gelassenheit, als ob ich dagegen gefeit wäre. Ich servierte weitab von der Unfallstelle acht andere Gäste und hütete mich, Helen und ihren Eltern noch einmal vor die Augen zu kommen.

Drei Wochen lang sah ich mir nun während der Arbeit zu wie einer Marionette, deren Tun und Lassen von mir abhing, die ich aber nicht selber war. Die Saison ging dem Ende entgegen, und eines Tages hielt ich die uneröffneten Antworten auf meine zwei Briefe in der Hand; beide waren zur gleichen Stunde eingetroffen, ein Zufall, der mir bedeutsam schien.

Ich hatte einen freien Nachmittag vor mir, brach beizeiten auf und ging von den Häusern und Menschen weg dem See entlang. Wie ein erfahrener Wanderer, der sich nachts an Felshängen verstiegen hat und im Morgengrauen zwei Wege zu erkennen meint, die vielleicht keine sind, machte ich mich auf alles gefaßt und wollte vor dem Schlimmsten nicht verzagen.

Eine kleine Schiffshütte tauchte vor mir auf. Sie gehörte dem Fischer, der die Hotelküche mit Hechten belieferte, ich kannte ihn und besaß die Erlaubnis, sein Stehruderboot zu benützen, das ich den Sitzruderbötchen der Vermieter am Quai vorzog. Es wurde mir auch diesmal überlassen, und ich ruderte leise zu einem abgelegenen Schilfufer, wo ich oft an freien Nachmittagen Wasservögel beobachtet hatte.

Fast jeder wichtige Wendepunkt meiner Jugend ist mir im Gedächtnis untrennbar mit Ort, Zeit, Wetter und andern Umständen verknüpft. Jetzt lag ein Hauch von Septemberkühle in der Luft, um die Berge und über den Himmel hin schleierte ein durchsichtiger, zarter Nebeldunst, der See war glatt und klar; weit herum regte sich nichts als ein Haubentaucher, der draußen bald seinen langen Hals aus dem Wasser hob, bald wieder verschwand. Ich saß auf dem Fischkasten und öffnete zuerst den Brief aus Genua. Der Direktor des Hotels, ein Schweizer, stellte mich auf Mitte September als Saalkellner an und bat mich um eine bindende Zusage. «All right!» sagte ich und blickte lächelnd auf. Ich sah mich im Hotel in Genua, auf dem Passagierdampfer nach New York, im Schnellzug nach dem Westen, ich stieg irgendwo aus, erlebte allerlei und saß trotz meinem Wirklichkeitssinn am Ende so wie jetzt, über den See hinschauend, als Fischer und Jäger am Winnipegsee.

Auf den andern Brief war ich nicht mehr besonders gespannt. In der weiten Welt konnte man allenfalls noch unerwartete und märchenhafte Dinge erleben, in den Schulen und um die Schulen herum aber ging alles so regelmäßig und nüchtern zu, daß ein Mensch wie ich sich keine törichte Hoffnung machen sollte. Professor Abstalden schickte mir ja gewiß eine verständige, wohlwollende Antwort, er war kein weltfremder Schulpedant, sondern ein aufgeschlossener, hochgebildeter geistlicher Herr, der in den obersten Lateinklassen Philosophie dozierte und in der Realschule zu meiner Zeit nur aushilfsweise deutsche Sprache und Literatur gelehrt hatte. Er konnte aber nicht Wunder wirken, die Verhältnisse waren stärker als er, und das würde er mir nun wohl erklären. Gelassen öffnete ich seinen Brief und begann ihn zu lesen.

«Lieber Werner», redete er mich an und gestand auch gleich, daß er meine Eltern gut gekannt und meinen Weg immer teilnehmend verfolgt habe. «Warum ein herbes Geschick Dir Deine Eltern so früh entrissen hat, das weiß Gott allein, und der hat seine weise und gütige Absicht dabei, so schwer wir Menschen es auch begreifen mögen.» Nun, ich begriff es jedenfalls nicht, doch was er da schrieb, war wohl nur eine geistliche Redensart. Was darauf aber folgte, las ich mit wachsender Spannung: «Du hast verschiedene Lebensrichtungen eingeschlagen und Deinen inneren Drang fast gewaltsam niedergehalten, wider alle Hoffnung gehofft – aber Dein Glück nicht gefunden. Kein Wunder, da konntest und kannst Du es nimmer finden! Meine feste Überzeugung war's und ist's, daß du zu Höherem geboren bist...» Ich fuhr vom Fischkasten auf, das Boot schwankte, mein Kopf glühte. Ich las den Satz noch einmal Wort für Wort und las ihn langsam zu Ende. «... und mehr als einmal wünschte ich mir eine günstige Gelegenheit, Dir das ans Herz zu legen.»

Ich mußte innehalten, Luft schöpfen und mich umsehen, ich hatte bisher so etwas nur in Wachträumen erlebt.

«Was nun die Ausführung Deines Planes anbelangt», fuhr Dr. Abstalden fort, «so wünschte ich Dir allerdings eine gewisse Ausbildung im Lateinischen und eine summarische Einführung ins Griechische. Indessen kannst Du auch ohne weitere Vorstudien direkt auf die Universität und könntest, glaube ich, nebenbei in etwa zwei bis drei Jahren auf dem Wege von Privatstunden das Gymnasium rekapitulieren und dann die Fremden-Matura ganz ordentlich bestehen. Zur Sicherung der Zukunft würde ich Dir reges Studium der Literatur und Journalistik empfehlen. Dies alles aber läßt sich noch besprechen, und ich bin zu weiteren Aufschlüssen gern bereit. Die Hauptsache ist, daß Du Dich jetzt entschlossen auf den richtigen Weg begibst. Zerreiße die Bande, die Dich an ein unbefriedigendes Leben ketten, fasse Mut, scheue weder Zeit noch Opfer, es läßt sich alles noch gut machen, was etwa bisher versäumt worden ist.»

«Zerreiße die Bande!» knirschte ich, steckte den Brief ein und packte die Ruder. In einer anhaltenden fieberhaften Erregung fuhr ich zum Fischer zurück, lief ins Belvedere und suchte den Patron. Ich fand ihn weder im Vestibül noch im Büro und klopfte an die Tür des nahen Privatsalons. Hastig trat ich ein, und da saß die ganze Herrschaft am Tische beim Tee, Tante und Onkel Lütolf mit ihren zwei Töchtern. «Ich gehe!» sagte ich und sah gewiß aus, als ob ich gleich davonstürzen wollte. Die zwei Mädchen, dreizehn- und vierzehnjährig, begabte, zarte Geschöpfe, die ich leider nur selten zu Gesicht bekommen hatte, starrten mich befremdet an, der Patron öffnete den Mund zu einer Frage, machte aber, statt zu fragen, nur eine nervöse Bewegung. Tante Ulrike jedoch musterte mich aufmerksam und, wie mir schien, sogar etwas erheitert. «Ja ja ja, es wird wohl nicht so pressieren!» erwiderte sie ruhig. «Sitz zuerst einmal ab! Willst du eine Tasse Tee?»

«Nein, danke!» sagte ich, setzte mich aber doch auf den Rand eines Stuhles und fühlte errötend nun selber, wie unanständig es war, so kurz und formlos zu kündigen.

«Also was ist los?» fragte die Tante, und nachdem ich es erklärt hatte, bedachte sie sich ein wenig, stellte weitere Fragen und sagte dann mit ihrer wohllautenden, klaren Stimme: «Schön! Wenn dir der Hotelberuf nicht mehr gefällt, dann hätte es wirklich keinen Sinn, dich weiter damit abzugeben. Talent zum Studium hast du ja gewiß, und wir wünschen dir allen Erfolg. Aber schreib zuerst, bevor du heimfährst und in der Altrüti alle mit deiner Neuigkeit überrumpelst. Schließlich muß Tante Christine doch auch einverstanden sein. Und mit dem Studium wirst du wohl nicht von heut auf morgen beginnen können, die Professoren werden auch ihre Ferien haben. Die Saison ist hier aber bald zu Ende, bleib noch ein paar Tage, und dann gehen wir im Frieden auseinander. Einverstanden?»

Der Tante Ulrike konnte ich das nicht abschlagen und erklärte mich einverstanden, obwohl ich sogleich hatte packen und heimfahren wollen.

In den nächsten Tagen schickte ich alle Gedanken unablässig auf den neuen Weg und erklärte meinen Angehörigen die Wendung in einem ausführlichen Briefe. Nach dem Tagebuch der Tante Christine wirkte dieser Brief in der Altrüti «wie ein Blitz aus heiterem Himmel». Allen schien es bedenklich, daß ich schon wieder die Richtung änderte; sie wollten mich nicht daran hindern, quälten sich aber mit der Frage, ob ich nun endlich den rechten Weg gewählt habe und zum Studium auch die nötige Ausdauer besitze. Als ich jedoch hochgestimmt und zuversichtlich selber vor ihnen stand, begannen sie in ihrer Güte und Langmut abermals an mich zu glauben.

Professor Abstalden empfing mich mit freudiger Genugtuung, kam aber rasch zur Sache und bot sich an, mich nach seinem eigenen Lehrplan auf das Studium vorzubereiten. Er war ein mittelgroßer, magerer, beweglicher Mann zwischen vierzig und fünfzig, lebenskundig, tolerant, mit einer seltenen Mischung von scharfem Verstand und jugendlichem Idealismus. Mir wurde etwas unheimlich, als ich merkte, wie viel er mir zutraute und wie wenig Gewicht er meiner sogleich eingestandenen mathematischen Unbegabung beimaß, doch war ich im Schwung und stürzte mich unter seiner Leitung wider alle

Bedenken auf den Lehrstoff der ersten drei Gymnasialjahre. Tag für Tag von früh bis spät und halbe Nächte lang lernte ich rastlos, soviel ich mir in den Kopf hineinzwingen konnte, und nach vier Wochen eröffnete mir der bewundernswerte Mann, daß ich mit dem Einverständnis des Herrn Rektors in die vierte Klasse eintreten könne.

Zum drittenmal stieg an einem Wendepunkt meiner Jugend das Kollegium vor mir empor, größer und wuchtiger als der verbrannte alte Bau, ich setzte mir die Lateinermütze auf und nahm einen mächtigen Sprung über drei Jahre hinweg in die vierte Klasse des Gymnasiums. Ein leichtes Schwindelgefühl ergriff mich dabei, und einmal träumte ich nachts von einer wild in der Welt herumfahrenden Lokomotive, die endlich ein Geleise findet und sich darauf stürzt, aber nicht gleichmäßig auf alle Räder zu stehen kommt, sondern mit Volldampf schief nur auf der einen Schiene dahinsaust; bang sah ich zu, ob sie mit allen Rädern auf beiden Schienen das Gleichgewicht finden oder in der nächsten Kurve wieder über das Geleise hinausspringen würde. Beim Erwachen war mir der Traum noch gegenwärtig, aber statt ihm nachzuhängen, wie ich es früher wohl getan hätte, stand ich sogleich auf, ließ das Morgenlicht ins Zimmer herein und setzte mich hinter meine Bücher.

NACHWORT
von Daniel Annen

Er habe «nur die Wahl», zu schreiben und «im Geistigen weiterzuleben, oder zugrundezugehen, und zwar buchstäblich, im Laufe weniger Jahre», notiert der über 50jährige Inglin im Herbst 1944 in sein Tagebuch: «Die Unerbittlichkeit dieser Alternative läßt sich freilich nicht beweisen und würde mir wohl auch nur von wenigen wirklich geglaubt werden.»[1] Nur einige Monate später, am 1. Juli 1945, beginnt er mit seinem Roman *Werner Amberg*[2], dessen gleichnamige Hauptfigur ganz auf dieses rigorose Entweder-Oder angelegt ist, dem Leben entweder schreibend oder gar nicht gewachsen zu sein.

Das Material zu diesem Roman stammt denn auch aus eigenem Erleben und aus eigener Umwelt. Mit geradezu positivistischer Akribie sammelt Inglin Dokumente seiner Verwandtschaft und Jugendzeit, so als müßte er Spuren suchen. Und dann verweist er in seinen Notizen explizit auf das vorgefundene Material, als hätte er die Spuren auch noch zu sichern. Zumindest bei der Vorbereitung des Romans versagt er sich vorerst jede willkürliche inventio; er vergewissert sich derart seiner selbst.

Der Rückgriff auf die eigene Biographie ist im *Amberg* so offenkundig, daß Inglin diesen Roman nur mit gemischten Gefühlen veröffentlicht. Er möchte jedenfalls nicht, daß sein Verlag zu Werbezwecken den autobiographischen Bezug zu sehr hervorstreicht, und bittet Dr. Federico Hindermann, den damaligen Lektor des Atlantis Verlags, um persönliches Verständnis: «Nehmen Sie nur an, daß Sie selber öffentlich und schonungslos Ihre eigene Jugend erzählen, dann werden Sie die Widerstände begreifen, die schließlich auch ich dabei zu überwinden habe. Nun, ich bin ein Schriftsteller und muß es verantworten, aber ich empfinde es dennoch als ein problematisches Unternehmen und würde mich ärgern, wenn man mit Fingern darauf hinwiese und mit Kostproben hausierte. Schonen Sie mich!»[3]

Ganz ungerechtfertigt sind seine Befürchtungen nicht. «Die Wirkung meines *Werner Amberg* auf die Schwyzer erweckt, was zu erwarten war, den Anschein, als ob ich einen Schlüsselroman geschrieben hätte»[4], beklagt er sich kurz nach dem Erscheinen des Romans bei Paul Kamer; und in Sachen Schlüsselroman war Inglin ein gebranntes Kind. Sein erster Roman, die 1922 erschienene *Welt in Ingoldau*, wurde in der Tat als eine Verschlüsselung schwyzerischer Dorfgeschichte verstanden und entfachte in seinem Heimatflecken ein heftiges, ja ungeheuerliches Kesseltreiben gegen ihn, weil seine Schwyzer Mitbürger in diesem Buch sich schmählich porträtiert glaubten und es darum als eine infame Beleidigung empfanden. Dieselbe Gesellschaft, die in Inglins Erstling ihr Konterfei erblickte, ist nun im autobiographischen Roman noch viel wirklichkeitsgetreuer gezeichnet.

Und was für eine Gesellschaft das war: da herrschten Lebensformen traditionellen Zuschnitts. Kirchliche Feste und ein intaktes Brauchtum bestimmten den Jahreslauf in stetem Rhythmus, so etwa die großmächtig barocke Fronleichnamsprozession, der anfangs Dezember mit Schmutzli und Engel herumziehende St. Niklaus oder das «Chlefele», ein Lärmspiel, das heute noch von Schwyzer Kindern gepflegt wird. Dies alles beschreibt Inglins Roman sehr exakt, ebenso die einzelnen Gebräuche der Fasnachtszeit, die nach den landläufigen Vorstellungen mit heidnischen Fruchtbarkeitsriten in Zusammenhang gebracht werden. Dazu gehören der für Ambergs Aufbruchgefühl wichtige Narrentanz oder die «lustige Gesellschaft», die «einen ostasiatischen Hofstaat in farbigen Seidenkostümen zum Vorstand»[5] hat: die seit 1857 bestehende Japanesengesellschaft.

Die Fasnacht als verkehrte Welt setzte die kanalisierte Bürgerlichkeit für ein paar Tage außer Kurs.[6] Abgesehen von dieser Zeit hatte sich der einzelne allerdings in ein ziemlich starres Normengehege zu integrieren, in eine «gefestigte bürgerliche Umwelt»[7], in Bewegungsräume, die durch Tradition, patriarchalisches Familienbewußtsein, Prestigedenken und einen gleichschalterischen Katholizismus eingegrenzt waren. – Und wenn sich einer da schon im Jünglingsalter nicht fügen wollte? Wenn einer wie Werner Amberg als ein «ungeselliger Igel» seine «eigenen Pfade» ging? Dann eben versagte er «auf den gebahnten Wegen». Die Leistungen der Vorfahren «beschämten» ihn, da er es diesen Ahnen nicht gleichzutun vermochte.

Insbesondere Angehörige alteingesessener Patrizierfamilien hatten eine große Familientradition, kannten bedeutende «Ahnenreihen». Im Dorfleben gaben sie denn auch in vielen Bereichen immer noch den Ton an, hatten sie doch in fremden Solddiensten einst nicht nur beachtlichen Reichtum geholt, sondern auch sich und ihren Verwandten zu hohem Ansehen verholfen.

Neben den Abkömmlingen patrizischer Familien brachten es um 1900 überdies zunehmend bürgerliche Gewerbetreibende ebenfalls zu Amtswürden und Wohlstand.[8] Sie hatten sich freilich durch Fleiß und Tüchtigkeit zu behaupten, mußte doch Schwyz in ökonomischen Belangen aufholen, um mit andern Schweizer Gegenden mithalten zu können. So machte sich denn im schwyzerischen Gewerbe da und dort bürgerlicher Nützlichkeitswahn breit; und in der Umgebung des Dorfes schossen seit Mitte des 19. Jahrhunderts prunkvolle Hotelbauten aus dem Boden.

Die Herkunft Inglins, der von der Mutter her aus einer angesehenen Hoteliersfamilie stammt, ist mit der eben geschilderten Welt eng verflochten. Unter seinen Vorfahren finden sich Schwyzer Honoratioren; das verpflichtete. Zu erwähnen ist vor allem Ambros Eberle, der Urgroßvater mütterlicherseits, der im *Amberg* Bartholomäus Bising heißt. Er gründete das prachtvolle Hotel Axenstein ob Morschach, war als Regierungs- und Nationalrat politisch erfolgreich und machte sich auch in kultureller Hinsicht einen Namen: Auf seine Veranlassung wurde zum Beispiel der Mythenstein am Vierwaldstättersee zum «Schillerstein», er gab das «Schwyzerische Volksblatt» heraus und schrieb neben Gedichten die ersten Japanesenspiele.

Inglins Vater war Uhrmacher und Goldschmied am Hauptplatz von Schwyz, im öffentlichen Leben engagiert auch er, zum Beispiel im Gewerbeverein und im Schwyzer Gemeinderat (wobei er, da ein angesehener sozialer Status wichtig war, im Staatskalender nicht mit seinem Beruf, sondern als «Oberlieutenant» verzeichnet ist): ein geachteter Mann wie der Vater im *Amberg*, an dem Werner «wohl später einmal gemessen werden sollte»[9].

Ebenso lassen sich für die meisten andern Figuren des *Amberg*-Romans historische Urbilder ausmachen. Selbst eine so kuriose Gestalt wie Meister Daniel existierte wirklich. In Inglins Nachlaß haben sich zwei Blätter mit Beschreibungen zu dessen Heißluftballon erhalten, von Inglins Hand mit dem Titel versehen: «Schlosser Gwerders Erfindung. (Meister Daniel im *Amberg*)».[10]

So verwundert es nicht, dass auch die prägenden Ereignisse, von wenigen Ausnahmen abgesehen, bis auf das Jahr, ja bis auf den Tag genau mit der geschichtlichen Wirklichkeit übereinstimmen: wie Inglin verliert Amberg als 13jähriger den Vater und nur vier Jahre später die Mutter. Ein Glück im Unglück für Meinrad und seinen jüngeren Bruder war es, daß Tante Margrit Abegg («Tante Christine») die beiden Buben mütterlich zu sich in den «Grund» («Altrüti»), eine Liegenschaft etwas außerhalb des Dorfes Schwyz Richtung Muotathal, aufnahm.

Spannungen entstanden dagegen zwischen Meinrad und seinem Vormund Richard Eberle («Onkel Robert»), einem Onkel mütterlicherseits. Der künftige Schriftsteller tat sich schwer mit den Schulen, die ihn nach dem Willen des Vormunds auf einen soliden bürgerlichen Beruf vorbereiten sollten. Seine Zeugnisse bestätigen, was er später dem Rektor seiner Mittelschule schreibt, er sei «ein ganz einseitig begabter und daher unzulänglicher Schüler» gewesen, «den auch die besten Professoren kaum vor Mißerfolgen bewahren konnten», und habe vor allem «bei den Herren Mathematikern immer wieder eine klägliche Figur»[11] gemacht. Zur Zeit, da er den *Werner Amberg* veröffentlicht, bringt er seine mathematische Unfähigkeit mit dem Dichtertum in Zusammenhang: «In der aufwachsenden Herde künftiger Schriftsteller und Künstler hat es übrigens immer viele schwarze Schafe gegeben, und wo die Phantasie vorherrscht, ist das mathematische Unvermögen ja beinah die Regel.»[12]

Der Besuch sowohl der Realschule – das war die technische Abteilung – wie auch der Industrieschule – so hieß der merkantile Bildungsgang – am einheimischen «Kollegium Maria Hilf» mußte abgebrochen werden. Gemäß den Notizen zum *Amberg* stand Inglin nach diesen schulischen Mißerfolgen wie ein «Esel am Berg» da, was den Namen der autobiographischen Figur erklärt.

Und auch mit einer Uhrmacherlehre hatte Inglin kein Glück, sie dauerte nur gerade 3 Wochen, bis der Lehrmeister erkannte, daß der junge Mann «weder besonderes Talent noch Lust und Liebe zu unserm Berufe zeigt»[13]. Später versuchte er es als Kellner, was sich aber ebenso als Irrweg erwies.

Immerhin hatte die Arbeit im Hotelgewerbe eine längst schwelende, innere, weder dem angehenden Schriftsteller noch seiner Umwelt wirklich bewußte Krise so zugespitzt, daß ihr nun auch die Spitze gebrochen werden konnte. Sie war jetzt wenigstens erkennbar – als die bange Frage: Was soll aus mir werden?

Der inzwischen 18jährige Inglin stellte sie in einem Brief an seinen ehemaligen Deutschlehrer, Dr. Dominik Abury («Professor Abstalden»), einen geistlichen Herrn, der am Kollegium auch Philosophie unterrichtete. Am 22. August 1911 antwortet Abury – und wie! Inglin hat den Brief als zentrales Dokument fast wörtlich in den Roman übernommen[14]:

Schwyz, den 22. August 1911.
Lieber Meinrad!
Wenn Du in Deiner Ratlosigkeit Dich mit Vertrauen mir erklärst, so gehst Du wenigstens insoweit nicht fehl, als ich mir Mühe geben werde, Dein Vertrauen zu rechtfertigen; ob Du aber den Richtigen getroffen, der Dir definitiven Rat resp. Deinem Leben die beglückende Wegrichtung geben kann, das wage ich nur zu hoffen, aber nicht zu behaupten.
Um Dir die Wahrheit zu sagen, will ich vorausschicken, daß ich mich stets etwas um Dich interessierte, was ich dann und wann indirekt bekundete, da ich direkt mich weder einmischen konnte noch wollte: hattest Du doch früher den lb. Vater noch und hernach wenigstens die teure Mutter, die ich von der Primarschule her kannte. Warum ein herbes Geschick den Vater Dir so plötzlich entrissen und so unerwartet schnell des Todes kalte Hand auch die Mutter getroffen, schau, das weiß Gott allein, und der hat seine weise und gütige Absicht dabei, so schwer wir Menschen (deren Verstand von Aristoteles, dem größten Philosophen, mit dem Auge einer Nachteule verglichen wird) es auch fassen mögen. Vielleicht wird die Zukunft das Dunkel erhellen! – Du hast bisher, dem Rate Deiner sel. Eltern und des Vormundes folgend, mehr instinktiv als reflexiv, verschiedene Lebensrichtungen eingeschlagen, Deine wachsende Sehnsucht und Deinen inneren Drang fast gewaltsam niedergehalten, wider alle Hoffnung gehofft, – aber Dein Glück nicht gefunden. Kein Wunder, mein Lieber, da konntest und kannst Du es nimmer finden! Meine feste Überzeugung war's und ist's, daß Du zu Höherm geboren bist, und mehr

als einmal wünschte ich mir eine günstige Gelegenheit, Dir das ans Herz zu legen, wie ich z.Z. auch den Studenten Dom. Styger mit einer einzigen Frage zum monatelangen Nachdenken veranlaßte und ohne weiteres Zutun herausriß aus dem Merkantilstudium. Daß Du je Kaufmann werden solltest oder wolltest, das wußte ich überhaupt nicht, und hätte ich's gewußt, so hätte ich es nie approbiert auf Befragen hin, das Uhrmacherstudium hätte ich in Anbetracht der Familienverhältnisse – von höherm Streben und Deinen Augen abgesehen – begriffen, aber das Hotelgewerbe nie! Das letztere erachtete und erachte ich bei Deiner Veranlagung als für Dich ganz unpassend, – in solcher Luft kann Dein edles Herz sich nie glücklich, Deine schöne Seele sich nie befriedigt fühlen! – Darum zerreiße die Bande, die Dich an ein unbefriedigend Leben und an eine Deiner unwürdige Umgebung ketten, fasse Mut, scheue weder Zeit noch Opfer, schaue vor Dich, nicht hinter Dich: es läßt sich alles noch gut machen, was etwa bisher versäumt worden, schneller und leichter als Du wohl meinst. Auch sind Deine Jugendjahre keineswegs verloren, Du hast unterdessen wertvolle Erfahrungen gemacht, die Welt etwas näher kennengelernt, des Lebens Ernst und Bedeutung besser erfaßt, Deinen Geist gebildet, Dein Urteil geschärft, in Deinen verschiedenen Lebenslagen Freud und Leid und manche Ernüchterung und Enttäuschung erfahren und trotzdem Deinen Idealismus – was viel heißt – bewahrt. Was nun die Ausführung Deines Planes anbelangt, so wünschte ich Dir allerdings eine gewisse Ausbildung im Lateinischen und eine summarische Einführung im Griechischen ohne eigentliches Studium, weil Dir das von großem Nutzen wäre. Indessen kannst Du auch ohne weitere Vorstudien direkt auf die Universität und könntest, glaube ich, nebenbei in ca. 2–3 Jahren ohne Schwierigkeit soweit das Gymnasium rekapitulieren – auf dem Wege von Privatstunden ca. 2–3 per Woche – daß Du sogar die Fremden-Matura ganz ordentlich bestehen und diesbezüglich zu einem Abschluß kommen könntest. – Behufs Sicherung

der Zukunft würde ich reges Studium der Literatur und Journalistik recht angelegentlich Dir empfehlen, solides zielbewußtes Streben, Hochhaltung des idealen Sinns ohne Abirrung und Erniedrigung, und hoffe unter dieser Voraussetzung bestes Gelingen. Als Beispiel führe ich Dir Dr. Korrodi, Zürich, vor Augen und schließe für heute mit frd. Gruß. Zu allen weiteren Aufschlüssen gern bereit Dein ergebener
Dominikus

Inglin schlug dann tatsächlich den hier vorgezeichneten Weg ein. Dr. Abury hatte dem Ratlosen mit seinem Brief in einer entscheidenden Lebensphase die Richtung gewiesen; Inglin war nun überzeugt, «daß ich jetzt unbedingt weiß, was ich will, und daß ich die heiligste Überzeugung habe, daß es das Richtige ist»[15].

Das Richtige tun, das schließt für ihn auch jene gutbürgerliche Laufbahn eines tüchtigen Gewerbetreibenden aus, die sein Vormund für ihn vorgesehen hatte. Am 16. Oktober 1911 begründete Inglin in einem Brief an seine Verwandten den beabsichtigten Eintritt ins Gymnasium[16]:

Ihr wißt, ich hatte von frühester Jugend auf immer eine Liebe zur Musik, später zur Poesie, Literatur und Kunst. Zuerst dachte ich nun, es sei eine Spielerei, eine Laune meiner Jugend, wie sie so oft junge Menschen befällt, und sie werde wieder verschwinden. Aber im Gegenteil, sie verschwand nicht, sie wurde stärker und größer. Noch war ich mir dessen Bedeutung nicht klar bewußt und wählte deshalb die falschen Berufe, wie Kaufmann, Uhrmacher und Hotelgewerbe. Die Liebe, der Drang, das Interesse für Kunst, Poesie und Literatur aber wuchs beständig und war vor meinem Eintritt ins Hotel schon ziemlich ausgesprochen. Aber ich war mir noch nicht ganz sicher und habe deshalb wieder einen falschen Weg eingeschlagen. Und nun drängte es mich innerlich fortwährend, meine Ideale kämpften mit der nackten Wirklichkeit und Realität des Hotelgewerbes. Und daraus hat sich endlich die Erkenntnis gelöst, die mich jetzt leuchtend beherrscht, die keine tolle Jugendlaune ist, sondern meine innerste, heiligste Überzeugung, nämlich daß mein Beruf in der Kunst, Poesie, Literatur liegt, dem ich mich nun mit voller Seele widmen werde und davon ich nicht abzubringen bin.

Inglin wird allerdings nicht, wie er es in diesem Brief noch will, direkt an die Universität gehen, sondern verschlingt zuerst in wenigen Wochen unter der Leitung Aburys den Stoff von drei Gymnasialjahren und tritt darauf in die vierte Gymnasialklasse ein. Zwar macht er dann die Matura trotzdem nicht, aber der Wiedereintritt ins Gymnasium erlaubt ihm wenigstens einen halbwegs befriedigenden Ausweg aus der Sackgasse, in die seine Berufswahl geraten war: Es gelingt ihm, sich 1913 ohne Matura an der Universität Neuenburg einzuschreiben, und es war wohl dieser Coup, für ihn selber einer der «Meisterstreiche seines Lebens»[17], der ihm später auch den Zutritt zu den Universitäten Genf und Bern ermöglichte.

Ursprünglich wollte Inglin auch diese Studienzeit in seinen *Werner Amberg* einbeziehen. Der Roman reicht nun allerdings nur bis ins Jahr 1912; er darf an diesem Punkt abbrechen, denn die Richtung, die Amberg einschlagen will, ist jetzt deutlich: hin zur Literatur. Mit andern Worten: hin zur Berufung, von der eingangs die Rede war.

*

Eine erste Konzeption des *Werner Amberg* geht überraschend weit zurück. Inglin notiert am 7. März 1914, also nicht einmal drei Jahre nach dem Brief Aburys, in sein Tagebuch[18]:

Es drängt mich außerordentlich, meine reiche Jugend künstlerisch zu gestalten. Nur bin ich mir noch nicht klar, ob ich einfach naiv gestalten und erzählen oder ob ich die Geschichte meiner Jugend einer bestimmten Grundidee dienstbar machen soll. Dies letztere scheint mir das künstlerisch Bedeutendere zu sein. Ich denke es mir ungefähr so: Ich hebe zuerst hervor, wie ich als Kind naiv und unbewußt und ohne 'Ich'bewußtsein mit der Gesellschaft lebe; dann wie sich der Begriff des Individuums allmählich in mir entwickelt und wie die Eigenart meiner Individualität bedingt, daß ich mich langsam von der mich umgebenden Gesellschaft löse, bis ich endlich ganz einsam dastehe; zuletzt, wie ich, da ich mich nun selber gefunden, endlich den mir bestimmten Platz in der Gesellschaft einnehme.

«Es drängt mich außerordentlich ...» – Daß Inglin dem Drängen seiner Seele nicht schon damals nachgegeben hat, kommt dem späteren Werk schließlich zugute. Denn die Jahre zwischen der erzählten Zeit und der Zeit der Niederschrift sind ebenfalls in den *Amberg* eingegangen, nicht so sehr als dessen Inhalt, wohl aber als perspektivierende Form, als Doppelspiel von erinnertem Ich und erinnerndem Ich, das aus Distanz, «von ruhigen Rastplätzen»[19] aus, die Turbulenzen der Jugend kommentieren kann.

Der Amberg, der erzählt und zurückschaut, ist nicht mehr der junge Amberg, von dem erzählt wird und der auf den zurückschauenden zuwächst. Als Jugendlicher ist er, so sieht es Inglin in seinen Entwürfen, «lebensuntüchtig», «dieser Welt nicht mehr gewachsen» – aber er ist «auf dem Wege nach innen», und von dorther wird er «ihre Zufälle, ihre Roheiten, Gemeinheiten, brutalen Vergewaltigungen bestehen können und endlich ihr nicht mehr erliegen, sondern über ihre Tücke siegen und ihr den Segen abtrotzen, den sie zu erteilen hat». Das unerbittliche Entweder-Oder, das nur die Wahl läßt, zu schreiben oder zugrundezugehen, wird zur Alternative, schreibend und sich distanzierend die persönliche Identität durchzusetzen oder sie in den Zufällen aufzulösen, die das

Schicksal heranschwemmt. Und glücklich derjenige, der wie der erzählende, sich erinnernde Amberg diese Identität hat: «Über all dem gebändigten Düsteren, Wirren» ist er, so will es der Entwurf, «klar, heiter, natürlich, ohne hitzige Anstrengung gelassen nur das erwartend», was ihm «von Natur zukommt (als Künstler)».

Offensichtlich meint Inglin mit dem «Wege nach innen» nicht einfach das Setzen einer subjektiven Ordnung, zumindest nicht, wenn er durch objektivierende Realitätstreue seiner Subjektivität entgegensteuert. Gerade dank der «nur durch Leiden und Absonderlichkeit zu erringenden inneren Distanz zur Gesellschaftsklasse seines Herkommens wird der Schriftsteller befähigt, die Menschen seines Herkommens später zu schildern».

Neben der objektivierenden Funktion hat diese «innere Distanzierung, die das Erleben hell bewußt, aber damit auch fragwürdig machen könnte»[20], auch perspektivierende und relativierende. Aus ihr ergibt sich «die Einsicht in das Bedingte, Fragwürdige menschlichen Denkens und Treibens»[21], die Ambergs Vater in politischen Fragen auszeichnet und die den Erzähler Inglin prägt.

Eine wichtige Phase auf dem Weg zu dieser Einsicht und zur «inneren Distanzierung» sind für Inglin die Hochschuljahre von 1913 bis 1919, von der Immatrikulation in Neuenburg bis zum Ende der Berner Semester. Während dieser Zeit setzte er intensiv fort, was er schon am Schwyzer Gymnasium begonnen hatte: die Schriftstellerei sowie die Auseinandersetzung mit Autoren und weltanschaulichen Strömungen seiner Zeit oder der abendländischen Kultur- und Geistesgeschichte überhaupt.

Die Diskrepanz zwischen den ihm nun zugänglichen Gedankenwelten verschiedener Denker, Schriftsteller und Psychologen einerseits und dem heimatlichen moralischen, die Religion im Grunde genommen verrechtlichenden Katholizismus anderseits muß er sehr stark empfunden haben; er hielt die katholische kirchliche Praxis für lebensfeindlich und pharisäisch, allzu sehr vereinfachte sie ihm die von den Philosophen und der damals noch relativ jungen Psychoanalyse aufgeworfenen Fragen. Stellvertretend für viele andere dahin gehende Notizen sei hier eine handschriftliche Randbemerkung zitiert, die – so läßt die Wortwahl vermuten – aus jener Zeit stammen dürfte. In einem *Grundriß der christlichen Sittenlehre,* dessen Autor bemüht war, Kants idealistische Lehre als unsinnig hinzustellen, kritisiert Inglin kurz und bündig: «Der Verfasser versteht von Kant soviel wie eine Kuh von einer Muskatnuß.»[22]

Vor allem Nietzsche wird in den Studienjahren wichtig. Bei ihm fand Inglin seine eigenen emotionalen Wertungen bestätigt: seinen Hang zum Aristokratischen, die Verachtung seiner Herkunft, seine Aversion gegen das Bürgertum und den Katholizismus. Auch Inglins anfängliche Begeisterung für den Kriegstaumel von 1914 paßt zu Nietzsche, wobei dies – gemäß den Notizen zum *Werner Amberg* – eine ähnliche «umstürzlerische» Stimmung in dem Sinne war, wie sie Werner Amberg vor dem Brand des Schwyzer Kollegiums erlebt. Neben der Jahreszahl 1914 heißt es nämlich: «Parallele zu meinem Zustand vor dem Kollegiumsbrand: Es muß etwas geschehen, etwas Großes, Abenteuerliches ... Und es geschieht.»

So kommt denn in den frühen Entwürfen und Dichtungen (z.B. in der Erzählung *Der Wille zum Leben,* im Roman *Phantasus* oder im Drama *Der Abtrünnige*) ein antigesellschaftlicher Furor gegen Bestehendes und Überkommenes zum Ausdruck, manchmal mit viel Pathos und expressionistischer Verve, jedenfalls viel radikaler als in den späteren Büchern.

*

Um 1920 will Inglin nicht mehr so ungestüm einseitig dreinfahren. Darauf einzugehen lohnt sich, weil er nun zu einer Sicht der Dinge gefunden hat, die er in den Grundzügen während seiner ganzen Schriftstellerlaufbahn beibehalten wird. In unserem Zusammenhang ist zudem von Interesse, daß sich der *Amberg*-Roman nach den anfänglichen Plänen bis in diese Zeit hinein erstrecken sollte. Als «Abschluß» war ursprünglich geplant: «Über die Phantasus-Zeit hinaus das Bekenntnis zur Demokratie, zum Geist.»

Der junge Schriftsteller hatte inzwischen an der Universität Bern seinen wohl wichtigsten Lehrer kennengelernt, den er zeitlebens hochschätzen wird: Paul Häberlin, Ordinarius für Philosophie, der eine stark idealistisch geprägte Gedankenwelt vertrat und in seinen Vorlesungen auch pädagogische und psychologische Erkenntnisse vermittelte, vor allem jene Sigmund Freuds.

Noch 1958, als die Berner Studienzeit schon weit hinter ihm lag, schrieb Inglin, nach der Nietzsche-Lektüre sei er «mit dem ganzen Gepäck» seiner Konflikte in der Lage eines «unvorsichtigen jungen Berggängers» gewesen, «der sich verstiegen hat». Demgegenüber habe Häberlin «klärend», «befreiend» und «fördernd» auf sein Wesentliches gewirkt.[23]

Klärend: Auch wenn Inglin betont, es handle sich in seiner *Welt in Ingoldau* um «eigene Erlebnisse und das Erlebnis meiner eigenen Umwelt», so ist er doch auch überzeugt, Häberlin habe ihm «die Augen dafür geöffnet»[24]. In den Materialien zum *Amberg* ist ähnliches zu lesen: «Die Entscheidung durch die Psychologie Häberlins: Ich machte sogleich und rücksichtslos die Nutzanwendung auf mich.» Schon in seinen Nachschriften der Häberlin-Vorlesungen formuliert Inglin zuweilen Hinweise, die einzelne psychologische Deutungen des Dozenten «sogleich» für die Erklärung eigenen Lebens nutzbar machen. Etwa im Kollegheft «Religionspsychologie»: Da steht die Behauptung «Um die Sünde zu erkennen, braucht es Servilität»; Inglin, wohl noch ganz unter dem Einfluß Nietzsches, fügt in Klammern die Schlußfolgerung bei: «also für den Starken, Herrischen etwas Erniedrigendes, Unmögliches; siehe Knabe; ego.»[25]

Befreiend: Für Häberlin lebt der freie Mensch nach seinem Gewissen, nicht nach äußeren Einflüssen. «Das Gesetz, dem der erzogene Mensch sich unterwirft, ist das eigene Gesetz, das er als richtig erfaßt und dessen Unbedingtheit er unterscheidet von allem Bedingten und allen seinem wahren Wesen fremden Gesetzen.»[26] Wer Äußerliches wie zum Beispiel menschliche Autoritäten, Traditionen oder Modeströmungen zu ernst nimmt, der beurteilt nicht nach der schlechthin geltenden Gewissensnorm, sondern nur nach dem Gefallen: dessen Einstellung ist darum durch die Triebe getrübt. Dies kann bei einem reaktionären Menschen der Fall sein, der sich auf die Tradition um ihretwillen beruft, dann aber auch beim Revolutionär aus Grundsatz, der durch die prinzipielle, trotzköpfige Ablehnung menschlichen Autoritäten ebenfalls über Gebühr Respekt erweist. Der freie Mensch in Häberlins Sinn ist derjenige, der – aus autonomer Überzeugung – menschliche Autoritäten und Überlieferungen bejaht, wenn sie seiner Bestimmung entsprechen, der sie aber auch ablehnt, wenn sie nicht das unbedingt Geltende repräsentieren. «Er behält sich ihnen gegenüber, wie gegenüber den eigenen Triebwünschen, die Freiheit der Wahl vor, und er erwählt das, wozu seine Bestimmung Ja sagt.»[27]

Fördernd: Inglin beginnt nun zusehends ganz im Sinne von Häberlins Freiheitsidee sein bisheriges rebellisches Gebaren sowie die damals modische, extreme nietzscheanische Moralfeindlichkeit zu überdenken. Am Neujahrstag 1918 glaubt er «an einem nicht unbedeutsamen Wendepunkt angelangt zu sein», den er ganz im Sinne Häberlins interpretiert; die Bahn seines Lebens habe begonnen, «eine neue Kurve» zu schreiben, die ihm jetzt, da er «bereits auf die andere Seite sehe»[28], bewußt werde: «Bisher war mein Verhältnis meiner ausgedehnten Verwandtschaft gegenüber immer noch mit triebmäßigen Motiven gespickt, wie Verachtung des Bürgerlichen, Abneigung gegen die sog. Familienschinderei, Scheu, Mißtrauen usw.» Demzufolge stehen also «triebmäßige Motive», und das heißt – gemäß Häberlin – nur bedingte, nicht am Unbedingten orientierte Beweggründe hinter dem antibürgerlichen Impetus der frühen Werke. Innerhalb des Tagebucheintrags vom Neujahrstag 1918 ist denn auch zu lesen: «Mein künstlerisches Schaffen bestand bis jetzt gewissermaßen in einer Abreaktion von Komplexen.» Die ungestümen, betont einseitigen frühen Werke werden mithin auf eine Schreibtherapie reduziert, die ein Verarbeiten andrängender seelischer Spannungen, Bedrückungen oder Emotionsschübe ermöglicht. Das ist nicht nur die Laune eines Tages. Inglin verwirft zweieinhalb Jahre später, am 3. Mai 1920, sein Frühwerk in einem Brief an den Berner Kommilitonen Nicolo Giamara ganz ähnlich: *Phantasus* und *Der Abtrünnige* seien seiner «besseren künstlerischen Einsicht zum Opfer gefallen», in diesen Erstlingen habe noch «allzu viel persönliche Unfreiheit» gelegen; und dann diffamiert er sie wie schon zweieinhalb Jahre zuvor: als «komplexuöses Abfuhrwesen»[29].

Jetzt kann er – in innerer Freiheit – die prinzipielle Ablehnungshaltung gegenüber seiner eigenen Herkunft aufgeben. So wie Werner Amberg, der zunächst nichts mehr wissen wollte «von der Verwandtschaft, die erstaunt und vorwurfsvoll nach mir ausblickte», später seine «Erbteile zu ahnen»[30] beginnt, so – oder ähnlich – bemerkt Inglin am 1. Januar 1918 im Tagebuch: «Jetzt aber beginne ich mich für meine Verwandtschaft und ihre Stammbäume zu interessieren ...»[31]

Wenn er sich nicht weiterhin durch äußere Autoritäten, durch eine Tradition oder irgendeine Mode bestimmen lassen soll, darf er «diesen Dingen nicht mehr Respekt» erweisen, «als sie verdienen»[32]. Das heißt für ihn: «daß es mir in Zukunft gelingen muß, mich über die Dinge zu stellen. Meine nächste Dichtung wird das beweisen.»[33] Was der freie Mensch in seinem praktischen Verhalten gemäß dem Gewissensimperativ tut, das will Inglin nun auch als Künstler tun: formend in die Wirklichkeit eingreifen.

«In geistiger Beziehung» habe er, schreibt er 1920 wiederum dem ehemaligen Berner Studienfreund Giamara, «vieles erlebt. Die Folge davon ist mein immer noch andauerndes Bestreben um eine größere innere Harmonie, um den Einklang zwischen Normhaftigkeit und Triebhaftigkeit (Vorbedingung aller Freiheit!), und damit auch eine wesentliche Verschiebung meines persönlichen Ideals vom Moralischen auf das Ästhetische. Das ist die meiner Natur angemessene Weltbetrachtungsweise. In Bern sagtest Du einmal zu mir: Die Form ist beim Kunstwerk Hauptsache. Ich antwortete: Nein, der Inhalt! Du hattest recht, ich hatte unrecht.»[34]

*

Bei aller Realitäts-, ja Tatsachenversessenheit, die Inglin im *Werner Amberg* an den Tag legt – der Dichter in ihm will auch hier formen, nicht einfach berichten. Die eigene Jugend zur Grundlage eines solchen Buches zu machen sei nur gerechtfertigt durch den «Antrieb, zu dichten, statt zu rapportieren»[35], argumentiert er und will die «ganze Geschichte als eine Art von Freiheitskampf» gestalten.

Weil Inglin darauf besteht, «daß *Werner Amberg* ein Roman ist»[36], erfahren für ihn in der Tat all die exakten Einzelheiten der historischen Wirklichkeit eine Verwandlung, die ihre Provenienz nicht mehr als das Entscheidende erscheinen läßt. Nicht umsonst betont dieser Autor immer wieder, ein allzu sehr auf das Stoffliche fixiertes Interesse lese am Text vorbei: «Das Autobiographische hervorzuheben ist gar nicht notwendig», insistiert er seinem Verlag gegenüber, «da niemand es übersehen wird, aber das ist ja nur die nackte Grundlage, alles andere ist wichtiger. Beim *Grünen Heinrich* hängt wenig von Kellers Jugenderlebnissen ab, alles aber vom Gehalt, von der Form und Gestalt des Werkes; ähnlich verhält es sich mit Tolstois *Kindheit, Knabenalter und Jünglingsjahre*. Ich will nicht meine Jugendgeschichte erzählt haben, sondern die des Werner Amberg, der sich nun ohne meine weitere Hilfe auf eigenen Füßen fortbewegen soll.»[37]

Was ihm das Formen während der Arbeit bedeutet, umschreibt Inglin in einem langen, an seinen Militärfreund Gottfried Stiefel gerichteten Satz bildhaft[38]:

Wenn Du einen Berg vor Dir siehst und den verrückten Einfall hast, ganz allein einen Tunnel hindurchzubohren, und Du fängst also an und treibst den Stollen im Schneckentempo Zentimeter um Zentimeter vor, Du hast kaum eine Ahnung, wie lang er werden wird, Du weißt nur, daß Du eines Tages damit fertig sein und irgendwo ans Licht kommen mußt, und Du versteifst Dich darauf, jede einzelne Stelle nach einem geheimen Gesetze kunstvoll auszumeißeln, Du gehst zurück, wenn hinter Dir etwas einstürzt, räumst den gemeißelten Schutt schweren Herzens hinaus, stützest die Wölbung, pflasterst die Löcher und vertuschest den Bruch, dann bohrst Du weiter, geduldig Zentimeter um Zentimeter, manchmal freudig, manchmal zweifelnd und gequält, aber immer wie ein Besessener, der gar keine andere Wahl hat – wenn Du Dir das also vorstellst, dann hast Du einen Vergleich für meine Arbeit.

Die Durchsicht des Manuskripts kann diese Darstellung nur bestätigen: Inglin notiert sich am Rande Stichwörter zur nächsten Passage, führt aus, streicht, probiert, stellt um und setzt schließlich wieder weiter vorne an. Diesmal will er nicht – wie noch bei der Arbeit am *Schweizerspiegel* – von einer geschlossenen Form ausgehen, die ihm plötzlich «vor Augen» steht[39]. Vielmehr richtet sich der Gestaltungswille auf die Durchbildung der einzelnen Episoden, die dann in ihren aneinandergereihten Verdichtungen freilich auch ein Stilprinzip ergeben, ganz ähnlich wie Ambergs Vater als Goldschmied zuerst die ovalen Ringe bearbeitet und sie erst dann zu einer Kette zusammenfügt. «Keine realistische Schweizerspiegel-Schilderung mehr, nur wenige dichte, entscheidende Erlebnisse», lautet die Losung in den *Amberg*-Notizen.

So kann denn Inglin durchaus auch Änderungen an der historischen Realität vornehmen. Das Kapitel über den Brand des Kollegiums diene als Beispiel: Vorerst scheint da alles zu stimmen, denn das Schwyzer Kollegium brannte tatsächlich am Weißen Sonntag, dem 3. April 1910 – im «Katastrophenjahr», wie es in den *Amberg*-Materialien heißt –, und ein «unglaublicher Zufall»[40] wollte wirklich, daß am gleichen Tag Onkel Benedikt (der Divisionär und Landammann Heinrich Wyss-Eberle aus Einsiedeln) starb. Aber nach dem Tagebuch der Tante Margrit Eberle saß Meinrad an diesem Tag nicht wie Werner im «Grund» bzw. in der «Altrüti». Und im Gegensatz zum Romangeschehen erfuhr die Familie zuerst die Todesnachricht; erst dann, «wie wir uns gegenseitig den tiefsten Schmerz ausdrückten, ertönten die Sturmglocken und der schreckliche Ruf 'Fürio' durch unsere Gassen, es brennt im Kollegium»[41].

Gründe für diese zeitlichen und räumlichen Änderungen im Roman mag es mehrere geben. Inglin konnte durch die Umstellung eine Steigerung einbauen, die gleichsam im Kleinen das Gestaltungsprinzip des Ganzen reflektiert. Die friedliche Stimmung, mit der das Kapitel beginnt, kann durch den Brand erst teilweise durchbrochen werden; es braucht noch mehr: eben die Nachricht von Onkel Benedikts Tod, die unwiderruflicher ist als ein Brand, der möglicherweise noch gelöscht werden kann. Diese Hiobsbotschaft soll die Sonntagabendgesellschaft «um den Rest ihrer Fassung»[42] bringen. Dahin geht auch eine Randbemerkung im Manuskript, die aus der Erlebnisperspektive Ambergs kommentiert: «Wenn auch der Brand noch nicht genügt, dann muß eben noch mehr geschehen, und da habt ihr es jetzt.»[43] Die äußere Feuersbrunst entspricht der inneren Werners, seinem Aufruhrgefühl, das sich gegen die «allgemeine Atmosphäre der bürgerlichen Behaglichkeit, der Dickbäuche etc., später der verhaßten Spießbürgerlichkeit» auflehnt.

Aber auch die örtliche Umstellung im Roman eröffnet eine künstlerische Möglichkeit: Innerhalb der präzisen, konsequent durchgehaltenen Romangeographie ist das Kollegium von der «Altrüti» bzw. vom «Grund» aus sichtbar, und das ist es von dem Haus aus nicht, wo sich die Inglin-Familie an jenem «Weißen Sonntag» tatsächlich aufhielt. Solche «Sichtbarmachung» ist bei Inglin wichtig, gestaltet er doch ganz aus dem heraus, was Beatrice von Matt in ihrer Biographie als «eidetisches Anschauungsvermögen» beschrieben hat[44]. Inglins Kunst geht vom Visuellen aus; immer wieder erweist sich der Autor in prägnanter Wortwahl, aussparenden Reduktionen, konzentrierenden Schlaglichtern auf körperlich oder gestisch Auffälliges als Augenmensch.

Für Inglins Geburt zum Schriftsteller dürften ähnliche eidetische Erlebnisse maßgebend gewesen sein wie für Werner Amberg: die wiedererweckende Imagination am Grab des Onkels, die - statt zu beten - den Toten so vor das innere Auge zitiert, «als ob er lebte»[45]; oder jenes Bild vom schönen Mädchen und der Schlange, das Werner im Studiensaal - statt zu rechnen - in Worte bannt.

*

Statt zu beten, statt zu rechnen: In beiden Fällen drängt sich die konkrete Imagination dort auf, wo von Amberg ein abstraktes Vorstellungsvermögen gefordert wäre. So liebt auch sein Autor das Sinnfällige, das den affektiven Urgrund im Menschen anspricht - und das Abstrakte ist ihm verdächtig, weil es einer gefährlichen Verstandeseinseitigkeit gleichkommt, einem Intellekt, der «nur noch rechnen, zerlegen, zweifeln, aber nicht mehr ordnen und bauen kann, der nicht aus dem Ganzen stammt, der kaum noch Ehrfurcht kennt, dem nur Zivilisation, aber niemals Kultur gelingt»[46].

Nicht abstraktes Räsonnement, sondern Verwandlung ins konkrete Bild, das sucht Inglins Kunst. So soll, um ein Beispiel zu geben, die «Distanz zum äußeren Leben»[47], die Amberg schließlich «durch Leid, Not oder Krankheit» erreicht, nicht einfach referiert, sondern als «Ergebnis des Rückzugs ins Turmgemach» in die Anschauung geholt werden. Das äußere Geschehen der Turmszene ist also symbolisch aufgeladen, repräsentiert einen inneren Vorgang. Und es ist reizvoll, diese Transparenz des Bildhaften auch anderswo zu erspüren.

Zum Beispiel am Schluß: Gewiß, Werner Amberg entschließt sich auf den letzten Seiten, innerhalb seiner bürgerlichen Umwelt ein Schriftsteller zu werden; sein unbürgerlicher Lebenswille hat ihn nicht, wie seinen Onkel Uli, «aus dem Gleis werfen»[48] können. Aber solche Gleis-Metaphern stehen in bewußtem Bezug zum Traum von der Lokomotive am Schluß des Romans, den Inglin denn auch «als Gleichnis» verstanden haben wollte. So gesehen, hat Amberg «endlich ein Geleise» gefunden, doch ist es nicht sicher, ob er «das Gleichgewicht finden oder in der nächsten Kurve wieder über das Geleise hinausspringen würde»[49]. Ein Weg ist eingeschlagen – aber die Sicherheit der Zukunft ist damit nicht gewährleistet. Der «bürgerliche Schriftsteller» Inglin folgt hier nicht fraglos dem bürgerlichen Denkmodell eines Entwicklungsromans. Das wäre eher der Fall gewesen, wenn er den Roman, wie anfänglich vorgesehen, bis in die Jahre um 1920 weitergeführt hätte, da er erst zu dieser Zeit seine «Bestimmung» definitiv gefunden zu haben glaubt.[50]

*

Das zeigt nochmals: Inglin will entschieden nicht seine Memoiren, sondern einen autobiographischen Roman geschrieben haben. Dementsprechend dominiert hier nicht das äußere Geschehen um eine in die Gesellschaft integrierte Persönlichkeit, deren öffentliche Rolle bereits klar wäre oder die exemplarischen Charakter hätte, sondern das gerade Gegenteil davon: ein Individuum, das nicht beispielhaft ist und – siehe Viktorin-Szene – gegen seine von der Gesellschaft auferlegten Rollen rebelliert. Nicht einmal am Schluß hat Amberg seinen sozialen Platz wirklich gefunden.

Dem Stil des autobiographischen Romans – und nicht jenem der Memoiren – entsprechen denn auch die Zäsuren, die der Erzähler setzt. Da dominieren nicht Aspekte des Öffentlichen, vielmehr bestimmt jeweils Privates, der Tod von nächsten Angehörigen, den Abschluß der ersten drei der vier Teile.

Wie wichtig solche Strukturierung Inglin war, zeigen die Streichungen und Korrekturen in einem nachgelassenen Plan sowie auch im Manuskript: gerade die präzise Kapiteleinteilung hat den Autor intensiv beschäftigt. Entstanden sind aus seinen Erwägungen vier Teile eigener Prägung, die in ihrem Motivmaterial subtil miteinander verzahnt sind. Man könnte bei Inglin, der hier und da seine Arbeit mit musikalischem Schaffen vergleicht, versucht sein, den einzelnen Teilen dieselben Namen zu geben, die auch eine Sonate gliedern: Hauptthema – Seitenthema und Schlußgruppe – Durchführung – Reprise. In groben Strichen:

1. Teil – Hauptthema: Es bildet sich die Erfahrung aus, «daß alles, auch wenn es noch so schön und lustig war, mit Trauer, Angst und Schrecken ende»[51]. Das Kind hat aufgrund der erschütternden Erlebnisse allmählich eine «bange Erwartung», ängstigt sich und fühlt sich «schuldig, ohne im moralischen Sinne schuldig zu sein»[52].

2. Teil – Seitenthema und Schlußgruppe: «Das befangene, empfindliche, ängstlich gestimmte, Unglück erwartende Kind

strebt ins Gleichgewicht, begünstigt durch äußere Umstände.»[53] So werden es denn «fünf verhältnismäßig glückliche Jahre»; «verhältnismäßig»: es locken Werner nun doch «bald die verbotenen Wege, die ein paar geweckte Schulkameraden gingen»[54]. Wenn er gestraft wird, erkennt er «das bescheidene Maß seiner Schuld nicht»[55], da das Schuldgefühl nun einmal geweckt ist. Wie sehr sich Amberg vom kollektiven Eingebundensein gelöst hat und weiter ins Innere getrieben wird, zeigen genügend Mißgeschicke – aber immerhin: es scheint gegen den Schluß hin, als ob er seine «Unbefangenheit wiedergewinnen sollte»[56]. «Nichts mehr schien meine Unheilserwartung zu rechtfertigen, nichts Unwiderrufliches mein Schuldgefühl zu nähren.»[57] Doch dann – dann kommt der große Schicksalsschlag: Der Vater stirbt.

3. Teil – Durchführung: Die depressive Stimmung geht weiter, Amberg möchte nicht weiterleben. Aber, «zum Selbstbewußtsein erwachend»[58], kann er allmählich mit dem Schicksal umgehen. Der Aufenthalt im «Dorf am See» ist geeignet, dem heranwachsenden Werner «im letzten Augenblick den Rückzug zu verlegen» und ihn aus der «Schattenwelt herauszulocken». In diesem Dorf wirkt «der dionysische Narrentänzer» Onkel Beat, bei dem Amberg seinen eigenen dionysischen Trieb wahrnimmt, seine karnevalistische Möglichkeit, die «gegen die bedrückende Umwelt» aufsteht und das Gefühl seiner Minderwertigkeit verdrängt.

In den Notizen heißt es dazu: «Das von der kalendarischen Fasnacht unabhängige fasnächtliche Element in mir, das über das bloße Närrische weit hinausgeht. (Der Ausdruck dafür: der Narrentanz zur Trommel) Zum Ausschweifenden, Auflösenden, Ordnung und Sitte Auflösenden, ja das Leben selber Auflösenden dem Tod entgegen. Aber auch: Lebensdrang, Daseinsfreude.» Schmerz und Ausgelassenheit, Vernichtung und Leben, das gehört schon bei Nietzsche im dionysischen Zustand eng zusammen.

Ebenso wird, wie auf demselben Zettel der *Amberg*-Materialien zu lesen ist, die Überschwemmung «als dionysisches Element erlebt». Tatsächlich blickt Amberg da in die ungebändigte Zerstörungswut eines dionysischen Weltzustands – und lernt so, die eigene Unheilserwartung zu orten. Denn da gibt es ja «das schicksalhafte allgemeine Unheil, das sich von meinem persönlichen nur der Form nach unterschied». Dann die entscheidende Erkenntnis: «Man mußte es in seinem unmenschlich gleichgültigen Walten erkennen und verachten lernen, um ihm nicht die Herrschaft über uns einzuräumen.» Ganz ähnlich überlegt Inglin in den Materialien: «Indem man sich mit dem Tode vertraut macht, um ihn nicht mehr fürchten zu müssen, begegnet man der Angst wirksam.»

4. Teil – Reprise: Schon der Beginn nimmt frühere Motive wieder auf. Amberg erinnert sich an seine Vorfahren und an sein Dorf. Indem er den Hotelberuf wählt, will er es nochmals den Ahnen gleichtun, die schon im ersten Teil «aus Bilderrahmen und Photobüchern»[59] fordernd nach ihm blickten, er will werden wie sie – doch es geht nicht.

Die Wiederaufnahme früherer Motive macht deutlich, wie weit nun Amberg auf dem Weg zu seiner Berufung fortgeschritten ist. Jetzt, wo es ihm scheint, «daß man keine Wahl hatte», sondern für den Dichterberuf «bestimmt wurde», klingen die in Granit gehauenen «Sprüche» des Urgroßvaters zu seiner Ernüchterung recht mittelmäßig. In dieser Hinsicht mag er an Selbstvertrauen gewonnen haben: «ich würde ganz gewiß einmal bessere Verse machen».

Allerdings: seine alte Sensibilität, seine Schuldgefühle, seine Unheilserwartung sind auch wieder da, ebenso wie die «Schicksalsschläge, die den Jungen gewaltsam auf sich selber zurückwerfen». Amberg taumelt wieder «zwischen Minderwertigkeitsgefühlen und jugendlicher Selbstüberhebung hin und her»; neben der Introversion macht sich weiterhin seine «Extraversion (Liebe zu Mädchen)» bemerkbar. Und: «Infolge dieses Pendelns sind die Ausschläge heftiger als bei Normalen.»

Analog zur Ambivalenz von Intro- und Extravertiertheit ist jene von Tod und Leben. Unter dem Titel «Hotel» notiert sich Inglin: «Hymne auf den Tod; die Erlösung winkt. Aus der Verzweiflung heraus zuerst mit diesem Gedanken vertraut werden, so daß ich lächelnd, nicht verzweifelt, handeln könnte. Figaros Hochzeit – Ouvertüre: Das Leben ist noch verführerischer.» So endet der Romanschluß trotz allem nicht mit «Erschütterung», nicht «mit Zorn und Trauer im Herzen» wie noch der zweitletzte Teil nach jenem Blick in das «dionysische Element», in jenes «leibhaftige Unheil», das die «Wut des Wassers» anrichtete. Das Leben hat gesiegt, die Ouvertüre zu Mozarts «Figaros Hochzeit», dieses «Wunder von hinreißender, geistvoller und natürlicher Heiterkeit» zaubert «alle Erdenschwere hinweg». Die Folge davon: Auch wenn er nicht weiß wie – Amberg will weiterleben.

*

Kunst «als die zum Weiterleben verführende Ergänzung und Vollendung des Daseins», so steht es bei Nietzsche.[60] Stärker als in andern Werken Inglins dürfte denn auch gerade im *Amberg* Nietzsches Lehre vom Dionysischen, wo auch schon «Tod und Leben nahe beisammen wohnten»[61], durchschimmern, freilich perspektiviert durch das, was Häberlin das Gewissen nannte. In dieselbe Richtung weisen Inglins Notizen zu diesem Roman, wenn es heißt: «Nach der puritanischen Verleugnung, Verdrängung des Trieblebens mit ihrem Lügengefolge (bis ca. 1900) die Anerkennung des Triebes, das Bekenntnis zu ihm, das 'Ausleben' als bewunderte Haltung, unbedenklich, ohne sittliche Hemmungen, wahr scheinbar – Nietzsche, Hamsun etc. – Die Psychologie hat die falschen Schranken niedergerissen, aber keine neuen aufgebaut. Häberlin baut neue.»

Das Schuldgefühl sei eine Schranke gegen das Dionysische, erklärt Inglin anderswo, das Gewissen ein «lebensbejahendes Korrektiv dagegen».

Das ist nach Häberlin folgerichtig gedacht. Der Mensch soll die Lebenskraft dem rechten Ziel, ihrer Bestimmung zuführen. Darum kann nicht das hemmungslose «Ausleben» der Triebhaftigkeit «ohne sittliche Hemmungen» die rechte Haltung sein, vielmehr fordert das Gewissen Beherrschung.

Auch Ambergs Ängste sowie seine Schuld- und Minderwertigkeitsgefühle können von Häberlin her eine Erklärung finden. Inglin notiert nämlich in den Vorarbeiten wörtlich Sätze zu diesem Thema – und kennzeichnet sie durch Anführungs- und Schlußzeichen als Zitate –, die in seinen Häberlin-Kollegheften stehen.

Unter anderem: «Angst scheint zwischen dem 3. und 6. Jahr geboren zu werden. Sie setzt eine abnorm starke erotische Anlage voraus. Kommt zu dieser Anlage eine starke Zensuranlage hinzu (Gewissen), dann ...»[62] Freilich reagiert im Kind, als «Gegengewicht gegen die Triebhaftigkeit», auf jeden Fall ein Gewissen. «Die Zensur gegenüber der erotischen Stimmung ist im Kinde immer da.» Sie äußert sich in Form von Schuldgefühl und Angst, so daß die Angst also gleichsam eine «Strafe» ist, «die immer hinter dem Geschehnis herkommt» und, als «Furcht vor dem Untergang», ein Gefühl ständiger Bedrohung verursacht, eine stete Unglückserwartung, die der Heranwachsende dann mitschleppt. Weil aber das Kind nicht ernsthaft für seine Triebhaftigkeit zur Verantwortung gezogen werden kann, wird es durch die Angst für etwas gestraft, «das es gar nicht selber verschuldet hat», und empfindet später, wirklich schuldhaft geworden, ein Schuldgefühl, das zur tatsächlichen Verschuldung in keiner vernünftigen Relation mehr steht.

So läßt sich Ambergs «bange Erwartung», «die mit einem dumpfen Schuldgefühl verbunden ist»[63], erklären, und ganz ähnlich sein «Panzer»: Denn als Schutz gegen den Erostrieb tritt gemäß Inglins Notizen «eine Ablehnung aller Zärtlichkeit ein», so daß also Ambergs «Verkapselung», seine «Panzerung», «als rettende Reaktion» zu verstehen ist, «die aber auch gefährlich werden kann»[64].

Dem Kollegheft «Psychologie einiger Kinderfehler» entsprechend ließe sich ferner Ambergs Verhalten auf der Egg – wo er, vor der Nachricht vom Tod des Vaters Unheilvolles witternd, in wilde Ausgelassenheit fliehen möchte, sich auf Fini stürzt und das Mädchen «tanzend gewaltsam»[65] herumschwingt – als «Kompensationserscheinung» interpretieren. Erklärt wird in diesem Heft die «allgemeine Verstimmtheit des Kindes, die nicht eingestanden wird, sondern in extreme Lustigkeit umschlägt». Inglin setzt hinzu: «Haggenegg. Der Tod des Vaters und der Tanz.»

Solche Reaktionsbildungen bestimmen Amberg auch anderswo, etwa dort, wo er nach dem Diebstahl der Linzer Schnitte in der Konditorei Grüter mit Prahlerei statt mit Schuldgefühl reagiert, oder dort, wo die erotische Sympathie für Antoinette in Aggression umschlägt.

*

Das Kind steht hilflos da in der «Welt der Zahlen und Vorurteile»[66], die in ihren «peinlichen Einteilungen» wahre Möglichkeiten des Menschseins ersticken läßt, die – «gegen die Absicht des Lebens», wie Inglin betont – die «Lebensregungen in die Kanäle äußerlicher Ordnungen, Sitten, Konventionen» zwingt und «auf die Schienen unseres Willens»[67] leitet. Eine solche Welt empfindet Natur als Bedrohung, wie Stefans Mutter, die wegen der ausbrechenden Ringelnattern vor Entsetzen flieht; oder sie nimmt in falscher Gewißheit (Professor Ölmann beim Kollegibrand, ganz und gar in Verkennung der Dinge: «... hier sind wir sicher ... Zwischen uns und dem Feuer ist die Kirche!»[68]) das Elementar-Chaotische gar nicht oder zu spät wahr.

Die Natur schlägt freilich zurück, nicht nur die äußere, sondern auch jene im Innern Ambergs, wenn er sie gegen den Schluß des Romans hin im Dienste der bürgerlichen Gepflogenheiten sowie im Dienste der Arbeitsteilung und Zeitökonomie zu disziplinieren versucht. Das Hotelleben wird ihm nachgerade zur «Wesensfremde»[69], die ihn zu einem Rollendasein zwingt. Der Kommentar dazu in den Materialien: «Ich kann mich vorzüglich verwandeln und den Kellner schauspielern, nur darf es nicht zu lange dauern, sonst reklamiert und protestiert ein anderer in mir und quält mich so lange, bis ich es nicht mehr glaube ertragen zu können.»

Die Gesellschaft der Moderne hat – so konnte es Inglin in Schillers *Ästhetischen Briefen*, die er um 1920 «als endgültige Grundlage» seiner «eigenen Anschauungen und aller neueren Ästhetik überhaupt»[70] betrachtete, gelesen haben – den harmonischen Zusammenhang zwischen natürlichen Antrieben und Vernunftanforderungen aufgelöst. Der Mensch hat seine Ganzheit verloren.

Was Inglin dem entgegenzusetzen hat? Zum Beispiel das Handwerk, das «über den Erwerbszweck hinaus noch in eine tiefere Schicht»[71] reicht. Die «primitive Handfertigkeit» des Tischler- und Malerhandwerks müßte, so Inglin in einem Brief an seine Lebensgefährtin Bettina, «jeder kulturfähige Mensch besitzen, und wenn er sie nicht besitzt, wie die Mehrzahl unserer Gebildeten, so fehlt ihm etwas Wesentliches. Ich habe da nicht den praktischen Wert und Nutzen im Auge, sondern den Urtrieb, der dahinter steckt. Wem dieser bildende Urtrieb fehlt, ist nur ein Parasit im Strom der kulturellen Entwicklung.» Dann entwirft Inglin sein Gegenbild: «Wer Anspruch darauf macht, ein bedeutender, voller runder Mensch zu sein, der müßte, auf eine einsame Insel verschlagen, die ganze Kultur aus eigener Kraft von neuem aufbauen können, vom Becher, mit dem er trinkt, bis zum Bilde der Gottheit, die er verehrt.»[72]

Inglin liebt den Handwerker, der einer früheren, vorindu-

striellen Kulturstufe angehört. Bezeichnenderweise wird die
goldene Kette, die Ambergs Vater auf den ersten Romanseiten
herstellt, dem Leser nicht als irgendeine Ware, sondern als
Kunstwerk und Auftragsarbeit vor Augen geführt. Und ebenfalls interessant ist, wie der vorbildhafte Vater daran «geduldig
und behutsam in langen Tagen»[73] arbeitet. Offensichtlich bestimmt hier das Gestalterlebnis die zeitliche Dauer – im Hotel
dann ist es gerade umgekehrt: da bestimmt die Zeit mit ihren
Einschnitten und Taktvorgaben die Arbeit, jenes «System der
menschlichen Zeitrechnung», das – als «ein mechanischer Notbehelf des menschlichen Ordnungswillens, der mit dem
wahren, ursprünglichen Leben nichts zu tun hat»[74] – im Grunde ebenso abstrakt ist wie die zu «leblosen Zeichen» erstarrenden Zahlen und Formeln der Mathematik; da herrscht «der
mechanisch gewordene Zeitbegriff, der über dem Arbeiter die
Peitsche schwingt, bis seine Kräfte verbraucht sind»[75]. Schuld
an dieser Bedrohung durch die Zeit sind die entfremdende Arbeitsteilung und «ein Zustand fortgeschrittener technischer
Organisation».

Wenn Amberg auf den letzten Seiten beschließt, ein «bürgerlicher Schriftsteller» zu werden, so hat der Erzähler dabei offensichtlich nicht jenes Bürgertum im Auge, dem man die Industrialisierung und die Arbeitsteilung zuschreibt. Schon eher
dürfte jener bürgerliche, vorindustrielle Handwerker Vorbild
sein, der zu seinen Produkten noch eine innere, konkrete Beziehung hat, nicht eine äußerliche wie der Kaufmann zu seinen Waren; denn «ein Handwerker, der mit Geschick etwas
Brauchbares oder gar Schönes herstellt», scheint Amberg
«sinnvoller beschäftigt als ein Mann, der Ware kauft und sie
mit Gewinn wieder verkauft»[76]. Dieser Handwerker wäre
wohl auch der Mensch, bei dem der geistige Gestaltungstrieb
und die sinnliche Aufnahmebereitschaft noch wechselseitig zusammenwirken, der darum im Grunde das zuwege bringt, was
auch der Künstler Inglin schaffen will: lebende Gestalt.

Anmerkungen

Das Nachwort verdankt die entscheidende Übersicht dem selbstverständlichen Grundlagenwerk zu Meinrad Inglin, nämlich der Biographie von Beatrice von Matt (Zürich 1976). Die Basisinformationen stammen von dort, sofern nicht auf andere Quellen verwiesen ist.

Für stete Hilfsbereitschaft sei Kantonsbibliothekar Werner Büeler, für historische Hinweise den Herren Josef Wiget und Hermann Bischofberger vom Staatsarchiv Schwyz sowie Herrn Josef Mächler, für Hilfe und Geduld meiner Lebensgefährtin Gaby herzlich gedankt.

Aus dem in der Kantonsbibliothek Schwyz liegenden Inglin-Nachlaß wird nach den Siglen des Nachlaßkatalogs zitiert. Es bedeuten:
BI   Bibliothek Inglins
NI K Korrespondenzen
Ni W Werke, inklusive aller Werkmaterialien wie Vorarbeiten, Entwürfe, Notizen, Manuskripte u.ä.
NI M Materialien, die nicht einem bestimmten Werk zuzuordnen sind (zum Beispiel Tagebücher)
NI P Nachlaß Inglin Postum. Schenkungen oder Photokopien von Inglin-Dokumenten, die nach der eigentlichen, im Jahre 1981 abgeschlossenen Nachlaßkatalogisierung der Kantonsbibliothek Schwyz überlassen und dem Inglin-Nachlaß beigefügt wurden.

Die Orthographie in den Nachlaßdokumenten wurde jeweils behutsam verbessert und vereinheitlicht.

Geht aus dem Nachwort-Text die Provenienz eines Zitats genügend hervor, wird auf den Nachweis im Anmerkungsteil verzichtet. Das ist vor allem der Fall, wenn von den «Entwürfen», «Notizen», «Materialien» o.ä. zum *Amberg* die Rede ist; damit ist immer das Konvolut NI W 18.02 gemeint. Sofern Seitenzahlen ohne weitere Hinweise aufgeführt sind, beziehen sie sich auf die hier vorliegende Ausgabe des Ammann Verlags.

1   Beide Zitate auf S. 16 im Tagebuch «Unerledigte Notizen. Aktivdienst 1939–45» (NI M 23.03).
2   Auf der ersten Seite des *Amberg*-Manuskripts (NI W 18.03) steht links oben: «1. Juli 1945».
3   Brief vom 31. August 1949 (NI K 38.02.02.01).
4   Brief vom 13. Juni 1950 (NI K 538.02.01).

5 S. 24
6 Wie sehr das Verständnis der Fasnacht als einer umgestülpten Welt zu Inglins Jugendzeit dem Bewußtsein der Schwyzer entsprach, findet auch in der Lokalpresse einen Niederschlag. So heißt es im «Boten der Urschweiz» Nr. 16 vom 26. Februar 1898, nach dem Aschermittwoch seien die Schwyzer wieder «in vernünftige Bahnen eingelenkt».
7 S. 16; alle restlichen Zitate dieses und des folgenden Abschnitts S. 9.
8 Daß diese Gewerbetreibenden politisch im Aufwind waren, läßt sich auch anhand der damaligen schwyzerischen Staatskalender belegen. In den dortigen Verzeichnissen des schwyzerischen Gemeinderats um 1900 figurieren zunehmend mehr Träger gewerblicher Berufe: Wirte, Hoteliers, Architekten, Gerbermeister, Eisenhändler, Metzger, Weinhändler, Uhrmacher, Drechslermeister, Tonröhrenfabrikanten, Drogisten, Schreinermeister.
9 S. 160
10 NI W 18.01.08.
11 Am 6. Februar 1948 (NI K 576.02).
12 An die Schriftstellerin Ruth Blum am 14.12.1949 (NI K 104.02).
13 Zitiert nach: Beatrice von Matt: Meinrad Inglin. Eine Biographie. Zürich 1976, S. 37.
14 NI P 1 K 3.01.01.
15 NI P 1 K 1.03.01.
16 ebda.
17 von Matt: Inglin, S. 53.
18 Tagebuch 1913–1920 (NI M 23.1), S. 8.
19 S. 9
20 «Unerledigte Notizen» (NI M 23.03), S. 16.
21 S. 120
22 J. Jung: Grundriß der ‹christlichen Sittenlehre› mit besonderer Berücksichtigung der sozialen Frage und der wichtigsten Rechtsgrundsätze über Kirche und Staat. Freiburg (Schweiz) 1907 (= BI 984), S. 16.
23 Meinrad Inglin: Dankbare Erinnerung an Paul Häberlin. In: Notizen des Jägers. Aufsätze und Aufzeichnungen. Zürich 1973, S. 171f.
24 An Paul Häberlin am 8. Februar 1923 (NI K 400.03.01).
25 NI M 21.03
26 Paul Häberlin: Das Ziel der Erziehung. Basel 1917, S. 115.
27 ebda.
28 Dieses und die nächsten Zitate im Tagebuch 1913–1920 (NI M 23.1), S. 44f.
29 NI K 363.03.01.

30	S. 9
31	Tagebuch 1913–1920 (NI M 23.1), S. 45.
32	Häberlin: Das Ziel der Erziehung, S. 115.
33	Tagebuch 1913–1920 (NI M 23.1), S. 44.
34	Brief an Nicolo Giamara vom 3.5.1920 (NI K 363.03.01).
35	Beide Zitate dieses Abschnitts aus den *Amberg*-Materialien (NI W 18.02).
36	An Egon Wilhelm am 13. Januar 1956 (NI K 1196.02.07).
37	An Federico Hindermann am 31. August 1949 (NI K 38.02.02.01).
38	Zitiert nach von Matt: Inglin, S. 224f.
39	Vgl. a.a.O. S. 167.
40	S. 237
41	NI M 23.17, unter der Überschrift «Weißer Sonntag, 3. April 1910».
42	S. 237
43	NI W 18.03, S. 352. Das nächste Zitat aus den *Amberg*-Materialien (NI W 18.02).
44	von Matt: Inglin, S. 32.
45	S. 159
46	Unvollständiger Entwurf eines Briefes an Max Rychner (NI K 770.02.01).
47	Die Zitate dieses Abschnitts aus den *Amberg*-Materialien (NI W 18.02).
48	S. 16
49	S. 364. Daß Inglin den Lokomotiventraum «als Gleichnis» verstanden haben wollte, geht aus einem Inhaltsverzeichnis Inglins zum *Amberg* (NI W 18.04) hervor.
50	An Nicolo Giamara am 3. Mai 1920 (NI K 363.03.01): «Was mich betrifft, so habe ich die Stelle an der Zürcher Volkszeitung (6000 Frk. Anfangsgehalt) trotz meinem dauernden finanziellen Tiefstand freiwillig aufgegeben, um mich wieder bedingungslos meiner Bestimmung auszuliefern. Daran magst Du erkennen, daß es mir verflucht ernst ist damit.»
51	S. 40
52	S. 41
53	Dieses und das folgende Zitat aus einer Randbemerkung Inglins im Manuskript (NI W 18.03), S. 45.
54	S. 61
55	S. 71
56	Randbemerkung Inglins im Manuskript (NI W 18.03), S. 45.
57	S. 122
58	Die Zitate zum «3. Teil» aus den Materialien (NI W 18.02) und in der vorliegenden Ausgabe S. 144, 147, 232 und 266.
59	Die Zitate zum «4. Teil» aus den Materialien (NI W 18.02)

	und in der vorliegenden Ausgabe S. 9, 262, 266, 272 und 357.
60	Im 3. Abschnitt der *Geburt der Tragödie aus dem Geiste der Musik*.
61	S. 151
62	Zitiert wird in diesem Abschnitt teils nach den Häberlin-Kollegheften «Religionspsychologie» und «Psychologie einiger Kinderfehler» (beide NI M 21), teils nach den *Amberg*-Materialien (NI W 18.02).
63	S. 41
64	*Amberg*-Materialien (NI W 18.02).
65	S. 137
66	S. 359
67	An Bettina am 18. Juni 1927. Zitiert nach von Matt: Meinrad Inglin, S. 138.
68	S. 238f.
69	S. 340
70	Brief an Nicolo Giamara vom 29. Juli 1920 (NI K 363.03.02).
71	Meinrad Inglin: Vom Eigenleben des Kantons (1948). In: Notizen des Jägers, S. 39.
72	An Bettina Zweifel am 30. Mai 1927 (NK K 1234.03.25).
73	Randbemerkung Inglins im Manuskript (NI W 18.03), S. 14.
74	An Bettina Zweifel am 1. Januar 1926 (NI K 1234.03.18).
75	Alle restlichen Zitate dieses Abschnitts bei Friedrich Georg Jünger: Pan und Dionysos. In: Corona, 10. Jg., 5. Heft, Zürich 1941, S. 505 und 506. Daß der hier zitierte Aufsatz Inglin wichtig war, geht aus den Materialien zu den *Notizen des Jägers* (NI W 37.08.02) hervor.
76	S. 218

Meinrad Inglin

Gesammelte Werke

In zehn Bänden

Band 1 Die Welt in Ingoldau

Band 2 Grand Hotel Excelsior

Band 3 Jugend eines Volkes
Ehrenhafter Untergang

Band 4 Die graue March

Band 5 Schweizerspiegel

Band 6 Werner Amberg

Band 7 Urwang

Band 8 Erlenbüel · Wendel von Euw

Band 9 Erzählungen

Band 10 Notizen des Jägers
Nachgelassene Schriften und Briefe

Ammann Verlag